CAMBRIA BROCKMAN

Die Verbindung

GOLDMANN
Lesen erleben

Buch

An ihrem ersten Tag am Elite-College Hawthorne fragt sich Malin, ob sie hierhin gehört, ob sie hier Freunde finden wird. Doch schon bald ist sie Teil einer Clique um den charismatischen John und die beliebte Ruby. Dazu gehören außerdem Khaled, Johns Cousin Max und die Engländerin Gemma. Schnell werden sie zu einer eingeschworenen Gemeinschaft, teilen Hoffnungen, Ängste und dunkle Geheimnisse. Doch als Ruby und John sich verlieben, verschieben sich die Allianzen. Neid, Missgunst und tödlicher Hass erschüttern Malins Vertrauen, und sie ist froh, dass der Abschlusstag näher rückt. Ein Tag jedoch, den einer von ihnen nicht überleben wird …

Autorin

Cambria Brockman, aufgewachsen in den USA und in England, studierte Englische Literatur und Kunstgeschichte. Sie arbeitete als preisgekrönte Lifestyle- und Hochzeitsfotografin (*Cambria Grace Photography*), bevor sie sich dem Schreiben widmete. Sie lebt mit ihrer Familie in Boston.

Cambria Brockman

Die Verbindung

Roman

Aus dem Amerikanischen
von Sibylle Schmidt

GOLDMANN

Die englische Originalausgabe erschien 2019 unter dem Titel »Tell Me Everything« bei Ballantine Books, New York.

Dieses Buch ist auch als E-Book erhältlich.

MIX
Papier aus verantwortungsvollen Quellen
FSC® C014496

Verlagsgruppe Random House FSC® N001967

1. Auflage
Deutsche Erstveröffentlichung August 2019

Umschlaggestaltung: UNO Werbeagentur, München
Umschlagmotiv: Arcangel/Trevor Payne
Redaktion: Susann Rehlein
MR · Herstellung: kw
Satz: GGP Media GmbH, Pößneck
Druck und Bindung: GGP Media GmbH, Pößneck
Printed in Germany
ISBN: 978-3-442-48897-1
www.goldmann-verlag.de

Besuchen Sie den Goldmann Verlag im Netz

Für Lo

TEIL EINS

HAWTHORNE COLLEGE

29. Januar 2011, Senior Day

Das ist unser Ende.

Die Stimme in meinem Kopf. Spring. Ich atme hastig ein, meine Brust hebt sich. Der Himmel ist düster, ein Schneesturm droht, die eisige Kälte kriecht uns in die Knochen. Das schwarze Wasser vor uns scheint unsere Namen zu flüstern, giert danach, in unsere Haut zu sickern. Wir keuchen alle, unser heißer Atem bildet weiße Wolken. Selbst wenn wir wegrennen wollten … wir können nicht. Die Gesänge werden lauter. Betrunken, unbeholfen, fassen wir sechs uns an den Händen, rücken dicht zusammen, unsere halbnackten Körper berühren sich. Die Härchen auf meinen Armen richten sich auf. Gemma und Khaled atmen hörbar ein und aus, sind aufgeregt und ängstlich.

Spring. Ich schließe die Augen, spüre Rubys schmale Finger, verschränkt mit meinen. Max, auf der anderen Seite, drückt fest meine Hand. John steht ganz aufrecht und beginnt den Countdown. Ruhig, um uns davon abzulenken, dass wir uns gleich dem vereisten See opfern werden. Seine Entschiedenheit lässt uns erstarren, verdeutlicht, dass es kein Entkommen gibt.

»Vier, drei …«

Plötzlich die Stimme meines Vaters in meinem Kopf. Mit geschlossenen Augen nehme ich die Außenwelt weniger deutlich wahr, und vor meinem inneren Auge sehe ich, wie er sich zu mir herunterbeugt und mir etwas ins Ohr flüstert. Er hat mich zur Uni gebracht und verabschiedet sich von mir, seinem einzigen Kind. Will mir gute Worte mit auf den Weg geben, als Bestärkung für meinen Start. Ich sehe meine Mutter, verschwommen, hinter ihm. Traurig und sehnsüchtig starrt sie auf die Erstsemester. Ich weiß, dass sie nach sommersprossigen Jungs mit rötlichen Haaren Ausschau hält. Sie sucht nach dem Gesicht meines Bruders in der Menge, und dann schaut sie mich an und setzt ein gezwungenes Lächeln auf. Mein Vater fasst mich am Arm, beugt sich noch dichter zu mir. Der Griff ist zu fest, aber das macht mir nichts aus. Mein Vater raunt ein Wort, betrachtet dann prüfend mein Gesicht. Er will sehen, ob ich ihn verstanden habe. Ich, gehorsames Kind, nicke. Während meine Eltern zum Parkplatz gehen, zum Flughafen fahren, in der feuchten Hitze meines Geburtsorts ankommen, ihr leeres Haus betreten, geistert dieses Wort in meinem Kopf umher. In den nächsten Jahren wird es mein Handeln bestimmen, den Rhythmus meines Herzschlags vorgeben.

Jemand zieht an meiner Hand, erschrocken reiße ich die Augen auf.

»Zwei …«

Spring.

Johns Stimme wird lauter und drängender. »Eins!« Unsere Körper schnellen vorwärts und aufwärts. Einen Moment lang scheinen wir in der Luft zu schweben, und ich wünsche, wir könnten dort bleiben. Meine Freunde kreischen und schreien, und ich höre das Jauchzen in ihren Stimmen. So lange haben sie auf diesen Sprung gewartet. Nach vier Jahren in der Einöde von Maine haben wir es endlich geschafft. Dieses Spektakel beobachten alle jüngeren Studierenden Winter für Winter.

Vor drei Jahren haben wir selbst zum ersten Mal beim Sprung zugeschaut. Frierend, dicht zusammengedrängt, ließen wir einen Flachmann mit billigem Wodka kreisen. Er brannte im Hals, aber die Wärme im Bauch tat gut.

Der Sprung ist das Ritual am Ende der Studienzeit. Unser geisteswissenschaftliches Studium ist fast abgeschlossen, das Eisloch ein Übergangsritual. Außenstehenden, Studenten von anderen Unis, Familien kann man das nicht erklären. Es ist das spezielle Ritual dieser Uni, und alle hängen daran.

Jubel und Applaus branden auf. Unsere Kommilitonen schauen zu. Ich weiß, dass sie unsere Gesichter beobachten, auf denen sich Angst und Freude abzeichnen, während wir springen. Mir ist bewusst, dass es aussehen soll, als hätte man Spaß daran, und ich kreische laut, als meine bloßen Füße ins kalte Wasser tauchen.

Dann dringt die Kälte in meinen Körper wie Messerstiche. Ich tauche unter, schließe die Augen, die Stimmen verstummen. Ich spüre Bewegung um mich herum, die anderen zappeln, wollen möglichst schnell ans Ufer, raus aus dem eisigen See. Doch ich empfinde die Stille als wohltuend. Wunderbar friedlich. Hier gehöre ich her.

Ruby ruft meinen Namen. Ich öffne die Augen, sehe sie verschwommen oben auf der Eisfläche stehen, wie ver-

pixelt. Sie hat die Arme um sich geschlungen, die Beine zusammengepresst.

»Malin!«, ruft sie. Ihre Stimme klingt verzerrt und dumpf unter Wasser. Ich zwinge meine Arme und Beine, sich gleichzeitig zu bewegen. Erst als mein Kopf durchs Wasser bricht, beginne ich wieder zu atmen. Ich schwimme zum Rand des Lochs, halte mich an der scharfkantigen Eisfläche fest.

Ruby reicht mir die Hand. Vor Kälte schlagen ihr die Zähne aufeinander. Max kniet hinter ihr, stemmt eine Hand gegen ihren Rücken, reicht mir die andere und hilft dabei, mich aus dem Wasser zu ziehen. Ich sehe John, Gemma und Khaled übers Eis zum Ufer schlittern, wo man ihnen Handtücher und heiße Schokolade reicht.

Die Stimmung ist aufgekratzt, es riecht nach Alkohol und Dope. Ich höre Lachen und Jubel für uns, die wir den Sprung gewagt haben. Mein Blut pulsiert wie wild, um mich zu wärmen, meine Zehennägel sind blau angelaufen, meine geflochtenen Haare gefroren. Ich sehne mich nach Strümpfen und Stiefeln und halte am Ufer Ausschau nach dem Gebüsch, wo ich alles abgelegt habe. Wir sechs quasseln und lachen, alle mit klappernden Zähnen und bläulichen Lippen. Ruby umarmt mich, und ich spüre ihre Gänsehaut an den Armen. Ich lächle sie an, während wir uns vom Eisloch entfernen. Am Ufer sagt sie irgendwas zu mir, aber ich höre nicht hin, wickle ein Handtuch um mich und steuere aufs Feuer zu. Ich tue so, als verstünde ich, wovon sie redet. Friere zu sehr, lächle Ruby aber an, wie immer.

Es liegt schon in der Luft, doch wir ahnen noch nichts davon. Am nächsten Tag werden wir uns im Speisesaal an den Frühstückstisch setzen wie immer und feststellen, dass jemand von uns fehlt.

Die Polizei wird auf dem Campus in den Wäldern eintreffen, Blaulicht wird auf den weißen Schneeflächen flackern. Wir werden zusehen, wie eine Leiche auf einer Trage abtransportiert wird, Polizisten werden uns befehlen, Abstand zu halten. Man wird uns verhören, zu den Ereignissen der Nacht befragen. Unsere Erinnerungen werden verschwommen sein, weil wir besoffen waren, außer Rand und Band, typisch für unser Alter. Die Ermittler werden uns zweifelnd betrachten und sich überlegen, ob sie uns glauben können.

Doch sie tun gut daran, uns zu verhören. Was diesen Tag angeht, haben wir alle Geheimnisse, und unsere Clique wird sich noch vor Studienende zerstreuen. Ohne das fehlende Puzzle-Teil ergeben wir kein vollständiges Bild mehr.

Ruby redet über die Kälte, den Sprung, die Aufregung. Aber ich höre nur das Wort meines Vaters, das in meinem Kopf widerhallt wie ein Echo.

Vortäuschen.

1

Erstes Studienjahr

Diese ersten Wochen in Hawthorne habe ich in Erinnerung wie Bücher in meinem Regal, nach Genre sortiert. Ich weiß nicht, ob es den anderen auch so geht. Fragmente, Momente, einzelne Sätze, Erlebnisse. Dass wir uns später so nahkamen, das fing in diesen ersten Tagen an, als wir alle unsicher waren und die Nerven bloßlagen.

Nachdem meine Eltern meine Sachen in das leere Zimmer getragen, mich zur Mensa begleitet hatten und abgereist waren, blieb ich alleine zurück. Es gab niemanden hier, den ich kannte, und ich hatte ein Einzelzimmer. Die Situation erinnerte mich an meinen ersten Tag im Kindergarten. Nachdem meine Mutter damals gegangen war, hing der Duft ihres Parfums noch in der Luft. Ihr Parfum ist für mich intensiv mit einigen Phasen meiner Kindheit verknüpft. Während die anderen Kinder weinten, schrien und Wutanfälle kriegten, saß ich ganz still an einem der niedrigen Tische. Und so war es auch an der Uni, nur ohne das Theater. Jetzt versuchten zwar alle, ihre Ängste zu verbergen, aber ich sah den anderen an, dass sie Panik schoben. Sie fragten sich, ob sie Freunde finden würden und wie sie die nächsten vier Jahre hier klarkommen sollten.

Ich schaute mich in der nagelneuen Mensa um, die erst diesen Sommer fertig geworden war. Die Sonne fiel durch die Fensterfront, wärmte mein Gesicht. Poster warben für Campus-Clubs und Sportveranstaltungen. Ich dachte an meine Eltern, die wahrscheinlich grade die Grenze von Maine zu New Hampshire passierten und auf der Interstate 95 zum Flughafen von Boston unterwegs waren. Vermutlich fuhr mein Vater, während meine Mutter auf die Bäume starrte.

John lernte ich zuerst kennen. Später galt ich immer als Rubys beste Freundin, und deshalb glaubten alle, so sei es vom ersten Tag an gewesen. Dieser Legende habe ich nie widersprochen. Zu Ruby mit ihrem hüpfenden kastanienbraunen Pferdeschwanz und ihrem liebenswerten Lächeln fühlten sich ohnehin alle hingezogen, aber nicht zu mir. An Rubys Attraktivität wollten alle Anteil haben und glaubten deshalb, sie hätte mich aus einer Schar bewundernder Anhängerinnen erwählt. Doch das Gegenteil war der Fall: Ich hatte sie ausgesucht.

Die Mensa war voller Studienanfänger, und ein paar drängten sich an mir vorbei, um möglichst schnell einen freien Platz zu finden. Ich blieb stehen und erwog meine Optionen. Rings um mich machten sich die Leute bekannt, plauderten über den Sommer. Die Einführungsveranstaltung begann erst in zehn Minuten, ich musste mir noch keinen Platz suchen, sondern konnte noch einen Kaffee trinken. Ich machte kehrt und ging zu dem Kaffeewagen nach draußen, froh, dem Gedränge zu entkommen.

»Eiskaffee«, sagte ich zu dem Mädchen. Sie war eindeutig älter als ich, machte das vielleicht als Job. »Schwarz.«

»Für mich das Gleiche«, sagte eine Stimme hinter mir. Ich schaute über die Schulter und musste nach oben gucken. Das kam nicht oft vor. Leuchtend blaue Augen blickten auf mich herunter. Der Junge warf mir ein charmantes, schiefes Lächeln zu. Unter seiner Cap quollen blonde Haare hervor. Ich drehte mich wieder zu dem Mädchen um – etwas zu schnell vielleicht –, das den Jungen wie gebannt anstarrte. Erst als er sich räusperte, reichte sie uns beiden je einen Kaffeebecher.

»Geht auf mich«, sagte der Junge. Bevor ich widersprechen konnte, hatte er dem Mädchen schon vier Dollar gegeben.

»Oh, ähm«, murmelte ich. »Danke. Wär echt nicht nötig gewesen.«

»Kein Ding. Den Freunden nah sein, aber den Feinden noch näher, wie?«

Ich sah ihn verdutzt an. Ein amüsiertes Lächeln spielte um seine Lippen.

»Dein Sticker da«, sagte er und deutete auf meine Büchertasche. »Texans?« Er zeigte auf seine Cap. »Ich bin Giants-Fan.«

Ich schaute auf meine Tasche. Mein Vater hatte den Sticker draufgeklebt, nachdem die Texans im letzten Winter zweimal in Folge gewonnen hatten. Was sensationell war, weil sie sonst die meiste Zeit verloren. Mein Vater hatte sich gefreut wie ein kleines Kind. Weil ich ihn seit meiner Kindheit nicht mehr so froh erlebt hatte, ließ ich den Sticker dran.

»Ja, genau, Texans-Fan«, sagte ich. »Aber wir sind ja eher keine Gefahr.«

»Hey, das weiß man nie. Mit ein paar guten neuen Spielern …«, erwiderte der Junge und zwinkerte mir zu.

Ich lächelte, als wäre ich dankbar, obwohl ich in Wirklichkeit sauer war. Ich kann es nicht leiden, in der Schuld von jemandem zu stehen. Vor allem nicht von Typen wie dem da. So naiv und pubertär, wie der wirkte, würde er mir garantiert irgendeinen Spitznamen verpassen und jedes Mal abklatschen wollen, sobald er mich traf.

Der Junge hielt mir die Tür zur Mensa auf, und ich ging rasch rein, damit ich nicht weiter mit ihm reden musste.

»John«, rief jemand hinter uns, und John, der Giants-Fan, blieb draußen und ließ die Tür los. Ich sah, wie er einem anderen Jungen die Hand schüttelte und ihm auf den Rücken klopfte. Die beiden bewegten sich so geschmeidig und kraftvoll wie Sportler. Ihre Waden waren ungleich gebräunt. Fußballer wahrscheinlich.

Ich stellte mich in die Schlange, um meine Willkommensunterlagen abzuholen, und beobachtete dabei die beiden durchs Fenster. Fragte mich, ob sie sich grade erst begegnet waren oder ob sie sich von zuhause kannten. Ich beobachtete gerne Leute. Der erste Eindruck war oft richtig. An der Körpersprache der beiden sah ich, dass sie versuchten, besonders lässig zu wirken. John blickte zu mir, und sein Mund verzog sich zu diesem vielsagenden Lächeln, das ich noch so oft sehen würde. Er zwinkerte mir schon wieder zu, und ich wandte rasch den Blick ab, tat, als hätte ich es nicht gesehen. Ich blieb lieber unbemerkt, hatte aber von meiner Mutter die helle glatte Haut und die auffälligen grünen Augen geerbt. Mein Gesicht war ebenmäßig und fein, und so viel ich auch aß, ich blieb immer dünn. Zu allem Überfluss hatte die texanische Sonne meinem Haar einen Goldschimmer verliehen. All das, obwohl ich lieber unscheinbar und unauffällig gewesen wäre.

Obwohl ich den Kopf abgewandt hatte, spürte ich, dass John mich musterte. Und ich hörte sein Lachen, wenn die Tür auf- und zuging.

Etwas an ihm kam mir vertraut vor – das Lächeln, seine Bemühungen, etwas Nettes für mich zu tun, der Farbton von Haut und Haaren. Ich schluckte und zwang mich, die Erinnerung aus meinem Kopf zu vertreiben.

»Die Leute, mit denen du dich in dieser Woche anfreundest, bleiben Freunde fürs Leben.«

Ich hörte der Studentin zu, die uns Anfänger willkommen hieß, war aber genervt, sah gar nicht ein, weshalb man uns nicht einfach eine Broschüre in die Hand drückte. Ich wollte Vorlesungen, feste Rhythmen und Abläufe und hoffte, dass man nicht noch irgendwelche Teambuilding-Spiele machen würde. Die Studienanfängerin links von mir zupfte an ihrer Nagelhaut. Ich sah zu, wie das Mädchen mit dem Zeigefinger die Haut nach hinten schob und daran herumzerrte, so lange, bis der rosa Hautfetzen zu Boden fiel.

»Und sauft nicht zu viel, ja, Leute?«, sagte die Studentin jetzt. »Bisschen angeschickert sein ist cooler.«

Einige lachten. Ich dachte mir, dass die Unileitung es wahrscheinlich für wirkungsvoll hielt, wenn ein älteres Semester mit uns über Drogen und Alkohol redete. Schien zu funktionieren.

Ich schaute nach draußen auf die Wipfel der Kiefern, die sich vor dem blassblauen Sommerhimmel abzeichneten. Weiter hinten sah ich den Turm der Unikirche und die Dächer der Ziegelgebäude, in denen die einzelnen Fakultäten untergebracht waren. Edleton in Maine war ein idyllischer Ort für eine kleine geisteswissenschaftliche Universität; sie lag inmitten von Ahorn-, Kiefern- und Eichenwäldern. Als mein Vater und ich damals alles besichtigten, erzählte unser Führer viel über die Holzindustrie in der kleinen Ortschaft: dass überall Laster unterwegs waren, um Baumstämme abzuholen, die dann zu Zellstoff oder Pellets zum Heizen verarbeitet wurden. Oder zu Dielen. Mein Vater fand das spannender als Hawthorne und fuhr hinterher mit mir den ganzen Ort ab, wo er die alten Fabrikgebäude und die baufällige Wassermühle fotografierte.

Während der Führung durch Hawthorne hatte ich gehört, wie jemand in der Gruppe leise berichtete, dass die Einheimischen die privilegierten Studis regelrecht hassten. Bei einem Streit im Pub war vor ein paar Jahren ein Student erstochen worden. Man brachte ihn nicht rechtzeitig ins Krankenhaus, und er war draußen auf dem Gehweg verblutet.

Das Nagelhaut-Mädchen neben mir stupste mich jetzt an und nickte in Richtung eines Jungen vor uns. Er hatte rabenschwarze Haare und dunkelbraune Haut, eine angenehme Abwechslung zwischen all den weißen Gesichtern. Der Junge trug ein Hoodie, teure schwarze Jeans und nagelneue Hightop-Sneakers und schien auf seinem Handy irgendein Spiel zu machen.

Ein Raunen an meinem Ohr. »Das ist ein Prinz.«

Ich sah das Mädchen an. Die Augen unter den mit Mascara dick verklebten Wimpern leuchteten vor Aufregung. Sie hatte dunkle Haut und schwarze Augen, auch schwarze Haare an den Armen. Mochte aus Indien oder Sri Lanka stammen. Blauer Nagellack, halb abgesplittert, die glänzenden schwarzen Haare stufig geschnitten. Üppige Brüste.

Sie beugte sich wieder zu mir. »Ich stalke ihn auf Facebook. Er hat zehn Lamborghinis oder so. Ist aus den Vereinigten Arabischen Emiraten, Dubai oder Abu Dhabi … ich glaub, Abu Dhabi. Sein Dad ist da Finanzminister. Ich konnt's nicht lassen und hab ihn auch auf Google gestalkt, aber sonst bin ich nicht so, ehrlich«, flüsterte das Mädchen. Britischer Akzent.

Reichtum hatte mich noch nie interessiert. Ich kam aus einer Familie, in der es nie an etwas gefehlt hatte, man aber keinen Wert auf Luxus legte. Eines Tages wollte ich selbst Geld haben, viel Geld. Aber ich war nicht neidisch auf Leute, die von Haus aus reich waren, denn das war bestimmt auch stressig.

»Wir sollten uns mit ihm anfreunden«, sagte das Mädchen mit ziemlich irrem Grinsen. Die Direktheit verblüffte mich – »wir«, als würde ich dazugehören. Dabei hatten wir uns noch nicht mal vorgestellt. Bislang verband uns nur, dass wir beide in einer langen

Reihe mit anderen hinten in der Mensa saßen. Jetzt stieß das Mädchen einen lauten Seufzer aus, lehnte sich zurück und hakte die Flip-Flops an den Metallbeinen des Stuhls ein. Dann förderte sie aus ihrer Tasche einen Streifen Kaugummi zutage und reichte ihn mir.

»Wie heißt du?«, flüsterte das Mädchen.

»Malin«, sagte ich. »Und du?«

»Gemma.« Sie lächelte und drückte meinen Arm. »Meine Mitbewohnerin und ich machen heute Abend so eine Art Willkommensparty. Magst du auch kommen?«

»Klar«, antwortete ich. »Bist du aus England?« Im Geiste klopfte ich mir selbst auf die Schulter, weil ich den Smalltalk durchhielt.

»Meine Mom hat in den siebziger Jahren hier in Hawthorne studiert. Sie ist Amerikanerin, mein Vater Pakistani. Riesenthema. Jeder von ihnen will mir ständig seine Kultur nahebringen. Immerhin waren sie sich einig, dass ich eine ordentliche amerikanische Ausbildung kriegen sollte, um meine Erziehung ›abzurunden‹. Ich find mich ja schon ziemlich rund«, sagte Gemma, strich über ihren weichen Bauch und verdrehte die Augen. »Aber das geht für mich klar. Die Jungs hier sind süßer. Achten besser auf ihre Zähne.« Sie hielt inne, schien zu überlegen. »Obwohl mir das jetzt auch nicht sooo wichtig ist.« Ihr Handy vibrierte, und sie zerrte es aus ihrer Tasche. Eine Schachtel Zigaretten fiel heraus. »Bestimmt mein Freund«, sagte Gemma und zwinkerte mir zu.

Ein paar Minuten später schickte sie mir ihre Handynummer, und wir waren Freundinnen.

Der Pappteller in meiner rechten Hand kippte nach vorne, und Hummerbrühe tropfte auf den gepflegten Rasen. Ich hielt krampfhaft das Plastikbesteck fest. Der Hummer rutschte vorwärts, die Scheren gen Himmel gereckt. »Tschuldigung!«, quietschte ein Mädchen mit seidig glänzenden Haaren, als es sich an mir vorbeidrängte. Die Stimme klang fröhlich und aufrichtig. Ich sah dem Mädchen nach, als es sich in die Schlange am Buffet einreihte.

Ich stand am Rand eines endlosen Meers aus jungen Leuten, die in kleinen Gruppen zusammensaßen, sich bekannt machten, Freundschaft schlossen. Weit hinten entdeckte ich einen freien Schattenplatz unter einem großen Baum. Da war es bestimmt schön kühl, und niemand würde mir Fragen stellen. Doch dann dachte ich wieder an die Aufforderung meines Vaters und zwang mich, in das Meer hineinzugehen. Dabei starrte ich konzentriert auf den Hummer mit seinen toten schwarzen Murmelaugen.

Ich hatte angenommen, dass die Uni eine Art Fortsetzung der Oberschule sein würde, und war erstaunt, dass es hier gar keine sichtbaren Cliquen gab. Keine Sportstypen, Tussis, Goths oder Nerds. Die Jungs trugen alle Flanellhemden und Chinos, die Mädchen waren schlicht gekleidet und hatten die Haare zum Pferdeschwanz gebunden oder zu Zöpfen geflochten. Meine Mutter hatte mir geraten, Jeans und ein simples T-Shirt anzuziehen, und tatsächlich das richtige Gespür gehabt. Es schien fast, als hätten alle versucht, mit dieser Art von Uniform nicht aufzufallen. Ich ging zwischen diesen Klonen hindurch und kam mir dabei vor, als wäre ich in einem Katalog unterwegs: Freizeitkleidung für Elitestudenten.

Ich erwog meine Optionen. Nirgendwo bot sich ein Platz an, und ich kriegte ein paar Mitleidslächeln ab. Niemand schien seine Position aufgeben zu wollen. An diesem ersten Tag wollten alle Kontakte schmieden und stürzten sich auf die erstbeste Möglichkeit. Ich blickte wieder zu dem Baum hinüber. Vielleicht konnte ich mir das doch erst mal ersparen. Mein Vater brauchte es ja nicht zu erfahren.

»Hey!«, rief da jemand hinter mir. Ich bezog das nicht auf mich und ging weiter.

»Hey! *Maaaay-linn!*« Britischer Akzent.

Ich schaute über die Schulter. Gemma winkte mir zu und klopfte auf den freien Platz neben sich. Ich zögerte. Wenn ich mich jetzt setzte, war's das, dann würde ich dort bleiben. Ich checkte die anderen, die bei ihr saßen, zwei Jungs und ein Mädchen. Einer der Jungs saß mit dem Rücken zu mir, aber ich erkannte die breiten Schultern und die blonden Haare. Das andere Mädchen hatte etwas Strahlendes. Die üppigen Haare zum Dutt aufgetürmt. Elegant, entspannt. Ihr Blick richtete sich auf mich, und dann lächelte sie und winkte mich zu der Gruppe.

»Du hast so verloren ausgesehen«, sagte Gemma, als ich mich im Schneidersitz zwischen ihr und dem anderen Mädchen niederließ. Gemma hatte Mais zwischen den Zähnen, gelb und glänzend. Ich lächelte die anderen an, die mich musterten, Fremdling in der Gruppe.

»Das ist Malin«, sagte Gemma.

Ich nickte dem blonden Jungen zu, den ich am Kaffeestand kennengelernt hatte. Er lächelte vielsagend, gab mir die Hand. Kräftiger Händedruck.

»John.« Er wies mit dem Kopf auf den Jungen neben ihm. »Mein Cousin Max.«

»Hallo«, sagte ich und zwang mich zu einem breiten Grinsen.

Max und ich hatten kurz Blickkontakt, aber er sagte nichts, wirkte verschlossen und abweisend. Er war kleiner als John, schlank und sehnig, die dunklen Haare mit Mittelscheitel. Wirkte sportlich, aber nicht so kraftvoll und wuchtig wie sein Cousin. Sogar sitzend war ich größer als Max, aber ich überragte die meisten Leute. Beide Cousins hatten diese leuchtend blauen Augen, aber das war auch die einzige Ähnlichkeit zwischen ihnen. Gemma wies mit der Hand auf das andere Mädchen, das mich noch immer anlächelte.

»Meine tolle neue Freundin Malin. Meine auch total tolle Mitbewohnerin Ruby«, sagte Gemma fröhlich. Sie genoss es sichtlich, uns alle zusammenzubringen, so als sollten ihr alle dankbar sein.

Ruby hatte volle Lippen und makellose weiße Zähne und wirkte so jung, dass ich sie auf der Straße für eine Schülerin gehalten hätte. Mir fiel wieder ein, dass wir alle vor vier Monaten noch zur Schule gegangen waren.

»Hi«, sagte Ruby zu mir. Ihre braunen Augen waren offen und arglos. Ich erwiderte ihr Lächeln unsicher. Sommersprossen tummelten sich auf Rubys Nase und Wangen, ihr Gesicht war so ebenmäßig wie ein Beispiel für den goldenen Schnitt, von Natur aus vollkommen. Zwei exakt gleiche hübsche Gesichtshälften.

»Ah, dann bist du die, neben der Gemma bei der Einführung gesessen hat?«, fragte Ruby mit sanfter Stimme. Ich war dankbar, dass ich das Gespräch nicht selbst lenken musste.

»Ja, wir haben zusammen den Prinzen angestarrt«, antwortete ich.

»Oh Gott, *Gemma!*« Ruby stöhnte und beugte sich dann zu mir. »Hast du ihr gesagt, dass sie den bloß in Ruhe lassen soll? Sie ist echt eine schlimme Stalkerin.«

»Gar nicht!«, versetzte Gemma, holte ihr Handy raus und schrieb eine Nachricht. »Wenn wir erst mit dem befreundet sind, werdet ihr mir noch dankbar sein«, fügte sie hinzu, ohne aufzuschauen.

Ruby spähte auf das Handy. »Wem schreibst du? Liam? Lass sehen.«

Gemma grinste und hielt die Hand übers Display. »Ja … er vermisst mich. Der Arme.«

»Wer ist Liam?«, fragte ich.

»Gemmas Freund«, antwortete Ruby.

Gemma legte ihr Handy neben das Band mit ihrer Schlüsselkarte. »Ich hab ihm ja gesagt, wir sollten uns lieber trennen, bevor ich hierher gehe. Aber er wollte es unbedingt mit Fernbeziehung probieren.«

Ich überlegte hastig, was ich als Nächstes sagen könnte. »Und ihr macht heute Abend eine Party?«

»Ja«, bestätigte Ruby und aß eine Gabel Kartoffelsalat. »Kommst du? Hawthorne College, elternfrei.«

Das Motto *Hawthorne College, elternfrei* stand auf der

Facebook-Seite unserer Studiengruppe. Hatte sich wahrscheinlich die Person ausgedacht, die nach ihrer Zulassung die Seite eingerichtet hatte. Schon bei der Vorstellung einer Party tat mir der Kopf weh, und ich starrte auf den Hummer auf meinem Pappteller und stupste ihn mit der Gabel an.

»Noch nie Hummer gegessen?«, fragte John.

Ich blickte auf. Alle schauten mich abwartend an.

»Ähm, nein. Erstes Mal.«

»Schmeckt köstlich«, sagte Ruby und tunkte ein Stück weißes Fleisch in flüssige Butter.

»Woher kommst du?«, fragte John weiter. »Sogar die Königin von England hier«, er wies mit dem Kopf auf Gemma, »kann mit Hummer umgehen.«

Gemma zuckte zusammen, als fühlte sie sich gekränkt von der Anspielung darauf, dass sie gern aß. Sie zog den Bauch ein und richtete sich auf.

»Houston«, sagte ich. »Meine Mutter ist allergisch gegen Krustentiere, deshalb gab's die bei uns nie.«

»Ah.« John setzte sich zu mir. Er roch nach Seife und Deo. Ich schaute auf Max, der noch immer nichts gesagt hatte, uns aber beobachtete.

John griff nach dem Hummer, und ich verzog das Gesicht, als die Fühler zitterten.

»Mit dem Schwanz anfangen«, sagte John, und es knackte, als er mit geübter Bewegung die Schale aufbrach und das weiße Fleisch herausdrückte. Dann legte er den Rest auf den Teller und drosch mit der Faust darauf. Körpersäfte spritzten auf Ruby und Gemma, auf meinem Handgelenk landete irgendeine wässrige

Substanz. Gemma kreischte angeekelt und schlug auf Johns muskulösen Arm. Ruby war zurückhaltender und tupfte kommentarlos die Flecken von ihren Sneakers. John löste unbeeindruckt mit dem Daumen das Fleisch aus dem aufgebrochenen Panzer. »Dann die Scheren«, sagte er, zog einen Hummerknacker aus der Tasche und brach damit eine Schere auf. Noch mehr Flüssigkeit tropfte auf meinen Teller, und John schaute zufrieden lächelnd auf. »Willkommen in Maine.«

Ich blickte erst auf ihn und dann auf die starren Augen des Hummers, der jetzt halb zerstückelt auf dem Rücken lag. Dann lächelte ich, weil ich spürte, dass John Dank für seine Assistenz erwartete.

»Super, danke«, sagte ich.

Er zeigte auf eine grüne Masse, die aus dem Körper quoll. »Das da kannst du auch essen. Ist eine Delikatesse.«

»Tu's nicht«, warnte Ruby. »Das ist …«

»Scheiße«, warf Gemma ein. »Echte Scheiße. John verscheißert dich.«

John setzte sich wieder an seinen vorherigen Platz und grinste. »Das ist der beste Teil. Und es ist nicht Scheiße, sondern die Leber.«

»So ekelhaft«, sagte Gemma und warf eine Hummerschere nach John. Sie prallte an seiner Brust ab und landete neben seinen lachsfarbenen Chinos. John grinste Gemma an, und sie wurde rot. Kam mir seltsam vor, dass sie mit jemandem flirtete, obwohl sie doch einen Freund hatte. Aber ich kannte mich mit Liebesbeziehungen nicht aus, hatte noch nie eine gehabt.

Gemma zündete sich eine Zigarette an. Der Rauch stieg mir in die Nase, ich unterdrückte den Hustenreiz und hoffte, dass die anderen nicht auch rauchten.

»Woher kennt ihr euch alle?«, fragte ich, verwundert über die Vertrautheit der Gruppe.

»Ah«, sagte Gemma, sichtlich begierig, die Frage zu beantworten. »Wir haben uns grade erst kennengelernt. Heute.« Sie sah John an. »Na ja, gut, also Max und er kennen sich natürlich, weil sie Cousins sind. Und Ruby war mit den beiden während des Fußballturniers schon mal hier. Ich wohne mit Ruby zusammen. Klingt kompliziert, wenn man's erklären muss.«

»Und wir haben in diesem Sommer auf Facebook gechattet«, fügte Ruby hinzu.

»Ach ja, genau. Irgendwie kannten wir uns also doch schon«, schloss Gemma und biss in ihren Maiskolben.

Ich blickte angewidert auf den Hummerkadaver. Die anderen fingen an, über Seminare zu reden, und ihre Stimmen schienen sich von mir zu entfernen. Ich nahm ein Stück von dem kalten, gummiartigen Fleisch und tunkte es in die Plastiktasse mit Butter. Dachte dabei an all die Hummer, die noch vor wenigen Tagen vergnügt im Meer unterwegs gewesen waren, nichtsahnend, dass sie in Kürze auf dem Rasen einer Elite-Uni enden würden. Und wir waren nicht mal die elitärste der Elite-Unis, eher die zweite Riege. In Hawthorne landete, wer in Princeton, Harvard oder am MIT abgelehnt worden war. Ich fragte mich unwillkürlich, was es in Harvard beim Begrüßungsessen gab.

Ruby drückte ihr Knie an das von John, auf eine so intime Art, wie man es nur machte, wenn man ein Paar war. Die anderen lachten, aber ich blendete sie aus. John registrierte meinen Blick. Ich spürte, dass er versuchte, mich einzuschätzen. Er wollte, dass ich ihn mochte. Wahrscheinlich war es ihm ein Rätsel, warum ich ihn nicht so anhimmelte wie die beiden anderen Mädchen. Ich schaute rasch weg, bevor Ruby unseren Blickkontakt bemerkte, und hoffte, dass ich bald verschwinden konnte.

2

Senior Day

Der Senior Day ist Tradition und findet immer an einem Samstag mitten im Winter statt. Die Stimmung heute früh auf dem Campus ist noch schläfrig und behaglich. Ich verstehe nach wie vor nicht, warum man diesen Festtag nicht in den Frühling gelegt hat, wenn es warm ist und alle ihre Examen hinter sich haben. Ich vermute mal, wer sich das Ganze ausgedacht hat, litt an Winterblues und brauchte einen Anlass, um ein ganzes Wochenende saufen und feiern zu dürfen.

Um die Mittagszeit treffen wir uns vor der Mensa und ziehen dann los, um in allen Häusern – jedes ist nach einem Motto dekoriert – Party zu machen. Die Tour endet mit dem Sprung in den vereisten See. Die anderen Semester schauen zu und trinken aus Plastikwasserflaschen harte Alkoholika.

Abends gibt es den Last Chance Dance in der alten Sporthalle, genannt *Der Käfig*. Da sind eigentlich nur die höheren Semester zugelassen, aber ein paar Studienanfänger mogeln sich meist auch rein. An diesem Tag wird von der Unileitung alles Mögliche geduldet und sogar mitorganisiert. Wollen uns wohl bei Laune halten, wenn wir hier schon mitten in der Einöde hocken.

Mir ist dieses ganze Traditionsding egal. Nicht egal ist mir, was sich in dem Haus abspielt, in dem ich mit meinen fünf Freunden wohne. Alles Mögliche läuft schief. Wir sollten uns eigentlich besonders nah sein und zusammenhalten. Stattdessen tun sich Abgründe auf. Drei Jahre lang sind wir jetzt so eng befreundet, ich werde nicht zulassen, dass in den letzten Monaten alles zerfällt. Ich brauche diese Gruppe dringend, bin regelrecht abhängig von ihr. Und im Moment ist mir am allerwichtigsten, eine Lösung für mein Problem zu finden.

Heute Morgen saß ich in Rubys Zimmer auf dem Fußboden, ans Bett gelehnt, während Gemma und sie sich zurechtmachten. Das Zimmer ist direkt neben meinem, nur durch eine dünne Wand getrennt. Gemmas Zimmer ist auf der anderen Seite, mit Blick auf den Campus. Das Haus gehört Khaled, dem Prinzen, wie wir ihn zu Anfang immer nannten. Gemma hat ihn gleich in den ersten Studientagen in unsere Clique reingebracht. Sie bildet sich gerne ein, dass wir die Zimmer in dem feudalen Haus ihr verdanken, und reibt uns das ebenso gerne unter die Nase.

Khaled wohnt im größten Zimmer, unten im Erdgeschoss, John und Max in zwei kleineren Räumen gegenüber der Küche. Die Jungs kommen nur selten hoch zu uns in die Mädchenzimmer, von John abgesehen. Den habe ich in letzter Zeit zu oft gehört wegen der dünnen Wand. Alle anderen aus dem Semester beneiden uns um die Villa, und wir selbst nennen sie den *Palast*. Die meisten anderen hausen in Studentenwohnheimen mit winzigen Zimmern oder müssen sich Räume in heruntergekommenen Häusern außerhalb vom Campus mieten. Ich weiß wohl, dass wir Glück haben, aber deshalb bin ich noch lange nicht glücklich.

Gemma und Ruby gaben sich heute Morgen besondere Mühe mit ihrem Outfit und zogen ihre engsten und buntesten Stretch-Sachen an. Ich trug meine Laufshorts und das Uni-Sweatshirt und graulte mich jetzt schon vor dem eiskalten Wasser.

Ich sah zu, wie Gemma sich hastig die Nägel lackierte und dabei über ihre ausgefranste Nagelhaut pinselte. Die Haare hatte sie sich blau gefärbt, wegen der Unifarben, hatte sie gesagt. Ruby und ich äußerten uns nicht dazu, aber es war klar, dass wir beide das Gleiche dachten: typisch Gemma, wieder ein Schrei nach Aufmerksamkeit.

Rubys wichtigstes Accessoire heute war ein räudiges altes Tutu, das uns seit der Eighties-Party zu Anfang des Studiums begleitet hatte. Damals hatte Ruby es im Second-Hand-Laden vom Wühltisch gepflückt und seither bei jeder traditionellen Feier zum Einsatz gebracht. Ich schauderte, als ich daran dachte, wie viele schweißnasse Tanzflächen und nächtliche Ausflüge zum Grill, dem Imbiss im Ort, es miterlebt hatte. Einmal hatte Gemma es auch vollgekotzt. Das Tutu hatte Ruby all die Jahre mitgeschleppt, es war wie ein Sinnbild für ihr früheres spielerisches Wesen.

Hätte jemand uns an diesem Morgen sehen können, er hätte bestimmt gefunden, dass wir einen malerischen Anblick abgaben. Drei beste Freundinnen, die sich auf den Höhepunkt ihrer Studienzeit vorbereiten: den Senior Day. In ein paar Monaten würden wir unseren Abschluss machen. Kosteten die letzte Zeit unseres gemeinsamen Lebens hier aus. Sicher hätte derjenige uns um unsere Jugend und unsere Nähe beneidet. Um unser Glück.

Doch das alles ist eine Lüge.

Eine Zigarette in der einen Hand, heiße Schokolade in der anderen, steht Gemma am Feuer und redet mit ihren Theaterfreunden. Sie trägt ihre weite Uni-Sweathose und alte Stiefel, hat ein Handtuch um den Oberkörper geschlungen. Ich halte Ausschau nach Ruby, aber die ist wohl mit John und den anderen losgezogen, um noch mehr heiße Schokolade mit Whisky aufzutreiben. Das ist meine Chance.

»Hey«, sage ich und stelle mich neben Gemma. Die Hitze vom Feuer brennt mir im Gesicht. Gemma schaut mich von der Seite an und wirft dann die Kippe in die Flammen. Sie weiß, dass ich Rauchen nicht ausstehen kann.

»Kann ich was mit dir besprechen?«, frage ich.

»Na klar«, antwortet Gemma.

»Ich wollte schon länger mit dir darüber reden …« Ich lasse das in der Luft hängen, gebe mir Mühe, unsicher und besorgt zu wirken.

Jetzt habe ich ihre Aufmerksamkeit. Gemma sieht beunruhigt aus und betrachtet mich mit verengten Augen. »Alles okay?«

»Tja …« Wieder lege ich eine bedeutungsvolle Pause

ein, schubse mit dem Fuß einen gefrorenen Erdklumpen weg. »Ich mach mir Sorgen um Ruby.«

Gemma liebt großes Drama, auf der Bühne wie im Leben, sie studiert schließlich Theaterwissenschaften.

»Ich finde, sie benimmt sich komisch in letzter Zeit«, fange ich an. »Ich will jetzt echt keinen Blödsinn reden, aber ich finde, sie ist neuerdings so zickig. Weißt du, was ich meine?«

Ich sehe an Gemmas Blick, dass sie versteht, wovon ich rede. Letzte Woche, auf dem Weg zum Butternut Mountain, wo wir Ski laufen wollten, hat Ruby Gemma übel angeraunzt. Das GPS fand kein Signal mehr, und wir gondelten zwanzig Minuten lang in die falsche Richtung. Gemma sagte immer wieder, wir hätten einen Abzweig versäumt, aber Ruby weigerte sich umzukehren. Ich schwieg mich aus, wusste aber, dass Gemma recht hatte. Als das Navi wieder funktionierte und sagte, wir müssten umkehren, bot Gemma Ruby an, ihr bei der Eingabe zu helfen. Darauf fauchte Ruby: *Großer Gott, tut mir leid. Wenn du dich so gut auskennst, kannst du ja dann heimfahren.* Aber sie klang nicht, als ob ihr irgendwas leidtäte. Danach hörten wir Radio und fanden schließlich auch den Berg.

Ich konzentriere mich auf meine nächsten Worte, hoffe, die richtigen Nadeln zu setzen.

»Ich hab das Gefühl, John will sich von ihr trennen. Sie benimmt sich ihm gegenüber so distanziert. Und flirtet mit anderen Typen. John merkt das. Tut mir echt leid für ihn.«

Gemmas Augen weiten sich.

»Jedenfalls«, spreche ich weiter, »wenn die beiden sich trennen, wird sie bis zur Abschlussfeier am Boden zerstört sein. Und bestimmt ergreifen alle von uns für einen der beiden Partei. Das wird total unangenehm. Ich meine, wir sechs wohnen zusammen und sind uns so nah.«

»Ja, stimmt schon«, sagt Gemma. Sie zieht das Handtuch noch fester um sich und blickt auf ihre Hände mit den abgekauten Nägeln. Der Wind zerrt an unseren Handtüchern, Asche wirbelt um uns herum.

»Ich weiß einfach nicht …«, rede ich weiter. »Eigentlich glaub ich zwar nicht, dass er sie betrügen würde oder so. Aber wenn, dann wär bestimmt heute der Tag dafür. Irgendwann reicht's ihm bestimmt auch. Kann mir gut vorstellen, dass er sich betrinkt und dann irgendwas Dummes macht. Was glaubst du? Du bist doch immer noch ziemlich dicke mit John, oder? Ich dachte, du könntest vielleicht mit ihm reden. Nur um zu hören, ob er klarkommt oder ob er jemanden braucht, um sich auszusprechen. Und ich versuch, aus Ruby rauszukriegen, was mit ihr los ist.«

»Ich?«, fragt Gemma zögernd. Aber ich spüre ihre Aufregung. Die ist da, unter ihrer Sorge um Ruby. »Du glaubst, ich bin die Richtige, um mit John zu reden?«

»Ja, ich meine, er sagt immer, dass du seine beste Freundin bist.« Kleine Lüge. »Das wusstest du doch, oder?«

Gemma wird rot, und ihre Mundwinkel zucken. Sie fühlt sich geehrt. »Okay, ich mach das«, sagt sie. »Kein Problem, Süße. Ich geh das an.«

Die anderen kommen ums Feuer herum zu uns. Ich beobachte Ruby genau. Sie versucht angestrengt, fröhlich zu wirken. In einer Hand hält sie das tropfnasse Tutu, in der anderen einen dampfenden Becher heiße Schokolade. John und Khaled rauchen einen Joint und schauen sich immer wieder hastig um, damit sie nicht von der Unileitung erwischt werden.

»Sag nichts«, flüstere ich Gemma zu.

Sie nickt ernsthaft und aufrichtig dankbar, dass ich sie eingeweiht habe. Ich weiß, dass sie sich mir näher fühlt als je zuvor. Ulkig, dass Gemma jetzt am Ende so wichtig wird. Nach all diesen Jahren, in denen ich sie für meine Pläne nie zu irgendwas brauchen konnte. Sie will so unbedingt gefallen. Und ich kenne die Wahrheit über Liam; deshalb bin ich auch sicher, dass Gemma alles Erdenkliche tun wird, um sich John anzunähern. Ich weiß, dass ich sie eigentlich bedauern sollte. Und wenn die Dinge anders lägen, würde ich das vielleicht auch tun.

»Hey, Leute«, sagt Khaled mit seinem Dauergrinsen und hält unsere aufblasbare Gummipuppe hoch. »Denise war super.«

»Denise braucht bestimmt eine Pause«, erwiderte Gemma. »Du hast sie ja heute ziemlich hart rangenommen.«

Die beiden lachen. Im ersten Semester hatten wir bei uns im Haus eine Halloween-Party gemacht, und irgendjemand hatte diese Gummipuppe dagelassen, woraufhin Khaled beschloss, dass wir sie behalten sollten. Er gab ihr den Namen Denise, und seither steht sie am

Wohnzimmerfenster und schaut uns zu, wenn wir kommen und gehen. Auf Khaleds Facebook-Profilbild ist er mit Denise zu sehen. Er hat den Arm um ihre Plastikschultern gelegt, und beide glotzen mit demselben dämlichen Blick in die Kamera.

Gemma nimmt ihm den Joint aus der Hand, und Khaled und sie unterhalten sich. Sie wirft mir noch einen Blick zu, in dem zu lesen ist, dass sie unser Geheimnis bewahren wird.

Ich spüre, wie John meinen Arm streift, den Kreis schließt. Er schaut zu mir herunter, wir sehen uns an. Seit Wochen gehen wir uns aus dem Weg. John muss heute das Richtige tun, sonst wird mein Plan nicht funktionieren.

Mein Handy vibriert in meiner Hand. Ich schaue aufs Display. Neue Nachricht von H. Ich mache sie auf.

> Wir müssen reden. Hör auf, so zu tun, als wäre alles okay. Lass mich dir helfen.

Ich mache das Handy aus und drücke es an mich.

Ich musste Gemma anlügen. Eigentlich geht es nicht um Rubys Zustand oder die Stimmung in unserer Clique. Es ist etwas viel Gravierenderes, etwas wirklich Schlimmes. Aber das kann man jemandem wie Gemma nicht anvertrauen.

3

Erstes Studienjahr

Ich spürte die feuchte kühle Luft auf der Haut, als ich im Zwielicht über den Campus ging. In Texas war es um diese Jahreszeit noch unerträglich heiß. Da war es in Maine schon frischer. Maine, meine neue Heimat. Ich trug enge schwarze Jeans und ein tief dekolletiertes Seidentop mit Spaghettiträgern.

Gemma und Ruby wohnten damals noch in einem der größten Wohnheime auf dem Campus. Der Ziegelbau war von Efeu überwuchert, Musik drang aus den offenen Fenstern, ein lautes schrilles Mischmasch, aber es gefiel mir, an einem Wochentag mit Freunden Party zu machen. *Gemma, Ruby, John, Max.* Ich ließ mir die Namen auf der Zunge zergehen, konnte noch gar nicht fassen, dass ich die alle so schnell kennengelernt hatte. Nahm mir fest vor, eine gute Freundin zu sein, damit ich zu ihrer Clique gehören konnte. Witzig und entspannt musste ich sein, mich nach ihnen erkundigen, gut zuhören. Cool wirken, kapieren, wie sie tickten, damit ich jederzeit helfen konnte.

Auf der Treppe an der Haustür saßen ein paar Jungs und musterten mich, als ich an ihnen vorbeiging. Rauchwolken hingen in der Luft, es roch muffig nach

Gras. Auf der obersten Stufe warf ich einem der Jungs einen Blick zu. Es war der Prinz. Er grinste und sprang auf, um mir die Tür zu öffnen.

»Danke.« Ich trat in den kühlen Flur.

Der Prinz strahlte. Er sah schon süß aus mit seinem weichen Gesicht und den lieben Augen. Kam sicher bei allen gut an. Wollte wahrscheinlich wettmachen, dass er ein Prinz war. Jetzt merkte ich, dass er irgendeinen Männerduft trug und ziemlich damit übertrieben hatte.

»Willst du zu Gemma?«, fragte er und hielt mit dem Fuß die Tür auf.

Gemma hatte ihn wahrscheinlich schon kennengelernt; vielleicht durfte sie bald mal in einem der Lamborghinis mitfahren.

»Ja.«

Wir standen uns einen Moment gegenüber, dann reichte ihm einer den Joint hoch.

»Willst du dich zu uns setzen?«, fragte der Prinz. Aber ich wusste, was für einen Ruf man sich einhandelte, wenn man als einziges Mädchen bei einer Gruppe Typen saß. Ich wollte auf jeden Fall anders wirken.

»Nein, danke.«

»Wie du willst. Wir sehen uns«, sagte der Prinz.

Die Tür fiel zu, und ich stieg die Steintreppe hinauf. Meine Schritte hallten in dem alten Gebäude wider.

»Oh mein Gott, hi!«, kreischte Gemma, als ich in ihr Zimmer trat. Ihr Atem roch fruchtig und nach Alkohol. Das Getränk in dem roten Plastikbecher schwappte über den Rand auf den Boden, aber Gemma schien es nicht zu merken.

Die Tür zu dem langen Korridor stand offen, im Zimmer war es stickig und stank nach schweißgetränkten Klamotten. Die Musik dröhnte, und die Bässe wummerten so heftig, dass ich sie spürte. Überall im Flur drängten sich Erstsemester. Ich war absichtlich spät gekommen, um den Smalltalk zu vermeiden, und stellte jetzt erleichtert fest, dass die meisten schon ziemlich betrunken waren. In einer Ecke war ein Pärchen am Knutschen, der Typ steckte dem Mädchen die Hand unters T-Shirt.

Ich überreichte Gemma ein Sixpack Bier. »Hab was mitgebracht.«

»Wie bist du da rangekommen?«, fragte sie. »Wir mussten jemand aus den höheren Semestern dafür bezahlen, dass er uns eine Flasche Wodka kauft. Völlig absurd. Ich glaube, der Typ wollte mehr Kohle dafür, als der Wodka gekostet hat.«

»Hat mir mein Dad gegeben«, antwortete ich. Gemma guckte verwundert, und ich fügte hinzu: »Ihm ist es lieber, wenn ich auf legalem Wege rankomme.«

»Wie cool von ihm.« Sie zog mich hinter sich her durchs Getümmel. »Ich hoffe, ich kann mir bald einen falschen Ausweis beschaffen. So ein Schwachsinn, ehrlich. In London krieg ich alles legal, aber hier nicht. Land der unbegrenzten Möglichkeiten, haha, totale Verarsche.« Als wir uns bis zur Ecke durchgedrängt hatten, verstaute sie das Bier in einem kleinen Kühlschrank, der nichts außer Alkohol und Energydrinks enthielt.

Das Zimmer von Ruby und Gemma war klein, wirkte nur durch die hohe Decke ein bisschen geräumiger. An den Wänden hingen Poster, Kartons und unausgepackte

Koffer wurden als Sitzgelegenheit benutzt, von schwitzenden Studis, die Bierdosen und Becher mit Wodka oder Gin in der Hand hielten. Wir drängten uns zu dem großen Fenster durch, von dem aus man raus auf den Kolleghof schauen konnte. Auf den kopfsteingepflasterten Wegen waren im Licht der historischen Laternen jede Menge Leute unterwegs.

Ruby saß mit John auf dem Fensterbrett. Die beiden steckten die Köpfe zusammen, hell und dunkel, Yin und Yang. Er flüsterte ihr etwas ins Ohr, stand auf und mischte sich unter die Menge, alle überragend. Und alle schauten zu ihm hoch. Die Mädchen suchten seine Nähe, die Jungs richteten sich auf, um imposanter zu wirken.

Ich warf einen Blick auf Gemma und sah, wie ihr Lächeln erstarb. »Das ist John, oder?«, fragte ich. »Muss die Namen noch üben.«

Gemma nickte. »Und sein Cousin ist Max, der Kleinere, Dunkelhaarige. Supersüß, aber zu klein für mich«, murmelte sie und hielt Ausschau nach ihm. Ich war mir nicht sicher, ob das ein Scherz sein sollte. Gemma selbst war bestimmt nicht mal eins sechzig.

»Scheint noch nicht da zu sein«, redete sie weiter. »Ich find das ja echt komisch, John und Max scheinen sich gar nicht besonders zu mögen, aber Ruby sagt, die stecken immer zusammen. John ist wie so ein niedlicher junger Golden Retriever, und Max … tja, das ist eben der Punkt. Zu dem fällt einem gar nichts ein, nix und wieder nix. Ich glaub, der ist ziemlich langweilig. Weiß nicht recht. Na ja, du wirst ja sehen.«

»Hab ich bei dem Hummeressen schon mitgekriegt«, sagte ich. Max hatte die ganze Zeit kein Wort gesprochen.

»Malin!«, rief Ruby und winkte uns zu sich. Als wir zu ihr traten, musterte sie mein Outfit und umarmte mich. An diese Umarmungen musste ich mich hier wohl gewöhnen.

»Das sieht toll aus.« Ruby berührte das Seidentop. Ihre Stimme klang aufrichtig. Aus der Schulzeit war ich es gewöhnt, dass Mädchen mir Komplimente machten, dann aber hinter meinem Rücken die Augen verdrehten. Doch Ruby schien zu meinen, was sie sagte.

»Oh, tut mir leid, magst du es nicht, umarmt zu werden?«, fragte sie jetzt.

Ich schüttelte den Kopf, lächelte ein bisschen.

»Vielleicht kann ich so was auch mal tragen. Wenn ich abnehme«, sagte Gemma mit nervösem Lachen.

Weil ich keine Lust hatte, auf Gemmas Komplexe einzugehen, schaute ich aus dem Fenster. Vielleicht dachte sie dann, ich hätte sie nicht gehört.

Ruby brach das Schweigen. »Ach, komm schon, Gems, du weißt doch, dass du superhübsch bist.«

»Danke, Süße«, erwiderte Gemma lächelnd und zog ihr T-Shirt weiter runter, um noch mehr Brustansatz zu zeigen.

Die beiden benahmen sich so vertraut miteinander, als würden sie sich seit Jahren kennen. Anfang des Sommers hatte mein Vater mir den Fragebogen für die Zimmerauswahl gegeben, und ich hatte mir ein Einzelzimmer ausgesucht. Ich dachte mir, dann hätte ich mehr Ruhe zum Lernen. Außerdem rechnete ich sowieso nicht mit Freundschaften, und auf keinen Fall wollte ich mit einem Mädchen zusammenwohnen müssen, das ich nicht mochte.

»Und was hat dich von Texas nach Maine verschlagen?«, fragte Ruby, machte mit ihren rosa Nägeln eine Bierdose auf und reichte sie mir.

Ich hatte keine Ahnung, weshalb Ruby sich mit mir unterhalten wollte. In der Schulzeit galt ich als Einzelgängerin und hatte meine Ruhe. Die Jungs gaben es irgendwann auch auf, mich anzugraben, aber ich hätte beliebt sein *können*. Ich wollte nur nicht. Am liebsten war ich alleine und las. Ich wusste, dass meine Eltern sich deshalb Sorgen machten. Wahrscheinlich lagen sie nachts wach und raunten: *Aber sie braucht doch Freunde*. Weil es so lange funktioniert hatte, ging ich irgendwie davon aus, dass ich gewissermaßen unsichtbar war. Aber jetzt standen vor mir zwei Mädchen, die offenbar wirklich mit mir befreundet sein wollten.

Bevor ich antworten konnte, warf Gemma ein: »Ja, das weiß ich auch noch nicht. Dabei siehst du so nach New York aus. Ich liebe diesen Schwarz-Weiß-Style, und deine Haare sehen super aus, ich wollte auch immer so glatte platinblonde Haare haben. Texas, echt?« Gemma musste eindeutig immer das Gespräch an sich reißen.

»Ich liebe New York«, sagte ich und überlegte, welche Frage ich zuerst beantworten sollte. Zwei Paar Augen sahen mich abwartend an. »In meiner Kindheit waren meine Eltern oft mit mir in New England. Sie kommen beide aus Massachusetts. Na ja, und nun bin ich hier. Mal was anderes.«

Ich hatte mich um einen texanischen Tonfall bemüht, und die beiden lachten. Ihnen die Wahrheit zu erzählen war sinnlos. Das machte man nicht, wenn man jemanden gerade erst kennengelernt hatte.

Wir blieben die nächsten zwei Stunden zusammen und redeten über unsere Studienfächer. Ruby studierte Kunstgeschichte, Gemma Theaterwissenschaften. Ich berichtete, dass ich mich für Anglistik entschieden hatte und später Jura studieren wollte. Wir waren uns einig, dass wir es im Herbst hier in Maine sehr gemütlich fanden, und dann fragte Ruby, ob wir sie am Wochenende zu einer Apfelplantage begleiten wollten. Gemma zögerte, aber ich sagte gleich: »Fände ich toll.«

Nach dem dritten Bier wird meine Erinnerung verschwommen; ich weiß nur noch, dass ich mir überlegte, ob Ruby und Gemma wohl gute Freundinnen werden würden. Es wunderte mich, dass sie mich auf Anhieb zu mögen schienen, und ich konzentrierte mich darauf, weiter *normal* und nett zu wirken. Komplimente zu machen, im passenden Moment zu lachen, das Richtige zu sagen. Ich wollte nicht übertreiben, aber auch nicht langweilig wirken.

Gemma mit ihrer dramatischen Art war ziemlich anstrengend, Ruby dagegen mühelos. Sie hielt die Gespräche am Laufen, interessierte sich für alles. Ich mochte Ruby, sie war geeignet. Aber mir war auch klar, dass ich noch lebhafter, mehr wie sie sein musste, wenn die Freundschaft halten sollte.

Den anderen fiel ihre sympathische Art auch auf, Ruby wurde von Anfang an gemocht. Sie hieß alle willkommen, stellte sich vor. Brachte den Leuten Drinks, sorgte dafür, dass sie sich wohl fühlten. Perfekte Gastgeberin.

Zu diesem strahlenden, schönen Geschöpf fühlten sich alle hingezogen. Die Jungs warfen ihr begehrliche Blicke zu, die Mädchen musterten sie und schienen zu überlegen, ob sie lieber ihre Freundin oder ihre Gegenspielerin sein wollten. Und alle schienen zu dem Schluss zu kommen, dass es der klügere Zug war, ihre Freundin zu sein.

Später am Abend saßen Ruby und ich kichernd zusammen auf einem Umzugskarton und tranken Wodka. Der Karton gab ein bisschen unter uns nach, und unsere Schultern berührten sich. Ich war noch nie zuvor betrunken gewesen, hatte aber den Eindruck, dass es jetzt so weit war. Wir waren schweißbedeckt, und ich sehnte mich nach den Klimaanlagen, die ich aus Texas gewöhnt war.

Das Zimmer hatte sich geleert, nur ein paar Grüppchen standen noch herum. Aus dem Augenwinkel sah ich, dass Gemma sich mit ein paar anderen Mädchen unterhielt und ständig zu Ruby und mir herüberschaute. Gemma war eindeutig sauer. Sie hatte mich eingeladen, und nun hing ich den ganzen Abend mit ihrer Mitbewohnerin zusammen. Die anderen betrachteten uns schon als unzertrennlich und wollten wissen, ob wir uns von früher kannten. So war Ruby am Anfang. Wie ein offenes Buch. Man erfasste sie auf Anhieb.

»Hey«, sagte eine Stimme neben mir.

»Hey«, erwiderte Ruby, und ihre Stimme klang mädchenhafter als vorher.

Ich schaute auf. John, mit einem Tischtennisball in der Hand.

»Spielt ihr mit Bier-Pong?«, fragte er und hielt den Ball hoch.

»Ihr werdet verlieren«, sagte Ruby und zog mich mit hoch, als sie aufstand.

Wir folgten John in den Flur. Max lehnte an der Wand, eine Flasche Bier in der Hand, der Prinz stand hinter einem Klapptisch. Auf beiden Seiten standen je drei Plastikbecher, halb mit Bier gefüllt. Der Boden war klebrig, und es roch nach verschwitzten Körpern.

Der Prinz beugte sich über den Tisch und streckte mir die Hand hin. »Ich bin übrigens Khaled. Wir haben uns ja vorhin schon kennengelernt.«

»Der Prinz?«, fragte Ruby, und alle glotzten Khaled an. Der Alkohol machte alle Zurückhaltung zunichte.

Ruby lief rot an. »Entschuldige, ich wollte dich nicht bloßstellen.«

Khaled seufzte. »Kein Ding. Mein Vater ist eh der Wichtigere von uns beiden.«

Damit erntete er ein dankbares Lächeln von Ruby. »Und wie bist du nach Hawthorne gekommen?«

»Tja, ich will Chirurg werden«, erklärte Khaled. »Bin hier im Vorstudium.« Er schaute zu Max hinüber. »Wie Max. Meine Eltern wollten eigentlich, dass ich in Abu Dhabi bleibe und bei der Regierung arbeite, haben mir aber erlaubt, in Maine, Minnesota oder Alaska zu studieren. Da, wo es am kältesten ist. Rechnen wahrscheinlich damit, dass ich nach einem Semester wieder nach Hause komme, weil ich friere, vor allem, wenn es Schnee gibt.«

»Mann, wie toll«, sagte Ruby. »Ich war noch nie im Ausland. Ich hoffe, du nimmst es mir nicht übel, aber du wirkst so …«

»Nicht wie aus einem arabischen Land?«, fragte Khaled.

»Mhm, ja«, antwortete Ruby.

»Bin eine Zeitlang in London auf die amerikanische Schule gegangen. Mein Vater war da ein paar Jahre. Bin also quasi dort aufgewachsen.«

Ruby hielt ihren Becher hoch. »Na, dann hoffen wir mal, dass du bei uns bleibst und nicht bald wieder nach Hause willst.«

Khaled lächelte und stieß mit Ruby an. »Cheers.«

John ging an mir vorbei und drückte mir den Ball in die Hand. »Die Damen zuerst.«

Ich blickte verständnislos auf den Tischtennisball und schaute dann fragend Ruby an.

»Bierwerfen«, raunte sie mir zu. Weil ich immer noch nichts kapierte, flüsterte sie: »Versuch den Ball in einen der Becher von den Typen zu werfen. Wenn du triffst, trinken sie.«

Ich konnte ziemlich gut werfen. Nach fünf Minuten waren Ruby und ich am Gewinnen. John und Khaled hatten jeder schon fünf Becher intus, rülpsten und fingen an, sich unsicher zu bewegen. John strich sich dauernd mit feuchten Händen durch die Haare, die in alle Richtungen abstanden.

»Ihr macht uns fertig«, sagte Khaled kopfschüttelnd, grinste aber dabei. Es schien ihm nichts auszumachen. Er wirkte lässig, klatschte gut gelaunt mit allen ab, die am Tisch vorbeikamen. Seine Fröhlichkeit war ansteckend, und ich fragte mich, wie seine Dämonen wohl aussahen. Falls er überhaupt welche hatte. Menschen, die so eine unbeschwerte Ausstrahlung hatten, interessierten mich.

Ruby und ich grinsten uns an, erfreut über unseren Sieg, als mich plötzlich jemand von hinten umschlang.

»Da seid ihr ja«, lallte Gemma.

»Hey, willst du mitspielen?«, fragte Ruby.

»Nee, nee, viel zu besoffen.« Gemma drängte sich zwischen uns, legte uns die Arme um die Taille. John schaute zu Max hinüber, der uns beobachtete. Er hatte noch immer kein einziges Wort mit uns gesprochen. Sein Schweigen war irgendwie faszinierend und nervig zugleich. Ich konnte nicht einschätzen, ob er schüchtern oder maßlos überheblich war. John redete jetzt mit ihm über Football, und als er eine abfällige Bemerkung über einen Spieler machte, murmelte Max etwas Zustimmendes.

»Mag sich jemand über Cricket unterhalten?«, fragte Khaled.

»Worüber reden die beiden?«, fragte ich Ruby, die gerade die Becher neu auffüllte.

»Football. Morgen spielen die Giants gegen die 49er.«

»Bist du Football-Fan?«, fragte John Ruby.

Khaled warf als Erster, und der Ball landete in Rubys Becher.

»New England Patriots«, antwortete sie.

»Oh«, sagte John. »Weiß nicht, ob wir dann noch Freunde sein können.«

Ruby trank, ein leichtes Lächeln um die Lippen. »Lass mich raten … Du kommst aus den malerischen Vorstädten von Connecticut, trägst J.-Crew- und Patagonia-Klamotten und studierst BWL. Giants-Fan?«

John grinste schief. »Das Haus auf Marthas Vineyard hast du vergessen.«

Ruby warf den Ball in seinen Becher und stützte die Hand in die Hüfte. »Na klar. Trinken.«

»Irgendjemand Cricket-Fan? Darüber kann ich stundenlang reden«, fragte Khaled noch mal nach.

»Oooh, Cricket!«, lallte Gemma. »Mein Vater guckt …«

»Dude, du bist jetzt in Amerika, Cricket kannst du hier vergessen«, fiel John grinsend Gemma ins Wort, die gekränkt den Blick abwandte.

Khaled zuckte die Achseln. »Na dann. Ist für mich aber der beste Sport.«

Gemma beobachtete das Geplänkel zwischen John und Ruby und schien sich zu überlegen, ob sie was zu Football sagen konnte. Ich hoffte, sie würde es lassen.

»Dann bist du bestimmt Brady-Fan, oder?«, fragte John Ruby.

»Ist das dieser Supersüße?«, murmelte Gemma. Sie konnte kaum noch die Augen offen halten.

»Ja. Und aus der Nähe sieht der noch viel besser aus. Ist auch total sympathisch«, sagte Ruby. »Letztes Jahr war er am Dartmouth College wegen der Football-

Mannschaft. Und ratet mal, wer sich da reingemogelt hat, um ihm die Hand zu schütteln.«

John und Max sahen Ruby beeindruckt an – ein Mädchen, das was von Sport verstand.

Football. Würde ich nie kapieren. Aber ich lächelte unermüdlich. Trank einen Schluck von dem lauwarmen Bier.

»Der ist Pitcher, oder?«, murmelte Gemma. Sie war an mich gesunken, ihr Gesicht lag an meiner rechten Brust, die Augenlider flatterten. Das Mädchen war extrem betrunken.

»Quarterback«, sagte Ruby und warf mir einen besorgten Blick zu, woraufhin wir Gemma gemeinschaftlich ins Zimmer schleiften und ins Bett verfrachteten, wo wir sie auf die Seite legten. »Für den Fall, dass sie kotzt«, sagte Ruby und stellte noch einen Abfalleimer auf Kopfhöhe.

»Hast du vorher schon in Dartmouth studiert?«, fragte ich, weil mich die Bemerkung wunderte.

Ruby zog Gemma die Flechtsandalen aus und warf sie Richtung Schrank.

»Mein Vater arbeitet da. Bin auf dem Campus groß geworden.«

Ich rückte Gemmas Kissen zurecht. »Was macht er beruflich?«

Wir flüsterten unwillkürlich, aber Gemma wäre auch auf einem Jahrmarkt eingeschlafen. Sie schnarchte laut, während wir anfingen, leere Bierdosen aufzusammeln.

Rubys Gesicht verhärtete sich. Ich wollte sie nicht verärgern und fügte rasch hinzu: »Hab mir Dartmouth auch angesehen. Fand es wunderschön da. Unser Führer war barfuß.«

Sie sah erleichtert aus. »Ja«, sagte sie. »Ist ’n Haufen Hippies da. Von der intelligenten Sorte.«

Nachdem Ruby wieder entspannt wirkte, fiel mir meine eigene Familie ein. An die ich auch nicht denken wollte. Deshalb fragte ich nicht weiter nach. Ich konnte das gut verstehen. Überlegte jetzt schon, mit welcher Begründung ich in den Semesterferien in Maine bleiben könnte.

Ruby trat ans Bett, betrachtete die schnarchende Gemma. »Mitbewohnerinnen sind wohl wie Geschwister. Man sucht sie sich nicht aus, und sie sind immer da. Und man liebt sie trotz ihrer Macken.«

Wir schwiegen einen Moment.

»Einzelkind?«, fragte ich dann.

Ruby lachte. »Woher weißt du das? Weil ich so ein romantisches Bild von Geschwistern habe?«

Ich lächelte schief.

»Hast du Brüder oder Schwestern?«, fragte sie.

»Irgendwie schon.« Diese Frage hatte mir lange niemand mehr gestellt. Wo wir lebten, wussten alle Bescheid, und man vermied das Thema. »Ich hatte einen älteren Bruder, aber er lebt nicht mehr.«

»Oh«, sagte Ruby erschrocken und legte mir mitfühlend die Hand auf den Arm. »Das tut mir leid.«

»Ist lange her.«

»Verstehst du dich gut mit deinen Eltern?«

Ich überlegte. »Eher mit meinem Vater.«

»Mit deiner Mutter nicht?«

»Nicht so. Seit dem Tod meines Bruders ist sie sehr verschlossen.«

»Das muss schlimm gewesen sein«, sagte Ruby leise. »Meine Mutter ist weggegangen, als ich noch ganz klein war. Mein Dad hat mich großgezogen.«

Ich sah Ruby zu, wie sie Gemma zudeckte. Eine Zeitlang standen wir da und blickten auf sie hinunter. Dann machten wir das Licht aus und zogen die Tür hinter uns zu.

Irgendwann später – wir tranken weiter und verloren das Zeitgefühl – schlenderten Ruby und John zur Treppe am Ende des inzwischen menschenleeren Flurs. John hatte Ruby gefragt, ob sie spazieren gehen wollte, und sie hatte mit leuchtenden Augen zugestimmt. Jetzt lag seine Hand in ihrem Nacken, und die beiden kicherten und redeten so leise, dass ich sie nicht verstehen konnte.

Khaled trat neben mich. Sein Aftershave war noch immer ziemlich intensiv, und jetzt roch er auch noch nach Alkohol und Marihuana. Ich zuckte nicht zusammen, als Khaled mir locker den Arm um die Schultern legte. Ich wusste einfach, dass der Junge harmlos war. Meist schätze ich so was richtig ein.

»Hübsches Paar«, sagte er. »Meinst du, die vögeln nur? Oder wird was Ernstes draus?«

»Hm. Keine Ahnung.«

Ich wusste, dass ich irgendwann um das Thema Sex nicht mehr herumkommen würde. Sex fand zwischen Gleichaltrigen statt, und es wurde darüber geredet.

Aber ich war noch nicht bereit dafür. Ich verschränkte die Arme vor der Brust, fröstelte leicht. Khaled seufzte zufrieden, genoss es offenbar, mit mir alleine zu sein.

»Und, wie wär's mit uns beiden?«, fragte er.

Ich sah ihn an. Augen rot vom Kiffen, entspanntes Grinsen, Gin-Fahne. Ich musste ein Lachen unterdrücken. »Danke fürs Angebot, heute nicht.«

Khaled lächelte. »Hatte ich nicht anders erwartet. Aber man kann es ja mal probieren.«

»Freunde sein?«, fragte ich.

»Na klar. Soll ich dich nach Hause bringen, als Begleitschutz?«

Ich schüttelte den Kopf, war es gewohnt, auf mich selbst aufzupassen. Khaled gab mir einen feuchten Kuss auf die Wange, spazierte zur Treppe und rülpste laut.

Mich beschäftigte die Frage, was bei John und Ruby laufen würde. Beziehung oder nur vögeln, wie Khaled gesagt hatte? Ich dachte an den Blick von John, dieses schelmische Zwinkern. So wäre mein Bruder vielleicht geworden, wenn er die Chance gehabt hätte, erwachsen zu werden. Mir wurde übel, und ich rannte aufs Klo und erbrach das ganze Bier, das ich in mich reingeschüttet hatte.

4

Texas, 1993

Eine meiner ersten Erinnerungen, ich sehe sie immer in Schwarz-Weiß: Wir sind in einem Motorboot, auf einem See im Norden von Texas. Ich bin vier, trage eine Schwimmweste. Der Wind ist warm, ich hebe die Hand, lasse ihn durch meine Finger wehen.

Mein Vater ist am Lenkrad und lächelt vergnügt, als er Gas gibt. Er trägt eine Basecap, ist riesig. Ich bin winzig neben meinen Eltern und meinem Bruder.

Meine Mutter lacht, als das Boot übers Wasser saust, drückt mich liebevoll an sich. Der Wind peitscht uns um die Ohren. Bo ist auch dabei, damals noch ein Hundebaby. Er steht neben mir, seine Ohren flattern, die Zunge hängt ihm aus dem Maul, und Sabber landet auf meinem Kleidchen. Mein Bruder, sechs Jahre alt und schon ziemlich groß, hält sich auf der anderen Seite an einem Griff fest.

Das Boot hüpft über Wellen, wir steuern auf unser Ferienhaus zu. Der Wind ist hier heftiger, und meinem Vater weht es die Basecap vom Kopf, sie landet im Wasser. Dad schneidet eine Grimasse, und Mom lacht lauthals. Mein Mund ist trocken. Ich schaue meinen Bruder an. Levi lacht auch vergnügt. Ich stimme in das

Gelächter ein, weil ich mitmachen und dazugehören will.

Das ist die einzige glückliche Erinnerung an meine Familie, und sie wird von Jahr zu Jahr schwächer. Früher sah ich sie farbig, jetzt nur noch grau. Eine verblassende Momentaufnahme aus der Zeit, bevor alles anders wurde.

5

Senior Day

Ruby, Gemma und ich packen am Ufer unsere Sachen ein, den Rauchgeruch vom Feuer noch in den Haaren, als wir merken, dass es plötzlich merkwürdig still ist. Die Stille geht von dem Eisloch aus. Alle rundum sind verstummt.

Dann eine schrille Stimme. Amanda.

In unserem Jahrgang gibt es vierhundert Studierende, und irgendwann hat man alle mal gesehen, auf dem Campus, in der Mensa, bei Partys. Amanda hat die Arme um sich geschlungen, beugt sich über das Eisloch. Sie trägt Sport-BH und schwarze Shorts, die feuchten roten Haare sind zum Pferdeschwanz gebunden.

Amanda ist laut und dramatisch und redet gerne abfällig über andere. Beides wird noch schlimmer, wenn sie Alkohol intus hat. Nach vier Jahren weiß das jeder hier. Deshalb hätte ich sie normalerweise gar nicht beachtet, aber jetzt klingt sie anders als sonst. Zuerst unsicher, dann panisch. Schließlich schreit sie einen Namen: *Becca*.

Alle laufen herbei, drängen sich um das Eisloch. Jemand hat eine Fahne dabei, die über der Menge flattert, große weiße Buchstaben auf königsblauem Grund:

Senior Day. Ich frage mich, ob die Unileitung in diesem Jahr die Tradition des Eislochspringens verbieten wird. Wundert mich ohnehin, dass das nicht längst passiert ist. Nicht gerade ein Ausdruck von Sorgfaltspflicht, wenn man betrunkene Jugendliche in eiskaltes Wasser springen lässt.

Ich spüre den Luftzug, als John an uns vorbeirennt, den Abhang hinuntersprintet, sicher und sportlich übers Eis schlittert. Er drängt sich zwischen den anderen hindurch, springt ohne zu zögern in das Eisloch. Ruby umklammert mein Handgelenk, wir stehen reglos da.

»Oh Scheiße, was ist?«, fragt Gemma und verstummt dann. Spricht nicht aus, was alle denken. Noch nie ist jemand beim Eislochspringen ums Leben gekommen. Es soll ein fröhlicher Anlass sein, ein Übergangsritual für die Studienabgänger.

Die Sekunden fühlen sich wie Stunden an. Das Wasser schwappt aufs Eis, sonst regt sich nichts. Gemma steht dicht neben mir, hat spürbar Angst, vielleicht um Becca, auf jeden Fall aber um John. Was ihr jedoch nicht erlaubt ist, vor allem in Anwesenheit von Ruby. Meine beste Freundin. Die jetzt nur noch ein Schatten ihrer selbst ist, eine leere Hülle. Ihr Strahlen, ihre Lebhaftigkeit sind verschwunden seit dem letzten Jahr. Ihre Arme wirken kraftlos, sie ist mager. Jetzt sind ihre Augen weit aufgerissen, das Gesicht verzerrt. Sie hat Angst, dass ihr Freund, mit dem sie seit vier Jahren zusammen ist, ertrinkt. Ich versuche mir vorzustellen, wie sich das anfühlt: wildes Herzklopfen, flaues Gefühl im Magen, schweißnasse Hände.

Die Stille ist angespannt. Vierhundert Leute scheinen ängstlich die Luft anzuhalten, warten atemlos, dass John und Becca auftauchen, unversehrt herausklettern.

Ich sauge unwillkürlich die Luft ein, als ich sehe, wie sich das Wasser kräuselt. Etwas scheint zu passieren. Ruby lässt mein Handgelenk los und rennt den Abhang hinunter, drängt sich durch die Menge, die ihr Platz macht.

Jeder weiß, wer sie ist. Gemma und ich folgen ihr, und nun scheinen alle gleichzeitig zu reden. John Wright, Held und Retter in der Not. Ein Herkules, der jetzt aus der Tiefe auftaucht, das Mädchen mit sich zieht, ihm aus dem Wasser hilft. Becca wirkt dürr und hilflos wie ein Vogelküken. Schnappt mit letzter Kraft nach Luft, panisch, aber mit Dankbarkeit in den dunklen Augen.

Amanda hockt sich hin, hilft, Becca herauszuziehen, schneidet sich dabei an den scharfkantigen Rändern. Blut tropft auf das milchige Eis. In diesem Moment kommt Amanda mir vor wie eine fürsorgliche Henne, wild entschlossen, ihr Küken zu retten, um jeden Preis.

Ein paar Jungs aus der Rudermannschaft kommen angelaufen und packen mit an, während John Becca stützt und beruhigend auf sie einredet. Als sie auf der Eisfläche steht, reißt Amanda sie in ihre Arme, schiebt sie dann wieder weg, betrachtet sie forschend, fragt, ob alles okay ist. Becca keucht. Rasch legt Amanda ihrer Freundin ein Handtuch um, reibt ihr die Arme ab. Der Dekan, dem wahrscheinlich ein Stein vom Herzen gefallen ist, kommt angerannt, legt Becca den Arm um die Schultern, führt sie übers Eis zur Krankenstation, gefolgt von Amanda.

Ruby beugt sich zu John hinunter, berührt seine Schulter. Er stemmt sich aus dem Wasser, setzt sich auf den Rand, wirft Ruby ein Lächeln zu.

John, ohnehin schon bei allen beliebt, ist jetzt auch noch ein Held. Alle jubeln ihm zu, klatschen, hie und da lacht jemand erleichtert. John rappelt sich hoch, küsst Ruby auf den Kopf, sie schlingt den Arm um seine Hüfte, ein mattes Lächeln auf den Lippen. Alle beobachten die beiden, halten sie bestimmt für das ideale Paar. Aber ich spüre Rubys Zögern.

Max und Khaled tauchen neben mir auf. Khaled applaudiert John wie die anderen, Max bleibt stumm, seine Arme hängen herab, die Hände sind zu Fäusten geballt. Ich lege ihm die Hand auf den Arm, der Stoff seines Hemds fühlt sich hart an von der Kälte. Das ist nicht der richtige Moment für einen Streit, aber ich spüre, dass Max die Geduld verliert.

Gemma atmet hastig, überwältigt von ihren Gefühlen für John, von ihrem Verlangen. Als sie merkt, dass ich sie beobachte, wendet sie den Blick ab. Ich weiß, was sie noch vor wenigen Stunden gemacht hat. Habe sie gesehen im Haus des Schwimmteams, im Stroboskoplicht, blaue Farbspritzer im Gesicht. Und mit diesem Blick.

Ich kenne ihre Geheimnisse.

6

Erstes Studienjahr

Schon in der zweiten Studienwoche festigte sich meine Freundschaft mit Ruby. Das hatte ich wahrscheinlich Amanda zu verdanken. Was wir in der Mensa mit ihr erlebt hatten, war eine gute Fügung gewesen, die ich zu nutzen wusste. Danach bezeichnete mich Ruby als ihre beste Freundin, vertraute mir, verließ sich auf mich.

Ich hatte, an die Wand gelehnt, vor der Mensa gestanden, auf Ruby gewartet. Das ständige Piepsen der Schlüsselkarten, mit denen die Studierenden die Tür öffneten. Ich ärgerte mich, dass Ruby zu spät kam, weil ich immer pünktlich war. Um mir die Zeit zu vertreiben, schaute ich in meine E-Mails. Nichts, bis auf eine Nachricht von meinem Vater. Ich holte tief Luft und machte sie auf.

Liebe Malin,
ich hoffe, das Studium gefällt dir. Mom und ich denken jeden Tag an dich. Du fehlst uns. Vorgestern waren wir bei Antonio essen und haben da natürlich erst recht an dich gedacht. Ich hatte das Huhn mit Parmesan, was dich bestimmt nicht wundert.

Ich schreib nicht so lang, weil du bestimmt viel zu tun hast. Wollte nur mal hören, wie deine Seminare laufen und bei welchen Clubs du dich angemeldet hast. Und natürlich würde ich gern hören, ob du Freunde gefunden hast. Hab auch ein bisschen über Hawthorne recherchiert; es gibt psychologische Betreuung da, falls du bei Stress Hilfe brauchst … achte darauf, das in Anspruch zu nehmen, wenn es nötig ist. Und ich bin auch immer für dich da, das weißt du ja.
Alles Liebe
Dad

Ich schrieb schnell eine Antwort.

Ja, hab Freunde gefunden. Clubs sind nicht mein Ding. Alles gut. Umarmung

Zur psychologischen Beratung äußerte ich mich nicht. Mein Vater war sehr dafür, aber ich brauchte so was nicht.

Später standen Ruby, John und ich vor dem Pizzatresen in der Mensa und versuchten uns zu entscheiden.

»Ich werd furchtbar zunehmen«, sagte Ruby und legte sich Stücke mit Pilzen und welche mit Salami auf den Teller. »Aber das gehört wohl zum ersten Semester dazu, oder?«

Dabei machte sie so viel Sport, dass sie garantiert nicht zunehmen würde. Ihr Fußballtraining dauerte täglich mindestens zwei Stunden, und sie joggte jeden Morgen dreißig Minuten. Manchmal schloss ich mich an, dann liefen wir schweigend durch den Nebel, hörten nur die Geräusche unserer Schuhe auf dem Boden.

»Ich hab Pizza satt«, sagte John, warf Ruby ein strahlendes Lächeln zu und steuerte zur Salatbar. Immer wieder wurde betont, dass Hawthorne eine der besten Mensen des Landes hatte. Wir hatten dankbar zu sein für die Pizza, auch wenn sie zäh wie Karton war und fast ohne Tomatensoße.

Ruby wartete auf mich, während ich mir ein Stück mit Peperoni nahm. Wir drehten immer gemeinsam die Runde durch die Mensa. Erst der Check am Pizzatresen. Wenn da nichts Interessantes geboten war, zogen wir weiter zu den Müslis und inspizierten zuletzt die warme Theke.

Als ich mich mit dem Teller in der Hand umdrehte, um zu sehen, wo Ruby blieb, legte sich gerade eine Hand auf ihren Arm.

»Ruby?«

Das Mädchen, das uns im Weg stand, hatte rote Haare. Zwei weitere Studentinnen mit langen dunklen Haaren standen dahinter, Joghurtbecher in den Händen. Ich betrachtete die Gesichter. Mager, hungriger Blick. Beide schauten auf unsere Pizza, musterten uns dann.

Das vordere Mädchen starrte Ruby erstaunt an und fragte: »Was machst du denn hier?«

»Amanda«, sagte Ruby, und ihre Stimme klang

zittrig. »Ich wusste gar nicht, dass du auch hier studierst.«

Die beiden anderen Mädchen sahen gelangweilt und genervt aus. Da ich alle anderen in Hawthorne wirklich nett fand, war ich erstaunt, zwei solchen Zombies zu begegnen.

»Ich bin sofort angenommen worden«, verkündete Amanda selbstgefällig. »Hatte keine Ahnung, dass du auch hier studierst. Aber die bieten ja wohl jede Menge finanzielle Unterstützung an. Dein Dad ist bestimmt stolz, dass du hier sein kannst.«

»Ja. Fußballstipendiatin«, sagte Ruby und lief dabei rot an. Dass sie auch im ersten Durchgang angenommen worden war, erwähnte sie nicht. Ich hätte es gerne für sie gesagt, hielt mich aber zurück, weil ich nicht einschätzen konnte, was hier ablief.

Amanda beäugte Ruby von Kopf bis Fuß. »Und du siehst so anders aus. Hätte dich fast nicht erkannt.«

»Danke«, sagte Ruby. Sie verlagerte ihr Gewicht auf den anderen Fuß, die Pizzastücke gerieten ins Rutschen.

Ich beobachtete die beiden. War Ruby früher nicht so eindrucksvoll gewesen? Ihre Haare schimmerten, ihr dezentes Make-up war makellos, ihre Jeans saß perfekt.

»Wie geht's deinem Dad?«, fragte Amanda mit einem Lächeln, dem ich nicht traute.

Von zuhause hatte Ruby kaum was erzählt. Ihre Nasenflügel bebten leicht, und ihre Wangen wurden noch röter. »Gut«, antwortete sie trotzig und wies mit dem Kopf auf mich. »Das ist Malin.«

Amanda musterte auch mich von Kopf bis Fuß. »Ah. Hi«, sagte sie dann hochnäsig.

Ich hätte ihr gern eine schmutzige Socke in den Mund gestopft. Oder einen Brotlaib.

»Ich bin Amanda«, fügte sie hoheitsvoll hinzu. Es gelang mir, mich zu einem Lächeln zu zwingen, aber ich nahm mir vor, diese Person ab sofort zu meiden. Damit konnte ich Ruby außerdem beweisen, dass ich nicht nur als Freundin, sondern auch als Verbündete taugte.

»Das sind Becca und Abigail«, sagte Amanda und zeigte auf die zwei anderen Mädchen. Dann stützte sie eine Hand in die Hüfte und fixierte Ruby. »War das da grade John Wright, mit dem du geredet hast?«

Rubys Gesicht wurde weich. »Ja, warum?«

»Kennst du ihn, oder wie?«, fragte Amanda.

»Wir sind Freunde.« Ruby sah mich an. »Wir alle.«

»Ist ja schräg, dass ihr euch schon so gut kennt«, sagte Amanda. Ihre Hand quetschte den Joghurtbecher. »Der soll ja so was wie 'ne männliche Schlampe sein. Aber das weißt du bestimmt schon.« Amanda gab ein gekünsteltes Lachen von sich.

Ruby verengte die Augen. »War mir nicht aufgefallen. Wir müssen jetzt was essen. Mach's gut.« Ruby verschwand so schnell in der Menge, dass ich nicht hinterherkam.

»Ja, macht's gut«, murmelte ich und wandte mich zum Gehen, aber Amanda packte meinen Arm.

»Nimm dich in Acht vor der«, sagte sie eindringlich. Ich riss mich los.

Alle drei starrten mich an, warteten meine Reaktion

ab. Amanda wartete garantiert darauf, dass ich mich auf ihre Seite schlug und etwas Gehässiges über Ruby sagte. Ich wusste, dass Mädchen gerne andere Mädchen fertigmachten, hinter ihrem Rücken über sie redeten, Schwächen ausnutzten. Und die drei hier wollten, dass ich mich ihnen anschloss. Aber ich war eben nicht wie andere Mädchen.

»Was war das denn?«, fragte ich, als Ruby und ich saßen. John war noch nicht wieder aufgetaucht.

»Amanda meinst du?«, fragte Ruby leise. »Oje. Die hasst mich. Wir kommen aus derselben Stadt. Aber Amanda war auf einer Privatschule, wir haben uns nur mal im Ferienlager kennengelernt.« Ruby seufzte und schob ihr Tablett mit dem Essen weg.

»Wart ihr befreundet oder so?«

Ruby blieb stumm, schien sich zu überlegen, wie viel sie preisgeben wollte. *Erzähl's mir,* hätte ich gerne gesagt. *Du kannst mir vertrauen.*

»So ähnlich. Lange Geschichte.« Ruby sah mich unsicher an. »Sie hasst mich einfach. Keine Ahnung, warum.«

Gute Chance, mich als beste Freundin zu beweisen. »Du weißt aber schon, dass sie einfach neidisch auf dich ist, oder?« Das war ein klassischer Schachzug, den Mädchen anwendeten, damit die andere sich besser fühlte. Aber in diesem Fall mochte es sogar stimmen. »Amanda steht auf John«, redete ich weiter, »und sie ist neidisch, weil John dich mag. Du stellst eine Bedrohung für sie dar.«

Rubys Augen leuchteten auf. Meine Rede war gut angekommen. »Weiß nicht. Amanda ist reich, intelligent und hübsch. Wieso sollte ich eine Bedrohung für sie sein?«

»Weil dich jeder mag«, antwortete ich. »Mir dir wollen alle befreundet sein. Wir sind in der dritten Semesterwoche. Hast du irgendwen gesehen, der Amandas Freundin sein möchte? Von diesen Zombie-Girls abgesehen?«

Ruby lachte. »Lass uns die bitte weiter so nennen.«

»Das sind einfach fiese Zicken, die sich mies benehmen. Das ist doch voll daneben, wir sind an der Uni und zu alt für so einen Scheiß. Die darf man gar nicht beachten, sonst kriegen sie, was sie wollen.« Dann fügte ich noch hinzu: »Außerdem mag John dich wirklich, glaube ich.«

Ruby lächelte versonnen. »Jetzt fühl ich mich aber mies, weil wir schlecht über die reden. Dann sind wir doch auch nicht besser.«

»Auf dem Plakat im Immatrikulationsbüro steht: *Jeder kämpft seinen eigenen Kampf*«, zitierte ich. »Also. Damit ist sie ja auch ein bisschen entschuldigt.«

»Auf jeden Fall kämpft sie darum, die unerträglichste Zicke von allen zu sein«, sagte Ruby.

Ich lachte. »Geht's dir jetzt besser?«

»Ja.« Sie grinste mich an. Ich erwog kurz, sie nach ihrem Vater zu fragen, entschied mich aber dagegen. Das hätte sie vielleicht bewogen, sich zu verschließen, und wir waren uns gerade so nah.

Ruby blickte auf meine Hände. Ich hatte mich schon

gefragt, wann es so weit sein würde, dass sie die Narben bemerkte.

»Was ist da passiert?«

Ich sah auf meine Handflächen, die von feinen Narben übersät waren. »Bin als Kind in einen Glastisch gefallen.« Die Lüge war unumgänglich. Ich erinnerte mich, wie mitleidig mich die Polizisten angeschaut hatten.

Eine Weile aßen wir schweigend unsere Pizza, umgeben vom Mensalärm.

»Behalte das bitte für dich, okay?«, sagte Ruby schließlich. »Das mit John. Dass ich ihn mag. Und nicht nur als Kumpel.«

»Mach ich«, versprach ich. »Kann ein Geheimnis bewahren.« Und das stimmte tatsächlich.

»Glaubst du echt, dass er eine männliche Schlampe ist? Wie Amanda gesagt hat?«

»Ich glaube, dass viele Mädchen auf ihn stehen. Und weil er ein netter Typ ist, flirtet er halt auch gern. Hat aber nichts zu bedeuten.«

Ruby seufzte. »Wir hatten noch nichts miteinander. Vielleicht findet er mich gar nicht so gut.«

»Doch«, widersprach ich entschieden. »Er mag dich. Du musst nur Geduld haben.«

Ruby kaute einen Moment lang schweigend. Dann nahm sie meine Hand und sagte: »Du bist immer so entschlossen. Ich bin echt froh, dass wir uns kennengelernt haben.«

»Ich auch«, erwiderte ich, verdrängte den Abscheu, den die Berührung ausgelöst hatte. »Und wenn ich jemandem eine reinhauen soll, sag Bescheid.«

Ihr Lachen löste eine lange verschüttete Erinnerung aus. Lachfältchen, rosige Wangen, Herzlichkeit. Schlagartig wurde mir klar, an wen Ruby mich erinnerte: an meine Mutter.

7

Texas, 1995

Mit sechs Jahren kam ich dahinter, dass Levi ein Problem war. Bis dahin hatte ich geglaubt, meine Eltern behielten ihn deshalb immer im Auge, weil er der Ältere von uns beiden war. Der Junge, das erstgeborene Lieblingskind.

An diesem Tag wirkten meine Eltern besonders erschöpft. Meine Mutter hatte ihr früher prächtiges blondes Haar achtlos im Nacken zusammengebunden, mein Vater sah faltig und verbraucht aus. Sie saßen im Wohnzimmer und redeten mit gedämpften Stimmen. Meine Mutter hatte mich rausgeschickt zum Spielen. Ich hatte aber keine Lust, sondern hockte in meinem Zimmer auf dem Fußboden und las.

Levi hatte sich in seinem Zimmer eingeschlossen. Ich presste das Ohr an die Wand, hörte aber nichts. Bo leckte meine Zehen ab, und ich kicherte.

»Schsch«, raunte ich ihm zu. »Wir müssen leise sein.«

Bo wedelte mit dem Schwanz und drückte seine feuchte Nase an meine Brust. Ich krallte mich in dem blauen Teppichflor fest, als Bo mich umschubste und meine Ohren ableckte. Mit ihm war alles leichter zu ertragen.

Ich konnte die Stimmen meiner Eltern hören, leise, aber ich verstand alles. Mein Vater klang verzweifelt und flehend. Das gefiel mir gar nicht, er sollte stark sein. »Celia, er hat versucht, sie zu verletzen, du hast es doch gesehen.«

»Das wollte er nicht«, erwiderte meine Mutter matt und kraftlos. »Geschwister rangeln doch immer.«

Bo hechelte laut, und ich verstand nichts mehr.

Am nächsten Tag sollte Levis Geburtstagsfeier sein. Er wurde acht. In einer Ecke meines Zimmers, hinter dem Schaukelstuhl, stand eine Esel-Piñata. Meine Mutter und ich hatten an diesem Tag alles eingekauft, um sie zu füllen. *Wir verstecken alles in deinem Zimmer, Schätzchen, damit es auch eine Überraschung wird*. An der Wand waren Kartons voller Geschenke aufgereiht.

Ich wollte meinen Eltern klarmachen, dass Levi mich nicht verletzt hatte, dass es mir gut ging. Mir tat nichts weh, und ich hatte keine Angst.

Alles sollte wieder so wie vorher sein. Mein Vater sollte den Rasen zu Ende mähen, meine Mutter im Liegestuhl lesen und uns beim Spielen zusehen.

Aber der Blick meines Vaters stand mir immer wieder vor Augen. Als er mich aus dem Pool gefischt und mich fest umschlungen hatte, sah er aus, als hätte er ein Gespenst gesehen. Ich fand das scheußlich. Nachdem ich wieder Luft bekam und aufgehört hatte zu husten, sagte ich ihm, dass alles okay war. *Hast du gesehen, wie lange ich die Luft anhalten kann, Daddy?*

Aber er hatte mich nicht beachtet, sondern nur Levi angestarrt, der noch immer im Becken Wasser trat.

Dann kam meine Mutter mit dem Telefon in der Hand aus dem Haus gestürzt. Sie zitterte und war kreidebleich, und Tränen liefen ihr übers Gesicht.

»Es ist alles in Ordnung mit ihr«, hatte mein Vater mit ruhiger Stimme gesagt, aber ich spürte, dass etwas nicht stimmte. Ich schaute zwischen meinen Eltern hin und her, verstand nicht, weshalb sie sich so seltsam benahmen.

Das hatte sich abgespielt, bevor Levi auf sein Zimmer geschickt wurde und ich spielen gehen sollte. Jetzt legte ich mich auf den Teppich, und Bo rollte sich neben mir ein, so dass unsere Nasen sich berührten. Ich kraulte sein Fell, schlang die Arme um ihn, und wir schliefen ein, im gleichen Rhythmus atmend.

Levi und ich kauerten uns auf den Boden und betrachteten den nackten Jungvogel, spürten die Sonne warm auf unseren Köpfen. Ich schaute nach oben, sah das Nest im Baum, ein geflochtenes Gebilde aus Zweigen und Blättern. Der Mamavogel war nicht zu sehen, suchte wahrscheinlich Futter für seine Kinder. Ich dachte darüber nach, ob die Mama wohl traurig sein würde, wenn sie feststellte, dass ein Kind fehlte.

Levi und ich waren ganz hinten im Garten, unter den Ästen, in denen unser Baumhaus stand. Der Frühling hatte begonnen, und dann lagen immer viele aus dem Nest gefallene Jungvögel unter den Bäumen, auch am Straßenrand. Sie verschwanden schnell, und als ich meinen Vater fragte, was aus ihnen wurde, sagte er, sie würden in den Vogelhimmel fliegen, aber mir war damals schon klar, dass es so einen Himmel nicht gab. Deshalb nahm ich an, dass sie von Kojoten gefressen wurden. Oder vielleicht auch von der Nachbarskatze, die ich schon oft mit toten Mäusen im Maul gesehen hatte.

»Da oben«, sagte ich. Levi schaute auf. Dann griff er nach einem spitzen Stock und stieß damit den Jungvogel an. Er flatterte kurz, erschlaffte dann wieder. Seine Brust hob und senkte sich schnell.

»Ist er tot?«, fragte ich.

Levi stieß härter zu, durchbohrte beinahe die zarte rosa Haut.

»Hör auf«, sagte ich und hielt seine Hand fest. »Mami ist doch Ärztin. Sie kann ihn vielleicht heilen.«

Levi schlug meine Hand weg und machte mit dem Stochern weiter. »Nee, du Dummkopf, Tiere müssen zum Tierarzt.«

»Ach so, ja. Dann bringen wir ihn zum Tierarzt.«

Levi bohrte die Spitze des Stocks in den weichsten Teil des kleinen Vogels. Die Brust hörte auf, sich zu bewegen.

»Lass das, Levi.«

»Das ist in Ordnung. Geh weg«, erwiderte er.

Ich seufzte und stand auf, wischte mir Erde von den Knien, zog die Träger meiner Latzhose zurecht. Bo kam angerannt und leckte mir die Finger, hechelnd in der Hitze.

Mir fiel ein, dass meine Mutter mir zum Geburtstag ein Arztköfferchen geschenkt hatte. Vielleicht war da etwas drin, womit ich den kleinen Vogel heilen konnte.

»Ich hol Hilfe«, sagte ich.

Levi beachtete mich nicht. Ich ging ins Haus, spürte die kühle Luft von der Klimaanlage auf der Haut, bevor ich wieder in die Wärme hinaustrat.

Mit meinem roten Köfferchen in der Hand lief ich über den Rasen, gefolgt von Bo. Als ich sah, wie Levi den Vogel aufhob, blieb ich stehen. Zuerst hielt er ihn behutsam in der Hand und betrachtete ihn, nah an seinem Gesicht. Ich dachte, er würde ihn vielleicht küssen. Doch dann ballte er die Hand zur Faust, drückte fest zu, und es kam mir vor, als würde mir jemand die Kehle zudrücken, die Luft aus der Lunge quetschen. Dann stand Levi da, mit großen Augen, wirkte fast erleichtert, als sei ihm eine Last von den Schultern genommen worden. Mir fiel wieder ein, was im Pool passiert war, wie Levis Finger sich in meinen Haaren verkrallt hatten. Das Brummen des Rasenmähers, gedämpft unter Wasser. Ich hatte mich nicht gewehrt, denn Levi sollte mich ja liebhaben und beschützen. Das sollte bestimmt ein Spiel sein. Als er mich endlich losließ, trieb mein Körper nach oben, und ich rang keuchend um Atem. Chlor brannte in meinen Augen. In diesem Moment zog mein Vater mich aus dem Pool.

Jetzt starrten Levi und ich uns wortlos an. Schließlich schmiss er den Vogel auf den Rasen und stapfte an mir vorbei zum Haus, trat dabei fast auf Bo.

Ich schaute mir den Vogel nicht mehr an, wollte den zerstörten rosa Körper nicht sehen. Einige Minuten lang stand ich reglos da. Aber ich trauerte nicht um den Vogel, sondern um das Bild, das ich von meinem

Bruder gehabt hatte. Dann stellte sich ein anderes Gefühl ein, und meine Haut prickelte in der Hitze. Jetzt, da ich wusste, dass Levi mir etwas antun wollte und es tatsächlich versuchte, musste ich mir überlegen, wie ich überleben konnte.

8

Senior Day

Als sich nach dem Zwischenfall mit Becca alles beruhigt hat und wir Kekse und heiße Schokolade im Bauch haben, versammeln wir uns wieder am Feuer. Ein paar Nachzügler bereiten sich noch nervös auf ihren Sprung vor. Ich schließe die Augen, atme tief den würzigen Geruch des Holzfeuers ein. Denke daran, wie wir früher Marshmallows geröstet haben, sehe Levi mit schokoverschmiertem Mund vor mir. Möchte wieder in diese Zeit zurückkehren, doch als ich die Augen öffne, erblicke ich Khaled, Gemma und John. Sie lachen über irgendetwas, und ich lächle, um mich nicht auszuschließen. Dennoch denke ich weiter an meine Familie, an die Zeit, als ich noch ahnungslos war. Als ich noch nicht wusste, dass man solche Momente genießen muss, weil sie selten sind.

»Wie wär's jetzt mit der heißen Dusche?«, fragt Khaled.

»Au Mann, ja«, sagt Gemma. »Bin schon halb erfroren.«

Gemeinsam duschen ist der nächste Teil des traditionellen Rituals. Da alle das anscheinend sehr aufregend finden, tue ich so, als ginge mir das auch so. Die Stimme in meinem Kopf sagt, ich muss mich anpassen, *vortäuschen, vortäuschen, vortäuschen*. John sagt, im Parker, einem ruhigen Wohnheim, wird weniger los sein.

Als wir den Hügel zur Hälfte hinter uns haben, drehe ich mich keuchend um. »Wartet mal, wo sind denn Ruby und Max?«, sage ich und schaue Khaled an. Er schleift Denise, die Gummipuppe, hinter sich her.

Khaled und ich schauen uns um. Überall sind Grüppchen unterwegs, die jetzt den Duschen zustreben. Von hier oben können wir etwa die Hälfte des kleinen Campus überblicken. Trotz der winterlichen Kargheit ist das ein schöner Anblick, mit den alten Backsteingebäuden, den breiten Wegen, der hügeligen Landschaft rundum. Zu gern würde ich mich jetzt für den Rest des Tages mit einem Buch verkriechen und lesen.

Khaled stupst mich an. »Da drüben«, raunt er, so leise, dass nur ich ihn hören kann.

Ruby und Max stehen alleine an dem heruntergebrannten Feuer und scheinen sich zu streiten. Ich schaue zu John und Gemma, die lachend versuchen, auf dem gefrorenen Weg nicht auszurutschen. Gemma hat sich bei John untergehakt, fragt ihn, wie es sich anfühlt, ein Held zu sein.

»Lass uns weitergehen«, sage ich zu Khaled. »Die finden uns schon.«

Gemma und John stapfen weiter bergauf, sind so betrunken, dass sie meine Bemerkung gar nicht gehört haben.

Khaled wirft mir einen Blick zu, und ich schüttle den Kopf, damit er nichts sagt. Das Flanellhemd hängt locker über seiner Schulter, er hat so viel Alkohol intus, dass ihm warm ist.

Ich bin mir sicher, dass er den Mund halten wird, zumindest vorerst.

Im Wohnheim steuere ich die Mädchentoiletten an, die Jungs verschwinden in die andere Richtung.

Es stinkt durchdringend nach Urin. Studis sind Schweine. Eine Rolle Toilettenpapier liegt aufgerollt am Boden. Ich steige darüber hinweg und gehe in die sauberste Kabine (immer die erste, an der gehen alle vorbei).

Während ich über dem Klo hocke und pinkle, stütze ich den Kopf auf die Hand. Tagsüber Alkohol zu trinken zieht einen runter. Das helle Licht scheint einem Vorwürfe zu machen, und alles sieht dreckig und verwahrlost aus.

Wer in Edleton in Maine studiert, muss sich was einfallen lassen. Wunderhübsches Städtchen und mörderisch langweilig für junge Leute um die zwanzig. Deshalb beschloss man schon vor Jahrzehnten (bis 1964 waren am Hawthorne College nur Männer zugelassen), etwas gegen den Mangel an Bars und Restaurants zu unternehmen, und erfand die Wohnheimpartys als knalligen Einstand für den Senior Day. Fünf Wohnheime dienen dann als Abfüllstation. Die Studis, die dort wohnen, dekorieren ihr Haus mit einem Motto – Playboy-Club, Flüsterkneipe oder sogar Striptease-Bar, mit Stripperinnen aus Portland. Um es noch spannender zu machen, ist das Ganze ein Wettbewerb. Man muss von einem Wohnheim zum nächsten sprinten, trinken und kurz reden. Wer den Sprung ins Eisloch als Erster schafft, hat gewonnen. Es gibt aber keinen Preis oder so. Geht nur um Ehre und Saufen.

So grässlich öde.

Ich spüle, gehe raus und wasche mir die Hände, schaue in den Spiegel. Gerötete Wangen, die weißblonden Haare gefroren, kleine Eiszapfen lösen sich. Gemma und Ruby haben sich besonders hübsch gemacht für heute (dafür muss Ruby als Naturschönheit aber nie viel tun), doch ich sehe aus wie immer, Haare glatt, kein Make-up. Ich mache mich nicht gern zurecht. Jetzt höre ich die Stimme meiner Mutter: *Bist du denn mit jemandem zusammen, Schatz?* Die Frage könnte ich wahrheitsgemäß mit Ja beantworten. Ich bin mit jemandem zusammen, irgendwie jedenfalls. Wir wollen es aber erst nach dem Abschluss öffentlich machen, und der ist erst in ein paar Monaten. Ich beiße die Zähne zusammen, wende mich vom Spiegel ab, schüttle die Hände, um sie zu trocknen, das klatschnasse Handtuch über dem Abfalleimer ist mir zu eklig.

Die Szene mit Gemma, vorhin, in einem der Wohnheime, steht mir wieder vor Augen. Das Zimmer brechend voll, Wände und Möbel mit Plastikplanen abgedeckt, dröhnende Musik. Das flackernde Stroboskoplicht blau, die Farbe von Hawthorne. Die Schwimmmannschaft hatte Wasserbomben mit blauer Farbe gefüllt, die durch den Raum gefeuert wurden. Khaled riss einen Ballon über Rubys Kopf auf. Sie kreischte und wich zurück, blaue Farbe sickerte in ihr Tutu. Ein kurzes

Aufblitzen der unbeschwerten Ruby von früher. Sie fehlt mir. Nicht auf so eine sehnsüchtige Art … eher wie man sich wünscht, dass ein kaputtes Gerät wieder funktioniert. Max hielt ihr einen Ballon hin, den sie gegen Khaleds Brust warf. Das Ding platzte auf, und Farbe spritzte auf seine Kleidung und auf den Boden.

Max und Ruby. So hatte ich die beiden seit dem ersten Semester nicht mehr zusammen erlebt. Sie verstanden sich gut, wirkten entspannt. In der ausgelassenen Stimmung dieses Tages schienen sie zu vergessen, was sich da zwischen ihnen abspielte.

Ich hielt nach Gemma Ausschau, ließ den Blick über die Gesichter schweifen, die ich alle kannte. Dennoch waren die meisten meiner Kommilitonen auch nach den vier Jahren wie Fremde für mich.

Dann entdeckte ich John und Gemma in einer dunklen Ecke, hinter einer halbgeöffneten Tür. Ich war davon ausgegangen, dass sie miteinander rummachten, wie immer, wenn sie betrunken waren. Zumindest versteckten sie sich. Mich bemerkten sie nicht. Ich schaute wieder zu Ruby. Max und sie grinsten sich an, die dunklen Haare farbbekleckert und dann komplett blau, als Khaled einen weiteren Ballon über ihren Köpfen platzen ließ.

Gemma presste den Unterleib an John, griff sich einen Ballon aus einem Korb auf dem Fensterbrett. John ging ein bisschen auf Abstand, aber er schwankte, war besoffen. An Ruby dachte er wohl gerade nicht, und womöglich fand er auch gar nichts dabei, dass er mit einer ihrer Freundinnen rummachte. Jetzt lächelte

Gemma John an, mit dem Schlafzimmerblick, den sie im ersten Semester vor dem Spiegel geübt hatte. Wir hatten uns darüber amüsiert und gar nicht kapiert, dass sie das wirklich ernsthaft betrieb. Sie krallte die Nägel in den Ballon, die Farbe ergoss sich in ihr tiefes Dekolleté. Dann stellte sie sich auf die Zehenspitzen und strich mit dem Zeigefinger von seiner Nase zu seinen Lippen. John blickte auf sie hinunter. Seine Lider flatterten, die Nasenflügel waren geweitet. Ich kannte diesen Gesichtsausdruck bei ihm.

Warum passte Ruby nicht besser auf ihn auf? Ich erwog kurz, sie zu warnen, ließ es aber bleiben. Musste ja nur abwarten.

Jetzt, in dem stinkenden Waschraum, höre ich Gemma draußen schrill lachen. Bislang läuft alles nach Plan.

9

Erstes Studienjahr

In der dritten Studienwoche saß ich im Seminar von Professor Clarke, einem großen durchtrainierten Mann, der um die fünfzig war, aber wie vierzig wirkte. Neben ihm stand ein Typ, den ich noch nicht kannte – kleiner als Clarke, rundlich. Mein Handy vibrierte an meinem Fuß. Zum Glück schien es niemand zu bemerken.

»Das ist Hale, unser Tutor in diesem Semester«, begann Clarke. »Er ist Doktorand in Hawthorne.«

Der Professor klopfte Hale väterlich auf den Rücken, und der junge Mann trat vor und lächelte in die Runde.

»Hallo, Leute«, sagte er, als sei er einer von uns.

Er war wohl erste Hälfte zwanzig, aber gekleidet, als ginge er noch zur Schule. Nachlässig in die Hose gestopftes Hemd, Birkenstocks. Das renommierte Anglistikinstitut von Hawthorne nahm pro Jahr nur wenige Doktoranden an. Hale musste also gut sein, aber das bedeutete noch lange nicht, dass er überzeugend unterrichten konnte.

Mein Handy meldete sich wieder, und ich nahm es genervt hoch und legte es auf meinen Schoß.

Ruby schrieb: Wieder ein Gemma-Problem.

Ich schaute auf. Der Professor war rausgegangen, und

Hale packte seine Büchertasche aus und fragte, ob die Lektüre uns gefallen habe. Er konnte mich nicht sehen, ich saß direkt neben der Tür.

»Nach dem Gedicht von letzter Woche können wir uns heute etwas Leichteres vornehmen, dachte ich mir«, erklärte Hale. »Wobei russische Lyrik natürlich nie wirklich leicht ist.«

Hie und da wurde zustimmend gemurmelt.

Ich schrieb Ruby: Und jetzt?

Sofort vibrierte mein Handy wieder, und ich stellte den Ton ganz aus.

Sie findet Grant, diesen Typen aus unserem Wohnheim, so toll. Der ist furchtbar, was soll ich ihr sagen? Und sie hat einen Freund!! Müsste sich doch eher trennen als den betrügen!

Ruby hatte recht. Grant wohnte ein paar Türen weiter von mir. Wenn er von der Dusche kam (selten genug, die Gruppenleitung musste ihn dazu ermahnen) und ich ihn auf dem Flur traf, zwinkerte er mir immer zu und sagte: »Alles klar?« Angeblich wusch er sich ohne Seife.

Ich schrieb zurück: Sie betrügt Liam bestimmt nicht, ist verrückt nach ihm. Und Grant hat schon was mit Becca angefangen.

Das ist Gemma doch egal.

Auch das stimmte. Gemma flirtete mit jedem Typen aus unserem Jahrgang. War wohl nur eine Frage der Zeit, wann ihre Beziehung in die Brüche gehen würde.

Heute war Donnerstag, und donnerstags fuhren wir immer mit Johns Wagen zum Supermarkt. Khaled hatte sich für seine Zeit in den USA einen gefälschten Ausweis machen lassen und sorgte dafür, dass uns nie der Alkohol ausging. Obwohl Khaled am meisten von allen feierte, gehörte er zu den Besten. Max, der auch Medizin studieren wollte, nahm das locker, und die beiden stachelten sich gegenseitig zu noch besseren Leistungen an. Khaled sagte immer: *Wer hart arbeitet, muss auch hart feiern.*

Das Display leuchtete auf. Ich werd sie jedenfalls an ihren FREUND erinnern!

»Malin.«

Ich fuhr hoch, verblüfft, dass Hale meinen Namen schon kannte.

Er lächelte zuerst mich und dann die anderen an. »Ja, ich kenne eure Namen. Hab bei Facebook geguckt und auch schon eure Texte von letzter Woche gelesen. Bisschen unheimlich, ich weiß.«

Einige lachten.

»Malin?« Jetzt fixierte mich Hale.

»Ja, Entschuldigung«, murmelte ich und steckte das Handy in meine Büchertasche.

»Du kennst die Handyregeln«, sagte Hale und richtete sich hinterm Pult auf.

Die anderen schauten zu mir, sichtlich erleichtert, dass nicht sie erwischt worden waren. Alle schrieben während des Seminars Nachrichten. Wir warnten uns eigentlich gegenseitig, aber diesmal hatte es nicht geklappt. Hale legte ein gebundenes Buch vor mir auf den Tisch. Ich starrte auf den Umschlag mit dem bräunlichen Bild eines jungen Mannes, der in die Ferne blickte.

»Such dir ein Gedicht aus, und lies es bitte vor«, sagte Hale. Er roch nach Holzfeuer und Old Spice.

Rasch schaute ich das Inhaltsverzeichnis durch. Als ich etwas gefunden hatte, stand ich auf und ging nach vorne.

Ich räusperte mich und las vor.

»Was ist Freundschaft?
Bitterer Nachklang geteilten Rauschs,
Aus ihren Gesprächen erwächst niemals Pein.«

Ich warf einen Blick auf Hale. Er hatte sich an die hintere Wand gelehnt, Arme vor der Brust verschränkt, aufmunternder Blick.

»Läppischer Worte wohlfeiler Tausch,
oder die Schande, gesehen zu sein.«

Ich klappte das Buch zu. Vor dem Fenster sah ich ein paar feuerrote dürre Blätter zu Boden sinken. Die Tage wurden kälter, und in den Gebäuden roch es nach Kakao und Zimt. Alles war besser im Winter. Heißer Kaffee, Joggen, eine warme Dusche.

»Ein kurzes Gedicht, aber eine gute Wahl«, kommentierte Hale. »Und das Thema ist sehr passend fürs erste Semester.«

Er kam wieder nach vorne, lässig, mit einem leichten Schlurfen wegen der Birkenstocks. Das Parkett knarrte.

»Setz dich ruhig wieder«, sagte er und sah mich an, als er an mir vorbeikam.

Dann schrieb er schwungvoll in eleganten Großbuchstaben FREUNDSCHAFT, ALEXANDER PUSCHKIN an das Whiteboard.

»Wer möchte die Deutung wagen?«, fragte Hale. »Ja, Shannon?«

Sie meldete sich immer als Erste, und ich war froh, dass ich nicht reden musste.

»Ich glaube, Puschkin möchte damit sagen, dass Freundschaft etwas Oberflächliches ist.« Shannon hielt inne. »Und er hält wohl auch nichts davon.«

»Warum oberflächlich?«, fragte Hale.

»Na ja …« Shannon überlegte, blickte nach rechts unten. Das machte sie immer, wenn sie nachdachte. »Er stellt das Konzept von Freundschaft insgesamt infrage. Vergleicht sie quasi mit einem Kater, also dem Unangenehmen, was nach einer tollen Nacht übrig bleibt.« Lachen brandete auf.

»Und weiter?«, fragte Hale.

»Tja, also, er findet Freundschaft wohl nicht so toll, wie man gerne glaubt. Wenn man wütend war oder gefeiert hat, bleiben einem nur die Kopfschmerzen. Alles schien gut zu sein, aber in Wahrheit hat der Rausch den Blick auf die Wirklichkeit verfälscht. Vielleicht meint er auch, dass jemand am einen Tag ein toller Freund zu sein scheint, aber am nächsten Tag schon nicht mehr?«

Shannon setzte sich wieder, wirkte irgendwie verunsichert.

»Du vermutest also, dass Puschkin Freundschaft mit einem Alkoholkater vergleicht. Gut, das kann ich nachvollziehen, aber was sagt er sonst noch? Glaubt ihr, dass er Freundschaft ganz und gar für überflüssig hält? Oder ist es doch sinnvoll, Freunde zu haben?«

Hale ließ den Blick durch den Raum schweifen.

Ganz vorne sagte jemand: »Er hat einen sehr negativen Blick auf Freundschaft, so als wäre er enttäuscht davon.«

Dann eine Stimme, die ich kannte, von ganz hinten: »Ich denke, Puschkin hält Freundschaft für Heuchelei und für sinnlos.«

Amanda. Sie musste sich ganz zuletzt noch für dieses Seminar angemeldet haben. Ich drehte mich um, aber sie reagierte nicht auf mich.

»Das wäre ja wohl ziemlich deprimierend, oder?«, fragte Hale.

Amanda grinste, zufrieden mit ihrem bedeutsamen Kommentar. Hier und da Gekicher, dann wurde es wieder still. Hale sah mich an, ließ den Blick auf mir ruhen. Unruhe erfasste mich, und ich biss die Zähne zusammen, hielt dem Blickkontakt stand. Er sollte zuerst aufgeben.

»Und was meinst du, Malin?«, fragte er lächelnd. »Du hast das Gedicht ausgesucht. Ich würde gerne erfahren, wie du es empfindest.«

Was ich empfand, war, dass ich es hasste, öffentlich reden zu müssen.

Die Blicke aller ruhten auf mir, und nach kurzem Zögern sagte ich: »Puschkin will damit sagen, dass die meisten Freundschaften oberflächlicher Natur sind. Er glaubt aber, dass es in Ausnahmefällen wahre Freundschaft gibt. Solche Freundschaft, bei der man gemeinsam durch dick und dünn geht. Wenn man so einen Menschen findet, sollte man ihm treu bleiben, dann wird auch er einem treu bleiben.«

Shannon fuhr hoch, klatschte auf den Tisch. »Genau!«, sagte sie, als hätte sie schlagartig etwas verstanden. »Echte Freunde sind für einen da, wenn es einem schlecht geht. Daran merkt man auch, dass es wahre Freunde sind. Und all die anderen, denen man im Lauf des Lebens begegnet, sind unwichtig.«

Hale nickte eifrig, sichtlich angetan von unserer Interpretation.

»Behaltet das in Erinnerung für euer Leben hier in Hawthorne. Wahre Freunde sind kostbar. Und ich hoffe, ihr werdet es spüren, wenn ihr welche findet.«

Ich dachte an Ruby, die mich jetzt als ihre beste Freundin bezeichnete. Das hatte noch nie jemand zuvor getan.

Ich schaute auf meine Uhr. Einige packten ihre Sachen ein, klappten die Laptops zu. Aus dem Augenwinkel sah ich, wie eine Hand gehoben wurde. Edison natürlich, wie immer. Er hatte die total nervige Angewohnheit, kurz vor Schluss eine tiefgründige Frage zu stellen. Worauf wir dann alle fünf oder sogar zehn Minuten länger bleiben mussten. Am liebsten wäre ich hingestürzt und hätte seine Hand runtergedrückt. Verspätungen konnte ich nicht ausstehen, ich wollte, dass alles geregelt ablief, mit klarem Anfang und Ende.

»Ja, Edison?«, sagte Hale.

Ein vernehmbarer Seufzer war von allen zu hören,

und Edison erntete jede Menge wütende Blicke. Hale schien das amüsant zu finden.

»Also, ist das Thema Freundschaft insgesamt ein Thema in der russischen Lyrik?«, begann Edison. »Schreiben auch noch andere Dichter darüber? Und steht das nicht im Widerspruch zu den Motiven der traditionellen Lyrik Russlands?«

Als das Seminar dann endlich volle zehn Minuten später zu Ende war, erklärte Hale, wir sollten uns am Wochenende in Dreiergruppen treffen und die Fragen aus der Diskussionsrunde besprechen. Gruppenarbeit war mir ein Gräuel. Ich wurde mit Shannon und Amanda eingeteilt. Ausgerechnet Amanda. Bisher war es mir gelungen, ihr aus dem Weg zu gehen. Shannon schlug vor, wir sollten uns in der Bibliothek treffen, und ich willigte ein, dort würden sie sich nicht festquatschen.

Rasch verstaute ich Bücher und Laptop in meiner Tasche. Als ich aufblickte, stand Hale vor mir. Aus der Nähe sah ich, dass er nicht dicklich, sondern eher stämmig war. Mittelgroß, die welligen Haare nach hinten gekämmt, weiche Gesichtszüge. Die Ärmel seines grünen Hemds waren unordentlich hochgerollt.

»Was studierst du denn im Hauptfach?«, fragte er mich lächelnd. Lächelte der auch mal nicht?

Ich antwortete nicht gleich, packte erst in Ruhe meine Sachen ein. Je weniger ich sprach, desto unangenehmer fanden das die Leute. Und irgendwann ließ man mich in Ruhe.

»Jura«, sagte ich schließlich.

»Du willst Juristin werden?«

»Ja.« Meine Stimme hörte sich selbstsicher und leicht genervt an.

Hale zog die Augenbrauen hoch. Ich war also auf Seiten der gierigen Kapitalisten, nicht der liberalen Intellektuellen. Und ich legte keinerlei Wert darauf, dass Hale mich jetzt zu missionieren versuchte. Ich schaute zur Tür, um ihm zu bedeuten, dass ich gehen wollte.

»Tja«, seufzte er. Ich vermied Blickkontakt, starrte auf meine Tasche. »Ich habe deinen Text über Tolstoi gelesen. Der war exzellent. Was du heute gesagt hast, war auch sehr gut. Kanntest du dich schon mit Puschkin aus?«

Ich schüttelte den Kopf.

»Alle Achtung. Die Interpretation war auf den Punkt.«

»Danke«, sagte ich, scharrte mit den Füßen und schaute wieder zur Tür. Ich merkte, dass Hale weiterreden wollte. Aber ich hatte Wichtigeres zu tun, nämlich mit meinen Freunden illegal Alkohol einzukaufen. »Ich muss los«, fügte ich hinzu.

»Okay, klar. Schönen Nachmittag noch.«

Jetzt schaute ich auf. Hales Augen waren dunkelblau, und in ihnen lag Mitgefühl, was ich weder brauchte noch haben wollte.

Ich spürte seine Blicke auf mir, als ich rausging. Er überlegte sich wahrscheinlich, ob ich eine Zicke oder einfach nur schüchtern war. Das fragten sich die Leute zu Anfang immer bei mir; so war es zumindest in der Schule gewesen. Aber da ich nichts weiter preisgab, würde auch Hales Interesse irgendwann verfliegen, und er würde mich nicht weiter beachten. Genau das strebte ich an. Ich blieb gerne im Schatten, brauchte keine Komplimente von Lehrkräften oder Profs. Im Rampenlicht zu stehen war mir zuwider.

Als ich durch die Doppeltür in die kühle Herbstluft trat, holte ich mein Handy wieder raus. Fünf neue Nachrichten.

Hab Schwimmringe.

Dann, zehn Minuten später:

OMG. M!!!!!?

Warum antwortest du nicht?

MUSS DIR WAS SAGEN SCHREIB ENDLICH!

John hatte Ruby gefragt, ob sie mit ihm ausgehen wolle. So richtig, in ein Restaurant in Portland. Eine solche Geste war in Hawthorne eine öffentliche Ansage. Wer zusammen war, traf sich am Wochenende, hängte das aber nicht an die große Glocke. Diese Verabredung hieß, dass die beiden offiziell ein Paar waren. Die Ersten, von denen ich das hörte.

Im Supermarkt ließen Ruby und ich die Jungs alleine und gingen zu dem endlosen Regal mit Fertiggerichten.

»Ich glaube, er will mit mir zu dem Thai«, sagte Ruby und nahm eine Packung japanische Nudeln aus dem Regal. »Soll zurzeit das beste Restaurant von Portland sein.«

Sie legte die Nudeln auf die Sachen, die ich schon in den Armen hielt. Ich hatte den Eindruck, dass Ruby scharf auf Geld war. Wenn John über das Haus seiner

Eltern auf Martha's Vineyard sprach, leuchteten ihre Augen. Und sie beäugte die Logos auf seinen Klamotten und schien dann sehr erleichtert, dass sie teuer waren.

»Heißt das, er ist jetzt dein Freund?«, fragte ich.

Ruby ging weiter, betrachtete die Sachen in den Regalen und lächelte vor sich hin. »Ich glaub schon.«

»Bist du sicher, dass du keinen Fehler machst? Wenn du dich so früh festlegst?«

Ruby lachte. »Ja, M. So läuft das. Ich möchte mit niemand anderem zusammen sein. Und ich will John auch mit keinem anderen Mädchen sehen. Also ja, ich bin sicher.«

Ich hatte die beiden in diesen Wochen genau beobachtet. Sie waren voneinander angezogen wie Magneten. Ich hatte keine Ahnung, wie sich das anfühlte, hatte das noch nie erlebt. Deshalb studierte ich regelrecht das Benehmen der beiden. Wie aufgeregt sie waren, wie sie sich an den Händen hielten, behutsam und zärtlich. Und ich fragte mich, ob ich so was wohl jemals erleben würde.

»Also liebst du ihn?«, fragte ich.

Ruby sah mich an. Ich wusste wohl, dass ich diese Fragerei lassen sollte. Aber ich kapierte einfach nicht, weshalb Ruby sich gleich zu Anfang ihrer Studienzeit binden wollte.

»Vielleicht schon«, antwortete sie. »Wieso fragst du so viel?«

»Ach, nur so. Ich möchte einfach, dass du glücklich bist.«

»Ich *bin* glücklich«, erwiderte Ruby. Es klang trotzig.

»Super. Dann ist ja alles gut.«

Ich sah ihr nach, als sie weiterging und mehrere Packungen Fertigmakkaroni aus dem Regal nahm. John und Ruby schienen sich gut zu verstehen. Sie gingen liebevoll miteinander um und hatten schon eine Art Pärchencode, den niemand außer ihnen verstand. Zu mir war John auch nett. Wenn er Ruby bei einer Party einen Drink holte, fragte er mich, ob er mir was mitbringen solle. Ich wurde mit einbezogen, gehörte zu Ruby. Dennoch wurde ich ein ungutes Gefühl nicht los, was ihn anging. Aber das hatte sicher mit Levi zu tun, und John war nicht Levi.

»Oh mein Gott, M!«, quietschte Ruby plötzlich und hielt eine bunte Packung hoch. »Guck mal! Das hab ich zuletzt in meiner Kindheit gegessen!«

Wir warteten beim Auto auf die Jungs. Es war besser, wenn wir nicht in Khaleds Nähe waren, wenn er mit seinem falschen Ausweis Alkohol einkaufte. Ruby und ich hockten uns auf die hintere Stoßstange von Johns Wagen, einem BMW, der früher seiner Mutter gehört hatte. Auch Max fuhr so eine abgelegte Luxuskarosse aus seiner Familie.

Offenbar waren die Mütter von John und Max Schwestern. Johns Vater wurde nie erwähnt, und ich nahm an, dass er gestorben war und der Familie jede Menge Geld vererbt hatte. Mehr Geld, als es bei Max zuhause gab. John sprach nie über seinen Vater, und ich fragte auch nicht nach.

Im Gegensatz zu uns anderen hatte Max manchmal

Heimweh. Er schrieb sich auch ständig mit seinen Eltern und seiner jüngeren Schwester. Lächelte, wenn er die Nachrichten las, war hinterher geistesabwesend. Vielleicht sehnte er sich danach, bei seiner Familie zu sein. Was mir völlig unbegreiflich war. Aber vielleicht hätte ich auch andere Eltern gehabt, denen ich jetzt schreiben würde, wenn Levi anders gewesen wäre.

Rubys Handy vibrierte.

»Gemma«, murmelte sie. »Will wissen, wo wir sind.«

Weil Gemmas Theatergruppe ein Stück inszenierte, hatte sie das ganze Wochenende über Proben, beklagte sich aber, weil sie nicht bei uns sein konnte. Damit sie sich nicht ausgeschlossen fühlte, schrieb Ruby ständig Nachrichten. Auch jetzt antwortete sie sofort.

Wir warteten schweigend, während der Wind heftiger wurde und die kalte Luft durch meinen Pulli drang. Ruby und ich hatten den Punkt in unserer Freundschaft erreicht, an dem Schweigen sich nicht mehr unbehaglich anfühlte. Wir waren beide entspannt dabei.

Jetzt fröstelte sie und rieb sich die Arme. »Sag mal, weißt du eigentlich, dass Max Angststörungen hat?«, fragte sie unvermittelt.

»Was genau denn?«, fragte ich.

Wenn Ruby und ich alleine waren, redeten wir oft über die anderen, analysierten ihr Verhalten und ihren Charakter. Khaled zum Beispiel hasste es, alleine zu sein. Er wollte immer mit jemandem zusammen sein, zumindest mit einer Person aus der Gruppe. Wenn Max und John Fußballtraining hatten, schrieb Khaled Ruby, Gemma oder mir und fragte, wo wir steckten. Und sogar wenn wir dann zu einem A-cappella-Konzert oder so was gingen, schloss er sich uns an. Musste Khaled in der Bibliothek arbeiten, setzte er sich dorthin, wo am meisten los war. Es schien fast, als habe er Angst vor dem Alleinsein oder der Stille, die damit verbunden war. Was ich gar nicht verstehen konnte, ich mochte Einsamkeit, sie verschaffte mir Klarheit und gab mir die Chance, Kräfte zu sammeln.

»Wir sind doch zusammen in diesem Bioseminar, weißt du«, fuhr Ruby fort, zog sich die Ärmel ihres Sweatshirts über die Hände und schlang die Arme um sich.

Die Vorstellung von Ruby – als Kunsthistorikerin – in einem Bioseminar fand ich ziemlich witzig. Aber so war das Studium in Hawthorne angelegt. Man sollte in andere Fachbereiche reinschnuppern.

»Neulich waren wir noch spätabends zusammen im Labor«, sprach Ruby weiter, »und kamen ins Reden. Ich hab Max erzählt, dass ich vor Fußballspielen immer so furchtbar aufgeregt bin, weil alle zuschauen und so. Max sagte, ihm ginge das auch so. Aber er kriegt richtige Panikattacken. Er sagt, das hat er schon seit seiner Schulzeit.«

»Kennt er den Grund dafür?«, fragte ich. Max war still, hatte aber bisher nie nervös oder ängstlich auf mich gewirkt. Allerdings hatte ich auch noch nie richtig mit ihm geredet.

»Ich wollte nicht so neugierig nachfragen«, antwortete Ruby. »Aber scheinbar ist in seiner Kindheit irgendwas passiert. Er sagt, es war, als hätte man einen

Schalter umgelegt. Am einen Tag war noch alles gut, am nächsten nicht mehr.«

Mit umgelegten Schaltern kannte ich mich aus. Trotz der Kälte spürte ich sofort die feuchte Hitze von Texas auf der Haut.

»Das ist ja übel«, sagte ich.

»Furchtbar, oder? Weißt du noch, die Party neulich, von der Fußballmannschaft der Jungs?«

Klar erinnerte ich mich. Gleich mehrere Jungs hatten erfolglos versucht mich anzugraben. Ich konnte die einfach nicht ernst nehmen, wenn sie so besoffen waren, dass sie schielten, und nach Schweiß und Bier stanken.

»Klar.«

»Erinnerst du dich noch, dass Max plötzlich weg war?«

Als wir alle zusammen aufbrechen wollten, war Max unauffindbar gewesen. John meinte, er sei schon nach Hause gegangen. *Er fand's wahrscheinlich langweilig. Nur Langweiler langweilen sich, oder, Malin?* John hatte mich angestupst, als wären wir Kumpel oder so was.

»Max ist wirklich früher gegangen«, sagte Ruby jetzt. »Weil er keine Luft mehr gekriegt hat und seine Hände sich taub anfühlten. Deshalb ist er joggen gegangen. Nachts um zwei.«

Angstanfälle oder Panikattacken kannte ich nicht. Mein Vater hatte mir mal erzählt, meine Mutter habe nach dem Unfall Angststörungen entwickelt. Irgendwann fing sie dann eine Therapie an, und ich erinnere mich, dass hinter verschlossenen Türen von posttraumatischer Belastungsstörung geredet wurde.

Ich versuchte, mir diese Party von neulich in Erinnerung zu rufen. Wir sechs waren bis etwa um elf zusammen gewesen. In dem Gebäude war es so voll, dass wir gleich vorne im Flur stecken geblieben waren. Ich hatte wegen der Sauferei nur unzusammenhängende Bilder vor Augen. Aber ich wusste noch, dass Max plötzlich gegangen war. Er sah bei Partys immer aus, als fühlte er sich nicht wohl und könnte es nicht erwarten abzuhauen. An diesem Abend aber war er nicht von Rubys Seite gewichen und hatte froh und zufrieden ausgesehen. In meiner Erinnerung lachten die beiden über irgendwas; wahrscheinlich über Gemma, die wie üblich sturzbetrunken war. Aber Max war wirklich wortlos gegangen. Und mir fiel noch etwas anderes ein: Vorher hatte John irgendwas zu ihm gesagt, so leise, dass keiner von uns es hören konnte.

»Ist Max denn in Behandlung? Wegen der Angststörung?«, fragte ich.

Ruby schüttelte den Kopf. »Nein, garantiert nicht.« Sie schniefte. Wir hatten alle noch den Rest einer Erkältung. »Und er hat mich auch gebeten, es niemandem zu erzählen.« Ihre Stimme hörte sich fragend an.

Die Jungs kamen jetzt aus dem Supermarkt marschiert, schwere Tüten in den Händen und ein überhebliches Grinsen auf dem Gesicht.

»Erfolgreich gewesen?«, fragte Ruby, als sie näher kamen.

»Auf jeden Fall«, antwortete Khaled und stellte mehrere Tüten, in denen Flaschen klirrten, in den Kofferraum.

»Irre, habt ihr das hier gesehen?«, fragte John, stellte die Tüten mit dem Bier ab und spähte in das hellgrüne Auto neben uns. Die Stoßstange hing schief herunter, die Seiten waren mit Dellen übersät. Wir scharten uns um John und sahen, was er meinte. Der Innenraum war voller Fastfood-Verpackungen, Plastiktüten, irgendwelchem Abfall. Neben dem Fahrersitz stand eine Wasserflasche voller Zigarettenkippen. Der Beifahrersitz war mit Burger-Papier übersät.

»Echt 'ne Sau«, sagte John, wandte sich ab und verstaute die Biertüten im Kofferraum.

»Wie kommt man denn in so einen Zustand?«, fragte Khaled. Er sah vollkommen schockiert aus, hatte solche Formen von Armut wahrscheinlich noch nie zu Gesicht gekriegt.

»Ich find das traurig«, sagte Ruby. »Wenn das Auto schon so aussieht – wie mag es wohl bei dem zuhause sein?«

»Menschen treffen Entscheidungen, Rubes«, sagte John, klappte den Kofferraum zu und ging zur Fahrertür.

So leise, dass nur Ruby und ich es hören konnten, flüsterte Max: »Gut, dass du dich entschieden hast, Kind einer reichen Familie zu sein.«

Wir schauten ihn an. Max sah peinlich berührt aus. Dann räusperte sich Ruby. Ich wusste, dass sie peinliche Situationen nicht ertragen konnte und immer versuchte, die Lage zu retten. Doch ehe sie etwas sagen konnte, hörte ich Schritte hinter uns, und als ich mich umdrehte, stand da ein Mann und starrte uns an.

»Kann ich euch irgendwie helfen?«, fragte er.

Er war etwa Mitte dreißig, sah abgerissen aus, hatte die langen fettigen Haare im Nacken zusammengebunden. In der einen Hand hielt er die gleiche Packung Fertignudeln, die Ruby gekauft hatte, in der anderen ein Bündel Lottoscheine.

Keinem von uns fiel etwas ein, und wir standen stumm da. Als John einstieg, hörten wir ihn zu Khaled sagen: »Oh Gott, der Assi spielt auch noch Lotto.«

Ich schaute auf die Scheine. Die Miene des Mannes hatte sich nicht verändert. Johns Bemerkung hatte er wohl nicht mitbekommen. Khaleds Reaktion konnten wir nicht hören, und ich fragte mich, wie er mit dieser Äußerung klarkam. Wollte John vermutlich nicht widersprechen, aber auch kein Arschloch sein.

»Oh«, sagte Ruby jetzt. »Entschuldigung, wir stehen Ihnen im Weg.« Das sollte sich anhören, als hätten wir in unser Auto steigen wollen, aber es gab keinen Zweifel daran, was wir gemacht hatten. Max hielt ihr die Tür auf, und Ruby stieg ein, ich lief zur anderen Seite.

Der Mann behielt uns im Auge, als er zögernd zur Fahrertür seines Wagens ging. John ließ den Motor des BMW aufheulen und sagte lachend: »Scheiße, diesen Straßenköter sollte mal jemand in den Hundesalon bringen.«

Das Fenster war offen, und ich sah dem Mann an, dass er das gehört hatte. Keiner von uns lachte. Gemma hätte wahrscheinlich gelacht. Ruby starrte während der gesamten Fahrt schweigend aus dem Fenster.

Als wir am Campus ankamen und vom Parkplatz zum Haus gingen, war es schon dunkel. Es hatte noch nie Schwierigkeiten gegeben, wenn wir mit unseren Alkoholvorräten zurückkehrten. Aber diesmal wurden wir von einem Wachmann angehalten. Wir hatten lebhaft geredet und verstummten alle schlagartig.

»Hey! Ihr da!«, rief der Mann und trat aus der Dunkelheit.

Ich hatte zwei Tüten in den Händen, eine mit Bier, eine mit zwei Flaschen Gin. Die versuchte ich jetzt hinter meinem Oberschenkel zu verstecken. Der Wachmann stapfte auf uns zu.

»Scheiße«, flüsterte Khaled.

John und Max blieben stehen und sahen sich an. Ich wusste, dass sie fürchteten, zur Strafe den Rest der Fußballsaison auf der Bank sitzen zu müssen. Das galt auch für Ruby. Max trat vor sie, als wollte er sie beschützen.

Wir hielten alle die Luft an, als der Mann vor uns stand.

»Erstsemester?«, fragte er, die Hände in die fetten Hüften gestützt. Sein Doppelkinn quoll über den Kragen.

»Ja, Sir«, antwortete John. Unser inoffizieller Anführer.

Der Mann räusperte sich und gab eine Art Grunzen von sich. An seinem Gürtel baumelte ein Schlagstock, den er aber auf dem Campus eher nicht brauchte. Jetzt deutete der Wachmann auf die Tüte von John.

»Aufmachen.«

John lächelte freundlich, startete die Charme-Offensive. Bier war auf dem Campus erlaubt. Ruby, Max und ich hatten die harten Sachen.

»Nur Bier. Möchten Sie eins?«, fragte John munter.

»Witzbold, was?«, erwiderte der Mann und richtete sich zu voller Größe auf.

John warf Max einen warnenden Blick zu, während der Wachmann die Tüte durchsuchte und sie schließlich mit einer Art Grunzen zurückgab.

Dann entdeckte er die halb verdeckte Ruby und winkte sie zu sich. »Kommen Sie mal her, Miss.«

Sie trat hinter Max hervor, selbstsicher und gefasst.

Ich sah den Blick, mit dem John sie beobachtete, die Augen argwöhnisch zusammengekniffen. Er traute Ruby nicht zu, dass sie lügen würde, hielt sie wohl für zu harmlos.

»Tut mir leid, wenn wir irgendwas falsch gemacht haben«, sagte Ruby respektvoll und mit süßer Mädchenstimme. »Mein Vater war zu Besuch und hat uns zum Supermarkt chauffiert. Wir wollten keine Probleme machen.«

Bei der Erwähnung des Vaters änderte sich die Haltung des Wachmannes. Kluger Schachzug. Der Mann grunzte wieder, diesmal aber freundlich, und lächelte. Rubys mädchenhafter Zauber hatte seine Wirkung getan.

»Machen Sie keine Dummheiten. Die Leitung ist streng in diesem Semester. Es hagelt Verwarnungen.«

»Vielen Dank, dass Sie uns das gesagt haben«, erwiderte Ruby. »Echt nett von Ihnen.«

Nach einem letzten zufriedenen Grunzen marschierte der Wachmann davon. Als er in der Dunkelheit verschwunden war, holten wir tief Luft und lachten erleichtert.

»Super gemacht«, sagte John und küsste Ruby auf die Wange.

Johns argwöhnischen Blick hatte Ruby nicht bemerkt, und jetzt strahlte sie.

Ich wunderte mich über ihren Mut. Dreist zu lügen – das war nicht die Ruby, die ich kannte, und ich hatte den Verdacht, dass sie das nur gemacht hatte, um John zu beeindrucken. Was ich so enttäuschend fand, dass ich mit etwas Abstand hinter den anderen hertrödelte.

Ruby riss schwungvoll die Tür auf und lief die Treppe rauf, gefolgt von Khaled. Ich blieb mit den schweren Tüten unten stehen. John glaubte wohl, ich würde ihn nicht hören, denn er sagte zu Max: »Gut, dass du nicht wieder den Moralapostel hast raushängen lassen. Ich war sicher, du würdest es verkacken.«

Ich tat, als hätte ich nichts mitbekommen, aber ich sah, wie Max verstohlen zu mir herunterschaute.

»Kann mir mal jemand helfen?«, rief ich, als wäre nichts gewesen.

»Klar«, sagte Max ruhig, während John weiterging.

Schweigend trugen wir die Sachen nach oben. Ich fragte mich, warum Max sich nicht gewehrt hatte. Aber vielleicht war das eben die Art, wie die beiden Cousins miteinander umgingen, und ich hatte das nur noch nicht verstanden.

Wenn Leute Angst hatten, wurden sie manchmal grob. Wahrscheinlich hatte John sich wegen der Stresssituation gerade so benommen. Oder er hatte schlechte Noten bekommen und ließ seine miese Laune an anderen aus. Ich versuchte mir einzureden, dass es nur ein kurzer Moment gewesen war. Ich wollte mich mit so was nicht abgeben. Meine Aufgabe bestand darin, die ruhige, entspannte Malin zu sein. *Gechillt*, wie Khaled sagen würde. Und außerdem: gute Noten kriegen, eine ganz gewöhnliche Studentin sein. Ich würde mich beherrschen, mein Ziel erreichen.

Am nächsten Morgen marschierte ich über den feuchten Rasen zum Treffen meiner Puschkin-Arbeitsgruppe.

Mir dröhnte noch der Schädel vom Abend vorher. Wir hatten Trinkspiele gemacht und über die Szene mit dem Wachmann abgelacht. Sogar Max rang sich zu einem Grinsen durch, als Ruby sagte, er habe ausgesehen wie ein Karnickel vor der Schlange. Gemma war natürlich sauer, weil sie das Ganze verpasst hatte und damit auch die Chance für einen großen Theaterauftritt. Sie beobachtete John und Ruby, die den ganzen Abend aneinanderklebten, mit Argusaugen.

Als ich um die Ecke bog und auf die Bibliothek zusteuerte, hörte ich jemanden meinen Namen rufen. Unter einem Baum mit gelb-rot leuchtenden Blättern saß Max und winkte mich zu sich. Ich ging zu ihm und sah, dass er ein Lehrbuch auf dem Schoß hatte und einen Thermosbecher mit heißem Kaffee in der Hand hielt.

»Was machst du hier?«, fragte ich. »Es ist doch eiskalt.«

»Bin gelaufen, mir ist warm«, antwortete Max. »Und es ist schön ruhig hier.«

Ich sah mich um. So früh am Morgen war auf dem Campus kaum jemand unterwegs.

»Ich bin am Lernen«, redete Max weiter. »Willst du dich zu mir setzen?«

»Ähm, nein, ich hab eine Arbeitsgruppe.« Ich war zum ersten Mal mit Max alleine und wusste nicht recht, was ich mit ihm reden sollte. Unwillkürlich schaute ich über die Schulter zur Bibliothek.

»Geh ruhig«, sagte er und lächelte. »Wir müssen hier nicht Konversation machen.«

»Haha, witzig«, erwiderte ich. Dann fiel mir auf, dass aus seiner Tasche eine Kamera herausragte. »Fotografierst du?«

»Ja. Fürs Wahlfach Kunst.«

»Und was für Bilder machst du?«

Max trank einen Schluck Kaffee, schien zu überlegen, was er sagen wollte. »Das Altersheim.«

»Das Gebäude, oder wie?«

Er lachte. »Nein, die Menschen im Gebäude. Ich mache gern Porträts. Und ich fotografiere auch Landschaften. Mein Prof steht mehr auf die Naturaufnahmen, also werd ich wohl dabei bleiben.«

»Du lichtest die alten Leute ab?«

»Ja. Es fing damit an, dass die jemanden brauchten, der die Bewohner für eine Tafel im Eingangsbereich fotografiert.«

»Das ist ja cool.«

»Schon, aber auch ziemlich traurig. Die sind da nicht so gut untergebracht. Wusstest du, dass es alten Menschen in den USA viel schlechter geht als in anderen Ländern?«

»Nein. Hab ich noch nie gehört.«

»Ich find das ziemlich deprimierend. Nicht so 'n tolles Gesprächsthema, entschuldige.«

»Alles gut. Ich finde es super, dass du so was machst. Die freuen sich bestimmt über dich.«

Max zuckte die Achseln. »Weiß nicht. Sind, glaub ich, nur froh, dass sie mal mit jemandem reden können.«

Ich wusste nichts mehr zu sagen. Unterhaltungen waren so wahnsinnig anstrengend. Dann läuteten zum Glück die Kirchenglocken. »Ich muss los«, sagte ich.

»Viel Spaß bei der Gruppenarbeit«, rief Max mir nach, als ich losging.

Er klang fröhlich, und ich drehte mich noch einmal um. In der dicken Daunenjacke wirkte er breiter, und ich musste wieder an das Gespräch mit Ruby über Max' Ängste denken. So entspannt wie eben hatte ich ihn noch nie erlebt.

Und dass jemand zum Lesen alleine unter einem Baum saß, war mir vertraut. Ich hätte mir schon vorstellen können, bei ihm zu bleiben, marschierte aber weiter zur Bibliothek.

Die schwere Metalltür quietschte. Das Gebäude war ein Fremdkörper auf dem Campus, Architektur der frühen Neunziger zwischen all den Backsteingebäuden.

Ich entdeckte Shannon in einer Ecke des Arbeitsbereichs am Fenster. Sie hatte es sich auf einem der großen Sofas bequem gemacht. Amanda saß neben ihr, die Füße unter die Schenkel gezogen, und fummelte an ihrem Dutt herum.

»Hey«, sagte ich, ließ meine Tasche fallen und setzte mich neben Shannon.

»Einen wunderschönen guten Morgen, Malin«, trällerte Shannon. Ich fand es anstrengend, wenn Leute am frühen Morgen laut waren.

»Was für ein hübscher Pulli«, sagte Amanda spöttisch. Der Pulli war alt, grau und langweilig, genau wie die Bibliothek.

»Danke. Wollen wir …«

Amanda hielt mir die Hand vors Gesicht. »Zuerst«, sagte sie mit dramatischem Unterton, »muss ich euch was erzählen. Hab gestern Abend was echt Abgefahrenes über unseren Tutor gehört.«

»Was denn?«, fragte Shannon.

»Er ist doch mit dieser Doktorandin zusammen. Die immer mit solchen hippiemäßigen Blumenkleidern rumläuft?«

»Ja und?«, fragte Shannon.

Ich hatte Hale am Vorabend in der Mensa mit dieser Studentin gesehen. Die beiden hatten sich an den Händen gehalten und erst losgelassen, als sie auf die Theke zusteuerten.

»Sie hat jetzt aber offenbar was mit einem Professor angefangen, und das ist rausgekommen.«

»Im Ernst?«, sagte Shannon.

Deshalb hasste ich Arbeitsgruppen. Nervig, ineffektiv, ermüdend.

»Es ist einer von den Englischprofs.« Das sagte Amanda so hastig, als könnte sie es keine Sekunde länger für sich behalten.

»Oh Mann, wie übel«, sagte Shannon. »Das ist echt schlimm.«

»Ja, oder? Ich hab gestern Abend im Greenhouse noch was fertig gemacht, und da hab ich gehört, wie andere Profs darüber geredet haben. Und …«, sie legte eine Spannungspause ein, »besagter Professor ist außerdem verheiratet.«

Das Greenhouse war eines der neuesten Gebäude auf dem Campus, finanziert von reichen Alumni. Mittelpunkt war ein großer, offener Raum mit diversen Kaminen und Sofas. In der entspannenden Atmosphäre fanden sich Profs genauso ein wie Studis.

»Oje«, sagte Shannon mit großen Augen. »Der arme Hale.«

»Ja, oder? Ich meine, so einen betrügt man doch nicht. Klar ist er ein Nerd, aber doch auch süß. Für mich zu lieb. Und zu … ernsthaft. Da wird einem bestimmt bald langweilig.«

»Du stehst also mehr auf dumme Sportstypen?«, fragte Shannon scherzhaft.

Amanda verdrehte die Augen. »Hör auf. Du weißt genau, was ich meine.«

»Wird die Doktorandin rausgeworfen?«, fragte ich, um mich irgendwie am Gespräch zu beteiligen.

»Keine Ahnung«, antwortete Amanda. »Ist auch egal.

So oder so ein Skandal. Aber ich glaub, wegen so was wird man nicht rausgeschmissen, vor allem als Doktorandin nicht. Dann eher noch der Prof. Ich meine, man kann ja vögeln, mit wem man will, solange beide einverstanden sind.«

Ich stützte die Stirn auf die Hand, und einen Moment lang blieben wir alle stumm.

»Weißt du, Malin«, sagte Amanda dann und starrte mich an. »Ich hatte den Eindruck, dass Hale dich mag. Schien beeindruckt von dir zu sein.«

Ich reagierte nicht.

»Was hat er denn eigentlich zu dir gesagt? Nach dem Seminar?«, bohrte Amanda weiter.

Sie war eindeutig neidisch, dass er nicht zu ihr gekommen war. Dabei wäre mir das auch viel lieber gewesen.

»Wollte mit mir über mein Hauptfach reden«, antwortete ich.

»Ah. Na, vielleicht steht er ja auf verschrobene, stille Mädchen.«

Ich äußerte mich nicht zu dieser Beleidigung. Außerdem lag Amanda vielleicht gar nicht so falsch.

»Und wo er jetzt doch Single ist …« Amanda blickte mich bedeutungsschwanger an.

»Aber er ist unser Tutor!«, wandte Shannon ein.

»Als ob das wichtig wär«, erwiderte Amanda. »Außerdem ist er erst seit einem Jahr fertig. Das ist nicht so ein gigantischer Altersunterschied.«

»Immerhin fünf Jahre«, sagte Shannon und musterte mich forschend. Offenbar warteten beide, dass ich mich auf ihre Fantasien einließ. Aber ich schwieg, bis die Stille unbehaglich wurde, ließ die beiden zappeln. Schließlich schien Amanda etwas anderes einzufallen.

»Oder stehst du auf John Wright wie fast alle aus unserem Jahrgang?«

»Du weißt aber schon, dass er mit Ruby zusammen ist, oder?«, versetzte ich, nahm meine Bücher aus der Tasche und legte sie auf den Tisch. Dann klappte ich mein Laptop auf.

Wieder verdrehte Amanda die Augen. »Die hat den doch echt nicht verdient.«

Ich spürte, dass sie, wie schon in der Mensa, darauf wartete, dass ich mehr Informationen lieferte. Den Gefallen tat ich ihr aber nicht, und es war enorm befriedigend, Amanda hängen zu lassen. Außerdem fühlte es sich gut an, Ruby die Treue zu halten. Shannon schaute zwischen uns hin und her.

»Also«, sagte ich, nachdem ich das drückende Schweigen genügend ausgekostet hatte. »Wollen wir dann mal was tun?« Ich griff nach meinem Buch, aber die beiden sahen mich an, als hätte ich den Verstand verloren.

Ich seufzte. Gruppenarbeit war wirklich das Allerletzte.

10

Senior Day

Ich bin eine Täuschung, eine Mogelpackung. Würden die anderen mein Geheimnis kennen, dann wären sie garantiert nicht mit mir befreundet.

Es fängt schon damit an, dass ich es hasse, betrunken zu sein. Ich bin inzwischen ziemlich gut darin, es vorzutäuschen. Wer im College nüchtern ist, hat keine Freunde. Alle würden mich für eine Monstrosität halten. In Hawthorne bestehen die Wochenenden aus Trinken und Feiern. Sogar die stilleren Typen hauen sich immer mal die Birne zu. Ist unterhaltsam, denen zuzuschauen, wenn sie die Kontrolle über sich verlieren.

Und genau das kann ich nicht ertragen: Kontrollverlust. Sobald ich das Brennen von Alkohol in der Kehle spüre, konzentriere ich mich darauf, mich nicht gehen zu lassen. Ich spüre deutlich, wie mein Körper langsamer wird und sich entspannt, wie beliebige Gedanken durch meinen Kopf treiben und gefährlich intime Äußerungen aus meinem Mund kommen. Aber diese ganzen düsteren, lastenden Erinnerungen dürfen nicht nach außen dringen.

Im ersten Uniwinter hätte ich Ruby einmal fast alles anvertraut. Wir hatten während eines Schneesturms zu sechst stundenlang Karten gespielt. Und um drei Uhr nachts fragte Ruby nach meiner Familie.

Mir war schwindlig, und ich legte mich auf Rubys Bett. Die anderen schauten sich einen Disney-Film an, Gemma und Khaled lachten wie Hyänen, John drehte den nächsten Joint. Max beobachtete Ruby und mich aus dem Augenwinkel. Seit Stunden nippte er an einem einzigen Bier und gähnte ständig. Aber er blieb immer wach, bis Ruby schlafen ging.

Ich war völlig erledigt, und meine sorgfältig aufrechterhaltenen Schutzmauern brachen ein. Ungehemmt quatschte ich alles Mögliche über unsere Kommilitonen. Ruby kicherte und stachelte mich weiter an, und mir taten schon die Rippen vom Lachen weh.

Erzähl mir von deiner Familie, sagte Ruby dann. Und beinahe hätte ich es getan. Doch zum Glück wurde mir so übel, dass ich mich übergeben musste. Im Badezimmer hielt Ruby meine Haare fest und streichelte meinen Rücken, während ich über der Kloschüssel hing.

»Nicht so schlimm«, sagte sie beruhigend. »Bald geht's dir besser.«

Ich musste daran denken, wie meine Mutter mir die Haare zum Pferdeschwanz gebunden hatte, wenn mir als Kind übel war. *Nicht so schlimm, mein Kleines. Das muss jetzt raus.*

Nach diesem Erlebnis schaffte ich mir einen Flachmann an. Den habe ich immer noch. Silbern und unverwüstlich. Dass ich ihn mit niemandem teilte, erklärte ich mit meiner Angst vor Bakterien. Max mit seinen

Angststörungen hatte volles Verständnis dafür. Bei Partys trank ich nur noch aus dem Flachmann. Außerdem verkündete ich, dass ich eine Glutenallergie entwickelt hätte und deshalb auch kein Bier trinken dürfe. Was allerdings bedeutete, dass ich mir Pizza heimlich aus der Mensa holen und sie auf meinem Zimmer verschlingen musste. Khaled zog mich anfänglich auf wegen des Flachmanns, aber irgendwann hatten sich alle daran gewöhnt und fanden das sogar cool.

An solche Dinge denke ich, als ich nach dem Duschen mit Khaled zu unserem Haus zurückgehe. Wir beeilen uns, frieren in der kalten Luft. Seine Beine sind braun, mit dunklen Haaren, meine schneeweiß. Wir haben Badetücher um uns gewickelt, die mit blauer Farbe durchtränkten Kleider in der Hand.

Gemma und John sind noch in der Dusche. Khaled schien sich nichts dabei zu denken, dass wir die beiden alleine ließen. Ich sehe das anders. Stand noch zögernd in der Tür, als Gemma sich bis auf die Unterwäsche auszog und mit John in die Kabine ging. Dabei wäre Gemma fast ausgerutscht, aber John hielt sie am Arm fest und rief mir zu: »Keine Sorge, M, ich passe gut auf sie auf.« Als wir rausgingen, hörten wir die beiden lachen.

Auf der anderen Straßenseite Radau, Kommilitonen verschwinden in einem anderen Wohnheim zum Duschen. Der Senior Day ist fast geschafft, nur der Last Chance Dance steht noch aus.

Als wir um eine Ecke biegen, kommt unser *Palast* in Sicht, vor dem orangerosa Abendhimmel, der in einem

Wolkenloch kurz zu sehen ist. Der Wind frischt auf, und wir laufen schneller, um ins Warme zu kommen. Ich drücke meinen Flachmann an die Brust, spüre das kalte Metall durch das raue Handtuch.

Über den Bergen weiter hinten nähern sich dunkle Schneewolken. Der Winter war deprimierend düster und grimmig kalt, und ich freue mich auf die weiße Decke, unter der alles verschwinden wird. Heftige Schneefälle sind angesagt, bis zu einem Meter, da kommt in einer kleinen Stadt wie unserer alles zum Erliegen.

Ich weiß, dass Khaled über Ruby und Max und ihren Streit reden möchte, aber ich vermeide es. Khaled soll nicht auch noch da reingezogen werden, die Situation ist schon chaotisch genug. Er ist sehr interessiert an Menschen, will immer helfen. Ich glaube, dass er deshalb Chirurg werden will. Khaled würde alles für uns tun, und darum darf er nichts von all dem erfahren, was da läuft.

Obwohl wir seit Jahren unter einem Dach leben, sind er und ich uns nie wirklich nähergekommen. Ich war so mit Ruby und John beschäftigt, dass ich mich nicht intensiver auf andere einlassen konnte. Aber die Leute glauben, dass ich mit allen in der Gruppe eng befreundet bin.

»Dude, glaubst du, dass mit Max und Ruby alles okay ist?«, fragt Khaled jetzt unvermittelt.

Ich kann es nicht ausstehen, wenn er mich mit Dude anspricht. Mir fällt auch gerade auf, dass er Denise an den Genitalien anfasst.

»Kannst du sie bitte anders tragen?«

»Wie denn?«

»Nicht so jedenfalls.«

Khaled lacht und klemmt sich die Gummipuppe unter den Arm.

»Okay, aber jetzt im Ernst. Was ist zwischen den beiden los?«

Ich habe geahnt, dass er fragen würde. Wäre einfacher, er wäre ein verwöhntes Weichei, wie man es bei seiner Herkunft vermuten könnte.

»War bestimmt nichts Wichtiges«, antworte ich.

»Worüber haben sie sich wohl gestritten?«

»Keine Ahnung. Sind eben betrunken.«

»Das war aber richtig heftig. Ruby sah stinksauer aus.« Khaled schaut mich von der Seite an. »So hab ich sie noch nie erlebt.«

Ich antworte nicht. Das macht Khaled immer fertig. Er kann Nichtbeachtung nicht verkraften.

»Na, dann nicht«, sagt er verstimmt.

»Du weißt doch, wie Max ist, wenn er emotional wird«, sage ich, in der Hoffnung, dass das ausreicht.

»Irgendwann dreht der noch komplett durch«, erwidert Khaled. »Er braucht professionelle Hilfe.« Khaled klingt ernsthaft und eindringlich. »Weißt du noch, als wir im ersten Jahr in diesem Krankenhaus waren?«, fährt er fort. »Als er wegen Shannon ausgerastet ist? Ich dachte, er schlägt mich gleich. Und dabei hatte er gar nichts damit zu tun.«

»Das war aber auch für Max außergewöhnlich. Bis heute Abend hat er sich bestimmt berappelt.«

Khaled wirft mir einen zweifelnden Blick zu. Wir wissen beide, dass ich lüge.

»Lass uns über was andres reden«, dränge ich. Khaled sieht erstaunt aus. Wir haben uns noch nie länger unterhalten.

»Worüber denn?«

»Hm … hast du denn zurzeit irgendwelche Probleme?« Ich kam mir allmählich vor wie die Therapeutin vom Dienst. Aber mit dieser Methode ließen sich immer alle gut ablenken.

Khaled sah mich lächelnd an. »Du meinst, ob ich mich noch für jemanden außer Ruby interessiere?«

Ich werfe ihm einen Blick zu. »Sie ist meine beste Freundin.«

»Stimmt. Hm … ich und Probleme?«

»Ja.« Ich zähle förmlich schon die Sekunden, bis wir am Haus ankommen und getrennter Wege gehen können.

»Tja.« Seine Stimme klingt so zögerlich, dass ich ihn anschaue. Er blickt auf den Boden. Spannend. So habe ich Khaled noch nie erlebt.

»Also gut«, sagt er schließlich. »Halt mich aber bitte nicht für verrückt. Ich bin nicht verrückt.«

»Weiß ich. Keine Sorge. Was hast du denn?«

»Ich weiß, dass sich das anhört, als wäre ich ein verwöhntes Jüngelchen. Stimmt ja irgendwie auch. Das Klischee können wir also schon mal beiseitelassen.«

»Geht klar.«

»Mein Problem ist, dass ich keine Probleme habe. Wie gesagt: hört sich verrückt an. Aber ich liebe mein

Leben. Meine Familie. Euch alle. Die Uni. Und ich liebe es zu feiern. Ich bin glücklich, und mir geht es sehr gut.«

»So was hatte ich mir schon gedacht«, sage ich.

»Deshalb habe ich ständig Angst, dass irgendwas Furchtbares passieren könnte. Dass irgendein Unheil droht, und dann wird alles anders. Und seit Beginn dieses Jahres habe ich oft Schwierigkeiten beim Einschlafen, weil ich Angst habe, meine Eltern könnten sterben. Oder meine kleine Schwester. Manchmal hab ich auch Angst vor grässlichen Seuchen oder Atombomben.«

Ich denke nach. Was Khaled gerade aufgezählt hat, entzieht sich alles seiner Kontrolle. Ich kann gut verstehen, dass man sich vor Ereignissen fürchtet, die man nicht beeinflussen kann.

»Jedenfalls hängt diese Ahnung von Bedrohung irgendwie ständig über mir. Dass irgendwas Schlimmes passieren wird.«

»Verstehe. Aber vielleicht solltest du dein Leben lieber genießen, solange es noch so schön ist. Denn du hast natürlich recht. Irgendwas Schlimmes passiert. Das gehört zum Leben dazu.«

»Na super. Danke, Malin. Das war eine echte Hilfe«, erwidert er trocken.

»So meine ich das nicht. Ich will damit sagen, dass du dich auf all das Gute konzentrieren sollst. Koste es aus. Das ist erlaubt. Sollte dann wirklich was Schlimmes passieren, kannst du immer noch schlaflose Nächte haben und dir Sorgen machen. Aber doch nicht jetzt und nicht über Dinge, auf die du sowieso keinen Einfluss hast. Das ist doch völlig sinnlos.«

Mir würde es auch guttun, meinen eigenen Rat zu befolgen. Aber das kann ich nicht. Weil die Dinge bei mir anders liegen.

»Ja, stimmt schon. Eigentlich hast du recht.«

Als wir am *Palast* ankommen, eilen wir die Verandatreppe hoch. Ich liebe dieses alte Haus, dessen Geruch mich an die Sommerferien bei meiner Großmutter erinnert.

Khaled zieht im Eingangsbereich die Schuhe aus und steuert auf sein Zimmer zu. »Bis später, Schwarzseherin.«

Ich stütze mich gerade an der Wand ab, um meine Schuhe auszuziehen, und schaue auf.

»War nicht ernst gemeint«, sagt Khaled und wirft Denise auf die Couch. »Wir brauchen dich. Wir sind nämlich allesamt selbstsüchtige Arschlöcher, nur du nicht. Manchmal kommt's mir vor, als wärst du die Einzige, die zuhören kann.« Er wirft mir ein Lächeln zu, geht in sein Zimmer und schließt die Tür hinter sich.

Tatsächlich höre ich allen zu. Deshalb weiß ich jetzt auch Dinge, die ich lieber nicht wüsste. Ich denke an die Szene mit Ruby und Max vorhin, sehe vor mir, wie Max Ruby am Handgelenk packte und zu sich zog. Wie sie zurückwich, ihn so hastig abschüttelte, als hätte sie Angst. Wovor fürchtet sie sich? Alles läuft aus dem Ruder. Ich muss handeln. Mit dem Fuß stoße ich die Tür zu meinem Zimmer auf, hänge die nassen Klamotten über den Stuhl. Zum Glück haben wir alle Einzelzimmer, in denen wir uns mit unseren Geheimnissen verkriechen können.

Ich trinke einen Schluck Wasser aus meinem Flachmann, werfe ihn dann auf mein ordentlich gemachtes Bett.

11

Erstes Studienjahr

Elternwochenende. Der gesamte Campus voller blauer Fahnen und anderer Hawthorne-Deko, wir alle fein rausgeputzt, Wodkaflaschen hinten im Schrank versteckt, Bongs unter dem Bett, die Zimmer aufgeräumt. Mein Zimmer ist tadellos, ich habe nichts zu verbergen.

Meine Eltern wollten im Bio-Fachbereich an einem Seminar teilnehmen; meine Mutter kannte einen der Profs von früher, sie hatten zusammen studiert. Sie würde vermutlich erklären müssen, warum sie ihre Karriere aufgegeben hatte. Bestimmt würde sie sagen, dass sie sich lieber auf meine Erziehung hatte konzentrieren wollen. Ich fragte mich, ob sie vielleicht insgeheim erwartet hatte, dass ich bei meiner Ausbildung in ihre Fußstapfen und nicht in die meines Vaters treten würde.

Seit sich das Gerücht über die Beziehung zwischen Hales Freundin und dem Prof wie ein Lauffeuer im Anglistikinstitut verbreitet hatte, waren einige Wochen vergangen. Shannon und ich hatten es als Erste erfahren, aber Amanda hatte dafür gesorgt, dass es noch am selben Tag quasi alle wussten.

Um drei hatte ich heute meinen Termin bei Hale,

war aber zu früh dran. Jeder aus dem Seminar musste ein Gespräch mit Hale führen; das gehörte zum Einführungsprogramm für die Erstsemester, das irgendwie kein Ende zu nehmen schien. Die Unileitung wollte dafür sorgen, dass wir uns rundum wohlfühlten und dass etwaige Probleme sofort erkannt und bearbeitet wurden. Eltern waren willkommen, aber ich wollte sie nicht hier haben, war noch nicht bereit für die Kollision der Welten.

Ich setzte mich auf die Bank vor Hales Büro und starrte auf das Schwarze Brett an der Wand gegenüber. Ein Flyer für Rubys nächstes Spiel hing da, mit einem Foto von ihr. Sie war zu einer Art Maskottchen für die Frauenfußballmannschaft der Uni geworden. Glanzvoller Glücksbringer, der jahrelange Niederlagen in Siege verwandeln sollte. Anpfiff war in etwa einer Stunde. Ich war mit meinen Eltern am Fußballplatz verabredet, damit wir uns das Spiel gemeinsam anschauen konnten.

Die Tür ging auf, und ich zuckte zusammen.

»Malin«, sagte Hale überrascht. »Du bist ja schon da.«

Ich stand auf, strich meine Bluse glatt. Hale hielt mir die Tür auf.

Drinnen setzte er sich an den runden Tisch mitten im Raum. Heute wirkte Hale abgelenkt und lächelte auch nicht, und ich wäre gern woanders gewesen.

»Und, wie geht's denn so?«, fragte er.

»Gut.« Ich hätte wirklich Nützlicheres machen können, als hier über meine Gefühle zu sprechen oder was immer der Zweck dieses Treffens sein sollte.

»Schläfst du ausreichend?«

»Klar.« Ich schlief durchschnittlich vier Stunden, das reichte mir. Den Rest der Nacht brachte ich mit Lernen und den Seminararbeiten zu. Ich wollte Jahrgangsbeste werden, da blieb keine Zeit zum Schlafen.

»Gut, gut«, sagte Hale zerstreut, kramte in einem Papierstapel herum und zog meine Arbeiten heraus.

»Soll ich lieber ein andermal wiederkommen?«, fragte ich.

»Nein.« Er räusperte sich. »Deine Arbeiten waren ausnahmslos hervorragend.« Er blätterte sie durch. Alle waren mit Eins bewertet. »Reden wir doch mal über deine Studienziele. Möchtest du immer noch Juristin werden?«

Ich ahnte schon, was kommen würde, und hatte nicht die geringste Lust darauf. Es war reine Zeitvergeudung.

»Und du bist sicher«, fuhr er fort, »dass ich dich nicht überreden kann, stattdessen Anglistik zu studieren?«

»Ich möchte Juristin werden.«

Hale stützte das Kinn auf die Faust. »Warum?«

»Ich kann hart arbeiten und mit Stress gut umgehen. Und ich mag Herausforderungen.«

»Das ist bei mir genauso.«

»Und ich will viel Geld verdienen«, fügte ich hinzu.

»Autsch«, sagte Hale trocken, und seine Mundwinkel zuckten, beinahe ein Lächeln. »Ich sage das nur, weil du wirklich sehr begabt bist. Du könntest vermutlich hier auch promovieren.«

»Mein Vater ist Anwalt«, sagte ich. »Das ist mir vertraut, und ich weiß, dass ich als Juristin gut sein werde.«

»Das ist eine … sichere Entscheidung. Ist immer sicher, wenn man sich für das entscheidet, was man schon kennt.«

Allmählich fing ich an, mich zu ärgern. Der kannte mich doch gar nicht.

»Ich möchte dir ja nur nahelegen, dir noch alle Optionen offenzuhalten«, sagte Hale. »Und dich dazu anregen, neugierig zu bleiben und alle Möglichkeiten zu erkunden. Das ist nun mal die Grundhaltung von Geisteswissenschaftlern, die kann ich nicht abschütteln.«

Es ging mir unsäglich auf die Nerven, dass er es für richtig hielt, mich umstimmen zu wollen. Ich hatte nicht um seine Meinung gebeten und brauchte sie auch nicht. Das Thema musste dringend gewechselt werden.

»Tut mir leid wegen deiner Freundin«, sagte ich. Er sah mich an, und ich schämte mich fast, dass ich sein Privatleben für meine Zwecke benutzte.

»Das wissen wohl alle?«

»Ich denk schon, ja.«

Er starrte bedrückt auf den Tisch. Dabei passierten Trennungen doch nicht grundlos. Sollten die Leute nicht froh sein, wenn sie jemanden loswurden, der nicht zu ihnen passte?

»Na, zumindest weißt du es jetzt«, sagte ich aufmunternd. »Ich meine, stell dir doch mal vor, du hättest die Frau geheiratet und Kinder mit ihr, und *dann* wäre sie dir untreu geworden.«

Hale sah mich so verblüfft an wie früher immer die

anderen in der Schule, wenn ich meine Gedanken offen äußerte.

»Tja, da ist wohl was dran«, sagte er und richtete sich auf. Hatte ihm das noch niemand gesagt? Die meisten Leute waren wahrscheinlich nur mitfühlend.

»Intelligenter Versuch auch«, sprach er weiter, »das Thema zu wechseln. Ich hab's aber gemerkt. Zurück zu dir.«

»Ich werde immer noch Jura studieren.«

»Schon gut, schon gut.« Er lachte. »Dann erzähl mir doch mal, was du dir im Seminar wünschst und was dir nicht so gut gefällt.«

Wir redeten eine Weile, und Hale war wieder so lebhaft und gut gelaunt, wie ich ihn kennengelernt hatte. Das exakte Gegenteil von mir. Es hatte irgendwie etwas Berauschendes, dass ich es war, die diese Veränderung bewirkt hatte. Hale hatte auf meine Direktheit positiv reagiert. Vielleicht hatte er wirklich etwas an sich sehen können, das ihm bislang nicht klar gewesen war, und nun ging es ihm besser.

Ich fühlte mich jetzt auch wohl und lehnte mich entspannt zurück. Spürte, wie ich meine Abwehr aufgab, und unternahm nichts dagegen.

Beim Rausgehen stieß ich fast mit Shannon zusammen, die aus einem Seminarraum kam. Sie geriet ins Stolpern und verzog das Gesicht. Shannon sah immer aus, als würde sich gleich alles an ihr auflösen.

»Hey!«, sagte sie und warf einen Blick auf die Tür von Hales Büro, die sich gerade schloss. Shannons kupferrote

Haare waren zu einem chaotischen Knoten hochgesteckt, und sie hielt ihre Bücher an die Brust gedrückt.

»Wie war dein Gespräch beim Tutor?«, fragte sie, als sie neben mir herging.

»Gut, denk ich.« Dann fiel mir ein, dass ich höflich sein musste. »Und deines?«

»Cool. Hale ist echt nett.« Sie schwieg einen Moment, dann sagte sie mit gedämpfter Stimme: »Hör mal … dein Freund Khaled.«

»Ja? Was ist mit dem?«

»Weißt du, ob er eine Freundin hat oder so?« Shannon lief so dunkelrot an, dass ihre Sommersprossen kaum noch zu erkennen waren.

»Soweit ich weiß, nicht.« Ich hätte natürlich sagen können, dass er sich wahrscheinlich mit jeder einlassen würde. Aber das hätte ein schlechtes Licht auf Khaled geworfen.

»Oh, super. Wir sind nämlich zusammen im Chemielabor, und ich finde ihn total süß. Er ist der Einzige, der mit mir redet … in Gruppen bin ich immer ziemlich schüchtern, weißt du. Und er ist so gechillt.«

Ich merkte, wie nervös sie war, und hätte ihr gern gesagt, dass sie nicht besonders cool tun oder Wörter wie *gechillt* benutzen musste, die ihr spürbar fremd waren. Der Grund für ihre Aufgeregtheit war mir nicht ganz klar. Vielleicht hatte es damit zu tun, dass ich zu einer Clique gehörte, sie aber nicht. Shannon war immer mit ihrer Mitbewohnerin zusammen, einem stillen Mädchen. Die Rolle, die ich früher in der Schule gespielt hatte. Das stille Mädchen.

»Ich werd ein gutes Wort für dich einlegen«, sagte ich schließlich.

»Lieb von dir, danke.« Shannon grinste mich fröhlich an und verabschiedete sich. Als sie wegging, lösten sich wieder einige Strähnen aus ihrem Dutt.

Ich schaute auf die Uhr und machte mich auf den Weg zum Fußballplatz.

»Hi, Schatz«, sagte meine Mutter. Als sie mich umarmte, spürte ich ihre Knochen durch die Kleider. Sie aß offenbar mal wieder nicht genug.

Mein Vater räusperte sich. »Und deine Freundin spielt heute mit?«, fragte er. »Ruby?«

»Die fünf«, antwortete ich und deutete auf den Platz.

Die Spielerinnen stellten sich in einer Reihe auf. Mein Vater konzentrierte sich aufs Spielfeld, faltete die Hände. Er sah auch dünner aus. Vielleicht kamen die beiden weniger gut damit klar, dass ich weg war, als ich vermutet hatte.

»Wie ist es dir bisher ergangen?«, fragte er. Ich wusste, was er wirklich wissen wollte.

»Gut. Keine Klagen.«

Die Antwort war schroff, aber ich wollte in Ruhe gelassen werden. Er hatte alles Wesentliche gesagt, bevor ich mit dem Studium anfing. Jetzt wollte ich, dass er aufhörte, sich Sorgen zu machen.

»Wir fahren morgen nach Deerfield, deine Großmutter besuchen. Möchtest du mitkommen?«, fragte mein Vater.

Ich spürte die Anspannung meiner Mutter. Dorthin zu fahren war ihr ein Gräuel, weil sie der Familie meines Vaters die Schuld an Levis Tod gab. Ich verstand auch nicht, warum meine Großmutter nach allem, was passiert war, noch immer dort lebte. Unser Ruf in dem Ort war ruiniert, auch wenn das alles schon lange zurücklag.

»Dann würde ich insgesamt fünf Stunden im Auto sitzen, Dad.«

»War ja nur eine Idee«, erwiderte mein Vater enttäuscht.

»Wir freuen uns sehr, dass du hier so tolle Freunde gefunden hast«, sagte meine Mutter jetzt, aber so leise, dass ich sie kaum verstand. Ich wünschte mir, sie wieder so fröhlich und ausgelassen zu sehen wie früher. Und ich hätte ihr gerne Mut gemacht. Aber da ich schuld an diesen Veränderungen meiner Mutter war, hielt ich den Mund und ließ nur zu, dass sie meine Hand hielt. Ich schaute zur Tribüne hinüber, entdeckte Khaled und Gemma zwischen John und Max. Meine Mutter blickte auch in die Richtung.

»Sind das deine Freunde? Wer ist denn wo?«

»Der Kleinere mit den dunklen Haaren da drüben ist Max«, erklärte ich und deutete hinüber. »Der daneben ist Khaled.«

»Der Prinz?«

»Ja, der Prinz.«

Für uns war er jetzt schon lange nur noch Khaled. Seine Eltern hätten wir zwar gerne mal erlebt, aber die waren zu beschäftigt für die weite Reise.

»Neben Khaled sitzt Gemma.«

»Die ist ja süß – wie ein stämmiges Pony«, sagte meine Mutter.

»Wär besser, du sagst ihr das nicht«, erwiderte ich trocken, und einen Moment lang blitzte ein Funke ihres früheren Humors in den Augen meiner Mutter auf.

John musterte sie sehr genau, und ich wusste, warum sie das tat. »Rubys Freund?«

»Ja.«

»John«, sagte sie leise, als täte es ihr gut, den Namen auszusprechen.

Ich hoffte, dass sie die Verbindung nicht herstellen würde, merkte aber, wie es in ihr arbeitete. Die üppigen blonden Haare, das charmante Grinsen. Unwillkürlich biss ich die Zähne zusammen.

»Der sieht sehr nett aus«, sagte sie dann und wandte den Blick ab. Ich wusste genau, was sie jetzt dachte. Sie sah mich von der Seite an, als fühlte sie sich von mir beobachtet. Ein Hauch Wut in den Augen, Trauer, doch keine Sekunde später lag wieder der übliche teilnahmslose Ausdruck auf ihrem Gesicht. Sie folgte dem Spielgeschehen, aber ich merkte, dass sie immer wieder schluckte und sich darauf konzentrieren musste, den Schein zu wahren.

Der schrille Pfiff des Schiedsrichters ertönte, und die Zuschauer verstummten. Ich saß jetzt zwischen Max und Khaled. Meine Eltern standen am Spielfeldrand und waren ganz aufgeregt, weil ich das Ende des Spiels mit meinen Freunden zusammen anschauen wollte. Sie warfen sich dauernd bedeutsame Blicke zu, was mir wahnsinnig auf die Nerven ging.

Einwurf für Hawthorne. Nur noch eine Minute bis Spielende. Ruby lief zum Rand und hob den Ball auf.

»Wenn sie Fußball spielt, wirkt sie ganz anders als sonst«, sagte Max neben mir und richtete sich gespannt auf.

»Ja, so ernsthaft«, pflichtete Khaled ihm bei. »Sagt mal, macht sie jetzt etwa diesen Saltoeinwurf? Hoffentlich bricht sie sich nicht das Genick.«

»Kannst du bitte mal aufhören«, sagte Gemma und haute ihm auf den Arm. Sie trank rasch einen Schluck Gin und versteckte den Flachmann wieder.

Jetzt kam es auf Rubys Zuspiel an, wenn Hawthorne gewinnen wollte. Sie nahm Blickkontakt zu einer Mitspielerin auf, Bri. Dann trat sie einen Schritt zurück und hielt den Ball mit beiden Händen hoch über den Kopf.

»Du schaffst es, Süße!«, brüllte John und klatschte wie wild.

Ruby wirkte komplett konzentriert, eine Kriegerin vorm Angriff. Ihr wippender Pferdeschwanz akzentuierte jede ihrer Bewegungen. Ich musterte die Gesichter auf der Tribüne. Rubys Vater sollte heute da sein, und ich wollte gerne den Mann kennenlernen, der sie großgezogen hatte.

»Oh Scheiße«, sagte Khaled und hielt sich die Augen zu. »Ich kann nicht hingucken.«

Gemma warf ihm einen grimmigen Blick zu. »Hör jetzt auf, ganz ehrlich.«

Ruby beugte sich etwas weiter zurück, machte sich bereit.

»Aber es ist wirklich, als beobachtete man einen Autounfall«, sagte Gemma mit zittriger Stimme. »Kaum zum Aushalten.« Sie verkroch sich hinter Khaleds Rücken.

»Hey, was ist mit Anfeuern?«, fragte Khaled.

»Klappe«, fauchte Gemma.

Ich beobachtete Ruby ganz genau. Max hatte recht, sie wirkte verändert. So kraftvoll und entschlossen. Normalerweise versuchte sie, es allen recht zu machen, aber beim Fußball kam die Kämpferin in ihr zum Vorschein. Ich fragte mich, warum sie diesen Teil von sich ansonsten verbarg.

Jetzt sprintete sie auf die weiße Linie zu, und wir hielten alle den Atem an.

»Ogottogottogott«, murmelte Gemma und spähte hinter Khaleds Rücken hervor, um den Salto zu beobachten.

Ruby überschlug sich, kam hoch und warf den Ball mit voller Wucht ins Feld.

Wir jubelten und klatschten, als Bri ihn annahm. Ruby sprintete wie ein blau-weißer Blitz um die anderen Spielerinnen herum Richtung Tor. Bri wurde jetzt von einer Spielerin bedrängt, die viel größer war als sie, und sicherte den Ball hinter sich. Dann schoss sie ihn mit Wucht zu Ruby, die ihn mit dem Innenfuß annahm und ins gegnerische Tor schoss.

Die blau-weißen Fans brachen in tosenden Jubel aus, der Schlusspfiff beendete das Spiel. Die ganze Mannschaft hechtete sich auf Ruby. Hawthorne hatte gewonnen.

»Ruby hat echt gut gespielt«, sagte Max leise. »Würd mich nicht wundern, wenn sie nächstes Jahr Mannschaftskapitän wird.«

Gemma und Khaled waren aufgesprungen und fielen sich um den Hals, während John zum Spielfeld rannte und Rubys Namen schrie. Er sah aus, als würde er gleich platzen vor Stolz.

Wir anderen gingen auch nach unten und warteten auf Ruby. Als sie auf uns zugelaufen kam, umarmte Gemma sie stürmisch. »Hey, das war so fantastisch, Süße!«

»Ja, für Frauenfußball echt spannend«, sagte Khaled, fügte aber rasch hinzu, bevor ihn jemand hauen konnte: »War 'n Witz, Mädels. Ihr wart super, da könnt ich nicht mithalten.«

»Glaub ich dir«, erwiderte Ruby.

John legte ihr den Arm um die Schultern. »Hab doch gesagt, du schaffst den Salto. Nur beim nächsten Mal mehr auf den rechten Fuß achten beim Absprung, sah bisschen instabil aus. Aber das kriegst du noch hin.«

Ruby warf ihm ein Lächeln zu und löste sich von ihm, tat so, als wollte sie ihre Wasserflasche rausholen. Ich spürte, dass ihr seine Bemerkung die Laune verdarb.

Khaled, John und Gemma brachen zum Grillabend beim Sportzentrum auf. Als sie außer Hörweite waren, sagte Max: »Du hast ganz toll gespielt, Ruby. Bist die beste Spielerin der Mannschaft.«

»Danke.« Sie lächelte Max an.

»Kann ich dir was abnehmen?«, fragte er und blickte auf ihre Tasche. Ich wusste, dass Ruby ihre verschwitzten Sachen immer sofort in ihren Wäschesack stopfte, damit ihre Tasche nicht nach Schweiß roch.

»Alles gut. Lasst uns was essen gehen«, sagte sie, und wir gingen Richtung Grillparty.

Ich hatte Hunger, und mein Magen knurrte laut, als ich an Burger und Hot Dogs dachte. Es war kälter geworden, und ich setzte meine Kapuze auf. Böen peitschten durch das dürre Herbstlaub, das um uns her zu Boden rieselte. Die Eltern der Studienanfänger waren zu einem Cocktailempfang geladen, wir würden sie später im Sportclub treffen. Mein Vater war besonders gespannt auf die Kanus und Kajaks.

Als wir zu den anderen stießen, zog John Ruby an sich und küsste sie aufs Haar. Sie schaute mit schwärmerischem Blick zu ihm auf. In einer Hand trug sie ihre Fußballschuhe, an den Schnürsenkeln zusammengebunden.

Max ging neben mir und starrte auf den Boden, oder er warf Ruby verstohlene Blicke zu.

»Freust du dich auf deine Familie?«, fragte ich ihn.

Er schien aus einer Trance zu erwachen und warf mir ein kleines Lächeln zu. »Ja. Meine Schwester kommt auch. Ich hab sie seit dem Sommer nicht mehr gesehen.«

»Super«, sagte ich und kam zu meiner eigentlichen Frage. »Ist aber doch bestimmt schön für dich, hier mit deinem Cousin zusammen zu sein. Ist ja auch ein Verwandter von dir.«

Das Lächeln erstarb, und Max nagte an seiner Unterlippe. »Ja, klar.«

In diesem Moment begriff ich, dass er sich in Ruby verliebt hatte. Max wollte derjenige sein, der ihr den Arm um die Schultern legte und sie küsste. Und das würde wohl noch ein gigantisches Problem werden.

Vor dem Sportclub wimmelte es von Erstsemestern und ihren Familien. Ich stand bei Khaled, Ruby und Gemma.

»Wahrscheinlich besser, dass meine Eltern nicht kommen konnten. Die ertragen es nicht, wenn ich betrunken bin«, erklärte Khaled, hielt sein viertes Bier hoch und rülpste. »Nicht, dass sie das nicht schon erlebt hätten.«

»Ich fass es nicht, dass meine nicht da sind«, murmelte Gemma. »Der Flug ist nicht mal so lang.«

»Sie kommen nicht?«, fragte Ruby.

»Meine Mutter hat Flugangst«, sagte Gemma und verdrehte die Augen. Dann hielt sie ihr Handy hoch. »Aber sie schreibt mir schon den ganzen Tag, dass sie in Gedanken bei mir ist. Und will ständig wissen, wo wir sind, damit sie es sich vorstellen kann.«

»Wo ist denn dein Dad eigentlich?«, fragte ich Ruby. »Ich wollte ihn doch mal kennenlernen.«

Ruby drehte am Deckel ihrer Wasserflasche. »Ist nicht hier. In letzter Minute ist was dazwischengekommen.«

»Schade.«

Ich kannte Ruby schon gut genug, um zu spüren,

dass sie log. Ihre Stimme klang dann anders, gepresst und etwas höher als sonst.

»Na, er hat's zumindest *vorgehabt*«, sagte Gemma frustriert, tippte eine Nachricht und hampelte dabei so herum, dass ihr Handy fast runtergefallen wäre. Gemma stand ständig unter Strom. »Meine Mutter hat hier *studiert*, verflucht. Sie hätte mich echt mal besuchen können.«

Über Rubys Vater wusste ich immer noch nicht mehr, als dass er in Hanover lebte und Prof war.

»Na, jedenfalls können wir entspannt abhängen, ohne dass Eltern unsere Zimmer und unsere Trinkgewohnheiten überprüfen«, sagte Ruby mit gezwungenem Lächeln.

»Genau«, erwiderte ich.

Ein unbehagliches Schweigen trat ein, und Khaled richtete sich plötzlich auf und räusperte sich, als wollte er eine Rede halten.

»Was ist denn?«, fragte Gemma argwöhnisch. »Was tust du so komisch?«

»Ich möchte was verkünden«, antwortete er, trank einen Schluck Bier und schaute uns bedeutungsvoll an.

»Nun rück doch endlich raus damit«, verlangte Gemma.

»Ich dachte mir, das hier ist eine gute Gelegenheit, Elternwochenende und so …«

»Oh Gott, Khaled, nun pack's schon aus!«, verlangte Ruby.

»Ja, ja«, sagte er beleidigt. »Den Jungs hab ich's schon erzählt«, er wies mit dem Kopf auf John und Max, »und die sind dabei. Ihr drei gebt also den Ausschlag.«

»Was ist los?« Gemma schrie jetzt beinahe, und Leute schauten zu uns her.

»Okay, okay. Meine Eltern haben mir hier ein Haus gekauft.«

»Im Ernst jetzt?«, fragte Gemma.

Ich vergaß immer wieder, dass Khaled ein Prinz war.

»Wisst ihr, dieses alte lila Haus an der Campus Avenue?«, sagte Khaled. »Das jetzt gerade renoviert wird?«

Dort kamen wir jeden Tag vorbei. Es war eine wunderschöne alte Villa auf einem Hügel, und ich hatte mich immer schon gefragt, weshalb sie leer stand. Zu teuer wahrscheinlich.

»Dieses Haus haben meine Eltern für mich gekauft. Und für meine Freunde«, sagte Khaled und blickte in die Runde.

»Echt. Ich fass es nicht«, krächzte Gemma.

»Für uns?«, fragte ich.

»Ja, ihr drei und die Jungs könnt da mit einziehen.«

»Das ist ja abgefahren«, sagte Gemma staunend.

»Wie hoch ist die Miete?«, erkundigte sich Ruby.

»Keine Miete«, antwortete Khaled. »Die Nebenkosten müssten wir uns teilen. Sonst fällt nichts an.«

»Au Mann«, sagte Gemma. »Ja, tausendmal ja, ich will mit dir in dieser Edelbude wohnen.« Sie fiel Khaled so stürmisch um den Hals, dass er lachend rückwärtstaumelte. Ruby lachte auch. Wir hatten wirklich ein Riesenglück. Ein ganzes Haus für uns alleine.

»Wann können wir einziehen?«, fragte Ruby. »Und warum überhaupt? Das ist ja irre großzügig von deinen Eltern.«

Ich fragte mich auch, warum sie in Edleton, Maine, ein Haus kauften. Und zugleich fiel mir auf, dass Ruby jetzt mit ihrem Freund zusammenleben würde. Aber keiner verlor ein Wort darüber.

»Im nächsten Herbst«, antwortete Khaled. »Die Mädels im ersten Stock, die Jungs im Erdgeschoss, dachte ich mir. Jeder kriegt ein eigenes Zimmer. Man kann sich natürlich besuchen.« Er zwinkerte Ruby zu. »Na ja, und ich denke, meine Eltern möchten einfach, dass ich gut untergebracht bin. Auch wenn es ihnen nicht gefällt, dass ich hier studiere, bin ich trotzdem noch der Lieblingssohn. Damit hat man da, wo ich herkomme, ganz gute Karten.«

»Bist du nicht ein Einzelkind?«, fragte Gemma.

Khaled grinste nur.

»Also, das ist jedenfalls supernett von ihnen. Und ich bin natürlich auch dabei«, sagte Ruby.

»Ach, übrigens«, sagte ich zu Khaled, »wie findest du eigentlich Shannon? Sie ist mit dir im Chemielabor.«

»Shannon? Ja, ist cool.«

Gemma schaute zwischen mir und Khaled hin und her. »Ist jemand in Khaled verknallt?«

Er zuckte die Achseln. »Wer denn nicht?«

»Oh Mann, bist du eingebildet«, stöhnte Gemma.

»Ich find sie sehr nett«, fuhr ich fort. »Wenn du sie magst, könntest du ja mal was mit ihr machen.«

Khaled trank einen Schluck Bier. Er wirkte nicht allzu begeistert, aber ich wusste, dass er mir den Gefallen tun würde. »Ja, klar, warum nicht?«

»Oh verdammt«, flüsterte Ruby plötzlich und drückte

mir ihre Wasserflasche in die Hand. »Hätte ich doch bloß schon geduscht. Wie seh ich aus?« Sie leckte über ihre Handfläche und glättete ihre zerzausten Haare.

Wir schauten alle zu der Frau hinüber, die Rubys Reaktion ausgelöst hatte. Es schien sich um eine Mutter zu handeln, die vielleicht früher mal Model gewesen war. Silberblond, gertenschlank, durchtrainierte Oberarme. Eine dieser reichen Mütter, die ständig trainierten und nur Rohkost aßen.

Ich musterte Ruby von Kopf bis Fuß. »Im Ernst jetzt? Du siehst aus, wie man nach einem Fußballspiel aussieht. Wieso?«

»Das ist Johns Mutter«, murmelte Ruby.

Die Frau steuerte auf John zu, der mit Max und ein paar anderen Jungs aus seiner Mannschaft am Eingang zum Sportclub stand. Als Erstes umarmte Johns Mutter Max – klar, ihr Neffe. Hinter ihr tauchte eine kleinere Frau auf, die auch blond war und ihr ähnelte, mit einem Mann, der Max wie aus dem Gesicht geschnitten war, und einem jungen Mädchen, seiner Schwester vermutlich. Max umarmte alle drei, schien erleichtert, sie zu sehen.

»Süß«, sagte Gemma. »Wiedervereinte Familie.«

»Ich vergess immer, dass die beiden Cousins sind«, sagte Khaled. »Irgendwie find ich das seltsam, ihr auch?«

Keiner antwortete, weil wir alle das Geschehen beobachteten. Ich fand es auch merkwürdig, dass die beiden Cousins sich offenbar nicht sehr nah waren, aber dennoch ständig zusammensteckten. Und in Johns Nähe wurde Max immer sehr still.

Ruby holte tief Luft, setzte ihr süßestes Lächeln auf und ging auf John und seine Mutter zu.

Gegen Abend erklärte ich meinen Eltern den einfachsten Weg zur Autobahn und umarmte beide zum Abschied. Meine Mutter zögerte noch einzusteigen und fragte, ob sie nicht Ruby kennenlernen könne. Aber dafür war ich noch nicht bereit und würde es wahrscheinlich auch nie sein. Ruby sollte nichts mit meiner Vergangenheit zu tun haben. Meinem Vater sah ich an, dass er mich verstand.

»Komm, Celia, wir müssen aufbrechen«, sagte er und klopfte auf die Motorhaube des Mietwagens. Dann fuhren die beiden los.

Später würde es eine Party der Fußballmannschaft geben, bei der auch Charlie sein sollte, ein Student im zweiten Jahr. Ruby meinte, wir würden gut zusammenpassen. Sie wollte unbedingt, dass ich mir einen Freund zulegte. Ich wusste, dass sie sich immer schlecht fühlte, wenn sie mit John zusammenhing und ich alleine war. Aber Ruby wusste eben nicht, dass ich das Alleinsein viel dringender brauchte als einen Freund.

Charlie war ein gutaussehender, großer und netter Typ mit schwarzen Locken. Ein einziges Mal hatte ich irgendwann zu Ruby gesagt, dass ich ihn toll fand, damit sie mich mit dem Thema Jungs in Ruhe ließ. Aber jetzt meinte sie, uns zusammenbringen zu müssen.

»Entschuldige die Unordnung«, sagte sie, als wir uns in ihrem Zimmer aufs Bett setzten. Dabei war ihre Hälfte des Raums ordentlich, nur auf Gemmas Seite waren Schuhe und Kleider am Boden verstreut. Die beiden Raumhälften waren auch ansonsten sehr unterschiedlich. Gemma hatte Fotos von ihrer Familie und von Freunden aufgehängt, Ruby nur ein paar Poster mit Architekturbildern und eines, das nach Südostasien aussah. Ihre Schranktür war immer verschlossen, und ich wusste, dass die Kleider darin ordentlich zusammengelegt und aufgehängt waren. Gemmas Schranktür ging gar nicht mehr zu, weil die schmutzige Wäsche von Wochen herausquoll.

»Wo ist sie?«, fragte ich.

»Mit ihren Theaterfreunden zusammen. Machen Jelly-Shots, glaub ich.« Ruby hielt inne. »Und stell dir mal vor, nächstes Jahr können wir das in unserer *eigenen* Küche machen.«

Bei der Vorstellung, dass wir zu sechst zusammenwohnen würden, kam ich mir vor wie in einer Sitcom über eine Großstadt-WG. Dabei waren wir achtzehnjährige Erstsemester in einer Provinzstadt in Maine.

»Hat Gemma sich eigentlich inzwischen beruhigt, was Jungs angeht?«, fragte ich.

Ruby warf mir einen Blick zu und strich sich durch die Haare. »Irgendwie schon. Ich frag mich, wann wir Liam mal kennenlernen.«

»Meinst du, er kommt sie besuchen?«

»Keine Ahnung! Aber ich würd ihn gern kennenlernen. Hab neulich versucht, mit ihm zu reden, als er am Telefon war, aber Gems ist sauer geworden und rausgegangen.«

»Wie sieht er aus? Hast du ein Bild gesehen?«

Ruby nickte. »Ja, sie hat mir eins aus dem Sommer gezeigt. Sieht nett aus …«

»Aber?«

»Weiß nicht. Ich will nicht fies sein.«

»Sag's mir.«

»Okay, aber du darfst es ihr nicht erzählen.«

»Natürlich nicht.«

»Irgendwas kommt mir komisch an ihm vor«, sagte Ruby.

»Hm.« Ich nahm mir vor, die beiden später mal auf Facebook zu stalken.

»Hast du übrigens toll gemacht heute, Superstar«, sagte ich grinsend.

Ruby flocht sich die Haare und wippte im Rhythmus der Musik aus ihrem Laptop.

»Danke«, sagte sie und zog die Schublade ihres Nachttischs auf. »Willst du mal sehen, was ich von John bekommen hab?« Sie nahm eine rechteckige Schachtel heraus und reichte sie mir. Ich öffnete den goldenen Verschluss. Ein zartes Armband glitzerte silbern im Licht.

»Das sind doch nicht etwa Diamanten?«

»Doch. Er ist völlig verrückt. Das kann ich gar nicht tragen. Angenommen, ich verliere es?« Ruby versuchte, sich ihre Aufregung nicht anmerken zu lassen, aber ihre Wangen waren fiebrig rot.

Ich betastete die funkelnden Steine und klappte die Schatulle wieder zu. John und Max waren beide viel reicher, als ich ursprünglich angenommen hatte. Altes und neues Geld – in Hawthorne gab es beides. Kinder reicher Leute trafen auf die Kinder von Akademikern. Meine Eltern waren keine armen Leute, aber auch keine Industriellen. Meine Mutter war Kinderärztin gewesen, bevor sie ihren Beruf aufgegeben hatte, mein Vater Firmenanwalt. Sie hatten beide etwas erreicht, aber das Luxusleben vieler Studenten an diesem College war etwas vollkommen Neues für mich.

Ruby stammte wohl am ehesten aus einer Familie, die finanziell nicht so gut gestellt war, aber ich wusste nichts über ihre Herkunft und konnte ja auch schlecht fragen: *Hey, wie viel Geld hat dein Dad eigentlich?*

»Wie war es mit Johns Mutter?«, fragte ich stattdessen.

Ruby zögerte einen Moment. »Ganz gut, denke ich. Sie war sehr nett zu mir. Aber ich kann das nicht richtig einschätzen. Weiß nicht, ob sie ihren Sohn mit jemandem aus seinem sozialen Umfeld sehen will. Was ich krass fände. Aber jedenfalls ist sie kein furchtbares Biest oder so. John meint, ich hab mich gut gehalten, das find ich schon mal super.«

Ich stellte mir vor, wie John ihr wohlwollend auf den Rücken klopfte. *Gut gemacht, Kind.* Als müsste Ruby sich bei seiner Familie einschmeicheln.

»Wo war denn sein Vater?«, fragte ich.

»Tja, der ist wohl von der Bildfläche verschwunden. John spricht nicht darüber.« Ruby verstummte. Dann fügte sie hinzu: »John hat mich gebeten, das für mich zu behalten, also …«

»Geht klar«, sagte ich. »Ach, die fand dich bestimmt toll.«

Ruby grinste verschämt und ging nach draußen, um sich im Bad zu schminken. Als sie die Zimmertür hinter sich zugezogen hatte, stand ich auf und trat zu Rubys Schreibtisch, der bedeckt war mit Artikeln über die Renaissance in Italien. Rasch zog ich die unterste Schublade auf und nahm das kleine schwarze Notizbuch heraus.

Ich hatte nicht vorgehabt, Rubys Tagebuch zu lesen. Aber seit ich damit angefangen hatte, konnte ich nicht mehr aufhören. Vor ein paar Tagen hatte ich gesehen, wie sie darin schrieb und es dann schnell verschwinden ließ, als ich hereinkam.

Rubys Tagebuch zu lesen war die einfachste Methode, sie zu verstehen. So kannte ich all ihre Geheimnisse, ohne danach fragen zu müssen. Wusste, wie ich mit ihr umgehen musste, wie ich sie bei Laune halten konnte.

Wie ich ihre beste Freundin bleiben würde.

14. Oktober

Es ist ja so toll hier. Will nie wieder nach Hause. So schön, echte Freunde zu haben, Menschen, die mich mögen, denen ich vertrauen kann. Hab jetzt schon das Gefühl, dass ich mich viel besser mit ihnen verstehe als mit allen in der Schule. Da hatte ich ja sowieso keine echten Freunde, weil ich für das Fußballstipendium so viel schuften musste. Aber hier können wir uns ständig sehen. Das ist so super.

Ich wünschte nur, Amanda wäre nicht hier. Hab dauernd Angst, dass sie Malin alles erzählt. Die bei-

den sind ja zusammen im Englischseminar. Weiß allerdings nicht, weshalb Amanda überhaupt was erzählen sollte, würde sie ja nicht grade gut dastehen lassen. Ich glaub, die will mich einfach piesacken und quälen. Zum Glück seh ich sie nie.

Gestern Abend haben John und ich ewig rumgeknutscht. Hab ihm nicht gesagt, dass ich noch Jungfrau bin. Hätte lieber in der Schulzeit schon mal Sex haben sollen, damit das Thema erledigt ist. John wollte gestern unbedingt. War aber so lieb, dass ich mich blöd fühlte. Glaube, er wird ungeduldig, was ich voll verstehen kann. Irgendwann muss ich. Will ich auch. Aber jedes Mal wenn ich dran denke … tja. Er hat gesagt, es macht ihm nichts aus zu warten, bis ich bereit dazu bin. Aber na ja …

Hab eine Eins für meine Hausarbeit über die Renaissance bekommen und mich für dieses Praktikum im Sommer im Museum of Fine Arts in Boston beworben. Wenn ich es kriege, sind auch die Wohnkosten gedeckt, das wäre echt gut. Und John ist in der Zeit auf Marthas Vineyard, dann könnte ich ihn am Wochenende besuchen. Daumen halten.

Also, der anstehende Besuch von Dad stresst mich total. Werd ihn anrufen und ihm sagen, er soll doch nicht kommen. Ich hab an die ganze Geschichte kaum noch gedacht, seit ich hier bin. Tut mir gut, der Abstand. Finde meine Unabhängigkeit toll. Wird Dad bestimmt verstehen. Ich hab ihn ja trotzdem lieb und so.

Ich hörte draußen auf dem Flur die Badezimmertür zufallen, dann Schritte, und legte das Tagebuch rasch in die Schublade zurück. Dann setzte ich mich aufs Bett und tippte auf meinem Handy herum.

12

Texas, 1997

Mit acht Jahren hielt ich mich in der Schule von den anderen fern. In der Pause verzog ich mich hinter den Spielplatz und las. Ich wusste wohl, dass man mich deshalb als Außenseiterin abstempelte, aber das war mir egal. Die Kinder in der Klasse waren okay, aber ich wollte eben nicht spielen. Konnte nichts anfangen mit Fangen und Verstecken und ausgedachtem Zeug. Ich machte gerne Sport und schwamm, aber am liebsten las ich.

Ich erinnere mich noch an diesen einen Tag, als ich den anderen Mädchen zusah, wie sie Ringelreihen spielten. Sie waren eigentlich viel zu alt dafür, und ich verstand nicht, weshalb sie das machten. Sie hielten sich an den Händen, sangen, kicherten, ließen sich fallen. Was sollte der Quatsch?

Wenn ich irgendwo zum Geburtstag eingeladen war, sorgten meine Eltern dafür, dass ich hinging. Weil ich wollte, dass sie glücklich waren, lächelte ich artig und überreichte das Geschenk. Aber wenn niemand mehr auf mich achtete, stahl ich mich davon und durchsuchte im Badezimmer den Arzneischrank. Ich wusste Bescheid über sämtliche Wehwehchen der Eltern meiner Klassenkameraden. Und ich passte auf, dass keiner was von meinen Recherchen mitkriegte, sonst hätte man mich für völlig verdreht gehalten.

Am liebsten beobachtete ich immer alles aus der Ferne. Sogar meine Lehrerin, Miss Little, versuchte irgendwann nicht mehr, mich einzubeziehen, und darüber war ich selig.

An diesem Tag saß ich wieder hinter dem Spielplatz im Schatten, auf den Knien *Salamancas Reise* von Sharon Creech, meiner Lieblingsschriftstellerin. Das Buch las ich jetzt zum fünften Mal, und die Seiten waren gewellt, weil ich oft am Pool las. Wie die Hauptfigur, Sal, nach ihrer Mutter sucht, obwohl sie tot ist, fand ich irgendwie tröstlich. Mir kam es auch oft vor, als würde ich nach meiner Mutter suchen, obwohl sie ständig in meiner Nähe war. Aber sie war eben dauernd beschäftigt mit Levi und seinen Problemen.

Im Schatten ließ es sich aushalten, doch über dem Spielplatz waberte flirrend die heiße Luft. Über den Rand meines Buchs hinweg beobachtete ich die anderen. Das war für mich wie Fernsehen, nur mit echten Leuten.

Dann sah ich, wie sich eine Gestalt aus der Gruppe löste. Levi. Seine und meine Klasse, dritte und fünfte, gingen immer gemeinsam in die Pause. Levi sollte eigentlich Fußball spielen, aber nur mir fiel auf, wie er plötzlich davonhuschte und sich am Spielplatzrand hinter den Zaun kauerte. Die Mädchen sangen immer noch und tanzten im Kreis.

Levi war ein exzellenter Schüler und bei allen beliebt. Auf den ersten Blick hätten wir gegensätzlicher gar nicht sein können. Levi war lebhaft und freundlich, ich war die schrullige, verschlossene Einzelgängerin. Er hatte immer einen Spruch auf den Lippen, die Mädchen waren vernarrt in ihn, die Jungs wollten sein Freund sein. Aber ich kannte seine Spielchen, mich konnte er nicht täuschen. Zuhause war er ein anderer. Meinen Eltern mochte er noch etwas vormachen, aber mir nicht mehr. Ich wusste, dass er böse war, und hatte schon lange keine Hoffnung mehr, dass sich das *irgendwann geben* würde, wie meine Eltern sagten. Die beiden glaubten immer noch, das sei eine Phase, aus der er herauswachsen würde. Sie wollten nicht überreagieren. Deshalb taten wir alle so, als sei Levi normal.

Ich kniff die Augen zusammen, um genau zu erkennen, was er jetzt machte. Er hielt eine Tasche in den Händen. Miss Littles Handtasche. Sie musste sie am Spielplatzrand abgestellt haben. Levi kramte in der Tasche herum, als suchte er nach etwas. Das fand ich spannend. Levi, der Musterschüler, stahl. Endlich kam auch hier der Junge zum Vorschein, den ich kannte. Aber er war nicht schnell genug. Miss Little ließ den Blick über den Spielplatz schweifen und entdeckte Levi sofort. Mit großen Schritten stürmte sie auf ihn zu, kam mir fast vor wie eine Riesin. Sie war siebenundzwanzig, das hatte sie uns erzählt, aber für mich war das damals uralt.

»Levi!«, rief Miss Little, als sie fast bei ihm war. Er fuhr hoch und versteckte etwas hinter dem Rücken. Eine Geldbörse.

Miss Little packte ihn am Arm. Sie wirkte verblüfft. »Was machst du da?«

Als er keine Antwort gab, drehte sie ihn leicht zur Seite.

»Levi«, sagte Miss Little mit strenger Stimme.

Levi beäugte die Lehrerin wie eine potenzielle Beute. Zuhause war er manchmal auch so. Erst am Abend vorher hatte meine Mutter Levi gefragt, was er zu Abend essen wolle, und er hatte Garnelen verlangt. Meine Mutter hatte meinen Vater angeschaut, als wollte sie sagen: Levi hat das nicht so gemeint. Aber Levi wusste, dass meine Mutter allergisch war gegen Krustentiere, und hatte sie einfach nur quälen wollen.

Jetzt warf er die Geldbörse in die Handtasche zurück. Miss Little betrachtete ihn besorgt, als versuchte sie zu begreifen, was sich hier abspielte, und legte ihm die Hand auf die Schulter. Und dann schlug Levi sich selbst brutal hart ins Gesicht. Seine Wange lief rot an, und er begann zu schreien.

Andere Lehrer kamen angerannt, und neugierige Schüler drängten sich um die beiden.

Miss Little riss ihre Hand von Levis Schulter, als stünde er in Flammen. Sie machte den Mund auf, brachte aber vor Schreck und Verwirrung kein Wort hervor, starrte Levi nur stumm an. Der rannte jetzt zu einer anderen Lehrerin, Mrs Day, und barg schluchzend das Gesicht an ihrem Bauch.

»Was ist denn los?«, fragte Mrs Day besorgt.

»Sie hat mich geschlagen!«, schrie Levi tränenüberströmt. »Das tut so weh!«

»Das habe ich nicht getan«, sagte Miss Little. Die anderen Lehrer schauten zwischen ihr und Levi hin und her, dessen Wange noch röter geworden war.

Natürlich kam niemand auf die Idee, dass Levi sich selbst ins Gesicht geschlagen hatte. *Levi ist doch so ein vorbildlicher Schüler,* hatten sie bestimmt später alle im Gespräch mit dem Rektor gesagt. Und meine Mutter hatte bestimmt verlangt, dass Miss Little entlassen wurde.

Aber ich wusste Bescheid.

Am nächsten Tag erschien Miss Little nicht in der Schule. Wir sahen sie nie wieder.

13

Senior Day

In diesem Zustand zwischen Wachsein und Schlaf höre ich Schreie. Schreie, die mir vertraut sind, laut und fern zugleich. Sie schrillen in meinen Ohren, schießen durch meinen Kopf. Etwas zuckt durch meinen Körper, ich reiße die Augen auf. Schaue mich in dem halbdunklen Zimmer um und werfe einen Blick auf mein Handy. Ich habe eine Dreiviertelstunde geschlafen. Kaum zu glauben, aber ich bin froh darüber, die Nacht wird lang werden.

Inzwischen sind sicher auch die anderen wieder hier. Der Last Chance Dance beginnt in ein paar Stunden. Gemma und Ruby werden sich aufdonnern. Ich schnüffle. Riecht noch nicht nach verbrannten Haaren vom Lockenstab.

Es ist still im Haus. Manchmal frage ich mich, ob es wohl die Last unserer Geheimnisse irgendwann leid ist und in sich zusammenfällt, uns mit sich reißt. Ich stehe auf und gehe in den Flur. Die Türen von Gemmas und Rubys Zimmern stehen offen, niemand ist da. Aber ich höre, wie die Haustür aufgeht, und spähe hinunter. Eine schlanke Gestalt stützt sich an der Wand ab, um die Stiefel auszuziehen. Max.

»Hey«, sage ich, noch heiser vom Schlafen.

Er schaut auf. Sein Blick ist düster. Wir verständigen uns, ohne zu reden. Nichts ist mehr gut.

14

Erstes Studienjahr

»Hey, Malin, warte auf uns!« Khaled und John stapften durchs nasse Gras auf mich zu.

»Mann, ist das früh, ey«, sagte John müde, als die beiden zu mir traten.

»Mir macht das nichts aus«, erwiderte Khaled. »Dann hat man den Unterricht bald abgehakt, und es ist noch was übrig vom Tag.«

Wir waren zusammen in einem Seminar über Mikroökonomie. Das hatte zwar mit meinem Hauptfach nichts zu tun, aber ich dachte, es könnte mir im Berufsleben nützlich sein. Außerdem fiel Mathe mir leicht. Professor Roy, ein Gastprofessor, war um die dreißig und ein ziemlicher Langweiler, aber ich mochte die Lektüre, die er uns aufgab. Er benotete streng und war deshalb bei den anderen unbeliebt, aber ich arbeitete fleißig und sahnte Einsen ab. Etliche meiner Kommilitonen schienen nicht zu kapieren, dass man was tun musste, damit man gute Noten bekam.

Weil ich meinen Morgenspaziergang alleine immer genoss, bedauerte ich, dass Khaled und John nicht wie üblich verpennt hatten. Zu diesem Seminar kamen sie meist zu spät, aber zum Sport schafften sie es, morgens um sieben anzutreten. Danach gingen sie immer in die Mensa und ließen ihre Muskeln sehen.

Allmählich tappten auch aus den Wohnheimen verschlafene Studenten, aber es war noch still auf dem Campus. Nur die Vögel, die mit der Morgensonne erwachten, zwitscherten in den Bäumen.

»Hast du das Kapitel zu Ende gelesen?«, fragte mich Khaled.

»Ja. Du auch?«

»Fast. Ähm, na ja, wurde gestern Abend abgelenkt«, sagte er und zwinkerte mir zu.

John unterdrückte ein Gähnen und lachte. »Genauer gesagt wurde dein Schwanz abgelenkt. Von Kelly Lee.«

Ich wandte den Blick ab und versuchte die Vorstellung von Khaleds Penis aus meinem Kopf zu vertreiben.

»Und womit – oder vielmehr mit wem – hast du dich abgelenkt?«, gab Khaled zurück.

»War mit Rubes zusammen«, antwortete John betont harmlos.

»Aaaaaha. Und bestimmt habt ihr fleißig gebüffelt«, sagte Khaled.

John boxte ihm spielerisch auf den Arm. Die beiden setzten ihr Wortgeplänkel fort, bis wir am Institut für Wirtschaftswissenschaften ankamen. Es war eines der ältesten Gebäude auf dem Campus, ein dreistöckiger Backsteinbau.

»Okay, Malin, du musst uns jetzt also berichten, worum es in dem Kapitel ging«, verlangte Khaled, als wir die Treppe hochgingen.

Ich sah davon ab, den beiden zu erzählen, dass ich

das gesamte Buch gelesen hatte und es ziemlich gut fand. Sie würden mich nur zur Streberin abstempeln.

»Wenn ihr euch nicht wie Idioten aufführt, wird er euch gar nicht drannehmen«, sagte ich. »Und dann lest ihr es einfach später noch selbst.«

Khaled seufzte und blieb stehen. »Miss Perfect hier. Behält ihre Geheimnisse für sich.«

»Hast du im Ernst geglaubt, sie würde was ausplaudern?«, sagte John und ging schlurfend weiter. Er hatte seine Schnürsenkel nicht zugebunden.

»Ach, in drei Teufels Namen«, sagte ich. »Wenn er euch aufruft, dann erzählt was über Ursache und Wirkung und gesellschaftliche Probleme und deren Auswirkung auf die Wirtschaft. Dass zum Beispiel die Leute nach dem elften September weniger gestohlen haben, sie waren mitfühlender und patriotischer. Und dann bringt ein eigenes Beispiel … vielleicht dass als Reaktion auf eine Doku über einen Obdachlosen eine Zunahme von Spendenaufrufen zu erwarten ist. Oder so.«

»Du bist ein Schatz, danke«, sagte Khaled.

»M rettet ihre besten Freunde«, fügte John hinzu und seufzte erleichtert. Ich hasste es, wenn er mich M nannte. Das durfte nur Ruby.

Der Seminarraum war leer. Professor Roys Laptop stand aufgeklappt auf dem Pult, die Tasche lag am Boden.

»Wer zuerst kommt, mahlt zuerst«, erklärte Khaled und ließ sich an einem der knarrenden Stuhltische nieder.

Ich suchte mir einen Platz dicht an der Tür. Nach dem Seminar flüchtete ich immer sofort vor dem anschließenden Geplapper. Der Stuhl fühlte sich kalt an durch meine Jeans, und ich trank einen Schluck heißen schwarzen Kaffee aus meiner Thermoskanne.

John stellte seine Tasche am Platz neben Khaled ab, wanderte durch den Raum und blieb vor dem Laptop stehen.

»Dude, was machst du da?«, fragte Khaled.

»Nur mal gucken, ob was Interessantes drin ist«, antwortete John. »Prüfungslösungen oder so zum Beispiel.«

Ich schaute zur Tür, und John blickte hoch.

»Malin passt auf, oder?«, sagte John. Es klang eher wie ein Befehl als wie eine Frage.

Eigentlich wollte ich sagen, dass ich ihnen auf keinen Fall den Spitzel machen würde, aber stattdessen lächelte ich nur. »Klar«, antwortete ich so lässig wie möglich. Er grinste mich durchtrieben an, starrte wieder auf den Bildschirm und tippte ein paarmal aufs Touchpad.

Khaled rülpste laut und blickte mich dann verlegen an.

»Oh Mann«, sagte John plötzlich und grinste breit. »Das müsst ihr euch anschauen.«

Khaled sprang auf und ging zu ihm.

»M, du auch«, sagte John.

»Ich soll doch Wache halten, oder?«

Die beiden beachteten mich gar nicht mehr, sondern starrten feixend auf den Bildschirm.

Khaled schaute John über die Schulter, blickte aber auch immer wieder zur Tür und heuchelte nur Interesse. »Jämmerlich«, sagte John. »Er checkt gerade seine Bewertungen als Prof, und er hat nur zwei Sterne und einen einzigen Kommentar. *Dieses Seminar unbedingt meiden. Wenn ihr es machen müsst, sucht euch einen Eckplatz und döst. Der Prof wird's nicht merken. Die zwei Sterne gibt's für die halbwegs interessante Lektüre.*«

»Tja«, sagte Khaled so munter wie immer. »Ist ja was dran. Tut mir aber trotzdem irgendwie leid für ihn.«

»Mir nicht«, erwiderte John. »Hör mal, der Typ benotet beinhart, und sein Unterricht ist scheißlangweilig … was haben wir denn sonst noch so hier? Sollen wir ihn bei einem Datingportal anmelden? Vielleicht wäre er entspannter, wenn er mal vögeln könnte.«

»Hört auf damit«, sagte ich jetzt.

John beachtete mich nicht. Khaled sah mich an, blieb aber stumm.

»Er ist bei Match.com angemeldet. Aber keine neuen Nachrichten. Ich frag mich, wie oft am Tag er da reinguckt«, sagte John.

»Vielleicht sollten wir ihm bei den Profbewertungen vier Sterne geben, um ihn aufzuwerten«, sagte Khaled und lachte, aber es klang angespannt.

»Ganz im Ernst, John«, sagte ich. »Lass das jetzt.«

Ich hörte Schritte draußen und hoffte insgeheim, dass es Professor Roy war. Hörte sich aber eher so schlurfend an wie ein unausgeschlafener Studi.

John seufzte und verließ die Seite. »Okay, okay, schon

gut. Ist ja quasi eine Einladung, wenn er sein Laptop offen rumstehen lässt.«

Khaled schaute zu mir, aber ich reagierte nicht, sondern klappte mein Notebook auf. Jetzt kam ein Kommilitone rein, und Khaled wich hastig zurück. John blieb ruhig, nickte dem Jungen zu und setzte sich dann auf seinen Platz.

Als der Raum voll war, erschien Professor Roy. John warf Khaled einen bedeutsamen Blick zu, aber der blätterte in einem Buch. Ich setzte mich aufrecht hin. Die Situation hatte mich gestresst, und ich spürte, wie meine Abwehr hochfuhr. Professor Roy rückte sein Laptop zurecht und warf einen Blick auf den Bildschirm. Ich fragte mich, ob John versehentlich was verändert hatte, aber er wirkte völlig unbekümmert.

Ich saß im Greenhouse und scrollte durch meinen Facebook-Account, machte bei einem Foto halt, auf dem Ruby mich am Wochenende markiert hatte. Unsere verschwitzten Gesichter vom Blitz beleuchtet, beim Konzert einer Band in der alten Sporthalle. Gemma hatte einen Post von Liam an ihrer Pinnwand markiert. Hab Sehnsucht nach dir, Süße, freu mich auf den Sommer mit dir. Ich klickte auf Liam Weld, aber zu seiner Seite waren nur Freunde zugelassen. Auf seinem Profilbild war er mit Gemma zu sehen, auf einer Theaterbühne, in der Schule vielleicht. Vielleicht hatten die beiden sich in der Theater-AG kennengelernt. Ich wusste immer noch nichts über Liam, hatte Gemma aber auch lange nicht mehr nach ihm gefragt.

Jetzt hasteten Ruby und Max herein, die Gesichter rot von der Kälte, die Jacken mit Schnee bedeckt. Die beiden lächelten und unterhielten sich. Mir fiel auf, wie ähnlich sie sich im Körperbau waren, schlanke bewegliche Sportlertypen.

Dann schaute ich durchs Fenster auf den zugefrorenen See, über den drei Langläufer ihre Bahnen zogen.

Wir lernten jetzt oft im Greenhouse für die Semesterprüfungen. Wenn es draußen kalt war und früh dunkel wurde, fiel uns das Lernen dort leichter. Ein Tag noch, dann waren Winterferien. Mir graute jetzt schon davor.

Ruby und Max kamen zu dem Bereich mit den Sofas, wo ich saß, beide hatten Becher mit heißer Schokolade in den Händen. Ich stellte meine Kopfhörer auf stumm, reagierte aber nicht auf die zwei, sondern las weiter in dem Buch, das ich inzwischen aufgeschlagen hatte.

»Lieblingsfarbe?«, fragte Ruby.

Max überlegte. »Blau. Lieblingssendung?«

Ruby zog die Augenbrauen hoch und antwortete verlegen: *»Keeping Up With The Kardashians.«*

»Tja«, sagte Max, »dann können wir jetzt leider keine Freunde mehr sein.«

Ruby lachte und nahm ein Buch aus ihrem Rucksack, *Die Geschichte des Tattoos.* Auf dem Cover war die schwarz tätowierte Brust eines Mannes abgebildet. Unterschiedlicher konnten Lektüren kaum sein – auf meinem Schoß lag *Einführung ins Strafrecht*.

Die beiden ließen sich gemeinsam auf einer Couch nieder, Ruby im Schneidersitz. Sie trug eine rosa Bommelmütze, unter der ihre dunklen Haare hervorquollen, und ich bemerkte die Bewunderung in Max' Blick.

John musste nicht lernen, er hatte ein eidetisches Gedächtnis – behauptete er jedenfalls. Wahrscheinlich machte er mit Khaled Videospiele, und vermutlich lungerte Gemma bei ihnen herum. Sie behauptete, sich im Greenhouse nicht konzentrieren zu können, wollte aber bestimmt nur in Johns Nähe sein. Ruby schien das nicht zu stören, sie betrachtete Gemma offenbar nicht als Bedrohung.

»Nächste Frage«, sagte Max.

Ruby machte es sich zwischen den Kissen bequem. »Wofür bist du in deinem Leben am dankbarsten?«

»Puh, das wird jetzt aber heftig.«

Ruby lächelte. »Ich finde solche Fragen erst richtig gut.«

Max umfasste den Becher mit beiden Händen. »Für meine Eltern.«

Ruby sah einen Moment lang total betroffen aus, berappelte sich aber, bevor Max es merkte. »Aaah, süß«, sagte sie. »Du bist dran.«

Ich blätterte eine Seite um und unterstrich Begriffe wie *subjektiver Tatbestand* und *Schadensersatz*.

»Wo möchtest du nach dem Studium leben?«, fragte Max. Die beiden tasteten sich offenbar an intime Themen heran. Ich tat, als wäre ich in mein Buch vertieft, beobachtete sie aber aus dem Augenwinkel.

Ruby nagte an ihrer Lippe. Das machte sie meist, wenn sie nachdachte. »In irgendeiner Großstadt. Boston, New York oder L. A.« Sie schaute aus dem Fenster. »Keine Ahnung, weshalb ich hier vier Jahre lang in der Pampa festsitze.«

»Ich bin froh, dass du hier bist«, sagte Max.

Sie sahen sich an, und Ruby wurde rot, schaute auf ihr Buch und begann so hektisch darin zu blättern, dass sie sich wahrscheinlich gleich am Papier schneiden würde.

Dann räusperte sie sich und fragte: »Wenn du nicht Medizin studieren würdest, was wäre dann dein Hauptfach?«

»Fotografie«, antwortete Max wie aus der Pistole geschossen.

»Was? Ich hab dich noch nie mit einer Kamera gesehen. Kannst du mir was zeigen, was du gemacht hast?« Ruby beugte sich vor, jetzt wieder unbefangen. Kunst war ihr Gebiet. Für mich sahen alle Kunstwerke irgendwie gut aus, ich hatte dafür kein Gespür.

»Ist alles in meinem Studio.«

»Aber ich möchte was sehen!«, verlangte Ruby.

»Nein, möchtest du nicht. Meine Fotos sind nicht so gut.«

Ich merkte, dass Ruby einen Blick auf mich warf. Sie wollte sich wohl versichern, dass ich von dem Gespräch nichts mitbekam.

»Was fotografierst du denn?«, fragte sie weiter.

»Ganz langweiliges Zeug. Landschaften und Menschen.«

Ruby lachte. »Hör auf, dich schlecht zu machen. Ich kann einfach nicht glauben, dass ich das nicht von dir wusste!«

Max rieb sich den Nacken. »Ich häng das nicht so an die große Glocke. Mache es einfach gern.«

»Wie geht's dir denn eigentlich?«, fragte Ruby jetzt leiser.

Max schluckte. »Mit den Angststörungen, meinst du?«

Ruby nickte.

Max blieb einen Moment stumm. »Weiß nicht«, sagte er dann. »Immer wenn ich glaube, es ist besser geworden, hab ich ganz überraschend wieder eine Panikattacke. Meine Mutter sagt, ich soll Medikamente nehmen. Aber ich will nicht.«

»Warum nicht?«

»Darum. Weil ich dem dann Bedeutung beimesse. Ich will aber lieber so tun, als wäre es gar nicht da.«

»Weißt du denn, was die Angst auslöst?«, fragte Ruby weiter.

Max' Miene veränderte sich, er sah irgendwie schuldbewusst aus. Er starrte auf sein Laptop, als überlegte er, dann sagte er: »Nein. Ich schätze, ich bin einfach so.«

»Kann's kaum erwarten, Fotos von dir zu sehen«, wechselte Ruby das Thema. »Irgendwo werde ich welche finden.«

»Aber nicht sauer sein, wenn sie dir nicht gefallen«, erwiderte Max leichthin. Doch irgendetwas hatte sich geändert, und er klappte sein Laptop zu und packte es ein. »Ich muss los«, sagte er.

Ruby legte ihre Hand so dicht vor seine, dass die Fingerspitzen sich fast berührten. Max starrte darauf. Aber er legte seine Hand nicht auf die von Ruby, wie ich erwartet hatte, sondern zog seinen Rucksack zu. Ich spürte, dass Ruby wieder zu mir herüberschaute.

»Malin?«, fragte sie.

Ich tat, als hätte ich nichts gehört.

Sie stand auf, kam zu mir und stupste mich an. »Malin!«

»Ja?« Ich nahm die Kopfhörer aus den Ohren.

»Kannst du uns hören?«

Ich schaute die beiden so erwartungsvoll an, als hätte ich sie nicht bemerkt. »Was ist?«

Als Ruby und ich zum Wohnheim zurückgingen, kamen wir am Institut der Künste vorbei, in dem noch Licht war.

»Lass uns reingehen«, sagte sie und blieb stehen. »Vielleicht können wir Arbeiten von Max anschauen.«

»Was für Arbeiten?« Ich hatte ihr nie von der Begegnung mit Max im Herbst erzählt und musste so tun, als wüsste ich nichts.

»Er fotografiert offenbar.«

Wir betraten das Gebäude, rechter Hand war eine Tür, an der STUDIO stand. In der Eingangshalle hingen überall Fotos an den Wänden, und Ruby studierte die Namensschilder.

»Nee, die hier sind nicht von ihm«, sagte sie und seufzte. »Sag mir Bescheid, wenn du was findest.«

Ich schaute mir ein langweiliges Bild von einem See

an. Da war nichts Besonderes drauf, nur der glatte See, und auch noch mit schiefem Horizont, das nervte.

Als Nächstes die Lacrosse-Mannschaft der Jungs. Schon interessanter, vor einem Unwetter aufgenommen, dramatische, dunkle Töne. Ich kannte sogar ein paar der verschwommenen Gesichter von Partys.

Ruby gab am anderen Ende der Halle einen aufgeregten Kiekser von sich. Ich ging zu ihr rüber, und sie nahm meine Hand und zog mich zu sich.

»Schau«, flüsterte sie.

Das Bild musste auf einem Berg aufgenommen worden sein. Der Himmel diesig blau, die Bäume in leuchtenden Herbstfarben. Endlose Weite, rechts unten eine Felsengruppe, das spektakulärste Element des Fotos. Auf den Felsen eine Gestalt, die in die Ferne blickte. Es kam mir fast vor, als könnte ich den Wind im Gesicht spüren. Auf dem weißen Schild unter dem Foto stand Max' Name.

Ruby ging zum nächsten Bild. Wieder eine Landschaft, eine Ansicht von Meer und Leuchtturm, und erneut war eine kleine Gestalt abgebildet, die den Kontrast zu der monumentalen Landschaft betonte.

Max' letztes Foto in der Ausstellung hing alleine in der Mitte einer Wand. Es war ein Porträt. Das Gesicht der Frau war von tiefen Furchen gezeichnet, dünne Lippen, die silberweißen Haare zum Knoten aufgesteckt. Eine seiner Arbeiten aus dem Altersheim.

»Wunderschön«, murmelte Ruby.

Auch ich war fasziniert, konnte den Blick gar nicht mehr von der Frau abwenden. Sie wirkte scheu, aber zugleich auch, als könnte sie im nächsten Moment zu lächeln beginnen.

»Er ist echt gut«, flüsterte Ruby. »Das sind eindeutig die besten Fotos hier.« Ihre Augen leuchteten, wie so oft, wenn sie begeistert oder ergriffen war. Am Ende dieses Studiums würde dieses Leuchten verschwunden sein. Diese Ruby gab es dann nicht mehr. Als wir rausgingen, sah Ruby mich an, plötzlich sehr ernst. »Wir sagen ihm nicht, dass wir seine Bilder gesehen haben, okay?«

»Geht klar.«

»Ich … möchte nicht, dass er einen falschen Eindruck kriegt, weißt du. Wir sind Freunde, weiter nichts.«

»Keine Sorge, bleibt unser Geheimnis«, versprach ich.

Den Rest der Strecke legten wir schweigend zurück, Ruby tief in Gedanken versunken.

15

Senior Day

Ich gehe die Treppe runter zu Max. Er ist bleich, bewegt sich schwerfällig, als wäre er nicht ganz bei sich.

»Magst du auch heiße Schokolade?«, frage ich. Max folgt mir in die Küche. Der Boden ist klebrig. Bierlachen. Im zweiten Studienjahr hatte ich das Putzen hier aufgegeben. Die Küche im *Palast* blieb nie lange sauber. Kann es kaum erwarten, endlich alleine zu wohnen. Ich fülle den Wasserkessel. Das Spülbecken steht voller Plastikbecher, und der Gestank von schalem Bier steigt mir in die Nase. Ich halte die Luft an, während ich zwei Tassen abwasche.

Max setzt sich auf einen Hocker an der Kücheninsel und starrt auf die Marmorplatte. In solchem Luxus leben auf dem Campus nur wir, dank Khaled. Ich bin dankbar für den guten Geschmack seiner Mutter. Nach der Renovierung war die alte Villa ein elegantes modernes Heim für eine Familie. Ich frage mich, wer wohl nach uns hier leben wird.

Ich denke an die Szene mit Ruby und Max, den Streit. Wie Max sie am Handgelenk festhielt und sie zurückwich.

»Wart ihr nach dem Eislochspringen zusammen im

Parker duschen, Ruby und du?«, frage ich, zünde die Gasflamme an, stelle den Kessel auf den Herd.

»Nein«, murmelt Max und reibt sich die Augenbrauen. Das tut er immer, wenn er müde ist.

Ich sehe, dass er noch die feuchten Kleider von vorhin anhat. Er muss völlig ausgekühlt sein.

»Wo ist Ruby?«, frage ich.

Max schaut nicht auf. Ich taste im Geschirrschrank hinter dem Tellerstapel nach der kleinen Schachtel, die ich da verstecke. Die Teller werden nie benutzt, weil niemand sie hinterher abwaschen möchte. Aber selbst wenn jemand die zerstoßenen Pillen finden würde, könnte ich behaupten, ich müsse sie gegen Angststörungen nehmen. Überzeugende Lüge.

»Wir haben uns gestritten. Oder hatten eine Auseinandersetzung oder wie man es nennen will.« Max hat dunkle Ringe unter den Augen. »Aber das ist nicht das Schlimmste.«

»Gestritten? Das macht ihr doch sonst nie.«

»Ich hab ihr gesagt, dass ich sie liebe«, gesteht Max. »War idiotisch von mir. Ich dachte, alles ist wieder wie früher zwischen uns. Dachte, es sei der richtige Zeitpunkt. War's aber nicht.«

Ich habe geahnt, dass es irgendwann so weit sein würde. Die beiden sind so eng miteinander verbunden, berühren sich aber nie. Und wir haben es alle gewusst, aber nie darüber gesprochen.

»Was hat sie gesagt?«, frage ich.

Er schaut mich an, bleibt aber stumm, was auch eine Antwort ist.

Der Wasserkessel pfeift, ich schalte die Flamme aus. Trockne die beiden Becher ab, einen roten und einen blauen. In den roten schütte ich etwas von dem weißen Pulver, mit dem Rücken zu Max. Dann reiche ich den roten Max. Er trinkt einen Schluck und seufzt tief.

»Bestimmt hasst sie mich jetzt«, sagt er und starrt vor sich hin. »Vorher war sie nur genervt von mir. Aber vorhin hat sie mich angeschaut, als wäre ich ein Wildfremder.«

Ich dachte daran, wie Max Ruby immer zum Lachen gebracht hat. Mit ihm war sie so entspannt wie sonst nie.

»Ich glaub nicht, dass sie dich hasst. Sie ist wahrscheinlich nur verwirrt«, erwidere ich, obwohl ich keinen blassen Schimmer habe, was in Ruby vorgeht. Ich weiß immer noch nicht, was im letzten Frühjahr zwischen den beiden vorgefallen ist, was ihre Entfremdung ausgelöst hat.

Max trinkt noch einen Schluck. Er wirkt jetzt ruhiger, konzentrierter. Ich weiß, dass es nicht mehr lange dauert, bis er sich entspannen wird, bis sein Puls sich normalisiert.

»Aber das Schlimmste hab ich dir noch nicht gesagt«, spricht Max weiter und schaut mich an.

»Was denn?« *Ist es passiert?*

»Ich hab ihr gesagt, dass sie jemand Besseren als John verdient hat. Da ist sie weggerannt, Richtung Parker, weil wir wussten, dass ihr dort duschen wolltet. Sie wollte zu John. Ich bin ihr nachgelaufen, weil ich noch gar nicht alles gesagt hatte.« Er wendet den Blick ab.

»Als ich im Parker ankam, bin ich zu den Duschen im Keller gegangen«, fährt Max fort.

Dort hatten wir John und Gemma zurückgelassen, die sich sturzbetrunken eine Wasserschlacht lieferten.

Max räuspert sich. »Als ich die Tür zu den Duschen aufmachte, stand Ruby davor, im Flur. Beachtete mich gar nicht. Und als ich in die Dusche reinguckte ... sah ich John und Gemma. Sie waren ... zusammen.«

»Wie, zusammen?«, frage ich.

»Na ja, nackt, in der Dusche ... und ich konnte nicht sehen, was ... also ob ... du weißt schon.«

»Hat Ruby die beiden gesehen?« Wenn es so war, würde sie sich von John trennen. Eine andere Option gab es nicht.

»Ja.«

Wir schweigen beide. Max trinkt die Schokolade aus und schaut mich flehend an, als könnte ich alles wieder gut machen.

»Und was ist dann passiert?«, frage ich.

»Ruby ist weggerannt. Ich hab nach ihr gesucht, sie aber nicht gefunden.« Max schiebt den Becher so angewidert von sich weg, als könnte er damit das Bild von John und Gemma in der Dusche loswerden. »Das scheint dich alles gar nicht zu wundern«, sagt Max.

Das stimmt, aber ich kann ihm nicht sagen, warum nicht. »Ich kapier das überhaupt nicht«, lüge ich. »Ich steh einfach noch unter Schock.«

Wo sind jetzt alle, und was ist inzwischen passiert?

»John ist so ein Arschloch«, sagt Max gequält. »Er behandelt Ruby wie den letzten Dreck. Normalerweise macht er das mit mir, und ich kann damit umgehen, ertrage das schon seit Jahren. Aber mit ihr darf er das einfach nicht machen.«

»Was soll das heißen, ›normalerweise macht er das mit mir‹?«

»Stell dich doch bitte nicht blöd, Malin«, antwortet Max in scharfem Tonfall. »Du hast das doch x-mal mitgekriegt. John hasst mich schon seit unserer Kindheit.«

Ich bleibe stumm.

»Ich hab mit meinen Eltern darüber geredet. Ist nicht so, dass ich das verdrängt habe. Wir glauben, dass John wegen der Sache mit seinem Vater auf meine Familie neidisch ist und das an mir auslässt. Ich hätte aber nie geglaubt, dass es auch bei anderen Menschen wie Ruby durchbricht. Das macht mich völlig fertig. Ich hätte schon lange was dagegen unternehmen müssen. Aber irgendwie tat er mir auch leid.«

»Das ist aber auch schwierig, ich versteh das.«

»Da war doch diese Party von der Fußballmannschaft im ersten Studienjahr. Ich war die ganze Nacht mit Ruby zusammen, und wir hatten viel Spaß. John war sauer und sagte, ich soll mich von ihr fernhalten, sonst würde er ihr sagen, dass ich besessen von ihr bin und eine Art Stalker oder so. Ich denk zwar nicht, dass sie das geglaubt hätte, aber ich hab die Botschaft kapiert. Wahrscheinlich hasst Ruby mich auch deshalb.«

Ich schaue zum Fenster raus auf die grauen Wolkengebirge. »Schlaf doch noch ein bisschen«, sage ich. »Wird eine lange Nacht. Ich suche Ruby. Mach dir keine Sorgen. Das wird schon alles.«

Max muss sich jetzt ausruhen. Ich weiß nicht, wozu er sonst imstande ist, denke an Khaleds Worte über den Vorfall im Krankenhaus damals, als Max ausgerastet ist. Das darf jetzt nicht passieren, sonst ruiniert er meinen Plan.

»Ja, gute Idee.« Max steht auf. Zumindest scheint die Panikattacke abgewendet. »Ich geh in mein Zimmer. Sag Bescheid, sobald du Ruby gefunden hast. Ich muss wissen, dass alles in Ordnung ist mit ihr.«

Er geht raus, und ich höre, wie er die Zimmertür zumacht und sich auf sein knarrendes Bett fallen lässt.

Ich lehne mich an die Kücheninsel und denke nach. Bin erschöpft von den Prüfungen, habe alle satt, will alleine sein. Frage mich, weshalb ich nicht früher etwas unternommen habe, wo Max mir doch schon im ersten Studienjahr von der Situation mit John erzählt hatte. Man hätte John vielleicht zu einer Therapie überreden können. Oder wir hätten ihm klarmachen müssen, dass er andere nicht so fertigmachen darf. Erst jetzt wird mir bewusst, dass ich Max' Verhalten immer auf seine Angststörungen zurückgeführt habe. Doch in Wirklichkeit waren sie nicht etwa eine angeborene Krankheit, sondern es gab einen ganz konkreten Grund dafür: John.

Mein Handy, das auf der Kücheninsel liegt, leuchtet auf.

H: mach mir Sorgen. schreib was.

Ich denke kurz nach, dann antworte ich: alles gut. bereite mich auf den Abend vor. sehen wir uns später?

H: klingt gut. dann reden wir, okay?

Ich antworte nicht mehr. Während ich die Becher abspüle, höre ich, dass jemand nach Hause kommt und über den Berg Schuhe an der Tür stolpert. An den Schritten merke ich, dass es ein Mädchen ist. Die Schuhe plumpsen zu Boden. Gemma. Sie ist tollpatschig und laut. Ruby bewegt sich immer geschmeidig und ruhig.

Ich schaue auf die Uhr am Herd. Halb sechs. Noch drei Stunden bis zum Last Chance Dance.

16

Erstes Studienjahr

In der Mensa spürte man den Stress der Semesterprüfungen.

Wir sechs saßen an unserem angestammten Tisch in der Mitte, von wo aus wir alles im Blick hatten. Am Sonntagmorgen beobachteten wir immer, wie alle verkatert angekrochen kamen.

Ich ging meine Notizen für die Strafrechtsklausur noch mal durch. Gemma saß mir gegenüber, mit geschlossenen Augen, probte stumm einen Monolog für ihre Aufführung. Ihre Lippen bewegten sich, aber ausnahmsweise kam kein Geplapper heraus. Ruby schaute in ihrem Laptop Gemälde an. Für mich sahen die alle gleich aus, aber Ruby konnte zu jedem die Geschichte erzählen. Khaled brütete über seinem Anatomiebuch.

John, der mit übellaunigem Gesicht seine E-Mails checkte, griff nach seinem Wasserglas und seufzte dramatisch. »Gibt's denn hier keine größeren Gläser? Da kann ein Mann doch nicht draus trinken.« Er hielt das Glas zwischen Daumen und Zeigefinger hoch, es wirkte in seiner großen Hand tatsächlich winzig.

Ruby sprang auf und nahm es ihm ab. »Ich hol dir mehr Wasser, Schatz.« Sie drückte ihm die Schulter und ging los. Gemma sah mich an und verdrehte die Augen. Seit Wochen schon verhätschelte Ruby John geradezu, erfüllte ihm jeden Wunsch. Gemma ärgerte das, aber ich wusste, dass sie es genauso gemacht hätte.

Dann konzentrierten wir uns alle schweigend wieder auf unseren Stoff. Rundum herrschte chaotisches Geschnatter, alle schnappten sich hektisch Kaffee und Müsli. Niemand hatte in dieser Woche Zeit, um vernünftig zu essen. Ich nahm mir vor, später zumindest noch ein paar Bananen einzupacken.

Plötzlich schlug John mit der Faust auf den Tisch, und wir zuckten alle erschrocken zusammen.

»Scheiße«, sagte er so laut, dass ein paar Leute in der Nähe zu uns herüberstarrten. Dann wandten sie sich wieder ihren Laptops und Büchern zu. Wir sahen John fragend an, und er sagte mit gedämpfter Stimme: »Ich bin geliefert.«

»Was ist denn?«, fragte Khaled.

In diesem Moment kam Ruby zurück, reichte John ein größeres Wasserglas. Als sie die Stimmung spürte, legte sie John die Hand auf die Schulter. »Ist was?«

John sah Khaled an, ohne Ruby zu beachten. »Professor Roy. Lässt mich durchfallen.«

Khaled und ich warfen uns einen Blick zu.

»Das ruiniert mir meinen Notendurchschnitt«, sagte John grimmig. »Der ist wahrscheinlich neidisch, weil ich Beziehungen in der Finanzwelt habe und er es nie geschafft hat. Sondern in dieser Provinzstadt in Maine festsitzt und Studenten das beibringen muss, was er selbst nie machen konnte. Scheiße. Womöglich nehmen die mich dann im nächsten Semester aus der Mannschaft.«

»Das passiert bestimmt nicht«, sagte Ruby beschwichtigend wie zu einem Kind. »Du musst einfach zusehen, dass du im nächsten Semester richtig gute Noten kriegst.« Sie setzte sich dicht neben ihn.

»Was stimmt denn nicht mit diesem Prof?«, fragte Gemma.

John lehnte sich zurück. »Der wär zu gern so wie wir. Und er kriegt keine Mädchen ab.«

»Nein, also jetzt im Ernst«, erwiderte Gemma.

»Er benotet richtig hart«, sagte Khaled. »Im ganzen Kurs hat niemand eine Eins. Das schadet uns allen. Ich glaube, Malin hat noch die beste Note, oder?«

Ich überlegte, wie ich vermeiden konnte, dass John noch mehr ausrastete. »Kann sein«, sagte ich schließlich.

Ruby rieb ihm den Rücken. »Du könntest doch mit dem Prof reden. Ein Gespräch hilft immer. Wenn du nett zu ihm bist, lässt er dich vielleicht nicht durchfallen.«

»Ganz bestimmt red ich nicht mit dem als Bittsteller, Schatz«, erwiderte John und schüttelte ihre Hand ab. »Ist schon okay, schon okay.«

Mir ging furchtbar auf die Nerven, dass sie immer *Schatz* zueinander sagten.

Ruby beschäftigte sich wieder mit ihrem Laptop. Falls sie gekränkt war, ließ sie es sich nicht anmerken. Max hatte die ganze Zeit kein Wort gesagt, sondern nur auf seine Notizen gestarrt.

»Was willst du jetzt machen?«, fragte Khaled John.

Der betrachtete eingehend die Sandwich-Reste auf seinem Teller. »Ich hab einen Plan«, John blickte grinsend auf, »bei dem ich nicht Roys Schwanz lutschen muss.«

Gemma verzog angewidert das Gesicht. »Geht's noch krasser?«

»Aber warum lässt er dich denn durchfallen?«, fragte ich, und alle glotzten mich an. »Das kann doch nicht grundlos sein. So was machen auch strenge Profs nicht einfach so.«

Ich wusste, dass John am Vorabend der Prüfung nicht mehr gelernt hatte, sondern zu einer Party gegangen war.

Er sah mich mit spöttischem Blick an. »Weil ich im Gegensatz zu dir mehr als nur zwei Freunde habe.«

Obwohl mein Herz schneller schlug, reagierte ich nicht. Der hübsche, perfekte, freundliche John. Gab sich als der nette Kerl von nebenan, aber ich wusste um seine Schattenseiten. Und allmählich traten sie auch zutage.

Ruby und Gemma beobachteten mich. Bestimmt wurde Ruby jetzt nervös, weil sie sich zu ihm oder mir bekennen musste. Und ich war mir durchaus nicht sicher, ob ich es sein würde.

Ich holte tief Luft. Es lag jetzt an mir, wieder für Frieden zu sorgen. Ich hätte John gar nicht erst so herausfordern sollen. *Vortäuschen.* »Kann ja nicht jeder so gesellig sein wie du«, sagte ich leichthin.

John zwang sich zu einem Lächeln, das aber schnell wieder erstarb. »Ich knöpf mir den vor«, sagte er.

»Mach bitte nichts Unüberlegtes«, warf Ruby ein. »Ich möchte nicht, dass du von der Uni fliegst.«

»Keine Sorge, Schatz«, erwiderte John, legte ihr den Arm um die Schultern und küsste sie auf die Wange. Ruby rückte zwar ein Stück von ihm ab und wischte sich Spucke vom Gesicht, lächelte aber.

Ich schaute auf Max, der sich weiter über seine Notizen beugte. Er hatte nicht ein einziges Mal aufgeblickt.

Als ich am nächsten Tag aus der Bibliothek kam, rannte ich durch eisigen Schneeregen zum Anglistikinstitut, sprintete die Treppe rauf zum Büro des Tutors und klopfte zweimal.

»Herein«, rief Hale.

»Wollte nur schnell die Hausarbeit abgeben«, sagte ich.

»Schön früh, super«, sagte Hale.

»Ja, ich reise früh ab, deshalb.« Ich kramte in meiner Tasche, zog die Hausarbeit heraus und reichte sie Hale. Unsere Fingerspitzen berührten sich kurz, als er die Arbeit entgegennahm.

»Danke«, sagte er lächelnd. »Du hast in diesem Semester hervorragende Arbeit geleistet.«

Ich lächelte auch, zupfte an meiner Mütze. Hatte mich ja auch sehr ins Zeug gelegt für die ganzen Einsen. Ich ging zur Tür und war schon fast draußen, als Hale sagte: »Ähm, Malin, kann ich dich was fragen?«

»Klar«, antwortete ich, so entspannt wie möglich. Die Hand am Türrahmen, drehte ich mich um. Ich spürte sofort, dass es nicht um meine Leistungen ging, und wollte nur weg.

»Weißt du irgendwas über diesen Kommentar im Internet, der über Professor Roy geschrieben wurde?«

Verdammt. »Ähm, nein, was steht da?«

»Du bist in seinem Ökonomieseminar, oder?«

»Ja, warum?«

»Du hast doch bestimmt schon von dieser Bewertungs-Website für Profs gehört.«

Oh nein, John. »Ja.«

»Jemand hat dort etwas über Professor Roy geschrieben, das kein gutes Licht auf ihn wirft. Ich wollte mich nur vergewissern, dass du so etwas nicht mit ihm erlebt hast. Also übergriffiges Verhalten, meine ich.«

Ich konzentrierte mich darauf, gelassen zu wirken. »Wie meinen Sie das?«, fragte ich. »Nein, ich hab gar nichts Unerfreuliches mit Professor Roy erlebt.«

Hale seufzte. »Also, eine Studentin schrieb, er habe sie angemacht und durchblicken lassen, dass er … im Austausch gegen eine sexuelle Leistung … ihre Note verbessern würde.«

Mir verschlug es die Sprache. Ich dachte an Johns Ausbruch am Tag vorher. Und an sein Grinsen, als er sagte: *Ich hab einen Plan.*

»Ich glaube nicht, dass jemand von der Universitätsleitung diesen Kommentar schon gelesen hat«, fuhr Hale fort. »Manchmal gibt es unklare Situationen zwischen Profs und Studentinnen, aber diese Sache ist natürlich sehr unangenehm. Vor allem, weil ich mit Adam, also Professor Roy, befreundet bin. Ich kann mir so etwas bei ihm auch gar nicht vorstellen, aber manchmal weiß man eben nicht.« Er hielt inne. »Ich wollte nur sicher sein, dass dir so was nicht passiert ist.«

Ich schüttelte den Kopf und schluckte. »Nein. Er ist ein guter Prof.«

»Okay. Du kannst jederzeit mit mir reden, falls irgendwas sein sollte. Und falls dir was zu Ohren kommt ... Solltest du mitkriegen, dass es sich um eine falsche Anschuldigung handelt, sag mir das bitte. Im Moment bin ich mir nicht mal sicher, ob Professor Roy nächstes Semester noch hier sein wird.«

»Mach ich.«

Dann sah ich zu, dass ich wegkam. Hale nahm vermutlich nicht an, dass ich etwas wusste, aber es ärgerte mich, dass er mich überhaupt gefragt hatte. Ich wollte ihn nämlich nicht anlügen.

Dieser scheißblöde John. Wütend marschierte ich zur Mensa und steuerte dort auf unseren Tisch zu. Alle lachten gerade über irgendwas, bis auf Max, der wieder auf sein Buch starrte.

»John«, sagte ich in scharfem Tonfall. Alle schauten auf.

»Entspann dich, alles gut«, sagte er und grinste die anderen an. Ruby lächelte gezwungen, auch Khaled. Niemand würde mich unterstützen, das musste ich jetzt alleine durchziehen.

Ich beugte mich vor, damit von den anderen Tischen niemand mithören konnte, und flüsterte: »Mein Tutor hat mich wegen Professor Roy angesprochen.«

»Oooooh, Professor Rooooy«, säuselte Gemma und

tat, als wäre sie einer Ohnmacht nah. »Über den reden alle. Voll gruselig, der Typ.«

Wie üblich belohnte Khaled ihre Äußerung mit einem Lachen.

»Der ist überhaupt nicht gruselig«, versetzte ich.

Gemma zwinkerte. »Wissen wir. Die anderen aber nicht.«

Ich sah mich in der Mensa um. Viele starrten auf ihre Handys. Bestimmt hatte sich das Ganze schon rumgesprochen.

»So einen Scheiß kannst du nicht machen, jemandem die Karriere zerstören«, sagte ich.

»Bleib entspannt«, wiederholte John. »Ist doch harmlos. Nur ein bisschen Klatsch. Hat er nicht anders verdient.«

»*Er* hat nichts falsch gemacht. Aber *du*.«

John legte gespielt reuevoll die Hand auf die Brust. »Niemand wird rauskriegen, dass ich es war.«

»Ich will aber wegen dir keine Probleme kriegen«, sagte ich wütend.

Johns Grinsen erstarb, als ihm aufging, wie ernst es mir war.

»Hör zu, M, tut mir leid«, sagte John. »Ich wollte dich nicht in Schwierigkeiten bringen. Das ist nur ein Scherz. Ich hab schließlich keinen umgebracht.«

Nur zu gern hätte ich John gesagt, dass er unreif und gemein war, aber dann hätte ich vor den anderen als langweilige Streberin dagestanden. Keiner wollte Dramen und Zerwürfnisse in der Clique. Und sie zu verlieren konnte ich mir nicht leisten. Deshalb versuchte ich mich abzuregen, meine verkrampften Muskeln zu entspannen.

Ich schaute Ruby an. Sie konnte John doch für so ein Benehmen nicht bewundern.

Als sie meinen Blick sah, sagte sie: »Nimm's locker, M. Du kriegst bestimmt keine Probleme.« Ich spürte die unausgesprochene Bitte in ihren Worten. Sie war auf Johns Seite, und einen Moment lang hätte ich sie am liebsten geschüttelt. Sie würde John immer verteidigen, ihn niemals kritisieren. Genau wie meine Mutter mit Levi umgegangen war. Idiotisch loyal und schwach.

Nach dem Essen zogen die anderen los zu ihren letzten Prüfungen, und Max und ich blieben alleine am Tisch zurück.

»Max«, sagte ich. Er blickte auf, und ich wies mit dem Kinn auf den Platz, an dem John vorher gesessen hatte.

»Geht mich nichts an«, sagte Max.

»Wir hängen da aber mit drin.« Seine Gleichgültigkeit wunderte mich. Von den Freunden abgesehen, waren meine guten Noten für mich das Allerwichtigste, und ich wusste, dass Max das auch so sah.

Er schaute durch das große Fenster nach draußen, wo Scharen von Studis unterwegs waren. Max konnte ich vergessen. Ich war ihm eindeutig egal, und ich würde in Zukunft keine Zeit mehr mit dem vergeuden. Im Greenhouse war es zwar immer voll, aber dort konnte ich jetzt in Ruhe lernen, ohne die anderen gleich wieder zu treffen. Ich packte meine Sachen und stand auf.

»Mit mir hat John das auch schon gemacht«, sagte Max unvermittelt.

»Was?«, fragte ich wütend.

»Zumindest so was Ähnliches. Wir waren mit der Fußballmannschaft in einem Ferienlager. In der letzten Woche gab es ein wichtiges Spiel, und ich, nicht John, wurde zum Mannschaftskapitän gewählt. Mir war das gar nicht wichtig, aber ich war nun mal gewählt worden.«

Ich konnte mir Max nicht als Mannschaftskapitän vorstellen. Nicht so still und verschlossen, wie ich ihn kannte.

»Als ich am Abend in meine Hütte kam, hatte jemand in mein Bett gekackt. Das hat sich in Windeseile rumgesprochen. Am nächsten Tag nannte mich jemand Kapitän Kacka. Der Name hing mir dann für den Rest des Sommers an.«

Wie absolut ekelhaft und grausam. Ich wusste nicht, was ich sagen sollte, und wartete ab.

Max schaute wieder auf die vermummten Leute draußen, die durch die Kälte hetzten. »Damals hatte ich keine Ahnung, wer das gemacht hatte. Ich hätte nicht vermutet, dass John so … gehässig sein könnte. Aber inzwischen wundere ich mich über gar nichts mehr.«

Ich setzte mich wieder. Mir war etwas eingefallen.

»Was ist eigentlich mit Johns Vater passiert?«, fragte ich.

»Ich kenne die Einzelheiten nicht«, sagte Max. »Johns Vater wurde wegen Insiderhandel verhaftet und saß im Gefängnis. Dann ließ sich meine Tante von ihm scheiden. Ich glaube, er lebt jetzt in Boston, mit einer anderen Frau, mit der er auch Kinder hat. Hat sich nie mehr bei uns blicken lassen.«

»Findest du, das entschuldigt Johns Benehmen?«

»Nein, natürlich nicht. Aber so was macht einen schon fertig, meinst du nicht?«

Ich gab keine Antwort.

Max' Gesicht verhärtete sich. »Ich habe gelernt, John in Ruhe zu lassen. Du solltest dich lieber nicht mit ihm anlegen. Und das meine ich sehr ernst.«

Ich entdeckte Ruby am Eingang. Wenn ich mich beeilte, konnte ich sie vielleicht alleine sprechen.

»Ja, ja, okay«, sagte ich geistesabwesend, nahm meine Tasche und lief los.

»Ruby!«, rief ich, als ich aus der warmen Mensa in die Kälte hinausstürzte. Aber Ruby blieb nicht stehen, es kam mir sogar vor, als ginge sie noch schneller. »Ruby!«, rief ich lauter und legte einen Zahn zu. Als ich sie eingeholt hatte, packte ich sie am Arm und drehte sie zu mir.

Rubys Blick war abweisend. Schneeflocken schmolzen auf ihrer rosa Mütze. »Was?«, fragte sie schroff.

»Was ist los mit dir? Bist du nicht wütend auf John?«

Sie seufzte, verschränkte die Arme vor der Brust und starrte an mir vorbei. »Doch, bin ich.«

»Und warum sagst du dann nichts zu ihm? Auf dich

hört er doch bestimmt, du bist seine Freundin. Was, wenn Professor Roy gefeuert wird?«

»John ist für sich selbst verantwortlich.«

»Denkst du das im Ernst?«

»Was?«

»Das ist doch totaler Schwachsinn.«

»Was soll ich denn machen? Ich bin schließlich nicht seine Mutter. Na klar bin ich wütend. Aber aus anderen Gründen, als du glaubst. Du weißt vieles über mich nicht und auch über John. Du meinst, du hast den Überblick, aber so ist es eben nicht. Lass es einfach auf sich beruhen, okay?«

So hatte ich Ruby noch nie erlebt. Das war nicht das lebhafte unbeschwerte Mädchen, das ich kannte. Da kam eine zornige Person zum Vorschein, die Ruby bislang erfolgreich versteckt hatte.

»Okay«, sagte ich, weil ich merkte, dass sie jetzt auch auf mich sauer war. Ruby war mein Bindeglied zur Clique. Ich musste mir was einfallen lassen, um das wieder hinzubiegen.

»Also ich bin jedenfalls für dich da. Wenn du reden willst«, sagte ich.

Ruby legte mir die Hand auf den Arm, und ihr Gesicht wurde weicher. »Danke, M. Lass uns ein andermal reden. Lieb von dir, dass du so verständnisvoll bist.«

Diese Bemerkung war mir unangenehm, aber ich lächelte und hakte mich bei ihr ein. Themawechsel war angesagt. Auf dem Weg zum Greenhouse redeten wir darüber, wie albern Gemma mit ihren Moonboots aussah.

Es regte mich furchtbar auf, wie Ruby immer wieder Andeutungen machte, dann aber nicht mehr erzählte. Damit erzeugte sie ein nerviges Wechselspiel aus Nähe und Distanz, und ich fühlte mich manipuliert.

17

Texas, 1997

Der Sommer hatte noch nicht mal offiziell begonnen, aber in Texas war es schon furchtbar heiß. Als Levi und ich eines Morgens Waffeln frühstückten, hörten wir, wie der Radiomoderator davor warnte, Kinder unbeaufsichtigt in Autos zu lassen. Meine Mutter murmelte etwas über die unerträglichen Temperaturen vor sich hin.

Vormittags nahmen Levi und ich an Lernkursen teil, nachmittags trainierten wir in der Schwimmmannschaft. Meine Eltern fragten andauernd, ob ich mich mit jemandem angefreundet hätte, und ich log und sagte ja. Levi ging zweimal die Woche zu einem Therapeuten und kam jedes Mal extrem schlecht gelaunt zurück.

Wenn ich während dieser Zeit mit Lane, unserem Kindermädchen, alleine war, machten Bo und ich Streifzüge durch den Garten. Bo war noch so klein, dass ich ihn unter den Arm klemmen und mit nach oben ins Baumhaus nehmen konnte. Das war zwar verboten, aber wenn ich es nicht machte, jaulte er unten herum. Lane war es egal. Sie war erst sechzehn, aber mir kam sie steinalt vor. Sie ließ uns machen, worauf wir Lust hatten, und deshalb mochten wir sie. Manchmal schrie sie unsere Namen, dann schrien wir zurück, damit sie wusste, wo wir steckten.

Im Baumhaus las ich Bücher oder beobachtete die Nachbarn, während Bo hechelnd neben mir hockte. Wenn mir heiß war, sprangen wir in den Pool und paddelten in dem lauwarmen Wasser herum. Bo liebte das, und wenn er müde wurde, kam er zu mir und klammerte sich mit den Pfoten an mir fest. Ich hielt ihn gerne im Arm, mochte das Gefühl, ihn beschützen zu können.

Eines Nachmittags war ich auch mit Bo im Baumhaus, als Levi in den Garten gerannt kam, herumbrüllte und das Gras zertrampelte. Ich hatte geglaubt, meine Mutter sei schon mit ihm unterwegs zum Therapeuten. Sie würden zu spät kommen, wenn sie jetzt nicht losfuhren.

Levi schrie so hysterisch, als würde ihn jemand schlagen, hatte wieder einen seiner Anfälle. Ich schrie nie, benahm mich immer vorbildlich. Meine Mutter redete auf ihn ein, versuchte ihn zu beruhigen. Sie trug immer noch ihre Arbeitskleidung, weil sie schnell nach Hause gekommen war, um Levi zu begleiten. Ich fand immer, dass die blaue Jacke und die blaue Hose aus der Arztpraxis wie ein Schlafanzug aussahen.

Jetzt trat ich zum Rand der Plattform, wo die Leiter nach unten stand. Es gab kein Geländer an der Plattform, aber mein Vater hatte uns beigebracht, vorsichtig zu sein. Außerdem waren Levi und ich beide sportlich und geschickt. Ich legte mich auf den Bauch und schaute nach unten.

Levi schrie irgendwelche Schimpfwörter, die ich

nicht kannte, die wir aber ganz bestimmt nicht benutzen durften. Sie hörten sich schlimm an.

Meine Mutter sagte immer wieder hilflos: *Komm mit, Liebling. Jetzt komm doch, Liebling.*

Sie war immer zu allen Leuten so nett. Bei Partys war sie grundsätzlich im Mittelpunkt, erzählte Geschichten, die alle zum Lachen brachten. Und sie war sehr hübsch. Ich wünschte mir immer, ihr ähnlicher zu sein. Manchmal übte ich vor dem Spiegel, so zu lächeln wie sie, aber es fühlte sich irgendwie falsch an. Ich war meinem Vater viel ähnlicher, der verschlossen war und Menschen mied. Er ahnte vermutlich nicht, dass mir das aufgefallen war. Bei Partys mixte er gerne für alle die Drinks, damit er möglichst wenig reden musste. Dabei war er aber sehr freundlich und lächelte viel.

Warum Levi unsere Mutter so sehr ablehnte, war mir ein Rätsel. Er spielte ihr üble Streiche und führte sich furchtbar auf. Und wenn meine Mutter besonders lieb zu ihm sein wollte, wurde er erst recht wütend auf sie. Dabei hatte er so ein Glück. Zu mir war sie nie besonders lieb.

Meine Mutter näherte sich Levi, aber er wich ihr aus. Die beiden waren jetzt direkt unter mir, doch wegen Bo machte ich mich lieber nicht bemerkbar. Er schien zu dösen, ließ mich aber nicht aus den Augen. Ich legte den Arm um ihn, damit er nicht versehentlich abrutschte, seine kleinen Pfoten hingen schon über den Rand der Plattform.

Levi, mein Schatz, ich hab dich lieb, bitte beruhige dich.

»Ich geh da nicht mehr hin«, knurrte er und schrie dann wieder. Meine Mutter stürzte sich jetzt auf ihn, um ihn festzuhalten und an sich zu drücken. Das versuchte sie immer, wenn Levi sich so aufführte. In Anwesenheit unseres Vaters benahm Levi sich nie so. Mein Vater würde das nämlich nicht dulden, das wusste mein Bruder. Aber unsere Mutter kam nicht mit ihm klar, sie war einfach zu nett.

»Ich sag dem Arzt, dass du eine ganz schlechte Mutter bist«, sagte er und schrie dann wieder so durchdringend, als wollte er die Nachbarn herbeilocken.

Ich legte den Kopf schief. Selbstverständlich war Mom keine schlechte Mutter. Würde man sie uns wegnehmen, wenn Levi das dem Arzt erzählte? So was hatte ich mal in einer Serie gesehen. Da hieß es, die Mutter »gefährde das Kindeswohl«, und sie wurde von den Kindern getrennt.

Und dann tat Levi etwas, das ich schon mal bei ihm erlebt hatte. Er fing an zu weinen wie auf dem Spielplatz. Sagte schluchzend immer wieder: *Du hasst mich, du hasst mich, ich will da nicht hingehen*. Meine Mutter weinte auch, zog ihn an sich. Setzte sich auf den Boden und wiegte ihn in den Armen. *Tut mir leid, Liebling, tut mir leid, dann musst du da auch nicht hin,* murmelte sie.

Etwas in mir brach auf. Ein eigenartiges unbekanntes Gefühl erfasste mich. Ich wollte meiner Mutter sagen, dass Levi sie austrickste, dass sie sich nicht schlecht fühlen musste, dass sie keine Schuld trug. Ich wollte sie umarmen und trösten. Doch stattdessen rührte ich mich nicht, barg mein Gesicht in Bos Fell und hoffte, sie würde uns nicht bemerken.

18

Senior Day

Mir vertrauen sich die Leute an. Diese nützliche Lektion hatte ich im ersten Studienjahr gelernt. Vermutlich weil mir Gerüchte und Tratsch egal sind und weil ich keine Geheimnisse ausplaudere, um mich wichtigzumachen. Außerdem sage ich nie, was ich wirklich denke, das würde niemandem gefallen. Früher fand ich dieses Wissen über die anderen belastend, aber inzwischen kommt es mir sehr gelegen. Ich bin die Geheimnisträgerin unserer Clique.

Lautlos schleiche ich zur Küchentür und spähe in den Flur. Gemma ist rot im Gesicht von der Kälte, ihre blau gefärbten Haare hat sie im Nacken zusammengebunden. Ich beobachte, wie sie versucht, keinen Lärm zu machen, weil sie sturzbetrunken ist und in diesem Zustand nicht gesehen werden will. Als sie über Schuhe stolpert, schaut sie besorgt zu Khaleds Tür.

»Gems?«, sage ich und gehe auf sie zu. Ich muss wissen, was passiert ist.

Sie schaut erschrocken auf. Ertappt. *Gemma und John*. Max' Bericht geht mir nicht mehr aus dem Kopf. Ich ertappe Gemma nicht zum ersten Mal in so einer Situation. Sie hat das vergessen. Ich aber nicht.

19

Erstes Studienjahr

»Welche Hand?«, fragte Ruby und hielt mir beide Fäuste hin.

Wir saßen in der Mensa, hatten gerade gefrühstückt. Es war Dienstag, da hatten wir beide vormittags keine Veranstaltungen. Die Wintersonne war strahlend, aber bei minus sechs Grad wollte niemand rausgehen.

Seit dem Vorfall mit John und Professor Roy in der Prüfungsphase war das Semester ereignislos gewesen. Als ich meine letzte Prüfung absolviert hatte, war ich nach Texas geflogen, der Anfang meines langweiligen Winters. Meine Eltern wohnten in einem Bungalow aus den fünfziger Jahren, alles war wie immer, die Luft war feucht und drückend. Aber meine Eltern wirkten viel älter, obwohl ich nur vier Monate weg gewesen war. Seit Levis Tod alterten sie vorzeitig, hatten jegliche Lebensfreude verloren. Wenn die beiden im Morgengrauen aufstanden, hatten sie Schatten unter den Augen und sahen erschöpft aus. Ich stellte mir immer den Wecker, damit ich mit meinem Vater Kaffee trinken konnte, bevor er zur Arbeit fuhr. Er erkundigte sich nach dem Studium, meinen Freunden, meinen Seminaren und erzählte dann von seiner eigenen Studienzeit.

Und in jeder Geschichte kam meine Mutter vor, wie sie früher gewesen war: fröhlich, lebhaft, witzig.

Ruby schaute mich erwartungsvoll an, und ich lehnte mich zurück und verdrehte die Augen.

»So trifft man keine Entscheidungen«, sagte ich.

»Ich schon«, widersprach Ruby. »Hab ich dir nicht mal erzählt, dass ich mich so auch für Hawthorne entschieden habe? Ich hatte drei Unis, die ich gut fand, und hab dann Zettel gezogen. Hawthorne ist es geworden.«

»Das ist doch albern.«

»Egal. Los: Eine Hand für Ausflug nach Portland, die andere fürs langweilige Seminar.«

»Also gut. Rechts«, sagte ich.

Ruby öffnete die Hand. »Ha, Portland. Ich gewinne. Auf geht's.«

»Aber ich habe um eins Seminar, ich kann nicht, wirklich.« Ich ließ nie eine Veranstaltung ausfallen, aber Ruby war in so einer Stimmung, in der sie unbedingt etwas unternehmen wollte. In einer Galerie in Portland gab es eine Ausstellung von einem Fotografen, den sie liebte.

»Ach, komm schon, M. Sei keine Langweilerin.«

Ich biss die Zähne zusammen. *Vortäuschen. Vortäuschen. Vortäuschen.* Wenn ich das noch ein paarmal sagte, würde ich mich vielleicht überwinden können. Bislang funktionierte es nicht.

»Wir können in einem coolen Café Latte macchiato trinken und durch ein paar Galerien ziehen. Aber den Latte mit fettarmer Milch, ich fühl mich so fett zurzeit.«

Ich widersprach ihr nicht, obwohl sie natürlich nicht fett war. Ich hatte es satt. Insgeheim hatte ich zu zählen begonnen, wie oft Gemma und Ruby das Ich-bin-fett-Statement seit Beginn des zweiten Semesters von sich gegeben hatten. Gemma lag vier vorne.

»Und woher weiß ich, dass nicht beide Hände Portland bedeutet haben?«, fragte ich.

»Gar nicht«, antwortete Ruby mit einem Zwinkern, stand auf und nahm ihr Tablett.

Gegen Mittag kamen wir in Portland an, stiegen an der Commercial Street aus dem Bus und steuerten sofort das nächste Café an. Es war so kalt, dass einem binnen Kurzem der Rotz in der Nase gefror. Nicht einmal das übliche Kreischen der Möwen war zu hören, sogar die Tiere verkrochen sich vor der brutalen Kälte.

Ich war gerne mit Ruby alleine, dann hatte ich sie ganz für mich. War natürlich selbstsüchtig, aber sie wirkte dann viel entspannter. Ohne Gemma und erst recht ohne John war Ruby lockerer, musste niemandem gefallen, niemanden beeindrucken. Allerdings wusste ich, dass sie heute nur so versessen darauf war, etwas mit mir zu unternehmen, weil John eine wichtige Arbeitsgruppe hatte. Ich war die zweite Wahl, versuchte aber, das zu vergessen.

»Okay«, sagte Ruby und trank einen Schluck Latte. »Zuerst zu Stafford's und dann zu Brooke Water, okay?«

»Na klar, worauf du Lust hast.«

»Danke, M. Du bist die Beste«, sagte Ruby und hakte sich bei mir ein. »John geht nie in Galerien mit mir.«

Es war mir zuwider, eine Vorlesung zu verpassen, aber ich rechnete mir das als *Zeit für Freunde* an. Ein Pluspunkt für mein Sozialleben. Ich erledigte die Aufgabe, eine gute Freundin zu sein. Das verschlang genauso viel Zeit wie Hausarbeiten. Mein Vater wäre stolz auf mich, und Ruby war immer selig, wenn sie sich Gemälde oder Fotos anschauen konnte. Ich hatte das Gefühl, sie brauchte das als Flucht. Wovor, war mir allerdings nicht klar.

Wir stiegen die Granittreppe zu Stafford's hinauf. Ich sah unser Spiegelbild in den hohen Glastüren – beide mit Wollmützen, Ruby zierlich und klein neben mir. Als wir reinkamen, unterhielten sich zwei Leute in einer Ecke im Flüsterton. Ich mochte an Galerien, dass es dort immer so schön still war. Lärm und Chaos konnte ich nicht ausstehen.

»Ruby?«, durchbrach plötzlich eine Stimme die Stille. »Malin?«

Wir drehten uns um. Max stand vor einem der größeren Bilder, eine Polaroid-Kamera um den Hals.

»Was macht ihr denn hier?«, fragte er und warf dann einen Blick zur Tür. »Ist John auch da?«

»Soll das ein Witz sein? Den kriegst du nicht mal mit vorgehaltener Pistole in eine Galerie«, antwortete Ruby und zog ihren Parka auf. »Wir wollen uns die Atwood-Ausstellung anschauen. Aber was machst *du* hier?«

»Tja, das Gleiche.« Max lächelte.

Rubys Augen leuchteten auf, und sie trat auf Max zu und nahm ihn am Arm. »Hast du *Drei am Meer* schon gesehen?«

Dann redeten sie aufgeregt über den berühmten Fotografen und sein Foto von drei Lamas in einer Wüste. Drei Lamas in einer Wüste? Ich kapierte nicht, was das sollte, und nahm mir vor, mal über Kunstrezeption zu recherchieren.

Andächtig standen die beiden vor dem Foto, Max lachte über eine Bemerkung von Ruby. Sie sahen so entspannt und zufrieden zusammen aus, dass ich nicht stören wollte. In diesem Moment erinnerten sie mich an meine Eltern, in ihrer glücklichen Zeit, als sie gemeinsam Essen kochten und dabei ein Glas Bier oder Wein tranken.

Ich schaute mir ein paar Minuten die Fotos an, dann setzte ich mich auf eine Ledercouch und holte ein Buch aus meiner Tasche. Max und Ruby wanderten gemeinsam durch den Raum. Wenn Ruby weiterging, folgte ihr Max, und wenn sie sprach, schaute er sie an, als hätte er in seinem ganzen Leben noch nie etwas so Wunderbares gesehen. Mit so einem Blick hatte mich noch nie jemand angeschaut.

Zwischen diesen beiden gab es eine Verbindung. Sie wussten noch nichts davon, aber ich.

Max bot an, uns später mit dem Wagen mitzunehmen, damit wir nicht mit dem Bus zurückfahren mussten, was uns sehr recht war. Wir streiften ein paar Stunden durch Portland und klapperten Galerien ab. Ich war dankbar für Max' Anwesenheit, weil ich nicht so viel reden musste. Und Ruby wirkte glücklich, wenn sie mit ihm zusammen sein konnte.

Später saß ich vorne neben Max im Auto. Wir hörten Radio, so dass unser Schweigen angenehm überbrückt war. Ruby war auf dem Rücksitz eingeschlafen und schnarchte leise mit offenem Mund.

»Wir könnten was reinwerfen«, sagte Max nach einem Blick in den Rückspiegel.

»Sie würde sich irre schämen, wenn sie wüsste, dass sie so schläft«, erwiderte ich.

»Bleibt unser Geheimnis.«

Mich wunderte, wie locker Max war. Eigentlich kannte ich ihn nur wortkarg und verschlossen. Auch ich war in Gegenwart der anderen gestresst, weil ständig so viele Gefühle im Spiel waren. Aber zu dritt war es überhaupt nicht anstrengend. Ich konnte mir fast vorstellen, Max Dinge von mir anzuvertrauen, wusste aber, dass ich es nicht tun würde.

»Und wie geht es dir jetzt, wo du die Vorlesung geschwänzt hast?«, fragte Max.

Ich lächelte. »Furchtbar. Fühl mich aber bestimmt besser, wenn ich mir das Video davon angeschaut habe.«

»Deshalb bist du so eine Spitzenstudentin.«

»Aber das geht schon klar. Ruby war so wild auf diese Atwood-Ausstellung, da konnte ich einfach nicht nein sagen.«

»Sie ist ziemlich gut darin, ihren Willen zu kriegen, wie?«, fragte Max.

Ich war mir nicht sicher, ob das ernst oder witzig gemeint war.

»Das ist ja auch nichts Schlechtes«, redete er weiter, als er meinen Blick sah. »Ich wäre auch gern so.«

»Du glaubst, dass du nicht gut darin bist, deinen Willen zu bekommen?«, fragte ich. Nach dem Unfall hatte ich extrem fleißig gelernt, um zu bekommen, was ich wollte, war aber in Yale, Princeton und Harvard nicht angenommen worden. Deshalb musste ich in Hawthorne Bestleistungen bringen, um danach noch Jura studieren zu können.

Max schaute wieder in den Rückspiegel. »Ist wahrscheinlich normal, dass man nicht alles bekommt, was man will.«

Ich überlegte, was ich ihn als Nächstes fragen könnte. Die Leute redeten immer gern über sich selbst, und dann musste ich keine Fragen über mich beantworten.

»Wann hast du mit dem Fotografieren angefangen?«, fragte ich schließlich.

»Oh, ähm, meine Mutter hat mir meine erste Kamera geschenkt, als ich zehn war. Sie dachte wahrscheinlich, ich sollte mal was Künstlerisches zum Ausgleich machen, nicht immer nur Sport.«

»Wieso zum Ausgleich?«

Max räusperte sich. »Ich war ziemlich unausgeglichen. Hatte Angst, zur Schule zu gehen, und noch so allerlei. Meine Mutter leidet ziemlich unter Angststörungen und hat immer befürchtet, mir das vererbt zu haben. Fotografieren beruhigt sie.«

Ich dachte an meine eigene Mutter und ihre Ängste. Wie sie die Erwähnung meines Bruders vermied. Und wie wir einmal mit ihr ins Krankenhaus fuhren, weil sie glaubte, einen Herzinfarkt zu haben. Das hatte sie sich aber nur eingebildet.

»Macht dir das Fotozeug Spaß?«

»Ja, total. Wenn ich in der Dunkelkammer bin oder Bilder bearbeite, vergesse ich alles andere. Und das Fotografieren selbst finde ich auch toll. Das ist das Einzige, was ich komplett im Griff habe.«

»Das versteh ich. Deshalb ist mir Joggen so wichtig.«

»Meine Mom wär stolz, wenn sie mich hören würde«, sagte Max grinsend.

»Und was machst du mit diesem alten Ding hier?«, fragte ich und nahm die klobige Polaroid-Kamera vom Armaturenbrett.

»Schönes Teil, oder? Hab ich beim Trödler gefunden und dachte mir, es könnte lustig sein, die zu benutzen.«

»Deine Fotos sind echt gut«, sagte ich.

»Hast du sie gesehen?«

Herrje, verplappert. »Ähm, ja.« Ich schaute nach hinten, um mich zu vergewissern, dass Ruby noch schlief. »Wir waren vor einer Weile mal im Kunstinstitut.«

»Hat Ruby sie auch gesehen?«

»Ja, aber wir sind ziemlich schnell durchgelaufen«, log ich.

»Ah.« Ich wollte Max nicht enttäuschen, aber ihm auch nicht erzählen, wie beeindruckt Ruby gewesen war. Hatte schließlich versprochen, den Mund zu halten.

Als wir auf dem Campus ankamen, hielt Max vor unserem Wohnheim. »Hey«, flüsterte er und hielt die Polaroid-Kamera hoch, »setz dich neben Ruby, dann mach ich ein Foto.«

»So was macht ein Freund aber nicht«, wandte ich ein.

»Beeil dich!«

»Schon gut«, flüsterte ich. Vorsichtig ließ ich mich auf den Rücksitz sinken, dicht neben Ruby. Ich hasste es, fotografiert zu werden, fand das immer so gekünstelt. Mir fiel ein Bild von meinen Eltern aus ihrer Studienzeit ein; meine Mutter hauchte ein Luftküsschen auf die Wange meines Vaters. Ich spitzte die Lippen, ohne Rubys Wange zu berühren.

Max knipste, und das Foto wurde gedruckt. Das Schnarren war laut, und Ruby regte sich.

»Gut aufheben«, flüsterte Max und gab mir das Foto. Ich sah zu, wie die Konturen sich entwickelten, unsere Gesichter zum Vorschein kamen. Eine lustige Szene zwischen Freundinnen. Aber so war ich natürlich gar nicht. Ich täuschte diese Person nur vor.

»Uh«, murmelte Ruby schläfrig und wischte sich Spucke vom Mund. »Hab ich etwa gesabbert? Habt ihr zwei mich hier sabbern lassen?«

Wir lachten.

»Keine Sorge, sah süß aus«, antwortete Max.

Die beiden schauten sich an, und Ruby errötete. Wenn die beiden sich mit diesem Blick ansahen, schien ich gar nicht mehr da zu sein.

»Oh Mann«, sagte sie, »ich hab geträumt, ich hätte vergessen, meine Hausarbeit abzugeben. Der Wievielte ist heute?«

Ich schaute auf mein Handy. »Neunundzwanzigster Januar.«

»Ein Glück«, seufzte Ruby. »Noch eine Woche Zeit.«

29. Januar. Damals ein bedeutungsloses Datum, aber drei Jahre später nicht mehr. Es war der Todestag.

Ich hatte mir immer noch keinen Freund zugelegt. War zwar beim Tanzen hin und wieder angegrapscht worden, und bei einer Party hatte ein Typ aus meinem Ethikkurs versucht, mir die Zunge in den Hals zu stecken. Aber ich hatte mich auf nichts eingelassen, und das fiel inzwischen auf. Allmählich hielten mich die anderen wohl für gestört und fragten sich, was mit mir nicht stimmte. Ich wusste, dass sie dachten, ich sei zu attraktiv, um nicht an Sex interessiert zu sein. Warum nutzte ich mein gutes Aussehen nicht?

Nach den Winterferien lag der Schnee fast anderthalb Meter hoch, und wir sanken ein, als wir zum See stapften, um beim Sprung ins Eisloch zuzuschauen. »Eines Tages werden wir das machen«, sagte Ruby ehrfürchtig und drückte meine Hand.

Ruby, Max und ich verbrachten den größten Teil unserer Zeit im Greenhouse, wo wir durch die hohen Glasfenster auf den See hinausschauen konnten. Während der Woche studierten wir fleißig, am Wochenende wurde hart getrunken und gefeiert. Mir bedeutete das immer weniger – ich war froh, wenn ich mich in meinem Zimmer verkriechen und meine Ruhe haben konnte.

Eines Abends im Februar lag ich mit meinem Laptop auf dem Bett, mit einer Hausarbeit beschäftigt, als Ruby hereinstürmte.

»Es ist *Samstag*«, sagte sie streng und zog mich am Arm. »Jetzt komm mit. Ich will nicht alleine gehen, ohne dich ist es langweilig. Und du lachst als Einzige über meine ganzen blöden Bemerkungen.«

Ich hatte es mir gemütlich gemacht. Draußen schneite es, und ich hatte nicht die geringste Lust darauf, mich anzuziehen und meine behagliche Bude zu verlassen. Und erst recht nicht, um zu einer Party zu gehen.

»Wird dir Spaß machen, garantiert«, sagte Ruby. »Gemma ist schon dort. Und Max.«

Die letzte Party, bei der ich mit Ruby gewesen war, hatte überhaupt keinen Spaß gemacht. Wir sechs waren vorher noch losgezogen, um im Grill Pommes und Mozzarella-Sticks zu essen. Auf dem Weg dorthin schubste Khaled Ruby und mich immer wieder in die Schneeberge am Weg, und wir kreischten lauthals. Das war tatsächlich lustig gewesen, die Party dann aber nicht. Jetzt hörte ich Khaled und John draußen lachen, vermutlich waren sie schon betrunken.

»Dem Krach nach zu schließen, gehst du nicht alleine. Du brauchst mich also nicht«, sagte ich genervt.

Ruby grinste. »Ich muss dir was erzählen.« Sie beugte sich so dicht zu mir, dass sie fast mein Gesicht berührte. Normalerweise konnte ich so was nicht ausstehen, aber Ruby machte das immer, wenn sie betrunken war, deshalb duldete ich es.

»Ich hatte letzte Nacht Sex mit John«, flüsterte sie mir ins Ohr und schaute mich dann aufgeregt an. Weil ich wusste, was sie von mir erwartete, setzte ich mich strahlend auf und umarmte sie.

Dabei fragte ich mich, was Jungs wohl in der gleichen Situation machten. Abklatschen? Ghettofaust? Oder auf den Rücken hauen? Ich fand das alles peinlich.

»Und wie war's?«

»Das Beste überhaupt.«

»Freut mich sehr für dich«, sagte ich. »Und ich geh mit heute Abend, wenn du unbedingt willst.«

Ruby kreischte, stürzte sich auf meinen Schrank und kramte in meinen ordentlich eingeräumten Kleidern herum. Dann zog sie eine Bluse heraus und hielt sie vor sich.

»Kann ich mir die mal ausborgen?«, fragte sie.

»Ähm … ja, klar. Sieht jetzt aber nicht so nach Ausgehen aus.«

»Macht nichts«, erwiderte sie. »John mag die nicht, die ich anhabe.«

Ich schaute auf ihre eng anliegende Spitzenbluse mit dem tiefen Ausschnitt. Ruby legte die Hand auf ihre entblößte Haut.

»Du weißt ja, dass John immer so auf mich aufpasst.« Ruby wich meinem Blick aus. »Ich liebe dieses Top zwar, aber was soll's.«

Ich blieb stumm, während sie in die Flanellbluse schlüpfte und sie fast bis zum Hals zuknöpfte.

»Ich wasch sie dann auch, versprochen.«

»Kein Problem«, sagte ich. »Du kannst sie behalten.« Die Bluse war mir jetzt ohnehin verdorben.

»Hier, zieh meine an«, sagte sie lächelnd. »Die sieht bestimmt super an dir aus.«

Ich berührte die Spitze.

»Joggingzeug aus, Jeans an«, kommandierte Ruby. »Ich glaub, Charlie kommt auch«, fügte sie hinzu und beobachtete mich aus dem Augenwinkel.

Schon seit Monaten bemühte sie sich, mich mit Charlie zu verkuppeln. Beim letzten Versuch dieser Art war ich jedes Mal aus dem Zimmer gegangen, wenn Charlie reinkam. Dieses Spiel konnte ich stundenlang treiben.

Als ich fertig war, musterte Ruby mich von Kopf bis Fuß.

»Du bist sooo hübsch. Sogar wenn du dich gar nicht bemühst. Das ist echt unfair.«

Ich seufzte, sagte aber nichts dazu. Dann zog Ruby mich in den hell erleuchteten Flur hinaus, wo John und Khaled mit rot unterlaufenen Augen auf dem Boden saßen, an die Wand gelehnt.

»Da ist sie ja«, lallte John, lächelte lasziv und betrachtete mich langsam von Kopf bis Fuß. Ich zog meine Jacke bis zum Hals zu, um mich vor seinen Blicken zu schützen. Ruby schien es nicht aufzufallen.

»Prinzessinnen«, sagte Khaled und sprang auf. »Eure Kutsche wartet.«

Das war natürlich reines Gelaber. Was uns tatsächlich erwartete, war ein zwanzigminütiger Marsch zur anderen Seite vom Campus. Autos krochen an uns vorbei durch den Schneematsch, wir versuchten, uns dicht an den Schneewänden zu halten. Ruby war völlig entfesselt, tänzelte voran, reckte die Arme, um Schneeflocken zu fangen. Als sich ein Holzlaster näherte – was ich an den rumpelnden Stämmen und klirrenden Ketten hörte –, riss ich Ruby an der Kapuze vom Straßenrand weg. Schnee spritzte hinter den Reifen auf und traf uns an den Beinen, und Ruby johlte schrill.

»Du hast mich gerettet«, rief sie und grinste mich über die Schulter an.

Ich wies nicht darauf hin, dass der Fahrer wegen der rumpelnden Stämme wahrscheinlich nicht mal gemerkt hätte, wenn sie unter die Räder gekommen wäre. Dass Ruby so leichtsinnig war, regte mich auf.

Khaled bot ihr einen Schluck aus seinem Flachmann an, aber als Ruby trinken wollte, nahm John ihr die Flasche weg.

»Du hast genug, Schatz, findest du nicht?«, sagte er. Schwankend blieb Ruby stehen, schmiegte sich an ihn, öffnete seine Jacke und steckte die Hand hinein. Die beiden begannen zu knutschen.

»Ey, Leute, habt ihr kein Zuhause?«, rief Khaled im Weiterschlendern.

Ruby hatte die Augen geschlossen, aber John sah mich beim Küssen an, als ich an den beiden vorbeiging, und seine Augen glitzerten seltsam. Als wir uns dem Wohnheim der älteren Semester näherten, hörten wir laute Technomusik.

»Klingt vielversprechend«, sagte Khaled und sprintete die Verandatreppe hinauf. Ich trödelte den anderen hinterher und erwog, einfach abzuhauen. Ein paar ältere Studenten standen rauchend draußen und beachteten uns nicht.

»Woher weißt du eigentlich von dieser Party?«, fragte ich Ruby.

Sie trug Lipgloss auf, steckte den Stift in die Gesäßtasche ihrer Jeans und riss die Haustür auf. »Von einem Mädchen aus meiner Mannschaft. Ist eine Party von der Lacrosse-Mannschaft, glaub ich.«

Ruby wurde immer von Älteren eingeladen. Sie war mit allen möglichen Leuten befreundet. Ich konnte gar nicht verstehen, wie sie es schaffte, sich die vielen Namen, Geschichten, Probleme zu merken. Aber betrunken sagte mir Ruby dann oft, dass sie mich von allen am liebsten mochte. *Du bist meine beste Freundin, M, weil du so echt bist. Nicht so 'n Fake wie die anderen. Du bist aufrichtig und lässt dir nichts vormachen. Das find ich so toll an dir.*

Sobald wir das Haus betraten, wäre ich am liebsten wieder umgekehrt. Aber ich sah den anderen an, wie scharf sie auf diese Party waren. Sie wollten unbedingt dabei sein.

»Da bist du ja!«, trällerte jemand hinter mir und legte die Arme um mich. Ich wusste natürlich, wer es war. Gemma hing vielleicht sogar noch mehr an mir als Ruby, weil Gemma grundsätzlich das haben wollte, was sie nicht bekommen konnte.

»Hi, Süße.« Ich drehte mich um und umarmte sie, obwohl wir uns erst beim Abendessen gesehen hatten. Aber wenn Gemma betrunken war, wurde sie sehr anhänglich und musste gehätschelt werden. Allmählich gewöhnte ich mich an sie. Ruby hatte ich auf Anhieb sympathisch gefunden, mit Gemma musste ich erst warm werden. Ihre theatralische, laute Art nervte zwar, hatte aber manchmal auch etwas Liebenswertes. Einmal waren wir beim Lunch nur zu zweit gewesen, und da hatte sie mir von ihrer strengen Privatschule in London erzählt und von der kratzigen Uniform, die sie hatte tragen müssen. Gemmas Heimweg führte sie durch die Abbey Road, an der Beatles-Wand vorbei. Die Wand wurde alle paar Monate frisch gestrichen, und Gemma hatte immer als Erste wieder was drangeschrieben. Vor Weihnachten war sie mit dem Doppeldeckerbus durch die Oxford Street gefahren und mit ihren Freundinnen in Pubs ausgegangen.

Innerhalb einer Stunde hatte ich bei diesem Lunch mehr über Gemma erfahren als je zuvor. Sie erzählte nie von zuhause, ganz als würde sie glauben, das sei langweilig für uns. Mir wäre es lieber gewesen, wenn Gemma nicht dauernd versucht hätte, sich so sehr anzupassen.

Jetzt entdeckte ich Max im Getümmel. Er redete mit einem Mädchen aus meinem Philosophieseminar. Das Mädchen hatte lange dunkle Haare, die denen von Ruby glichen, und einen Schmollmund und erinnerte mich an eine Disneyprinzessin. Die beiden standen sehr dicht zusammen und waren ins Gespräch vertieft.

»Wer ist das?«, fragte Ruby und packte mich etwas zu fest am Arm.

»Greta. Ich kenn sie von Philosophie. Ist im zweiten Studienjahr, glaub ich.« Ruby sah enttäuscht aus. Offenbar hatte sie Max noch nie mit einem anderen Mädchen gesehen.

»Die beiden sind schon den ganzen Abend zusammen«, erklärte Gemma. »Die ist scharf, oder?«

Bei diesem Wort schaute John sofort zu den beiden hinüber.

»Oh ja, da kriegt man Appetit«, sagte Khaled und schlug sich mit der Faust in die Hand. John und er kicherten wie Schuljungen.

»Ihr seid Idioten«, verkündete Gemma, nahm mich an der Hand und zog mich in das grauenhafte Getümmel. Ruby legte mir die Hand auf die Schulter und schloss sich an, und so drängten wir uns durch die Menge. Es roch nach Schweiß und Körpern, und irgendjemand schien gefurzt zu haben. Ich musste einen Würgereiz unterdrücken.

Als ich über die Schulter schaute, sah ich, wie Ruby zu Max starrte, der sich zu Greta hinunterbeugte, als wollte er sie küssen. Seine Hand ruhte auf ihrem Rücken. Greta würde ihm bestimmt guttun, dachte ich mir. Dann würde er vielleicht aufhören, sich nach Ruby zu sehnen, und wäre mal ein bisschen glücklicher.

In diesem Moment rief jemand laut: »Malin Ahlberg!«

Wir drehten uns um und sahen Hale, der mit einer Gruppe älterer Semester an einem Tisch stand, an dem Flip Cup gespielt wurde. Hale, die Hände in den Hüften, trat zu uns und begrüßte uns. Heute trug er eine Basecap auf seinem Lockenschopf.

»Möchtet ihr mitmachen?«, fragte er mich.

Gemma und Ruby schauten mich auffordernd an; ich wusste, dass sie vorgestellt werden wollten. Von einem Doktoranden eingeladen zu werden, fanden sie total aufregend, und es verschaffte mir Ansehen.

»Gern«, antwortete ich.

Hale zog mich zu sich und legte mir die Hand auf die Schulter. Ich wartete darauf, dass meine Abwehr hochfuhr, was immer passierte, wenn mich jemand berührte. Doch nichts tat sich.

»Wisst ihr, was ihr machen müsst?«, fragte er.

»Klar«, antwortete Gemma, die sich schon einen Becher geschnappt hatte. Ruby und ich stellten uns neben sie, nahmen uns Becher und hielten sie so vor uns wie die anderen am Tisch.

»Hoch, runter, hoch, runter, trinken!«, riefen dann alle gleichzeitig.

Ich beobachtete, wie sich die gegnerischen Teams das Bier reinschütteten, immer einer nach dem anderen wie bei La Ola. Nach Hale war ich dran. Als ich die warme Flüssigkeit trank, nahm ich mir vor, sofort nach dem Spiel ganz viel Wasser zu trinken.

»Gut gemacht!«, schrie Hale und klatschte, als ich den Becher umgekehrt auf den Tisch knallte und es beim ersten Versuch schaffte, ihn umzudrehen.

Gemma trank als Nächste und wischte sich mit dem Handrücken über den Mund. Dann war Ruby dran.

Ich beobachtete Hale unauffällig, sah seine Bewegungen, hörte, wie er mit den Leuten umging. Er war Mannschaftskapitän, sollte uns zum Sieg führen und kannte sämtliche Teilnehmer mit Namen oder Spitznamen. Mädchen traten zu ihm und flirteten mit ihm. Er war freundlich und aufmerksam, ließ aber durchblicken, dass er nicht an mehr interessiert war. Ich fragte mich unwillkürlich, ob er für die Studentinnen besonders attraktiv war, weil alle von seiner Trennung wussten. Oder ob seine positive, kraftvolle Ausstrahlung ihn so anziehend machte.

Nach ein paar Runden des Trinkspiels mussten wir drei Mädchen pinkeln und verabschiedeten uns. Hale dankte uns und erklärte, wir hätten seine Mannschaft nach vorne gebracht.

»Der ist lustig«, sagte Gemma, als wir uns in die enge Toilette drängten.

Ruby lachte. »Ich find ihn umwerfend.«

»Niemand kann so nett sein«, wandte ich ein. »Ich find das eher unheimlich. Und wieso hängt er mit Leuten rum, die noch nicht mal den Abschluss haben?«

»Ooooh, was bist du wieder muffelig«, flötete Ruby und drückte mich so fest, dass ich die Arme nicht mehr bewegen konnte. »Vielleicht weil Edleton furchtbar langweilig ist und er auch mal Spaß haben will?«

Ich zuckte die Achseln und trank Wasser aus meinem Flachmann. Mir war ein bisschen schwindlig, und ich starrte in den Spiegel. Zum Glück hatte mich niemand auf meine angebliche Glutenallergie angesprochen, als ich das Bier getrunken hatte. Wahrscheinlich waren alle schon zu benebelt.

»Hey, wie geht's eigentlich Liam?«, fragte Ruby, als sie sich auf die Toilette setzte. Sogar dabei wirkte sie graziös und anmutig. Ich wandte den Blick ab, schaute wieder in den Spiegel, strich mir die Haare zurecht.

Gemma blieb einen Moment stumm und sah so angestrengt aus, als hätte die Frage ihr die Stimmung verdorben. Draußen hämmerten andere Mädchen an die Tür und schrien: »Beeilt euch!« Gemma lehnte sich dagegen. »Geht ihm gut«, antwortete sie. »Vermisst mich, wie immer. Will mich besuchen kommen.«

»Echt? Komm, wir schreiben ihm!«, verkündete Ruby aufgeregt, stand auf und spülte.

»Nee, der schläft jetzt«, erwiderte Gemma.

»Ach, komm schon, von dir würde er doch bestimmt gern geweckt werden«, widersprach Ruby und schnappte sich Gemmas Handy.

»Nein hab ich gesagt.« Gemma eroberte ihr Handy zurück und steckte es in die Gesäßtasche.

»Spaßverderberin«, murrte Ruby.

»Also«, sagte Gemma, setzte sich aufs Klo und pisste wie ein Pferd. »Ich muss euch mal was fragen.« Ich merkte ihr an, dass sie mal wieder zu viel getrunken hatte. Und ahnte, dass sie jetzt gleich etwas unpassend Intimes fragen würde.

»Ja?«, sagte Ruby und zupfte vor dem Spiegel an ihrem Pferdeschwanz herum.

»Gilt nicht dir, Mrs Wright«, erwiderte Gemma, sprach sie mit Johns Nachnamen an. Dann richtete sie den Blick auf mich. »Sondern Malin.«

»Schieß los«, sagte ich.

»Wann willst du dir endlich einen Freund suchen?«

Ruby lachte. »Gott, Gemma. Noch grober geht's wohl nicht?«

Gemma grinste, spülte und zwinkerte mir zu. »Aber mal ganz im Ernst, Süße. Du siehst doch super aus. Warum benutzt du diesen Body nicht?«

Bevor ich etwas sagen konnte, warf Ruby ein: »Ich verkuppel sie grade mit Charlie, also misch dich bloß nicht ein, okay?«

»Oh, Charlie, hm? Der ist echt süß«, sagte Gemma.

Beide starrten mich erwartungsvoll an. Es war klar, dass ich es jetzt sagen musste. Gestehen, dass ich in jemanden verknallt war.

»Ähm, ja, ist er. Schauen wir mal«, sagte ich mit gezwungenem Lächeln, zog Jeans und Höschen runter und hockte mich über die Toilette. Auf keinen Fall würde ich diesen Klositz berühren.

»Es wär so abgefahren toll, wenn ihr zusammenkommen würdet«, sagte Ruby mit verträumtem Blick. »Ihr würdet wunderschöne Kinder kriegen.«

Ich sagte nichts, zog mich nur wieder an und betätigte mit dem Fuß die Spültaste.

»Hey, hey«, johlte Gemma, als sie die Klotür aufmachte, »Vorsicht, meine Damen und Herren, Malin geht auf die Jagd!« Niemand achtete auf sie, es war viel zu laut. Gemma lachte und zwickte mich in die Hüfte.

»Vielleicht passiert's ja heute«, fügte ich hinzu und hoffte, dass die beiden mich nach dieser Anspielung auf Sex endlich in Ruhe lassen würden.

»Oh, wow«, sagte Ruby überrascht. »Meine Malin wird erwachsen.« Ich hörte das Zögern in ihrer Stimme und wusste, dass Ruby wegen irgendetwas beunruhigt war.

»Na, ein Glück«, sagte Gemma. »Ich dachte schon, du bist asexuell oder so.«

»Nee, bin ich nicht«, erwiderte ich.

Mist. Ich musste mir dringend jemanden zulegen, damit nicht alle mich bald für ein abartiges Anti-Sex-Monster hielten.

Eine Stunde später startete ich meinen üblichen Abgang. Ich sagte immer, dass ich jemanden suchen wollte, meist Max oder Khaled. Wenn meine Abwesenheit dann bemerkt wurde, waren garantiert alle schon betrunken. So musste ich mich nicht offiziell verabschieden und mir kein Gejammer anhören.

»Ich such mal Khaled«, rief ich Ruby und Gemma zu, die zu tanzen begonnen hatten.

Ruby packte mich am Arm. »Nee, nee, du, auf gar keinen Fall. Heute wird nicht heimlich abgehauen.«

Gemma lachte und trällerte: »Auf gar keinen Fall!«

»Ich will doch gar nicht gehen«, sagte ich mit Unschuldsmiene.

»Malin, ich kenn dich«, erwiderte Ruby, plötzlich ernst. »Versuch's erst gar nicht. Du bleibst. Heute amüsierst du dich mal.« Sie grinste jemanden hinter mir an.

Ich schaute über die Schulter. Charlie. Ich zögerte. Jetzt hatte ich die Chance, allen zu beweisen, dass ich normal war. Ich drehte mich um. *Vortäuschen.* Gab mir einen Ruck und setzte mein breitestes Lächeln auf.

Zwanzig Minuten später tanzten Charlie und ich eng umschlungen im Keller, so dicht an der wackligen Treppe, dass ich ständig mit Spinnweben in Berührung kam, die wahrscheinlich jahrzehntealt waren. Im flackernden Technolicht sah ich Max und Greta in der Ecke knutschen, an die bröckelnde Backsteinwand gelehnt. Ich fragte mich, ob sie die Spinnweben bemerkt hatten. Es gefiel mir nicht, Max so zu sehen, und ich wandte den Blick ab, schaute über Charlies Schulter zu Amanda, die auf der anderen Seite des Raums mit Becca und Abigail tanzte. Die drei hatten es gut, an denen rieb kein Typ seinen Unterleib. Sie lachten entspannt und schienen das Tanzen zu genießen.

Charlie war okay. Bisschen schlicht vielleicht, aber einfühlsam. Wenn ich mich schon mit irgendwem einlassen musste, war er eine gute Wahl. Wir hatten eine Weile geflirtet und Konversation gemacht. Wetter, Noten, Wohnheime. Ich hatte meinen Pferdeschwanz gelöst und an den richtigen Stellen gelacht. Als ich das Gerede nicht mehr aushalten konnte, schlug ich vor, dass wir tanzen sollten.

Jetzt rief Charlie irgendwas in mein Ohr.

»Was?«, schrie ich über die Musik hinweg.

»Geht's dir gut?«, wiederholte er.

Statt zu antworten, zog ich ihn noch dichter an mich, ließ meine Hand unter sein Hemd gleiten und strich über seinen Rücken. Er war schweißnass, und ich spürte, wie er leicht schauderte. Je näher wir uns kamen, desto langsamer bewegte er sich. Ich neigte mich zurück und blickte in sein Gesicht. Seine Lider waren schwer geworden, und er schaute jetzt auf meinen Mund. Das Ganze war einfacher, als ich geglaubt hatte.

Ich wusste, was ich zu tun hatte, ich war schließlich nicht blöd. Charlie schmeckte nach Bier, und ich fand es nicht so unangenehm wie befürchtet. Ein Junge musste nach Bier schmecken, harter Alkohol hatte so was Aggressives.

Behutsam und sanft zog Charlie mit den Zähnen an meiner Lippe. Dann nahm er mein Gesicht in beide Hände, und wir küssten uns, bis der Track wechselte, dann tanzten wir weiter. Ich fand, dass Charlie gut küssen konnte, auch wenn ich keinen Vergleich hatte. Als ich die Augen öffnete, sah ich Ruby und John, so ineinander verschlungen, dass man ihre Körper nicht mehr unterscheiden konnte.

Plötzlich heftete sich Johns Blick auf mein Gesicht, und ich hielt unwillkürlich die Luft an. Charlie bewegte sich im Rhythmus der Musik, und ich wartete darauf, dass John wegschaute. Doch stattdessen musterte er mich von Kopf bis Fuß, mit gierigem Blick, und obwohl ich schweißüberströmt war, lief mir ein kalter Schauer über den Rücken.

Ich löste mich von Charlie und murmelte: »Ich muss los.«

Als ich mich zur Treppe wandte, spürte ich seine Hand an meinem Arm, aber Charlie war zu nett und respektvoll, um mich festzuhalten. Als ich die Treppe hochging, schaute ich noch mal zurück. Er zuckte hilflos die Achseln, als wollte er fragen, was er falsch gemacht hatte. Ich lief in die Küche und zur Hintertür hinaus, dankbar für die eisige Luft auf meiner erhitzten Haut. Der Schweiß schien zu gefrieren, und ich hatte meine Jacke im Haus gelassen, aber das war mir egal. Ich rannte los, immer schneller, und bald hörte ich den Lärm vom Haus nicht mehr, nur noch den knirschenden Schnee unter meinen Füßen.

Ich brauchte dringend was zu essen. Fühlte mich zittrig vom Bier, mein Körper verlangte nach Käse und Kohlehydraten. Ich wusste, dass der Grill noch aufhatte, und kaufte mir dort drei Pizzastücke mit Peperoni.

In der Ecke entdeckte ich einen leeren Tisch und setzte mich. Ein paar betrunkene Studenten hingen hier ab und lachten albern. Im Grill war spätabends immer was los, aber der große Andrang würde erst in etwa zwei Stunden kommen, kurz bevor der Laden um eins dichtmachte. John und Khaled klauten hier immer Chips und Schokoriegel, und das war dann spätestens mein Stichwort, um ins Bett zu gehen.

Offenbar war ich beim Essen völlig geistesabwesend, denn eine Stimme riss mich abrupt aus meinen Gedanken.

»Ist hier frei?«

Ich schaute auf. Hale grinste mich an, in den Händen ein Tablett mit zwei Müslischalen und Milch.

»Ja, klar«, murmelte ich und schluckte meinen Bissen herunter.

Hale ließ sich mir gegenüber nieder und goss Milch in eine Schale mit Fruit Loops. »Hattest du Spaß heute Abend?«, fragte er. »Du bist gut beim Flip Cup.«

Ich zuckte die Achseln, aber dann fiel mir ein, dass ich nett und freundlich sein musste. »Ja, war superlustig.«

Hale betrachtete mich mit merkwürdigem Blick. »Superlustig also?«

Er aß die erste Schale leer und nahm sich die zweite vor. Ich sagte nichts, knabberte nur an meinen Pizzarändern.

»Wie gefällt dir das Seminar?«, fragte Hale. »Bist du zufrieden damit, wie ich es aufbaue?«

Ich war zusätzlich in einem Shakespeare-Seminar von Hale. Er tauchte immer ungekämmt und mit raushängendem Hemd auf, gab uns aber spannende Lektüre und äußerte interessante Gedanken, auf die ich nie von alleine gekommen wäre. Wohl weil er so gut war, nahm ihm niemand sein nachlässiges Aussehen übel.

Die Frage, mit der er sich eine solche Blöße gab, erwischte mich unvorbereitet. »Ja, du machst das echt gut.«

»Aber irgendwas kann ich doch bestimmt noch verbessern. Ich habe das Gefühl, dass du mir eigentlich was raten willst.«

Ich zögerte, war mir nicht sicher, ob es mir wirklich zustand, ihn zu kritisieren.

»Na, komm schon«, drängte er, aß einen Löffel Cheerios und sah mich abwartend an.

»Also«, fing ich an und schaute aus dem Fenster. Vor meinem inneren Auge sah ich das eifrige, todnervige Gesicht von Edison, wenn er sich zwei Minuten vor Seminarende zu Wort meldete. Leider studierte er auch Englisch im Hauptfach, ich würde ihn also bis zum Abschluss ertragen müssen.

Hale lachte, als könnte er meine Gedanken lesen. »Es geht um den Knaben in der ersten Reihe, oder? Edison? Der hat kein Gefühl für Timing.«

Ich lächelte unwillkürlich. »Und du gehst eben auch jedes Mal auf ihn ein.«

Hale schob die beiden Schalen an den Rand des Tabletts. »Was soll ich denn machen? Der Junge ist fleißig und will lernen. Ich muss ihn doch unterstützen.«

»Also ich glaube, dass der das mit Absicht macht.« Ich steckte mir eine Peperoni in den Mund.

»Okay, was noch, außer Edison?« Hale schien viel an meiner Meinung zu liegen.

»Ich finde, du machst das sehr gut«, antwortete ich. »Alle sind aufmerksam.«

»Stimmt wohl. Zumindest schläft niemand ein. Das ist mein Hauptziel. Euch wach zu halten.«

»Ich bin wach«, betonte ich.

»Das ist mir klar. Du bist die Beste von allen. Wahrscheinlich sollte ich dir das gar nicht sagen …« Er hielt inne, kaute und starrte mich an. »Du bist so jemand, oder?«

»Was meinst du damit?«

»Dass du begabt bist. Wahrscheinlich *alles* gut machst.«

Ich blieb stumm. So hatte mich noch niemand eingeschätzt.

Hale grinste schelmisch. »Soll ich dir mal was Cooles zeigen?«

Ich zögerte. Er stierte mich nicht besoffen und geil an

wie die anderen Typen hier. Trotzdem war ich mit Männern nicht gerne alleine.

»Ich muss nach Hause«, sagte ich. Eine Sache musste ich noch erledigen, bevor ich schlafen gehen konnte.

»Dauert allerhöchstens zehn Minuten«, sagte Hale. »Und du wirst nicht enttäuscht sein, das versprech ich dir.«

Ich überlegte. Währenddessen schüttete Hale sich den Rest der Frosty Flakes in seine Jackentasche. Jemand, der so was machte, stellte keine Bedrohung dar.

»Okay«, sagte ich. »Aber wirklich nur zehn Minuten, dann muss ich los.«

Wir stellten unsere Tabletts auf das Förderband und gingen raus. Unser Atem bildete Wolken in der Kälte.

»Möchtest du meine Jacke?«, fragte Hale.

»Danke, geht schon«, antwortete ich und sog in tiefen Zügen die kalte Luft ein.

Wir gingen mit schnellen Schritten Richtung Institut, und Hale warf mir einen Blick zu und grinste dabei verlegen.

»Was ist?«

»Ich freu mich, dass ich der Erste sein kann, der dir das zeigt.«

Ich folgte Hale die Treppe hinauf, er öffnete mit seiner Schlüsselkarte die Tür zum Institut, und wir traten in den dunklen Gang.

»Hier entlang«, sagte er und öffnete eine Seitentür. Die war mir nie aufgefallen, obwohl ich täglich daran vorbeiging. Wir stiegen vier Treppen hoch, dann zog Hale an einer Schnur, die von der Decke herabhing.

Eine Leiter zum Dachboden kam zum Vorschein. Ich blickte Hale argwöhnisch an. »Hast du vor, mich zu ermorden, oder was?«

Er lachte. »Ja, klar. Und dann lass ich dich da oben liegen, bis jemand den Gestank bemerkt.« Als ich nichts sagte, lächelte Hale. »Na los.«

Ich wusste, dass er mir nichts antun würde. Er war zu gutmütig. Ich packte die rauen Sprossen der Holzleiter und kletterte nach oben.

Der Dachboden war in Wirklichkeit ein Glockenturm. Der rundum verglaste Glockenturm der alten Schule, beleuchtet vom Mondlicht. Ich schlang die Arme um mich, es war kalt hier oben.

In der Mitte des kleinen Raums hing die rostige Glocke. Hale tauchte jetzt neben mir auf, fröhlich grinsend.

»Von hier aus kann man über den ganzen Campus schauen«, sagte er.

Ich trat neben ihn und blickte hinunter. Sterne funkelten am Himmel, so dass ich trotz der Dunkelheit die Mensa, den Kolleghof und die Straße zu Khaleds Haus erkennen konnte, wo wir später wohnen würden. An der Straße befanden sich die Unterkünfte der Erstsemester. Ein paar winzige Gestalten eilten durch die Kälte. Ich liebte das Gefühl, aus weiter Entfernung alles überblicken und beobachten zu können. Unser Baumhaus in Texas fiel mir wieder ein, die ungesicherte Plattform, von der wir jederzeit abstürzen konnten.

»Wunderschön«, hauchte ich.

»Und, war das den Umweg wert?«

»Auf jeden Fall. Danke.«

Hale blickte stumm über das Gelände, und ich betrachtete ihn von der Seite. Ich wollte mehr über ihn wissen, wollte, dass er weitersprach.

»Warum bist du nach Maine gezogen?«, fragte ich.

»Wegen der guten Luft. Ich bin aus Boston. Da gab's nie genug davon.«

Wir schwiegen wieder einen Moment, dann fragte Hale: »Warum hast du dich für Hawthorne entschieden?«

»Ich mag die Kälte hier.« Den anderen Grund würde ich niemandem offenbaren.

Hale sah mich von der Seite an und lächelte. »Du bist echt 'ne komische Nummer, Ahlberg.«

Es gefiel mir, dass er mich mit Nachnamen ansprach.

»Du trinkst also nicht gern Alkohol, wie?«, fragte Hale.

»Doch, klar.«

»Nein, tust du nicht. Ich hab gesehen, wie viel Wasser du nach dem Trinkspiel in dich reingekippt hast. Und jetzt bist du stocknüchtern.«

»Also gut«, sagte ich. »Ich kann Alkohol nicht ausstehen, das stimmt. Aber es kommt nicht gut an, wenn man nicht mittrinkt.« Ich wartete darauf, dass er mich mit diesem Ist-die-sonderbar-Blick anschaute und aufhörte, mein Freund sein zu wollen oder was immer er da versuchte.

Stattdessen lächelte er verständnisvoll. »Hey, du musst machen, was du für richtig hältst.« Etwas in seinem Blick war neu. Nach ein paar Sekunden war es verschwunden, aber mir war plötzlich bewusst geworden, dass ich mich hier alleine mit meinem Tutor in einem Glockenturm aufhielt.

»Ich muss los«, sagte ich.

»Ja, natürlich. Vorsicht auf der Leiter.« Wir wandten uns dem Abstieg zu, und Hale hielt mir die Hand hin, um mir behilflich zu sein. Ich beachtete sie nicht und war froh, dass er das nicht weiter kommentierte.

Am Ausgang öffnete er mir die Tür, und wir traten hinaus in die kalte Nacht.

»Tja«, sagte er und steckte die Hände in die Taschen. Einen Moment lang sah er wie ein kleiner Junge aus. *Lass die Finger von mir,* hätte ich ihm gerne gesagt. *Über mich willst du nichts wissen.*

»Danke für die Führung«, sagte ich stattdessen lächelnd.

»War mir ein Vergnügen. Bis dann, Malin.« Er spazierte davon und warf sich dabei eine Handvoll Frosties in den Mund. Ich wartete ab, bis Hale im Dunklen nicht mehr zu sehen war. Dann fiel mir wieder ein, was ich noch zu erledigen hatte.

Ich rannte über den Campus zu Gemmas und Rubys Wohnheim. Langsam gehen fand ich unerträglich, rennen war viel ergiebiger. Bis zwei Uhr nachts kam jeder in alle Gebäude rein. Ich drückte meine Schlüsselkarte an den Scanner, die schwere Tür ging auf, und ich wurde von warmer Luft empfangen.

Das Zimmer im zweiten Stock würde unverschlossen sein, das wusste ich. Gemma hatte immer wieder die Schlüssel verloren, was Geld kostete. Deshalb schlossen die beiden jetzt nicht mehr ab, und alle anderen machten es genauso. In diesem verschlafenen Städtchen würde niemand in ein Uniwohnheim einbrechen. Ich hatte mir immer mal wieder vorgestellt, wie unser ganzes kostspieliges Elektronikzeug und unsere teuren Klamotten plötzlich über Nacht gestohlen wurden. Aber am nächsten Tag würden die fürsorglichen Eltern bestimmt alles ersetzen.

Im Zimmer atmete ich tief durch, um mich zu beruhigen, trat zu Rubys Schreibtisch und nahm das Tagebuch aus der Schublade, wo es hinter Lehrbüchern versteckt war.

28. Februar

Heute hat Dad angerufen. Wär mir lieber, er lässt das.

Mit John ist … alles in Ordnung. Was Schlimmeres kann man über eine Liebesbeziehung eigentlich nicht sagen, oder?

In Ordnung.

Hört sich an, als gäbe es ein Problem, über das niemand reden will.

Hatte irgendwas wie Sex mit ihm. Er war etwa zehn Sekunden in mir, dann hab ich ihn runtergestoßen. Tat weh … Fühl mich scheiße. Wir sind seit sechs Monaten zusammen. Könnte ich das nur einfach machen und gut dabei sein. Bin so abgenervt von mir selbst. Die beste Fußballerin von Hawthorne und kriegt es nicht hin, vernünftig Sex zu haben? Ich bin nett, und ich bin normal. Was zum Teufel stimmt nicht mit mir? Es geht einfach nicht, dass ich die letzte Jungfrau auf dem Campus bin.

Manchmal hab ich beim Knutschen das Gefühl, ich muss kotzen, weil mein Bauch so angespannt ist. Wenn ich betrunken genug bin, klappt Sex vielleicht. Es muss passieren. Ich erzähl M, dass wir es gemacht haben und dass es toll war. Ist vielleicht ein Ansporn für mich, es dann auch wirklich zu schaffen, damit ich nicht lügen muss.

Ich glaub, ich weiß, woran es liegt. Aber da will ich nicht dran denken. Bestimmt vergeht es von selbst, und dann ist alles in Ordnung (schon wieder dieses Wort! Iiee!).

Übrigens benimmt sich John komisch. Im einen Moment ist er supernett und wie immer, dann plötzlich kalt und abweisend wie ein Fremder. Vielleicht irgendwelche Studienprobleme (seine Noten sind nicht so gut, aber er strengt sich auch nicht genug an), und die Vorbereitungsspiele hatten angefangen, viel Stress also …

In diesem Moment hörte ich draußen ein Geräusch, klappte das Tagebuch hastig zu und horchte. Vielleicht nur ein betrunkenes Paar auf dem Weg zu einem der Zimmer. Ich schlug das Heft wieder auf. Aber das Geräusch war direkt an der Tür. Jemand drehte den Knauf.

Mist. Ich drückte das Tagebuch an mich und quetschte mich in Gemmas Schrank, im selben Augenblick, als die Zimmertür aufflog. Zwei Personen kamen hereingestolpert. Ich versuchte, nicht an irgendwelche Bügel zu stoßen. Durch die Lamellen im Schrank konnte ich die beiden sehen, aber ich hatte sowieso gleich gehört, wer es war. Besoffen und gierig fummelten sie unbeholfen aneinander herum.

»Du bist heiß«, sagte er, und sie quietschte lasziv.

Es gab kein Entkommen aus meinem Schrankgefängnis. Wenn ich jetzt plötzlich auftauchen würde, wäre alles ruiniert, worauf ich monatelang mühsam hingearbeitet hatte. Ich stand so reglos da, dass ich drohte, ohnmächtig zu werden, und zwang mich zu atmen.

Sie lutschten weiter schmatzend an ihren Gesichtern herum. Das Geräusch von Händen auf Kleidung und Haut.

»Ich brauch das so sehr«, murmelte John. »Du hast ja keine Ahnung.« Seine Stimme klang erstickt, weil er jetzt wahrscheinlich an irgendwelchen anderen Körperteilen saugte.

Ich versuchte angestrengt, an etwas anderes zu denken. Stellte mir vor, ich sei im Seminar, wir sprächen über Jane Austen oder die Brontë-Schwestern oder … nein. Es klappte einfach nicht, mit diesem Anblick nackter Haut zwischen den Lamellen.

»Oh mein Gott«, hauchte sie atemlos. »John.«

Ich war wahrhaftig in einen Porno geraten. Die reine Hölle. Plötzlich ein scharfes Klatschen, dann war es schlagartig so still, dass ich nur den Pfeifton in meinen Ohren hörte, wahrscheinlich von der lauten Musik.

»Hat dir das gefallen?«, fragte John. Seine Stimme klang verändert. Tiefer, beinahe gefährlich.

Keine Antwort. Ich spähte durch die Lamellen. »Noch mal.« Ihre Stimme spielerisch, als hätte sie die veränderte Stimmung nicht bemerkt. »Bitte.«

Wieder das Klatschen und von ihr ein unterdrücktes Wimmern, wie von einem verwundeten Tier. Dann Lachen, um den Schmerz zu überspielen.

»Noch mal«, schnurrte sie mit kehliger, verführerischer Stimme.

John wich zurück, blieb keuchend mitten im Zimmer stehen und gab eine Art Grunzen von sich. Fühlte sich wahrscheinlich abgestoßen, weil sie zu unterwürfig war, zu begierig. Er wollte sicher gegen Widerstand ankämpfen.

»Was mach ich überhaupt hier?«, murmelte er vor sich hin.

»Wie meinst du das?«, fragte sie gekränkt und verwirrt. Setzte sich auf, zog ihr Sweatshirt über ihre entblößten Brüste.

»Ach, nichts«, antwortete John und stolperte zur Tür. Er kam so dicht am Schrank vorbei, dass ich Deo, Schweiß, Alkohol riechen konnte.

»John?«, wimmerte sie. »Gehst du weg? Ich dachte, du magst so was.«

Er stapfte hin und her, schien zu überlegen. Die Schranktüren wackelten. »Ach, verdammt. Halt die Klappe. Das war gar nichts, ja?«

Stille.

»Und komm nicht auf die Idee, Ruby was zu erzählen. Sonst versaust du alles«, sagte er drohend. Dann riss er die Tür auf und ging raus. Lief so schnell weg, wie es ihm in seinem Zustand möglich war.

Hastiges Atmen, sie kramte unter dem Bett herum, holte eine Flasche hervor. Drei große Schlucke. Plötzlich Würgen. Sie sprang auf, rannte in den Flur hinaus, kotzte auf den Boden.

Gemma.

Ich huschte aus dem Schrank, legte das Tagebuch zurück in Rubys Schreibtischschublade und sah mich hastig um. Bettzeug zerwühlt, Kleider überall verstreut. Wo war ihr Handy?

Ich fand Gemmas Jeans. Es steckte in der Gesäßtasche. *Volltreffer*. Rasch überflog ich ihre Nachrichten. Alles so, wie man es erwarten würde, wenn ein Liebespaar getrennt ist. *Ich vermisse dich so sehr* etc.

Unter dem Kopfkissen entdeckte ich Gemmas Laptop. Sie hatte ein automatisches Login, ich kam sofort rein und rief Liams Facebook-Account auf. Und hatte im Nu die Bestätigung für meine Vermutung. Es gab zwar jede Menge Bilder von den beiden, Küsschen hier, Küsschen da, Fotos vor diversen Pubs, eng umschlungen, glücklich strahlend. Aber wer genau hinschaute, konnte die Wahrheit erkennen. Liam hatte zwar eine Liebesbeziehung, aber nicht mit Gemma, sondern mit Henry Miller. Denn Liam war schwul.

Gemma hatte uns alle angelogen.

Sie hing im Bad überm Waschbecken, nur in Sweatshirt und Unterwäsche. Die Ginflasche lag am Boden.

»Was machst du hier?«, murmelte Gemma.

»Ich hab euch auf der Party aus den Augen verloren und nach euch gesucht.«

Gemma versuchte regelmäßig zu atmen. »Zu viel getrunken«, lallte sie. »Schwindlig.« Ihr Make-up war verschmiert, und sie sah im Spiegel, wie ich sie musterte. »Bin okay«, sagte sie. »Aber abserviert worden. Mal wieder.«

»Von wem denn?«, fragte ich scheinheilig.

»Darfst du niemandem sagen.« Sie taumelte auf mich zu, stützte sich an der Wand ab, glitt daran zu Boden. Ich ekelte mich vor den ganzen Bakterien, setzte mich aber neben Gemma.

Sie beugte sich vor und starrte auf den Boden. »Ich hätte alles für ihn gemacht, wirklich alles«, flüsterte sie. »Ich kann nichts dagegen tun. Will diese Gefühle gar nicht, aber ich hab sie eben. Hab sogar zugelassen, dass er mich schlägt. Ich steh gar nicht auf so was. Bin bestimmt langweilig im Bett. Blümchensex ist eher meins. Aber ich hab mich schlagen lassen. Klingt das abgefuckt? Hört sich grade so an …« Ich rechnete damit, dass sie jetzt weinen würde, aber sie stierte nur weiter vor sich hin.

»Wer hat dich geschlagen, Gemma?«

Sie zuckte zusammen. »Ich bin nicht richtig geschlagen worden. Weh getan hat's schon. Ist das dann richtig schlagen?«

»Gemma«, sagte ich streng.

»Schon gut, schon gut. Es war John. Ja, John. Ich weiß, ich weiß, ich bin ein ganz furchtbarer Mensch.«

»Warum machst du so was?«, fragte ich. »Und was ist mit Ruby?«

Sie lallte weiter, als hätte sie mich gar nicht gehört. »Hab gemacht, was er wollte, und dann ist er trotzdem abgehauen. Hatte keine Lust mehr auf mich.« Sie sah mich an. Ihre Augen waren gerötet. »Gemma, das Opfer«, murmelte sie. »Das denkt ihr doch, du und Ruby. Die arme Gemma, die ist ein Opfer, die muss man bemitleiden.«

»Nein, Gems.« Mehr fiel mir nicht ein.

Sie glotzte wieder auf die Bodenkacheln.

»Gemma«, sagte ich gedehnt. »Was ist mit Liam? Wie wird er reagieren?«

Jetzt stiegen ihr Tränen in die Augen.

»Du kannst mir die Wahrheit sagen«, drängte ich.

Gemma schniefte und wischte sich die Nase. »Ich hab ihn erfunden«, gestand sie. »Ich meine, nicht wirklich, es gibt ihn schon. Er hat mir mal geschrieben, als wir eingezogen sind. Ruby hat die Nachricht gesehen und gedacht, Liam ist mein Freund. Ich meine, wir sind eng befreundet, aber er ist mit jemand anderem zusammen. Ist absurd, ich weiß. Aber ich wollte hier normal wirken, als würde jemand mich lieben. Ist das jetzt schlimm?«

»Nein, nein, keine Sorge, ich kann das verstehen. Aber trotzdem … Warum machst du das? Ich bin auch Single. Die meisten hier. Das ist doch egal.«

»Aber du bist so hübsch. Ich bin höchstens durchschnittlich. Und ich hatte noch nie einen Freund«, flüsterte Gemma. »Hab mit ziemlich vielen Typen rumgemacht, aber keiner wollte Sex mit mir. Und als ich mit der Lüge angefangen hatte, fühlte ich mich gut damit. Und ich dachte mir, vielleicht will mich ja dann doch jemand.«

Ich lehnte den Kopf an die Wand. »Und John? Ist der für dich mehr als nur ein Freund?«

Gemma sah plötzlich wütend aus. »Gott, was für ein Arschloch. Kriegt immer, was er will. Und andere sind dem scheißegal, weil er sich für einen Traumprinzen hält.«

»Ja, aber wieso stehst du dann auf ihn?« Ich kapierte das alles überhaupt nicht. So ein chaotisches Durcheinander in Gemmas Hirn. Am liebsten hätte ich es aufgeschnitten, repariert und wieder zugenäht.

»Weil er mich wahrnimmt. Weil er mich anschaut. Das macht sonst niemand. Aber ich …« Sie verstummte.

»Was?«, hakte ich nach. Und natürlich sagte ich ihr nicht, dass John *jedes* Mädchen so anschaute.

Sie schien nach den richtigen Worten zu suchen. »Aber ich finde, er darf nicht so davonkommen. Mit dem, wie er mich heute behandelt hat. Ich will ihn bestrafen. Er soll sich schämen. Nur …«

»Ja?«

Sie seufzte. »Ruby. Ich würde Ruby weh tun. Ich meine, hab ich schon, sie weiß es nur nicht. John war verrückt nach mir, hat gesagt, ich bin wunderschön. Ich weiß, dass er Gefühle für mich hat, ich weiß es einfach.«

Ich dagegen wusste, dass es nicht so war, aber das würde ich ihr nicht auf die Nase binden. Gemma war schon fertig genug.

Sie sah schuldbewusst aus, als sie sagte: »Ich gehöre auch bestraft. Wir sind beide furchtbare Menschen, er wie ich. Ruby darf das nie erfahren, versprich mir das, Malin.« Sie schloss die Augen und holte tief Luft.

»Musst du noch mal kotzen?«, fragte ich und half ihr beim Aufstehen. Dann hielt ich ihr die Haare aus dem Gesicht, als sie über dem Klo hing, und versuchte dabei, nicht an all die nackten Hintern zu denken, die darauf gesessen hatten, und an die Kacke, die vermutlich unterm Rand klebte.

Danach brachte ich Gemma ins Zimmer zurück. Als wir über das Erbrochene an der Tür hinwegstiegen, stöhnte sie entsetzt auf. »Tut mir leid«, jammerte sie. »Danke, ganz ehrlich, das ist so nett von dir, sonst bist du ja auch nicht so mit mir. Ich weiß, dass du Ruby mehr magst, und du bist echt eine gute Freundin. Du redest nie schlecht über sie und würdest auch nie mit John rummachen, nicht mal mit ihm flirten. Wär schön, wenn du auch so nett zu mir sein könntest. Aber man hat halt nur eine beste Freundin.«

»Das stimmt so nicht, Gems«, sagte ich leise.

»Ich geb mir ganz viel Mühe, weißt du. Damit du auch alles für mich tun würdest, wie für Ruby.«

Ich antwortete nicht. Gemma sank auf ihr Bett, und ich deckte sie zu und schob ihr das rosa Kissen unter den Kopf. Sie gab ein dankbares Grunzen von sich.

»Bleibst du bei mir?«, fragte sie. Ich schaute auf Rubys leeres Bett.

»Ich bin lieber in meinem eigenen Zimmer, weißt du«, sagte ich. »Außerdem kommt Ruby ja auch bald.«

Gemma riss ängstlich die Augen auf und schaute mich flehend an.

»Also gut. Dann schlaf ich auf dem Boden.«

»Nein, leg dich zu mir.« Sie klopfte schwerfällig neben sich.

»Ähm«, sagte ich und versuchte mir eine Ausrede einfallen zu lassen. Ich hatte in meinem ganzen Leben noch nie mit jemandem das Bett geteilt.

»Keine Chance«, sagte Gemma und lächelte matt. »Ich bin die ultimative Großkatastrophe der Nacht, und du musst dich um mich kümmern.« Sie wedelte mit der Hand, ließ sie dann müde sinken und fügte leise hinzu: »Außerdem … wenn Ruby das rauskriegt, musst du bei mir sein, damit sie mich nicht umbringt.«

»Okay, aber fass mich nicht an. Und wälz dich nicht so viel herum.«

»Ja, ja«, murmelte sie, als ich mich ins Bett legte.

Nach ein paar Minuten war sie eingeschlafen, und ich horchte auf ihren Atem. Vor dem Haus hörte ich Leute lärmen, die von Partys zurückkamen. Beim Einschlafen sah ich mich und Charlie auf der Tanzfläche und diesen bohrenden Blick von John und hörte wieder das Klatschen, als er Gemma schlug. Johns durchdringender Blick verfolgte mich, und ich hatte unruhige Träume, in denen ich Bo zu fangen versuchte, ihn aber nie einholte. Dann träumte ich von Hale, der im Seminarraum auf und ab ging und lebhaft sprach, aber ich konnte ihn nicht verstehen. Er wirkte heiter und ausgeglichen. Ich hatte noch nie zuvor jemanden kennengelernt, der so glücklich wirkte, und im Traum wollte ich dieses Glück berühren und mir etwas davon stehlen, bekam es aber nicht zu fassen.

Ich schrak auf. Gemma beugte sich über mich und starrte mich an.

»Was machst du hier?«, fragte sie. Sie wirkte erstaunlich munter, und strahlende Wintersonne erhellte den Raum.

»Du wolltest, dass ich hierbleibe. Wegen allem, was gestern Nacht passiert ist«, antwortete ich und drehte mich zur Wand. Ich fühlte mich steif und erschöpft und schaute über die Schulter aufs Rubys Bett. Es war unberührt.

»Sie ist wahrscheinlich bei John«, sagte Gemma. »Was meinst du mit ›was gestern Nacht passiert ist‹? Verdammt, ich muss ja irre viel getrunken haben. Die letzte Erinnerung ist, wie ich in diesem scheußlichen Keller getanzt hab.«

Ich betrachtete Gemma forschend. Sie sah aufrichtig verwundert aus. Ich dachte an das, was sie mir letzte Nacht anvertraut hatte.

»War nichts Besonderes«, sagte ich. »Dir war übel, und ich hab dich ins Bett gebracht. Und dann hast du verlangt, dass ich mich zu dir lege.«

Gemma lachte. »Das fandest du sicher super.«

Sie stieg aus dem Bett, tappte zu ihren Kleidern, zog ihr Handy aus der Jeans und legte es zum Laden auf die Kommode. Ich rekelte mich und überlegte meinen nächsten Schritt. Konnte Gemma sich wirklich nicht erinnern oder tat sie nur so? Sie hatte wohl einen Filmriss. Das hatte ich schon öfter gehört, aber mir war nicht klar gewesen, dass dann eine ganze Stunde im Gedächtnis fehlen konnte.

Wir hörten jemanden den Flur entlangrennen, dann kam Ruby hereingestürzt. Sie warf mir meine Jacke zu, ohne zu fragen, weshalb ich hier im Bett lag.

»Hast du bei der Party vergessen«, sagte sie beiläufig.

Irgendwie war alles zu normal. Das gefiel mir gar nicht.

»Habt ihr gesehen, dass jemand direkt vor unsere Tür gekotzt hat?«, sagte Ruby, während sie sich eilig umzog. »Elendes Schwein.«

»Wie eklig ist das denn«, sagte Gemma, machte ihren BH zu und zog ein Sweatshirt an.

»Wo warst du letzte Nacht?«, fragte ich Ruby.

»Bei John«, antwortete sie mit einem kleinen Lächeln.

Ich beobachtete Gemma. Sie wirkte völlig entspannt, schien sich wirklich nicht mehr zu erinnern. Der Alkohol hatte das Zwischenspiel mit John genauso weggezaubert wie ihr Geständnis.

»Was ist?«, fragte Gemma, als sie meinen Blick bemerkte. »Hab ich was auf der Nase?«

»Nee, entschuldige, ich war in Gedanken woanders.« Ich schaute auf ihr Handy. »Das hat grade aufgeleuchtet. Vielleicht hat Liam geschrieben?«

»Kann sein«, antwortete Gemma, ohne zu zögern. »Er fragt jeden Morgen, wie's mir geht. Echt süß von ihm.«

Im selben Moment fuhr Ruby herum und sagte aufgeregt zu mir: »Oh mein Gott, das hab ich fast vergessen! M, auf der Tanzfläche am Knutschen! Hätte nicht gedacht, dass ich den Tag noch mal erlebe!«

Charlie. Hatte ich ganz vergessen. Das Thema konnte ich jetzt jedenfalls endlich abhaken.

20

Senior Day

Als ich Gemma im Flur gegenüberstehe, versuche ich mir nichts anmerken zu lassen, aber sie kennt mich zu gut. Ich sage, wir sollten nach oben gehen; Ruby soll ihr nicht begegnen.

Gemma tappt so langsam hinter mir die Treppe hoch, als ginge es zu ihrer Hinrichtung, und schluchzt dabei die ganze Zeit. Ich wünschte, man könnte das abschalten, und würde ihr am liebsten sagen, dass sie aufhören soll. Was regt sie sich denn so auf? Sie hat doch gekriegt, was sie wollte, oder nicht?

Als sie sich auf ihr Bett fallen lässt, mache ich die Tür zu und hocke mich auf die Ecke vom Schreibtisch. An den Wänden hängen Plakate von Theateraufführungen, auf dem Tisch steht ein Foto von Gemma und ihren Eltern vor dem Globe Theatre in London. Ich beuge mich vor, stütze den Kopf in die Hand. Ich bin müde und habe das alles so satt.

Gemma plappert los, bevor ich irgendwas sagen kann. »Ich weiß, dass du's weißt. Keine Ahnung, woher, aber du weißt es. Tut mir leid. Tut mir so leid. Ich bin dumm, schwach, unmöglich, ich weiß.« Sie hört sich verunsichert und entschieden zugleich an,. seltsame

Mischung. Als meine Eltern mich in eine Familientherapie mitgenommen hatten, lernte ich von der Therapeutin einiges. Wie man das Gespräch lenkt, dass man niemals direkte Ratschläge gibt, sondern versucht, den Patienten seine eigenen Lösungen finden zu lassen. Immer einfühlsam zu klingen und seine eigenen Mankos zu verbergen.

»Erzähl einfach alles«, sage ich.

Gemma schlägt theatralisch die Hände vors Gesicht. Dann schaut sie zu mir auf. »John und ich, wir … Ich fühle mich so schmutzig, aber er hat mich ausgenutzt. Ich glaube, ich bin wütend auf ihn«, sagt sie und beißt sich auf die Unterlippe. »Fühl mich missbraucht.«

Im Gegensatz zu Gemma erinnere ich mich an den Vorfall im ersten Studienjahr. Seltsam, wie man seine Fehler wiederholt.

»Ich dachte, dass irgendwas zwischen uns ist«, spricht sie weiter. »Er schaut mich immer so an, verstehst du? Als ob ich ihm wichtig wäre. Nachdem ihr mit Duschen fertig wart, wollte ich mit John reden. Über das, worüber wir beide beim Feuer gesprochen hatten.«

Dass Ruby sich seit Beginn dieses Jahres so sonderbar benahm, so kalt, distanziert, launisch. Dass John mit Ruby zusammenbleiben sollte, damit die Clique nicht auseinanderbrach.

Ich nicke.

»Also hab ich mit ihm geredet, aber er hat mir überhaupt nicht zugehört.«

Ich verkneife es mir, zu widersprechen. Gemma hat garantiert nicht mit John gesprochen. Ich hatte ja mit eigenen Augen gesehen, wie sie Wasserschlacht machten und in der Dusche herumalberten. Gemma versucht, ihre Spuren zu verwischen.

»Aber er hat gesagt, er ist froh, dass wir Freunde sind und dass er mir vertrauen kann«, fährt sie fort. »Und dann fing er an, mich zu küssen. Ich weiß, das ist so heftig. Aber in dem Moment hat es sich richtig angefühlt. Und du hast ja selbst gesagt, dass Ruby gar nicht mehr auf ihn steht.«

So hatte ich das zwar nicht gesagt, aber es wundert mich nicht, dass Gemma meine Worte so auslegt.

»Jedenfalls hat er dauernd gesagt, dass er mich will.«

Ich beiße die Zähne zusammen, kann dieses peinliche Theater kaum aushalten.

»Aber dann musste ich an Ruby denken«, spricht Gemma weiter. »Und da hab ich John gesagt, er soll aufhören. Wirklich, ich hab das zu ihm gesagt, ich schwör's. Hab gesagt, dass ich warten will, bis er und Ruby sich getrennt haben. Dass ich es sonst nicht richtig finde.«

Sie glaubt wahrhaftig immer noch, dass John etwas für sie empfindet.

»Das ist echt toll von dir«, zwinge ich mich zu sagen.

»Oder?«, erwidert sie mit großen, tränenfeuchten Augen. »Und dann hat er gesagt, Ruby und er würden sich nicht trennen. Mit mir würde er nur so rummachen, das sei nichts Ernstes. Ich bin so wütend«, sagt Gemma jetzt. »Ich kann einfach nicht fassen, dass John so mit mir umgeht.«

Ich schon. »Ja, versteh ich«, sage ich.

»Ich will mich einfach besaufen und all das vergessen.«

Genau wie beim letzten Mal. Ein Teil von mir ist enttäuscht, weil sie so berechenbar ist. Gemma steht auf, geht zu ihrem Schrank und holt eine Flasche Gin heraus.

»Vielleicht solltest du noch bis zum Last Chance Dance warten.«

»Ja, wär wohl besser.« Sie trinkt trotzdem einen großen Schluck.

»Frage«, sage ich.

»Ja?«

»Hat Ruby euch gesehen?«

»Oh.« Gemma zögert. »Gott, ich hoffe nicht. Hoffentlich nicht. Meinst du, das wär möglich?«

Ich bin froh, dass sie noch nichts weiß. Wenigstens darüber muss ich mir keine Gedanken machen.

»Nein, wohl eher nicht«, antworte ich.

Gemma sieht panisch aus. Ich lächle sie an und gehe zur Tür.

»Malin«, sagt sie, und der Schmerz in ihrer Stimme setzt mir zu. Ich weiß wohl, dass ich den verursacht habe. Aber es geht um was Größeres, Gemma muss dabei als Opfer dargebracht werden, rufe ich mir in Erinnerung. Sie wird sich erholen.

»Ja?« Ich schaue sie nicht an.

»Warum will niemand mit mir zusammen sein?«

Ich überlege fieberhaft. Weiß wohl, dass ich etwas Einfühlsames, Stärkendes sagen sollte. Aber heute habe ich genug vom Vortäuschen.

»Gemma«, sage ich jetzt streng und fixiere sie. »Du musst aufhören, dich zu bemitleiden. Konzentrier dich auf dich selbst. Lerne es, dich selbst zu lieben. Hör auf, dir Gedanken über die Meinung anderer Leute zu machen. Und hör auf zu jammern. Das Leben ist kein Spaziergang. Steh auf und mach weiter. Und lass diese Sauferei, die macht dich nur fertig.«

Gemma schaut mich mit großen Augen an. Wenn ich sie jetzt gekränkt habe, ist es mir gerade egal.

»Ich mach mich jetzt mal für nachher zurecht. Alles okay mit dir?«, frage ich.

»Ja.« Sie wendet den Blick ab und schaut aus dem Fenster. »Ich plane meine Rache.« Das sollte scherzhaft klingen, hört sich aber bitter an.

Als Freundin versage ich, als ich Gemma jetzt alleine lasse. Aber ich muss mich auf Rubys Rückkehr vorbereiten. Auf die unvermeidliche Trennung von John, die ansteht. Auf dem Flur hole ich mein Handy raus und google: *Freunden bei Trennung helfen*.

Nach diesem Vorfall wird Ruby niemals mit John zusammenbleiben. Sie muss das unverzeihlich finden. Ich denke nur an diese beiden Möglichkeiten. Dass Ruby eine andere Entscheidung treffen könnte, kommt mir nicht in den Sinn.

21

Erstes Studienjahr

Ich blieb einen Monat mit Charlie zusammen. Das hatte ich mir vorgenommen. Es ging gut. Ich knutschte nur in der Öffentlichkeit mit ihm, Sex gab es nicht. Es ging darum, allen zu demonstrieren, dass ich ganz normal war. Deshalb knutschte ich mit Charlie bei Partys, beim Tanzen und einmal auch um Mitternacht im Grill. Charlie war wirklich lieb, und ich wollte ihm auch nicht weh tun, aber länger hätte ich es nicht ausgehalten, seine Freundin zu sein. Er schrieb mir ständig, wollte wissen, was ich machte, wann wir uns treffen könnten. Es war so *öde*. Und Charlie redete auch dauernd nur über Fußball, irgendwelche Sportereignisse und Cape Cod, wo er im Sommer hinfuhr.

Bei der Trennung sagte ich, leider sei ich noch nicht für eine echte Beziehung bereit. Ich tat, als wäre ich traurig, Ruby tröstete mich, und dann war der ganze Spuk endlich vorbei, und ich konnte wieder ich selbst sein.

Jetzt schaute ich nach oben, wo meine Freunde einen Abhang zu einem Felsplateau hochkraxelten, Ruby und Max voran, und genoss den kühlen frischen Wind im Gesicht. Meine Schnürsenkel waren schon länger aufgegangen, und ich blieb zurück, um mir die Schuhe zu binden. So hatte ich alle anderen schön im Blick. John war stehen geblieben und drehte sich um.

»Geh ruhig weiter, ich hol euch ein«, sagte ich.

»Ach, ich kann auch eine Pause gebrauchen«, erwiderte er und kam zu mir. Die anderen gingen weiter, ich sah Gemmas rosa Shorts hinter einem Felsen verschwinden. Ich war mit John alleine.

»Also, M«, sagte er, stellte den Fuß auf einen großen Stein und dehnte sich. Ich konzentrierte mich auf meine Schnürsenkel. »Irgendwie hab ich das Gefühl, dass ich dich noch immer nicht richtig kenne.«

»Ach so?«

»Ja, ich meine, du bist aus Texas. Du liest gerne, und du bist Rubys beste Freundin. Ist da noch mehr?«

»Bin wohl nicht so interessant«, antwortete ich.

»Da bin ich mir gar nicht sicher«, sagte er, trat näher und blieb dicht vor mir stehen. Ich starrte auf seine Sneakers, Schlammspuren auf dem roten Material. Dann stand ich auf.

»Ich hab das Gefühl, als müsste ich dich googeln, um mehr über dich zu erfahren«, sagte John.

Ich war mir sicher, dass er nichts finden würde. Oder war mir etwas entgangen? War irgendwas aus diesen Zeitungsartikeln doch im Netz gelandet?

»Nur zu«, erwiderte ich. »Und sag Bescheid, wenn du was Interessantes findest.«

John trat noch näher. Ich schluckte. Dann hob er die Hand, und ich wappnete mich innerlich gegen die Berührung. Er strich mir die Haarsträhnen hinters Ohr, die sich aus meinem Pferdeschwanz gelöst hatten, und streifte dabei mit den Fingerspitzen meinen Hals.

»Du bist hübsch«, flüsterte er. »Aber das wissen wir ja schon alle.«

Dann wandte er sich ab und stieg weiter den Abhang hinauf. Ich blieb noch stehen, versuchte zu verarbeiten, was sich da gerade abgespielt hatte. Wartete ab, bis John hinter den Felsen verschwunden war.

Als ich zu den anderen stieß, war es, als hätte es diese Szene nie gegeben. Ich warf John einen Blick zu, aber er tat, als wäre nichts, und unterhielt sich mit Khaled über irgendeinen Film, den sie beide sehen wollten.

Ich überholte die beiden, lief neben Ruby an der Spitze. Max war direkt hinter mir, und ich empfand ihn als schützenden Puffer zwischen mir und John.

»Du bist irgendwie so anders«, sagte Ruby zu Gemma, als wir auf das Plateau traten.

»Gar nicht wahr«, widersprach Gemma.

Ich schaute zum Himmel auf. Wir waren ganz oben angelangt, auf dem Felsplateau. Ich schaute nach hinten. Von hier aus sah man die Spitze der Campuskirche und die in der Sonne glitzernde Solaranlage auf dem Dach der Mensa.

Gemma stützte die Hände in die Hüften und rang um Atem. »Bin … solche Höhen … nicht gewöhnt«, keuchte sie.

»So hoch sind wir aber gar nicht«, wandte Max ein.

Khaled zog seine kleine Dope-Pfeife aus der Hosentasche. »Möchte jemand?« John und er setzten sich an den Rand des Plateaus, ließen die Beine über den Abgrund baumeln und pusteten Rauchwolken in die Luft.

»Es ist *so* kalt«, sagte Gemma. »Wird das immer noch kälter? Es soll doch angeblich Frühling sein.«

Ruby und ich warfen uns einen Blick zu und unterdrückten ein Lächeln. Gemma beklagte sich schon die ganze Zeit, seit wir beim Frühstück beschlossen hatten, auf den Berg zu steigen. Dabei war das nicht mal eine richtige Wanderung, nur ein relativ steiler Weg, den man aber in einer Viertelstunde schaffen konnte. Auf dieses Plateau verzogen sich immer alle, die was rauchen und tagsüber Alkohol trinken wollten. Gemma hätte viel lieber im Zimmer rumgehangen und alte Folgen von *Friends* geschaut. Aber weil sie nichts verpassen wollte, hatte sie sich aufgerafft mitzukommen.

»Wenn man sich bewegt, wird einem wärmer«, sagte Ruby. »Aber es ist tatsächlich Frühling, Schätzelchen. So ist der eben in Neuengland. Hier ziehen sich die Leute bei zehn Grad Shorts und ärmellose Tops an. Das finden die cool. Weiße Haut vor Schnee.«

»Habt ihr mitgekriegt, dass vorgestern an der Mill Street eine Leiche gefunden wurde?«, fragte Max.

»Iiee, im Ernst?«, sagte Gemma.

»Ja, echt traurig«, warf Ruby ein. »Das ist in Hanover auch immer wieder passiert. Betrunkene, die bei einem Schneesturm nach Hause gehen und nie ankommen. Die erfrieren, und man findet ihre Leichen erst, wenn der Schnee schmilzt.«

»Gott, wie krass«, sagte Gemma. »Wer in London den Heimweg nicht mehr schafft, legt sich auf eine Bank oder so. Scheiß-Maine. Scheißkälte.« Gemma sprang erbost auf und ab und machte einen Hampelmann.

Shannon, die auch mitgekommen war, trat zu Khaled und setzte sich vorsichtig neben ihn, aber so, dass nur ihre Füße über den Rand ragten.

»Ich glaub, zwischen den beiden könnte was laufen«, raunte Ruby. Ich stand bei ihr und Max, während Gemma neben uns auf- und abhopste und in die Ferne starrte.

»Meinst du, Khaled findet sie gut?«, fragte ich Max.

Nach dem Gespräch mit Shannon vor ein paar Monaten hatte ich sie manchmal eingeladen, was mit uns zu machen. Fand es aber schwierig, dass sie so schüchtern war und ich dauernd für sie reden musste. Ich glaubte eher nicht, dass sie und Khaled zusammenkommen würden.

Max schüttelte den Kopf. »Sie ist nicht sein Typ.«

Andererseits wirkten die beiden jetzt sehr entspannt und schienen sich wohlzufühlen miteinander.

»Ich wusste nicht mal, dass Khaled überhaupt einen Typ hat«, sagte Ruby mit unterdrücktem Lachen.

Mir fiel wieder ein, wie Khaled mich zu Anfang des Studiums angebaggert hatte. Shannon war wie ich blass und schmal.

»Und? Noch was?«, fragte ich Max.

»Sie ist zu still«, sagte Max leise.

»Er will nur höflich sein«, flüsterte Gemma keuchend. »Eigentlich findet er sie langweilig.«

Max hatte recht. Ich wusste das, hatte aber gehofft, dass Shannon irgendwann lockerer werden würde. Jetzt lachte sie zwar über alles, was Khaled sagte, aber mir fiel auf, dass er ziemlich weit von ihr abgerückt war.

Ruby legte den Kopf schief. »Stimmt, jetzt, wo du das sagst … Irgendwie ging sie mir immer auf die Nerven, aber ich wusste nicht genau, warum.«

»Shannon passt einfach nicht zu uns«, erklärte Gemma entschieden. »Aber sie findet bestimmt andere Freunde.« Ich fand das zwar etwas harsch, aber wahrscheinlich hatte sie recht.

Max zuckte die Achseln und packte einen Müsliriegel aus. Wir knabberten alle irgendwas und verfielen in Schweigen.

»Hm, irgendwie krass«, sagte Ruby schließlich. »Ich fühl mich jetzt ein bisschen mies, weil wir so schlecht über sie reden, aber es ist schon was dran.«

»Ich hab jedenfalls diese bemühten Gespräche mit ihr satt«, fügte Gemma hinzu.

»Neulich hab ich Khaled geraten, mit ihr zu reden«, sagte Max. »Damit sie ihm nicht mehr nachläuft.«

»Der ist zu nett, das macht der doch nie«, erwiderte Ruby.

»Aber es ist überhaupt nicht nett, sie so im Ungewissen zu lassen«, widersprach Max. »Khaled ist einfach nur furchtbar konfliktscheu.«

Das stimmte. Er half gerne anderen, drückte sich aber davor, seine eigenen Probleme zu bearbeiten.

»Hey, Leute«, sagte Gemma plötzlich mit schriller Stimme und beäugte etwas an ihrer Wade.

»Was ist los?«, fragte Ruby.

»Ich kann gar nicht hinschauen«, quietschte Gemma.

»Guckt mal bitte, ist das eine Zecke? Das ist eine Zecke, oder? Ogottogott!«

Ruby und ich mussten uns das Lachen verkneifen.

»Das ist nicht witzig!«, zeterte Gemma.

Max trat zu ihr und inspizierte ihre Wade. »Die Zeckenzeit hat noch gar nicht angefangen.«

»Bist du sicher?«, fragte Gemma jämmerlich.

»Absolut«, antwortete Max. »Aber halt mal still, ich schau mir das an.«

Als er, der künftige Arzt, sich über Gemmas runde Wade beugte, schaute Ruby auf ihn hinunter. Ihr Gesicht war weich, ihr Blick zärtlich und bewundernd, und ich musste an ihren letzten Tagebucheintrag denken, den ich wieder heimlich gelesen hatte.

John ist in letzter Zeit echt süß zu mir. Letztes Wochenende hat er mich als Überraschung in ein Wellnesshotel eingeladen. Wollte unbedingt, dass ich so ein komisches Höschen mit einem Loch trage, was echt nicht mein Stil ist, aber er fand es toll. Ich hab doch ein Riesenglück, dass ich mit ihm zusammen bin. Bin ich verrückt, weil ich ans Heiraten denke? Stelle mir manchmal unser gemeinsames Leben vor. Wir könnten in Tribeca wohnen, die Wochenenden auf Martha's Vineyard verbringen. Ich könnte in einer Galerie arbeiten, in New York gibt es so viele. Und John könnte an der Börse arbeiten, das wünscht er sich ja. Aber ich erlaube mir nicht, zu oft daran zu denken, weil es ein Traum ist, und ich will ihn nicht abnutzen. Der Sex wird übrigens auch ein bisschen besser. John sagt, ich würde mich schon noch dran gewöhnen, doch bisher ist das nicht passiert. Aber es gibt schließlich auch noch anderes in einer Beziehung, Sex ist nicht so wichtig. Oder?

Max ist zum Glück nicht mehr mit dieser Greta zusammen. Hübsch ist sie ja, aber eine furchtbare Zicke. Wenn sie mit uns zusammen ist, weicht sie meinem Blick aus, und dabei geb ich mir soooo viel Mühe, nett zu ihr zu sein. Um sie nicht auszuschließen. Egal. Ich glaube, Max stand ohnehin nicht so richtig auf sie. Er hat jedenfalls was Besseres verdient.

Ich betrachtete meine Freundin. Sie hatte einen Fuß auf einen kleinen Felsen gestellt, stand aufrecht, wirkte athletisch und irgendwie heroisch in dieser Pose. Dann schaute ich zu den drei anderen hinüber. Sie lachten gerade gemeinsam. Shannon warf immer wieder verstohlene Blicke auf Khaled, der sie aber nicht ansah. Wahrscheinlich war das bei den beiden so wie bei Ruby und Max. Zwei Leute, die gut miteinander auskamen, aber mehr würde daraus nicht werden. Das Problem war nur, dass Max wahnsinnig in Ruby verliebt war. Alle in der Clique spürten es, aber niemand redete darüber, als wäre es eine bedrohliche Krankheit.

Ich kickte einen Stein über das Plateau, er rollte über den Rand und fiel in den Abgrund. John drehte sich zu mir um, und dieses spezielle Grinsen breitete sich auf seinem Gesicht aus.

22

Texas, 1997

Samstag war mein Lieblingstag der Woche, weil ich dann mit meinem Vater alleine Bagels holen durfte. Ich fand es super, dass wir Levi nicht mitnahmen, machte mir aber immer Sorgen, wenn er mit meiner Mutter alleine zuhause war.

Normalerweise kauften wir bei Bagel World ein und fuhren wieder nach Hause, aber an diesem Tag schlug mein Vater vor, dort zu frühstücken. Wir setzten uns ans Fenster, und ich machte mich über meinen Blaubeer-Bagel mit Frischkäse her. Mein Vater saß mir gegenüber, den Kaffeebecher in beiden Händen.

»Geht's dir gut?«, fragte er.

Ich lächelte mit vollem Mund, war mir nicht sicher, ob mein Vater eher traurig oder wütend wirkte.

»Wie läuft's denn zurzeit mit deinem Bruder?«, fragte er dann.

Ich leckte mir Frischkäse von den Zähnen und überlegte, was ich sagen sollte, damit mein Vater sich keine Sorgen machte.

»Okay«, sagte ich schließlich.

Er nickte langsam. »Fühlst du dich von ihm bedroht?«

»Nein. Er nervt bloß, weiter nichts.«

Mein Vater sah erleichtert aus, lächelte sogar ein bisschen. »Gut. Gut«, sagte er.

»Er ist echt gemein zu Mom. Warum ist er so gemein zu ihr?«, sagte ich und biss wieder in den Bagel.

Das Lächeln meines Vaters erstarb, und ich bereute meine Worte sofort.

»Tut mir leid«, murmelte ich mit vollem Mund.

»Nein, Malin, das muss dir nicht leidtun. Gut, dass du es mir gesagt hast.«

»Warum wehrt Mom sich nicht? Sie ist jetzt immer so traurig. Ich mag es lieber, wenn sie fröhlich ist.«

Mein Vater dachte nach. Dann sagte er: »Wenn man jemanden liebt, ist das manchmal sehr kompliziert. Deine Mutter möchte, dass es Levi gut geht. Er macht wahrscheinlich gerade eine Phase durch. Und Eltern bringen eben Opfer für ihre Kinder. Eines Tages wirst du das noch besser verstehen. Aber leuchtet dir das ein?«

Das Wort »wahrscheinlich« gefiel mir überhaupt nicht. Es hörte sich an, als wäre mein Vater nicht sicher, und das kam sonst nicht vor. Wenn das Auto liegen blieb, wusste er genau, was kaputt war, und reparierte es. Und als meine Mutter letzte Woche in der Küche geweint hatte, hatte Dad genau das Richtige gesagt, um sie zu trösten. Bei seiner Arbeit sorgte er auch dafür, dass alles funktionierte. Deshalb fand ich es sehr beunruhigend, dass er in Bezug auf Levi nicht Bescheid wusste. Für mich war die Sache klar: Levi war gemein, meine Mutter nicht. Mein Bruder musste bestraft werden, oder man musste ihm beibringen, sich besser zu benehmen. Aber ich sagte nichts, um meinen Vater nicht noch mehr zu belasten.

Schweigend wartete er ab, bis ich aufgegessen hatte. Dann beugte er sich vor und nahm mein Gesicht in beide Hände. »Ich hab dich sehr lieb, bitte vergiss das nicht«, sagte er.

Ich brachte ein kleines Lächeln zustande. »Ich hab dich auch lieb«, erwiderte ich. Dann fuhren wir nach Hause und redeten nicht mehr über Levi.

Hätten wir öfter über ihn gesprochen, hätten meine Eltern das Problem richtig behandelt, dann wäre Levi vielleicht noch am Leben.

23

Erstes Studienjahr

Das zweite Semester war zu Ende, am nächsten Tag um die Mittagszeit ging mein Flug nach Texas. Ich würde in der Anwaltskanzlei meines Vaters mitarbeiten und am Pool rumhängen und endlich alleine sein. Ich hätte nie erwartet, dass ich mich mal darauf freuen würde, nach Hause zu fahren. Aber ich konnte es kaum erwarten, die Probleme der anderen loszuwerden und wieder frei atmen zu können. Ich hatte die ersten beiden Semester geschafft, Freunde gefunden und exzellente Noten bekommen. Jetzt würde alles einfacher sein, und ich konnte einen entspannten Sommer verbringen.

Ruby und ich waren unterwegs zum Greenhouse. Wir mussten beide noch eine letzte Hausarbeit fertig machen. Dann würden wir packen und abends mit den anderen feiern.

»Ich hab gehört, dass Max wieder bei der Ausstellung dabei ist«, sagte Ruby. »Hab ein Plakat gesehen. Sollten wir uns anschauen.«

»Klar.« Ich sah die Landschaften mit den winzigen Menschen vor mir.

»Aber sag ihm nichts, es ist ihm, glaub ich, immer

noch peinlich oder irgendwas. Eingeladen hat er uns jedenfalls nicht.«

Ich nickte abwesend, war in Gedanken noch bei Rubys letztem Tagebucheintrag. Mein monatelanger Zwiespalt würde bald kein Thema mehr sein, und Rubys neueste Einträge bestätigten mich in meiner Entscheidung.

8. Mai

Hab das Volontariat im Museum of Fine Arts in Boston bekommen! EIN GLÜCK! Muss also nicht nach Hause. Bin so erleichtert. Und mit John läuft alles super. Bin richtig glücklich.

Sex … na ja, ist halt so, wie's ist. Manchmal, wenn John zu viel getrunken hat, geht es sowieso nicht, weil er vorher einschläft. Bin dann immer erleichtert. Das ist völlig verdreht, ich weiß, aber verdrehtes Zeug gibt es in jeder Beziehung.

Er ist den ganzen Sommer in seinem Haus auf Martha's Vineyard und sagt, ich soll jedes Wochenende kommen. Hab ihm zwar erklärt, dass ich an den Wochenenden Kontakte zu den Leuten vom Museum knüpfen sollte, aber er hat mir schon ein Dauerticket für die Fähre gekauft, was ich nett finde. Werde also jedes Wochenende hinfahren. Das Museum stellt mir eine Unterkunft, das ist auch geklärt. Dad möchte, dass ich vor Boston eine Woche nach Hause komme, aber ich hab keine Lust auf ihn …

Mir ging ständig die Wendung *den Boten töten* durch den Kopf. Ich war mir nicht sicher, ob ich Ruby von dieser Nacht im Februar erzählen sollte. Gemma hatte alles vergessen, und John benahm sich sowieso, als wäre nichts gewesen. Irgendwie war es unheimlich, dass nur ich mich an diesen Vorfall zu erinnern schien. Ich kam damit zurecht, konnte mich aber einfach nicht entscheiden, ob Ruby Bescheid wissen sollte. Sie hatte geschrieben, dass sie glücklich war, und auf mich wirkte sie auch so.

John war damals betrunken gewesen, Gemma auch. Und ich wusste von Johns schwieriger Kindheit mit dem Gefängnisaufenthalt des Vaters und der Scheidung der Eltern. Im Grunde behandelte John Ruby wie eine Königin, machte ihr Komplimente, vermittelte ihr das Gefühl, geliebt zu werden. Letztlich war dieser Ausrutscher also nicht so schlimm gewesen, oder? Betrunken durfte man schließlich Fehler machen. Außerdem hielten die meisten College-Beziehungen ohnehin nicht länger als ein Jahr. Ich musste nichts tun. Das mit den beiden würde sich bestimmt von alleine erledigen. Aber letztlich sagte ich ihr nur deshalb nichts, weil ich nicht wollte, dass Ruby böse auf mich war.

Als wir zum Kunstinstitut gingen, zwitscherten die Vögel in den Bäumen wie wild. Es war jetzt abends schon viel länger hell. Gemma war auch mitgekommen und plapperte aufgeregt, wie sie sich darauf freute, nach Hause zu fahren. Dass sie während der Ferien stundenlang DVDs gucken, Tee trinken und Kekse futtern und andere britische Sachen machen wollte, die ihr so fehlten. Jobben musste sie nicht, weil ihre Eltern reich waren. Der Vater war im Finanzwesen, wie die meisten anderen Eltern meiner Kommilitonen auch.

»Nicht zu glauben, wie schlecht die teilweise sind«, sagte Gemma, als wir uns die Fotos in der Eingangshalle ansahen.

Ruby lachte, und wir blieben alle drei stehen und starrten auf ein Foto von männlichen Genitalien auf einer Ledercouch.

»Ist so was überhaupt erlaubt?«, fragte Gemma. »Und zu wem gehören die wohl? Kennen wir den? Interessiert euch das nicht?«

Ruby warf ihr einen Blick zu. »Das ist *Kunst*.«

»Also, ich weiß ja nicht, wie es euch geht«, erwiderte Gemma. »Aber ich würd mir ganz bestimmt keinen Schwanz mit Sack über den Kamin hängen.«

Dann gingen wir weiter bis zum Ende, wo Ruby und ich im letzten Semester Max' Bilder entdeckt hatten.

»Hier«, sagte Ruby, und wir betrachteten die drei Fotos von Max.

Auf dem ersten fuhr ein einsamer Skifahrer zwischen verschneiten Kiefern einen Abhang hinunter.

»Er ist ein *artiste*«, sagte Gemma manieriert.

Das zweite Foto war eine Ansicht der Mensa von außen bei Nacht. In dem beleuchteten Raum sah man Studierende beim Essen oder Lernen. Lichter spiegelten sich in den großen Glasflächen.

»Schon interessant, aber seine Naturmotive finde ich besser«, sagte ich.

»Aber schau doch nur, wie klein wir alle wirken«, erwiderte Gemma.

Ruby ging weiter zum nächsten Bild. »Oh«, sagte sie unvermittelt und legte eine Hand an die Kehle.

Gemma und ich traten zu ihr. Als wir das Foto sahen, warf Gemma mir einen vielsagenden Blick zu.

»Das ist wohl das beste«, sagte sie dann mit amüsiertem Unterton.

Ruby räusperte sich.

»Wann ist das entstanden?«, fragte ich.

Sie nagte an ihrer Unterlippe. »Wir mussten beide früh raus, um für eine Prüfung zu büffeln. Max sagte, er würde mit Kaffee ins Greenhouse kommen. Ihr wisst ja, geteiltes Leid ist halbes Leid …« Ruby verstummte.

»Du siehst sehr hübsch darauf aus«, sagte Gemma, wohl um die Stimmung etwas aufzulockern.

Ruby warf ihr einen verstörten Blick zu. Sie sah wirklich wunderschön aus auf dem Foto. Saß auf einer Couch, starrte auf den zugefrorenen See hinaus. Da sie immer versuchte, perfekt zu wirken, war es ungewohnt, sie so traurig zu sehen. Es war, als wollte Max der Welt zeigen, dass Ruby auch diese dunkle Seite hatte. Das Bild war irgendwie unheimlich und faszinierend zugleich. Max hatte etwas ganz Seltenes festgehalten. Eine Seite von Ruby, die wir immer noch nicht kannten.

»Gehen wir?«, fragte Gemma. Ich wollte auch weg. Es fühlte sich an, als sähen wir Ruby nackt.

Sie warf mir einen Blick zu, eine stumme Bitte, nie

wieder über dieses Foto zu sprechen. Ich blinzelte ihr beruhigend zu, dann gingen wir raus. Es gab eine Party zu feiern, wir hatten Wichtigeres zu tun, als uns über Fotos aufzuregen.

Wir sechs standen im Gemeinschaftsraum im Kreis, umgeben von schwitzenden Kommilitonen, und Khaled hielt eine theatralische Rede darüber, dass wir jetzt im zweiten Studienjahr waren. Dann tranken alle einen Wodka, und ich spuckte meinen unbemerkt in den Becher zurück.

Irgendwann kam Shannon dazu und stellte sich neben Khaled. Er begrüßte sie wie immer mit einer flüchtigen Umarmung und Ghettofaust. Sie lächelte verlegen und lief rot an. Khaled flirtete immer noch ein bisschen mit ihr, und ich fragte mich, wann er ihr endlich reinen Wein einschenken würde, damit sie von ihm loskam.

Gemma und Khaled waren bereits betrunken, das passierte bei den beiden schon nach ein paar Drinks. Ich stand neben Max, der sein Bier noch nicht angerührt hatte, John und Ruby waren wie üblich ineinander verschlungen.

»Max«, lallte Gemma, »du bist echt so ein toller Fotograf.«

Ruby warf ihr einen scharfen Blick zu, aber Gemma merkte es nicht, weil sie schon zu weggetreten war.

»Fotograf?«, wiederholte Khaled und blickte Max zweifelnd an.

»Er hat früher schon immer eine Kamera mit sich

rumgeschleppt. Weißt du noch, Max?«, sagte John höhnisch. Max starrte auf seine Füße, und ich hätte ihm gerne gesagt, er solle nicht so verlegen sein. Seine Bilder waren doch gut, warum wollte er sie verstecken?

»Ziemliches Mädchenhobby, wenn du mich fragst«, sagte John jetzt. Khaled gab ein kurzes Lachen von sich, um auf Johns Bemerkung zu reagieren, aber Max nicht zu kränken. Ruby räusperte sich und umklammerte ihren Becher fester.

»Ruby scheint Max' *Muse* zu sein«, plapperte Gemma weiter.

Oh Gott, Gemma. So eine blöde, niederträchtige Nummer, aus Neid auf Ruby. Weil die immer im Mittelpunkt stand und von allen geliebt wurde.

Shannon warf jetzt ein: »Oh ja, ich hab das auch gesehen. Fantastisch, Max, wie du sie dargestellt hast …«

»Ich bin nicht seine Muse«, sagte Ruby wütend und wurde puterrot.

Max sah verletzt und überrascht zugleich aus.

»Wie ist sie denn dargestellt?«, fragte John und nahm den Arm von Rubys Schultern.

Gemmas Augen leuchteten, als sie Johns Betroffenheit bemerkte, und sie machte den Mund auf, um weiter für Unruhe zu sorgen, aber Max kam ihr zuvor.

»Es war folgendermaßen«, sagte er entschieden. Gemma sah beleidigt aus, blieb aber still. »Ruby geriet mir ins Bild, als ich das Greenhouse fotografiert habe. Und meinem Professor gefiel das Foto. Das ist alles.«

Jetzt war Ruby sichtlich gekränkt und kaute auf ihrer Unterlippe.

»Cool, Mann«, sagte Khaled. »Würd deine Arbeiten gern mal anschauen.«

»Danke«, erwiderte Max und lächelte sogar.

Ich sah John an, dass er verarbeitete, was er gerade gehört hatte, und daraus schloss, dass Max und Ruby Zeit ohne ihn verbracht hatten. In diesem Moment drängte sich Amanda zwischen uns und trällerte: »Hey, Leute, was geht?«

Ruby verengte argwöhnisch die Augen, Khaled begrüßte Amanda auch mit Ghettofaust. »Na, Mädel, alles klar?«

»Ja, wollte der ganzen Bande nur mal hallo sagen, bevor wir in die Sommerferien gehen.« Amanda blickte in die Runde und merkte, dass etwas nicht stimmte.

»Störe ich bei irgendwas?«, fragte sie.

»Gar nicht«, antwortete Ruby.

»Nein«, fügte Khaled hinzu, »wir reden grade über Max' Fotografien. Scheint ihm peinlich zu sein, aber er ist offenbar ziemlich gut.«

Amanda musterte Max von Kopf bis Fuß und schien sich zu ärgern, dass über ihn geredet wurde. Jemand wie er fiel bei ihr durchs Raster.

»Ich sag euch, was echt peinlich ist«, sagte Gemma. »Dass ich mich mal kopfüber in einen Blätterhaufen gestürzt habe, um einen Typen zu beeindrucken.«

»Was? Wieso das denn?«, fragte Ruby.

Gemma wedelte wegwerfend mit der Hand. »Wisst ihr, das weiß ich nicht mal mehr genau. Eine Wette oder so. Danach musste ich eine Woche lang eine Halskrause tragen.«

Khaled lachte. »So was kriegst auch nur du hin, Gems.« Er reichte ihr einen Shot, und sie prosteten sich zu und tranken.

»So 'ne Geschichte würd ich doch erst gar nicht erzählen«, sagte Amanda. »Hast du auch irgend so ein Erlebnis, das dir peinlich ist, Ruby?«

Ruby lief rot an und blieb stumm.

»Ah, scheint so«, sagte Amanda. »Erzähl!«

Gemma blickte zwischen den beiden hin und her, witterte, dass sich hier etwas Spannendes anbahnte.

»Ich hab was«, sagte ich eilig. »Ich hab mal in der Pause beim Klettern aufs Gerüst gepinkelt.« Das war gelogen, es war einem anderen Mädchen aus der dritten Klasse passiert. Das Mädchen hatte sich so sehr geschämt, dass es für den Rest des Tages geweint hatte.

»Iiee«, sagte Amanda naserümpfend.

»Wenn man pinkeln muss, sollte man rechtzeitig gehen«, warf Khaled ein, dem das Gesprächsthema sichtlich unangenehm war.

»Ach, so was ist mir auch passiert. Paarmal sogar«, sagte Gemma.

»Ich hab nie irgendwas Peinliches gemacht«, warf John ein. Es war witzig gemeint, und er spürte eindeutig nicht, dass Amanda Ruby mit irgendetwas unter Druck setzen wollte. Max schien es zu wissen, äußerte sich aber nicht.

»Natürlich nicht«, erwiderte Amanda und schaute mit Schlafzimmerblick zu ihm auf. »Du bist perfekt.«

»Ich hol mir was zu trinken«, verkündete Ruby jetzt, etwas zu laut. »Kommst du mit, John?«

»Bring mir doch ein Bier mit«, antwortete er, ohne Ruby anzuschauen.

Sie lächelte gezwungen. »Mach ich.«

Amanda strahlte in die Runde, wollte sichtlich allen beweisen, dass sie die Unschuld in Person war. Ich hätte die Szene gerne weiter verfolgt, aber von der anderen Seite des Raumes winkte mir Hale zu, der bei einer Gruppe älterer Semester stand.

»Bin gleich wieder da«, sagte ich zu Ruby, die ich eigentlich hatte begleiten wollen. Sie warf mir nur ein mattes Lächeln zu und ging Richtung Küche.

»Hey, du«, sagte Hale, als ich zu ihm trat. In der einen Hand hielt er einen Becher Bier.

»Hey. Hängst du wieder mit den coolen Kids rum?«

Er grinste. »Und wieso nicht? Darf ich mich nicht mit jüngeren Studenten abgeben?«

Jemand schlug ihm wuchtig auf den Rücken, und Bier schwappte aus dem Becher auf den Boden. Zum Glück blieben meine Sandalen verschont.

»Kann ich dir was zu trinken holen?«, fragte Hale. »Gibt auch Wasser im Kühlschrank.«

»Nein, danke.« Ich bemerkte, dass er einen leichten Sonnenbrand im Gesicht hatte. »Langweilst du dich nicht als einziger Erwachsener hier?«

»Mir war nicht klar, dass ich erwachsen bin«, erwiderte er grinsend. »Aber die Antwort ist: nein. Ich war eine Zeitlang Aufsicht im Wohnheim, ich kenn die ganzen Rowdies. Sind im Wesentlichen nette Jungs.«

Tatsächlich schienen ihn alle zu kennen, vor allem die männlichen Studierenden. Sie schlugen ihm kumpelhaft auf die Schulter oder riefen seinen Namen, waren erpicht zu zeigen, dass sie zu ihm gehörten.

In diesem Moment wurde Hale versehentlich angerempelt und prallte gegen mich. Mein Gesicht landete an seiner Schulter, ich roch Schweiß und Deo und fühlte mich für einen Augenblick seltsam behütet und entspannt.

»Herrje«, murmelte er, als er sich aufrichtete. »Die Studis werden von Jahr zu Jahr wilder. Neulich hab ich Koks bei einer Party gesehen. Kokain! In meiner Studienzeit war das undenkbar!«

»Daran merkt man, dass man alt wird«, witzelte ich.

»Willst du Bier-Pong mitspielen? Wär mir eine Ehre, dich in meiner Mannschaft zu haben«, sagte Hale.

»Gern.« Ich ließ zu, dass er mich an der Hand nahm und zu einem Tisch in der Mitte des Raums führte. Als wir uns durch die Menge drängten, schaute ich auf unsere verbundenen Hände und spürte *es*. Dieses Gefühl. Es war in meiner Brust und in dem Raum zwischen unseren Händen. Mein Herz schlug schneller, und ich riss mich abrupt los.

Hale sah mich verwirrt an.

»Tut mir leid, ich muss gehen«, sagte ich.

»Echt?« Sein Blick war beunruhigt und besorgt. Ich wand mich innerlich. Brauchte und wollte seine Gefühle nicht. Schnell ging ich weg und tauchte in der Menge ab, atmete erst wieder durch, als ich alleine war. Dann konzentrierte ich mich darauf, die Fassung wiederzugewinnen, blendete alles um mich her aus.

Eine Stunde später hockte ich in einer Kabine auf dem Klodeckel und checkte meine Nachrichten. Meine Mutter wollte wissen, was ich mir zum Abendessen wünschte, aber ich hatte noch nicht geantwortet.

Ich hörte, wie die Tür aufflog und zwei Mädchen hereinkamen.

»Ey, das ist doch krass mit dem Krankenwagen«, sagte die eine, als sie in die Kabinen gingen.

Ich zog die Füße hoch, damit man mich von außen nicht sehen konnte. Rubys Name blinkte auf meinem Handy. Sie wollte bestimmt wissen, wo ich steckte. Ich drückte sie weg.

»Ja, Mann. Hast du gesehen, wer da abgeholt wurde?«, fragte die andere.

»Nein, ich war nicht nah genug dran. So peinlich, am Abend vor den Semesterferien in die Notaufnahme.«

Die beiden schwiegen, während sie pinkelten, dann sagte die Erste: »Weißt du, wen ich supertoll finde?«

»Nein, wen?«

»Ruby Holland, das Mädchen aus der Fußballmannschaft.«

»*Wen?*«

»Die mit John Wright zusammen ist.«

»Ach so, die. Ja, der ist heiß. Aber weißt du, wen ich noch süßer finde? Seinen Cousin, Max. Der hat so was Dunkles, Geheimnisvolles.«

»Und kriegt die Zähne nicht auseinander.«

Die beiden kicherten.

Dann sagte die Erste: »Also jedenfalls, Ruby ist supernett. Ich dachte, die ist 'ne eingebildete Zicke, weil sie so beliebt ist. Aber ist sie überhaupt nicht. Wir haben neulich ewig über Volontariate und so geredet.«

»Oh Gott, du magst die jetzt aber nicht lieber als mich?«

Auch nach dem ersten Studienjahr fürchteten wir noch immer um unsere Freundschaften.

»Ach Quatsch, niemals. Außerdem hat die doch schon ihre Clique.«

»Diese Gemma, oder? Die find ich so seltsam. Und ist die Alkoholikerin? Hast du mitgekriegt, wie besoffen die ist? Hat schon um zehn auf dem Tisch getanzt.«

»Ich glaub, wir sind alle Alkoholiker«, erwiderte die andere lachend.

»Sag mal, und wer ist eigentlich die andere Freundin von Ruby? Diese hübsche Blonde? Ist die nicht auch Jahrgangsbeste?«

»Ja, Mary. Oder Molly. Nein, warte mal, Marin heißt sie, glaub ich. Ja, Marin. Ziemlicher Ausfall.«

Beide spülten, dann sagte die eine: »Was meinst du damit?«

Wasser rauschte, als sich beide die Hände wuschen.

»Na, die trägt nie irgendwas zum Gespräch bei. Steht immer nur rum. Total langweilig.«

»Gott, ich hoffe, dass mich nie jemand als ›Ausfall‹ bezeichnet«, sagte die andere. Lachen, dann fiel die Tür hinter ihnen zu, und es herrschte Stille. Ich stellte die Füße wieder auf den Boden. Langweilig. Damit kam ich klar. Ich konnte mühelos die Langweilerin spielen.

Ich grinste gerade in mich hinein, als eine neue Nachricht von Ruby auftauchte.

WO BIST DU?
SIND IN NOTAUFNAHME ST MARY
BITTE KOMM

Seufzend stand ich auf. Wahrscheinlich Gemma. Zu viel gesoffen. Vielleicht war sie auch gestürzt und hatte sich was gebrochen oder so. Ich ging raus, drängte mich durchs Getümmel und machte mich auf den Weg zum Krankenhaus.

Es stand also vor den Semesterferien noch irgendein Großdrama an.

24

Senior Day

Ich kenne Rubys Geheimnis, weil die Wand zwischen unseren Zimmern ziemlich dünn ist. Im Obergeschoss vom *Palast* befinden sich drei Zimmer und ein Bad. Khaled hat einen großen Raum zweigeteilt, damit Ruby und ich separate Zimmer haben können. Meines ist in der Mitte zwischen ihrem und dem von Gemma. Die Wand zu Gemmas Zimmer ist massiv, aber die zu Ruby hin besteht aus Rigips. Was sie nicht ahnt, weil ich niemals laut bin.

Deshalb weiß ich, was sie verbirgt und nicht mal ihrem Tagebuch anvertraut. Und ich weiß, was sie seit einem Jahr innerlich aushöhlt. Es ist schlimmer geworden – das, was ich nebenan höre.

Als sie endlich zurückkommt und die Tür zumacht, wackelt die Wand. Es ist komplett still, und ich höre sogar das Quietschen vom Deckel des Wäschekorbs.

Ich überlege, was ich tun soll.

Nach ein paar Minuten schwere, entschiedene Schritte auf der Treppe. Jemand geht in Rubys Zimmer. John. Gemurmel nebenan. Ich denke an alles, was ich bislang hier gehört habe. Die Streitereien. Das Lachen, das seltener geworden ist. Und leider auch die Sexgeräusche. Im zweiten Semester habe ich mir ein weiteres Kissen gekauft, um Rubys Laute nicht mehr ertragen zu müssen. Sie klangen immer unecht. Ich stehe auf und gehe unruhig durchs Zimmer, kann nicht mehr stillsitzen. Ruby wird sich bald von ihm trennen, und dann muss ich für sie da sein, ihr helfen, stark zu sein.

Leises Klopfen an meiner Tür, dann geht sie auf, und Max schleicht herein.

»Was machst du hier?«, flüstere ich nervös. Plötzlich bin ich gar nicht mehr ruhig und gelassen.

»Ist sie wieder da?«, raunt Max, dann schaut er erschrocken auf die Wand, durch die das Stimmengemurmel zu vernehmen ist. Mit großen Augen sieht er mich an. »Du kannst die beiden hören? War das schon immer so?«

Ich fixiere meinen Schreibtisch, antworte nicht.

»Aber nicht nur du weißt, wie kaputt die Beziehung der beiden ist«, flüstert Max.

»Es ist nicht so, wie du denkst«, erwidere ich, nehme mein Handtuch vom Haken und füge hinzu: »Ich wollte grade duschen gehen.«

Max starrt mich zweifelnd an.

Jetzt werden die Stimmen lauter, es ist klar, dass da bald was eskaliert.

»Geh jetzt«, flüstere ich, so dicht bei Max, dass ich ihn schlagen könnte. »Raus mit dir.«

Er weicht zurück, tastet nach dem Türknauf.

»Okay. Aber heute Nacht ist Schluss damit«, erwidert er entschlossen.

25

Erstes Studienjahr

Nachdem ich Rubys Nachricht aus dem Krankenhaus bekommen hatte, drängte ich mich durchs Partygetümmel nach draußen. Alle waren schon krass betrunken. Die Rudermannschaft der Männer stand auf einem Billardtisch, grölte Lieder und schwenkte die Beine wie beim Cancan. Alle trugen enge Hemden, unter denen sich die muskulösen Oberkörper abzeichneten.

Das Krankenhaus war nur anderthalb Kilometer vom Campus entfernt. Ich beeilte mich, trat dann durch die Glastür in das grelle Licht. Meine Sandalen machten ein klatschendes Geräusch, als ich durch die Flure zur Notaufnahme lief.

Im Warteraum saßen Ruby, Max und Khaled und debattierten über irgendwas.

»Sie wird nicht verhaftet«, sagte Khaled. Er hatte rote Augen.

»Wird sie eine Verwarnung kriegen?«, fragte Ruby.

»Nein«, antwortete Khaled. »Ich habe dieses Handbuch x-mal gelesen. Wenn Studis im Krankenhaus landen, weil sie zu viel getrunken haben, unternimmt die Uni nichts. Der Leitung ist das lieber, als jemand wird aus Angst nicht ins Krankenhaus gebracht und stirbt an Alkoholvergiftung.«

»Was ist denn los?«, fragte ich atemlos, als ich zu den anderen trat.

»Ach, ein Glück, da bist du ja.« Ruby sprang auf und umarmte mich. »Wo warst du? Hast du John gesehen?«

»Nein, ich war auf dem Klo.«

»So lange? Ich hab überall nach dir gesucht.«

»Tut mir leid«, sagte ich. Ruby setzte sich wieder. Sie sah sauer aus. Oder vielleicht auch nur müde.

Khaled klatschte kraftlos mit mir ab. »Gemma ist völlig fertig«, sagte er.

»Aber ist sie so weit okay?«, fragte ich.

»Ja, sie haben sie an einen Tropf gehängt«, antwortete Max. »Mit Mineralien und so, um sie zu rehydrieren.«

»Was ist überhaupt passiert?«, fragte ich.

Ruby und Max sahen Khaled an.

»Ich kann nichts dafür«, sagte Khaled und hielt beide Hände hoch.

»Du hast ihr immer noch mehr Shots gegeben«, wandte Max ein.

»Sie wollte die haben!«, wehrte sich Khaled. »Ich bin doch nicht ihr Babysitter!«

»Ist jetzt nicht mehr wichtig«, warf Ruby ein. »Sie kommt ja wieder in Ordnung.«

»Du musst endlich aufhören, zwischenmenschlich solchen Scheiß zu bauen«, sagte Max und sah Khaled an.

Der erstarrte und erwiderte: »Scheiße, Mann, jetzt chill mal.«

Ruby und ich warfen uns einen Blick zu, verständigten uns wortlos darauf, nicht einzugreifen.

Khaled stand auf. »Was soll das überhaupt bedeuten?«

Max als Sportler war zwar schlank, aber stark und in bester Kondition. Nur neben John wirkte er immer seltsam kraftlos. Aber als er jetzt auch aufstand, strahlte er beinahe etwas Bedrohliches aus.

»Wir sind hier, weil du Gemma immer mehr Alkohol gegeben hast«, antwortete Max. »Dir war doch völlig egal, wie es ihr dann geht. Du denkst nie über die Folgen deines Verhaltens nach, machst immer nur, was dir passt.«

»Mir ist nicht egal, was mit Gemma ist«, versetzte Khaled und lief rot an. »Wie kommst du auf diese Scheißidee?«

»Du verhältst dich verantwortungslos.«

»Was ist dein Problem, Dude?«

»Shannon«, sagte Max. »Du spielst mir ihr. Absolutes Arschlochbenehmen.«

»Shannon? Im Ernst jetzt?«

»Sie ist dir scheißegal, das wissen wir alle.«

Khaled schaute uns beide auffordernd an, aber wir wichen seinem Blick aus.

»Du bist nicht dumm«, fuhr Max fort. »Du weißt, dass sie dich mag, sagst ihr aber nicht die Wahrheit, sondern lässt sie in dem Glauben, dass sich irgendwann noch was ändern kann. Es wird sich aber nichts ändern, oder?«

Khaled blieb stumm, schien zu überlegen. Dann sah

er Ruby an. »Hier geht's doch gar nicht um Shannon, oder?«, fragte er.

Ruby schien übel zu sein. Sie hielt sich den Bauch und beugte sich vornüber.

Khaled sah jetzt triumphierend aus. Ich beobachtete Max, der schwer atmete. Normalerweise behielt er seine Meinung für sich. Jetzt war offenbar alles aus ihm herausgeplatzt, was er im letzten Jahr in sich hineingefressen hatte.

Max schaute Ruby an, aber sie senkte den Blick. Er hätte es besser wissen müssen. Wenn andere dabei waren, war sie immer distanziert ihm gegenüber. Max nahm sein Handy von der Couch und ging raus.

Khaled seufzte, tigerte auf und ab und strich sich durch seine dunklen Haare. »Mist.«

»Ich glaub, ich muss kotzen«, ächzte Ruby, presste die Hand auf den Mund und stürzte Richtung Toilette.

Ich wusste, dass Max seinen Frust wegen seiner unerwiderten Gefühle für Ruby an Khaled ausgelassen hatte.

»Was hab ich ihm getan?«, fragte Khaled mich.

Ich blieb stumm.

»Im Ernst jetzt. Ich hab Max doch nichts getan.«

Jetzt klopfte ich neben mir auf die Couch, und Khaled ließ sich seufzend nieder.

»Er ist müde«, sagte ich. »Er muss nach Hause. Wir sind alle urlaubsreif.«

»Schon, aber was soll ich jetzt machen? Vergessen, was passiert ist?«

Ich dachte an all das, was ich vergessen musste.

»Ja«, antwortete ich.

Khaled stützte den Kopf in die Hände. So saßen wir eine Weile da, und als Ruby zurückkam, versanken wir alle drei in Schweigen.

Nur ich war wach, als Gemma nach uns fragte. Khaled und Ruby waren auf den harten fleckigen Sofas eingeschlafen. Ich schaute auf meine Uhr. Zwei Uhr nachts.

»Hey«, krächzte Gemma.

»Hey.« Ich schaute auf die Infusionsbeutel an ihrem Arm.

Gemma bemerkte meinen Blick und verdrehte die Augen. »Wusstest du, dass Briten Alkohol schlechter vertragen?«, fragte sie.

»Stimmt das wirklich?«

»Nein.« Gemma versuchte zu lachen, war aber zu schwach. Sie drehte ihre Hand um und öffnete sie. Ich zwang mich, meine Hand in ihre zu legen.

»Ich glaube, ich mach so ein Drama, weil ich mich von Liam getrennt habe«, sagte sie und wandte den Blick ab. Ihre Augen glitzerten.

Ah ja, natürlich. »Oh nein. Das tut mir leid.« Endlich. Kaum zu glauben, dass sie mit dieser Lüge ein ganzes Jahr durchgekommen war.

»Hab beschlossen, dass es sein musste«, sagte sie mit zittriger Stimme und seufzte tief. »Deshalb bin ich wohl emotional ziemlich durcheinander. Und hab zu viel getrunken.«

»Ja, Trennungen sind immer schwierig.«

Wir schwiegen beide. Hoffentlich würde Gemma

jetzt begreifen, dass ihr Alkoholkonsum ein Problem war.

Sie sah mich an, Tränen in den Augen. »Tut mir leid.«

Fragend schaute ich sie an.

»Weil ich die ganze Zeit so nerve«, sprach sie weiter. »Ich bringe die Leute gern zum Lachen. Weil ich nicht die Kluge oder die Hübsche sein kann, versuche ich wohl, wenigstens komisch zu sein.« Diese Tränen gehörten nicht zu ihren theatralischen Auftritten, sondern waren echt. »Gemma, der Clown«, flüsterte sie. Ruby und ich waren nicht die Einzigen, die eine Maske trugen.

»Alles gut«, flüsterte ich und drückte Gemmas Hand. »Morgen früh sieht alles ganz anders aus.«

Wir saßen stumm da, nur das Summen der Deckenleuchten war zu hören. Ich wartete, bis Gemma eingeschlafen war, dann schlich ich nach draußen.

Die Nacht war noch warm, obwohl es bald dämmern würde. Auf dem Rückweg begegnete ich auf dem Campus einer Gruppe betrunkener schwankender Studis. Ich starrte auf den Boden, als ich an ihnen vorbeiging, aber jemand packte mein Handgelenk und hielt mich fest. Wütend fuhr ich herum. John.

»Was ist?«, fragte ich.

»Wohin so eilig?« Seine Stimme klang übermütig.

»Ich geh schlafen.«

»Warum?«

»Bin müde.«

»Mach noch was mit mir. Wenn nicht …«

»Dann was?«

»Verrate ich allen dein Geheimnis.«

Ich starrte ihn an. Er trat so nah vor mich, dass ich seinen Atem spürte und seinen Schweiß roch.

»Ja«, flüsterte er. »Ich weiß nämlich alles über das schmutzige kleine Geheimnis deiner Familie.«

Ich atmete tief ein. Dass er über Levi Bescheid wusste, war unmöglich. »Was meinst du damit?«

»Dein Urgroßvater. Der Deerfield-Jäger.«

Ach so. Das. »Ja und?« Er wollte mich aus der Ruhe bringen, aber das würde ihm nicht gelingen.

»Find ich scheiße, dass du uns nie davon erzählt hast. Vielleicht bist du deshalb so ein Eisbrocken.«

»Mag sein.«

»Lass uns noch wohin gehen. Ich kenn ein gutes Versteck. Ich weiß, dass du auch schon daran gedacht hast, und ich versprech dir, dass es gut wird.«

Er hielt noch immer meinen Arm fest, und jetzt griff er nach meiner anderen Hand. Ich spürte seine groben Finger und erstarrte innerlich. Atmete hastig ein. *Vortäuschen*.

Ich lächelte. »Soso, es wird also gut?«, sagte ich leichthin.

»Ja. Versprochen.« Seine Lider flatterten, und er roch nach Wodka. Die anderen waren inzwischen weitergegangen, wir waren alleine.

»Komm schon. Du machst mich völlig fertig«, raunte er in mein Ohr, und eine Hand glitt unter meine Bluse. Dabei sah er mich mit diesem Grinsen an, das besagte, dass ich dankbar sein sollte für sein Interesse an mir.

Mit enormer Mühe gelang es mir, wieder zu lächeln, obwohl sich in mir alles versteinert anfühlte.

»Tut mir leid«, sagte ich. Die Worte kamen mir kaum über die Zunge, weil *er* sich hätte entschuldigen müssen. Ich wich zurück, aber er ließ mich immer noch nicht los. »Muss früh aufstehen. Bin mit Ruby zum Frühstück verabredet.«

Ihr Name schien ihn zur Vernunft zu bringen, und er ließ meinen Arm los. »Na schön«, sagte er mit bitterem Unterton. »Ich wusste immer schon, dass du eine Zicke bist.« Er funkelte mich erbost an, wartete auf meine Reaktion. Aber ich drehte mich nur um und ließ ihn stehen. Ging mit federnden Schritten den Weg entlang, und als ich außer Sichtweite war, rannte ich los.

Aber ich lief nicht zum Wohnheim, damit John mich nicht verfolgen konnte, sondern ins Anglistikinstitut. Dort sprintete ich die Treppen rauf zu der Tür, durch die man zum Glockenturm kam.

»Malin?«

Ich zuckte zusammen. Hale. Er schloss gerade die Tür zu seinem Büro ab.

»Was machst du hier?«, fragte er verblüfft.

Ich räusperte mich. »Ähm, ich war im Krankenhaus und dachte mir, ich schau auf dem Rückweg mal, ob die Noten schon ausgehängt sind.« Das ging als Lüge halbwegs durch.

»Aha.« Hale betrachtete mich zweifelnd. »Alles in Ordnung?«

»Was?«, fragte ich, spürte dabei, wie tonlos meine Stimme klang. »Ja, ja, alles gut.«

»Du warst im Krankenhaus? Bist du diejenige, die abgeholt wurde?«

»Ach so, nein, das war meine Freundin. Die, die auf dem Tisch getanzt hatte.«

»Ist sie stabil?«

»Ja, alles okay.« Mein Puls beruhigte sich, und ich konnte wieder klarer denken. »Und was machst *du* hier?«, fragte ich. Hale wirkte nüchtern und hatte seine Aktentasche dabei.

»Hab gearbeitet. Ich kann das am besten nachts.«

»Du kannst betrunken arbeiten?«

Er lachte. »Ich werd nicht so schnell betrunken.«

Ich warf einen Blick aus dem Fenster. John war nirgendwo zu sehen.

»Okay«, sagte Hale und trat einen Schritt auf mich zu. »Im Ernst jetzt. Was ist los?«

Ich starrte weiter zum Fenster raus und überlegte, wo John jetzt wohl sein konnte.

»Ich kann dich nach Hause bringen«, sagte Hale.

Ich sah ihn an, spürte, dass mein Blick bitter und zynisch war.

»Nur als Begleitung«, fügte er hinzu.

»Ja, gut. Danke.« Es passte mir gar nicht, dass ich quasi Begleitschutz brauchte. Aber ich wollte John nicht noch mal alleine begegnen. Als wir draußen durch die warme Frühlingsnacht schlenderten, fragte Hale: »Möchtest du vielleicht darüber sprechen? Hat es was mit deinem Freund zu tun?«

»Freund?«

»Ja, der Junge … mit dem du zusammen bist.«

Charlie. »Nein, wir haben uns getrennt.« Irgendwie gefiel mir die Vorstellung, dass Hale uns wahrscheinlich beim Knutschen gesehen hatte.

»Was ist dann das Problem?«

Ich zuckte die Achseln. »Der Freund von meiner besten Freundin, Ruby.« Irgendwie war es eine enorme Erleichterung, das auszusprechen.

»Ah. Und hat der dir irgendwie Angst gemacht?«

Ich sah Hale erstaunt an. »Ja.«

»Ich hab Schwestern«, erklärte er. »Den Gesichtsausdruck, den du vorhin hattest, hab ich bei den beiden auch schon gesehen.«

»Okay. Aber jetzt ist alles gut.«

Wir schwiegen eine Weile. Dann fragte ich: »Wie sind deine Schwestern so?«

»Ich habe zwei, Lauren und Corey. Lauren ist die ältere. Sie ist verheiratet, hat Kinder, ruht in sich. Corey studiert noch, ist ziemlich verrückt. Typisches jüngstes Kind, überdreht und leichtsinnig. Und du? Hast du auch Geschwister?«, fragte Hale.

»Ich hatte einen älteren Bruder. Er ist gestorben.«

»Das tut mir leid.« Hale verstummte, und ich war froh, dass er mir Mitleidsbezeugungen ersparte. Stattdessen fragte er: »Wie hat dir der Tolstoi gefallen?«

Ich war aufrichtig dankbar für den Themenwechsel. Vor ein paar Wochen hatten wir *Anna Karenina* zu Ende gelesen. »Gut«, antwortete ich. »Interessanter innerer Monolog. Dieses Betrugsthema fand ich überraschend. Insgesamt schwerer Stoff, deprimierend auch, aber ich mochte das Buch.«

Hale lachte. Wir waren jetzt beim Wohnheim angekommen. Er kramte in seiner Tasche, brachte ein zerlesenes Buch zum Vorschein und reichte es mir. »Hier, lies das über den Sommer.«

Es war *Wolfsblut* von Jack London.

»Ist nicht so anstrengend, aber trotzdem anregend«, fügte Hale hinzu. »Mal was anderes als die tristen Russen.«

Ich blickte auf das Buch, das so zerlesen aussah wie mein Exemplar von *Salamancas Reise*, das zurzeit unter meinem Kopfkissen lag. In meiner Brust machte sich ein seltsames Gefühl breit, und ich sah Hale an und merkte, dass ich mich eigentlich nicht verabschieden wollte.

»Danke«, sagte ich.

»Okay, ich warte hier, bis du drin bist.«

Ich ging ins Haus, und als ich mich noch einmal umdrehte, stand Hale immer noch da, die Hände in den Hosentaschen. Dann nickte er mir zu, wandte sich ab und ging mit schnellen Schritten die Treppe runter.

Beim Check-in am Flughafen am nächsten Morgen bekam ich eine Nachricht von Gemma.

Danke dass du gestern bei mir warst. Sorry dass ich soooo dramatisch war. Geht mir schon viel besser.

Kurz darauf ein P.S.

Hab allen von Liam erzählt. Muss mich vom Liebeskummer erholen. Sollte wohl einfach nicht sein.

Ich verdrehte die Augen. Natürlich würde ich Gemma nie sagen, dass ich die Wahrheit kannte. Und vielleicht konnte mir das eines Tages noch nützlich sein. Während des Flugs dachte ich über meine Freunde nach und fragte mich, wie wohl alles sein würde, wenn wir uns im Herbst wiedersahen.

Während ich dann am Pool in der Sonne fläzte, las ich *Wolfsblut*. Der Roman war inspirierend, und als ich im Herbst nach Hawthorne zurückkehrte, dachte ich immer wieder an das Motiv der Errettung. Ich war entschlossen, eine gute Freundin zu sein, allen zuzuhören und sie zu verstehen.

Die chaotische Beziehung von John und Ruby trieb mich immer noch um, aber ich zwang mich, an Rubys Worte in ihrem Tagebuch zu denken: *Ich bin glücklich, ich bin glücklich, ich bin glücklich*. Letztlich ging mich das alles nichts an. Die beiden wussten doch, was sie taten. Ich würde mich nicht einmischen. Wollte Ruby um keinen Preis verlieren. Es würde schon alles irgendwie gut gehen.

Und bis zum letzten Semester war es auch so.

TEIL ZWEI

LETZTES STUDIENJAHR

Wenn man andere dauernd anlügt, belügt man sich auch irgendwann selbst. Vortäuschen, lügen. Bisweilen wusste ich gar nicht mehr, wer ich eigentlich war.

Manchmal werde ich, zwei Minuten bevor der Wecker klingelt, wach. So fühlte sich das letzte Semester an. Ich war vor der Zeit wach. In einer Art Zwischenwelt. Der Studienabschluss stand bevor. Würde ich weiter lügen und vortäuschen? Oder würde ich aufstehen und mein wahres Selbst offenbaren?

Die Semester davor waren eintönig gewesen. Unialltag, Partys, Sportereignisse. Tagsüber alle vorbildlich, wir büffelten im Greenhouse, spazierten über den Campus. Nachts dann die Orgien, hemmungsloses Feiern, Überschreiten aller Regeln. Der tobende Irrsinn, den ich nach Möglichkeit mied.

Im letzten Semester dann wurden wir von allen anders behandelt. Unsere Lehrkräfte betrachteten uns als den Nachwuchs, der bald das Nest verlassen und in die Welt hinausfliegen würde. Die jüngeren Semester schauten zu uns auf, für sie galten wir als Erwachsene. Es war ein verwirrender und aufregender Zustand. Und niemand wusste, was uns erwartete. Das war beunruhigend. Wir hatten so hart aufs Ziel hingearbeitet, und jetzt machte es uns allen Angst. Und zwar so sehr, dass wir über die Prüfungen lieber erst gar nicht redeten.

Der Wecker würde klingeln, und ich wusste das, versuchte es aber zu ignorieren. Ich dämmerte weiter vor mich hin, als könnte ich mein jetziges Leben behalten. Doch das war eine Illusion, und insgeheim war ich mir dessen vollkommen bewusst.

26

Letztes Studienjahr

Ich hielt Rubys Tagebuch in den Händen. Es war schwarz und ledergebunden, Kunststudenten benutzten gerne solche Notizbücher. Ich empfand so was als Zeitverschwendung, man hatte doch schließlich ein Laptop.

Während ich mich umschaute, horchte ich nach Geräuschen von draußen. Ruby hatte ihre Koffer noch nicht ausgepackt, und überall stapelten sich Bücher. Ihre Bettwäsche – die gleiche wie zu Anfang des Studiums, hellblau mit gelben Gänseblümchen – lag noch zusammengefaltet auf der unbezogenen Matratze. Ich hatte bei mir schon alles tipptopp geordnet und sogar meine Lehrbücher nach Themen sortiert.

Die Blätter des Tagebuchs waren wellig, vielleicht im Urlaub nass geworden. Ich stellte mir vor, wie Ruby in einem Liegestuhl Tagebuch schrieb, die Füße im Sand vergraben, während John mit seinen Cousins am Strand Frisbee spielte. *Sommer auf der Insel,* hatte sie vor den Semesterferien mit leuchtenden Augen gesagt, voller Hoffnung, *ist jetzt genau das, was wir brauchen.*

Während Ruby in Aquinnah in der Sonne lag, hatte ich in der Kanzlei meines Vaters gejobbt, um Erfahrungen zu sammeln. Mich als gute Tochter zu erweisen. Meine Haut war weiß, ich hatte keine Zeit für Sonnenbäder gehabt.

In den Ferien hatte ich eigentlich beschlossen, Rubys Tagebuch nicht mehr zu lesen. Aber kaum war ich wieder hier, schien es förmlich nach mir zu rufen. Ruby war selbst schuld. Sie ließ es herumliegen. Wahrscheinlich wollte sie unbewusst, dass ich es las. Damit ich wusste, was sie nicht aussprechen konnte. Und damit ich sie rettete. Ich horchte wieder. Nichts außer Gemmas Fön. Ruby würde bestimmt noch mindestens fünf Minuten im Bad mit ihrem Make-up beschäftigt sein.

Nur noch eine Seite.

27

Letztes Studienjahr

Ruby kam hereinspaziert, mit leuchtend roten Lippen und schimmerndem Haar, in einer Woge von Düften. Einen Moment lang kniff sie argwöhnisch die Augen zusammen und schaute zwischen meinem Gesicht und dem Tagebuch hin und her.

»Was machst du hier?«

»Dein Tagebuch lesen«, antwortete ich grinsend. »Während du jahrelang im Bad warst.«

Ich war gelassen. Sie würde keinen Verdacht schöpfen.

»Sehr witzig.« Ruby stopfte das Tagebuch mitsamt einigen Kunstbüchern in die Schublade ihres Schreibtischs. »Wenn du mein Tagebuch lesen wolltest, hättest du das ja wohl schon lange machen können.« Sie strich ihr Kleid glatt.

Ich schluckte. »Da steht doch bestimmt nur Zeug über John drin. Und dass ich die beste Freundin der Welt bin«, witzelte ich.

»Mach dich nicht über mich lustig. Außerdem weißt du, dass ich keine Geheimnisse vor dir habe.«

Was gelogen war.

Sie starrte in den Spiegel, um ihren Lippenstift zu

überprüfen, zog dabei die Augenbrauen hoch. Das war ihr Schminkgesicht. Ich fand es rührend, dass sie sich solche Mühe mit ihrem Äußeren gab. Aber das tat man eben, wenn man jemandem gefallen wollte, so viel wusste ich inzwischen.

»Bist du fertig?«, fragte Ruby, befestigte ihre Ohrringe und musterte mich dann von Kopf bis Fuß. »Hey, du siehst superhübsch aus.«

Ich lächelte. Hatte noch nie Zweifel bezüglich meines Äußeren gehabt, aber in diesem Sommer hatte ich begonnen, mich besonders zu pflegen. Ich schrubbte die Hornhaut von meinen Füßen und schnitt die gesplissten Haarspitzen. War mit meiner Mutter shoppen; sie hatte das Kleid ausgesucht, das ich jetzt trug. In der Umkleide hatte sie mich so verblüfft angeschaut, als wäre ich ihr plötzlich fremd. Sie schien sich zu freuen, dass ich endlich mehr auf mein Aussehen achtete. Ich hatte sogar angefangen, Mascara und Augenbrauenstift zu benutzen, und trug manchmal Lipgloss auf. Groß, schlank und hübsch war ich immer schon gewesen. Aber mit meinen Bemühungen sah ich ziemlich umwerfend aus, eine funkelnagelneue Tochter. Es erleichterte mich zu sehen, dass ich meiner Mutter gefiel. Ich war ihr schließlich einiges schuldig.

»Komm her«, sagte Ruby, streckte mir die Hand hin, zog mich vor den Spiegel, so dass wir nebeneinanderstanden, und lehnte den Kopf an meine Schulter.

»Wir sehen so mädchenhaft aus«, sagte sie. »Wie kann es sein, dass wir schon bald mit dem Studium fertig sind?«

Ich lächelte sie im Spiegel an. Wir hatten noch ein ganzes Jahr vor uns, in dem wir das Gefühl auskosten konnten, endlich ältere Semester zu sein, bewundert und geachtet von den Jüngeren in Hawthorne.

Auf Rubys Schreibtisch stand ein Foto von uns beiden aus dem ersten Semester, in der gleichen Haltung wie jetzt. Ich aufrecht und entspannt, die Arme vor der Brust verschränkt, Ruby an mich gelehnt. Ihre Augen waren geschlossen, weil sie so heftig lachte. Ich versuchte mich zu erinnern, worüber sie gelacht hatte. John und Khaled hatten über Filzläuse oder Herpes geredet, und Ruby hatte sich förmlich ausgeschüttet. Max hatte fotografiert, wie immer.

Doch jetzt sah Ruby irgendwie geschrumpft aus. Sie hatte sich nicht weiterentwickelt wie wir anderen, sondern alles Mögliche eingebüßt. Ihre einstige Wärme und Lebhaftigkeit waren ebenso verschwunden wie das frohe Funkeln in ihren Augen. Stattdessen war da etwas Kaltes, Distanziertes.

»Lass uns gehen«, sagte sie und griff nach ihrer Schlüsselkarte und dem Handy. »Die anderen warten bestimmt schon.«

Als wir die Treppe runtergingen, betrachtete ich Rubys Hand auf dem Geländer. Klein, zart, zerbrechlich, und ich dachte wieder an das Tagebuch in der Schublade. Es war eine enorme Last für mich, ihre Geheimnisse zu kennen.

28

Letztes Studienjahr

Ich hatte gehofft, auf dem Weg zu dem Cocktailempfang mit Ruby über meine Lage sprechen zu können. Ich wusste nicht mal genau, wie ich es nennen sollte. *Lage* schien mir passend. Den ganzen Sommer über hatten wir uns nicht gesehen, und ich hoffte, dass mein Bericht uns einander wieder näherbringen würde. Aber mein Plan funktionierte nicht, weil Gemma sich uns anschloss, statt bei den Jungs zu bleiben, die hinter uns gingen.

»Hallöchen«, flötete Gemma und klatschte Ruby auf den Po. Ruby zuckte zusammen und zupfte ihr Kleid zurecht.

Gemma sah genauso aus wie zu Beginn des Studiums, an ihrem Babyspeck hatte sich in der ganzen Zeit nichts geändert. Sie trug hochhackige Schuhe und stöckelte damit ungelenk neben uns her.

»Glaubt ihr, alle Professoren wollen heute Abend mit uns vögeln?«, fragte Gemma.

Ich sah Ruby von der Seite an, erwartete, dass sie sich das Lachen verkneifen musste. Aber ihr Gesicht wirkte steinern. »Im Ernst jetzt?«, fragte sie.

»Was denn?«, erwiderte Gemma beleidigt. »Ich

meine, die sind doch alle älter als wir. Und wir sehen heute super aus. So kennen die uns doch gar nicht.«

»Ich find das echt geschmacklos. Und denkst du auch mal dran, dass die vielleicht Familie haben?«, fragte Ruby gereizt.

Gemma verdrehte die Augen. »Na und?«

Ruby biss die Zähne zusammen und gab keine Antwort. Gemma lächelte zuckersüß, richtete sich kerzengerade auf. Sie war einfach goldrichtig im Fach Theater.

»Ich finde, wir sehen Hammer aus«, fuhr sie fort. »Würde mich nicht wundern, wenn sich bei den alten Männern was regt …«

»Sei still«, knurrte Ruby böse, was ihr gar nicht ähnlich sah.

Wir stießen jetzt auf ein paar andere Gruppen von Studis, die Richtung Greenhouse gingen, und ich sagte zu den beiden: »Hey, Leute, jetzt beruhigt euch mal.«

Ich würde später mit Ruby reden müssen, unter vier Augen, wenn Gemma betrunken irgendwo rumhing und nicht mehr auf uns achtete.

Im Greenhouse war schon viel los. Profs wie Studierende waren elegant gekleidet, führten gewichtige Fachgespräche. Die Sofas waren aus dem Atrium entfernt worden, stattdessen standen da Bartische mit Sektgläsern.

Ich stellte mich zu Gemma und Khaled. Beobachtete insgeheim John und Ruby, die ein Stück weiter weg an einem Tisch standen. Sie schaute wieder mit diesem abstoßend bewundernden Blick zu ihm auf, hing an ihm wie eine Klette, versuchte, ihm jeden Wunsch von den Augen abzulesen. Lachte über seine ganzen blöden Bemerkungen und Witze. Am schlimmsten fand ich, dass sie inzwischen auch seine Musik auflegte, wenn er bei ihr war, diesen grässlichen Techno. Nichts mehr mit Schmusepop. Ruby hatte sich komplett an John angepasst. Er hatte sie ausgesaugt, nur noch eine Hülle war übrig. Die beiden waren die ganzen vier Jahre zusammengeblieben. Ich hatte das nicht für möglich gehalten, aber sie waren zum Ideal aller Unibeziehungen geworden. Je länger sie zusammen waren, desto unmöglicher schien es, dass sie sich trennten. Hinter ihrem Rücken wurden sie »das alte Ehepaar« genannt. Aber das hätte Ruby womöglich sogar noch gefallen. Sie war stolz auf die Bindung, und John tat zumindest so, wenn auch nur, um etwas Besonderes zu sein. Das wollte er immer und überall.

»Weißt du was, Malin«, sagte Gemma so langsam, als entstünde der Gedanke gerade erst, »ich finde, du hast ein Muffelgesicht.«

»Ein was?«, fragte ich und sah Gemma an. Das klang nicht nach einem Kompliment.

Khaled betrachtete mich eingehend und nickte. »Ja, Gems hat recht.«

Ich trank einen kleinen Schluck Sekt, genoss das Kribbeln auf der Zunge. Heute Abend erlaubte ich mir mal ein Glas.

»Sobald du nachdenkst, siehst du immer total muffelig aus. Als würdest du die ganze Welt hassen.«

Gemma leerte ihr Glas. An ihren Trinkgewohnheiten hatte sich über die Jahre auch nichts geändert.

»Aber du bist trotzdem total scharf«, fügte Khaled hinzu.

»Na, da bin ich ja froh«, erwiderte ich trocken, und die beiden lachten.

Khaleds weiße Zähne blitzten auf. Er schien in den Ferien noch gewachsen zu sein und wirkte sehr männlich mit Anzug und Krawatte. Ich fragte mich, wie sein Klinikpraktikum wohl für ihn gewesen war.

»Deshalb mag ich dich ja so«, sagte Gemma und reckte sich, um mich auf die Wange zu küssen.

Als ich Hale in der Menge entdeckte, spürte ich einen Anflug von Aufregung. Er war im Gespräch mit einigen Professoren, hielt ein Whiskyglas in der Hand. Hale hatte das Beziehungsdebakel von damals gut verkraftet. Er kleidete sich noch immer nachlässig, aber ich fand das inzwischen eher liebenswert als nervig. Ich war in diversen Seminaren bei ihm gewesen, wir hatten uns gut über Literatur unterhalten, aber nie eine Grenze überschritten. Ich wusste immer noch nicht, was ich für ihn empfand. Unter anderem deshalb wollte ich mit Ruby reden.

Eigentlich wäre ich gerne rüber zu Hale gegangen, blieb aber, wo ich war. Kurz darauf schaute er zu mir her, und ich wandte den Blick ab. Doch ich spürte, dass Hale mich musterte, und fand es befriedigend, dass er mich in dieser Aufmachung sah.

»Ich hol mir noch was zu trinken«, sagte ich zu Khaled und Gemma, die über irgendeine Fernsehserie redeten und mich gar nicht beachteten. Dann ging ich raus auf den Balkon, wo sich wegen des aufkommenden Winds kaum noch jemand aufhielt. Nur eine Gruppe unterhielt sich angeregt über Wirtschaftstheorie. Ich beugte mich über das Geländer, atmete tief ein. Als ich nach unten schaute, musste ich an unser Baumhaus denken, sah plötzlich Levis Gesicht vor mir und wich so abrupt zurück, dass ich mit meinen hochhackigen Schuhen ins Stolpern kam. Plötzlich umschlang mich jemand von hinten und verhinderte, dass ich stürzte.

»Hab dich gerettet«, sagte Max grinsend. »Ich dachte, ich sag mal hallo.« Er sah erholt aus, sonnengebräunt und entspannt.

Wir hatten Max nur noch selten zu Gesicht bekommen. Er hatte sich mit Leuten aus seiner Lerngruppe angefreundet, und unser *Palast* war so groß, dass man sich manchmal tagelang nicht über den Weg lief.

»Wie war's in Haiti?«, fragte ich.

»Super. Ich fahr nächsten Sommer wieder hin. Vielleicht mache ich dort auch erst mal ein Jahr Praktikum.«

»Echt? Dann schiebst du das Medizinstudium noch auf?«

»Ja, wohl schon«, antwortete er.

Ich stellte mir vor, wie Max behutsam Babys impfte und kranke Kinder tröstete, und fragte mich, ob der Aufenthalt in Haiti gut gewesen war gegen seine Angststörungen. Im letzten Frühjahr hatte Max noch verschlossener gewirkt als zu Anfang, und manchmal schien es, als ob er am liebsten weglaufen würde. Was er dann in gewisser Weise auch getan hatte, indem er sich neue Freunde suchte.

»Und was hast du so vor nach dem Abschluss?«, fragte er.

»Alleine wohnen.«

Max lachte. »Hast du uns satt?«

»Na, du musst was sagen. Du hast dich doch quasi schon aus dem Staub gemacht.«

Er lächelte. »Touché. Wundert mich trotzdem bei dir. Du warst doch immer am loyalsten von uns allen.«

Es lag nahe, dass Max das glaubte, er kannte meine Beweggründe nicht.

»Und sonst so?«, fragte er weiter. Das Wort *Beruf* vermieden wir alle.

»Jurastudium.«

»Das leuchtet mir bei dir total ein. Du bist die Fleißigste von uns. Und hast die notwendige Härte.«

Max war der Erste, dem das auffiel. Er schaute zum See hinüber. Das Laub färbte sich noch nicht, aber es würde bald so weit sein.

»Wie geht's ihr?«, fragte Max. Sein Gesicht wurde weich, wie immer, wenn er über Ruby sprach.

Ich schaute durchs Fenster hinein. Sie hielt ein Sektglas in der Hand, und ihr Kleid schlotterte, weil sie zu dünn geworden war. Max beobachtete sie jetzt auch und sah besorgt aus. Mit so einem Blick betrachtet zu werden, wünschte sich wohl jedes Mädchen.

»Gut«, antwortete ich. »Weißt du doch.«

Im letzten Frühjahr war irgendwas zwischen den beiden vorgefallen. Ruby war total bedrückt gewesen. Als ich nachfragte, sagte sie, sie fühle sich kränklich. Ich wusste, dass sie log, ahnte aber auch, dass sie nichts verraten würde. Später las ich in ihrem Tagebuch, aber da stand nur *Kann nicht mit Max befreundet sein*. Datum war der zweite März, und es sah aus, als hätte Ruby hastig geschrieben.

»Du solltest dich mit ihr aussöhnen«, sagte ich. »Ich glaube, du fehlst ihr.«

Max horchte auf, und ich kaute an der Innenseite meiner Wange. Ich hätte den Mund halten sollen.

»Meinst du?«, fragte er.

Verdammt. Ich dachte rasch nach. Dann sagte ich: »Ich meine, ihr beiden wart doch so gute Freunde. Was ist denn damals überhaupt passiert?«

»Nichts Konkretes. Wir haben uns einfach irgendwie entfremdet.«

»Glaubst du, dass sie glücklich ist?«

Max schaute wieder durchs Fenster und dann auf sein Bier. »Nein, das glaube ich nicht.«

»Sollten wir nicht irgendwas unternehmen?«

»Was meinst du damit?«

»Weiß nicht. Irgendwie eingreifen.«

Max lachte, aber ich hatte es ernst gemeint.

»Sie ist doch klug«, sagte er. »Man muss darauf vertrauen, dass sie die richtigen Entscheidungen für sich trifft. Ich hab versucht, mit ihr zu reden, aber das sollte man lassen. Sie ist total stur.«

Das war entmutigend, weil ich fand, dass Ruby durchaus keine guten Entscheidungen traf. Sie war immer noch mit John zusammen. Ich ließ den Blick durch den

Raum schweifen, bis ich Hale entdeckte, der jetzt an dem Bartresen lehnte und sich mit einem Prof unterhielt. Max schaute auch in die Richtung.

»Ah«, sagte er amüsiert. »Sieh an, sieh an.«

Ich wusste nicht, was er damit meinte. Niemand wusste, was ich für Hale empfand, nicht einmal Ruby; ich konnte es ja selbst nicht verstehen.

»Na, komm schon, ich bin nicht blöde«, fügte Max hinzu.

»Ja, du liegst richtig«, sagte ich zögernd.

»Ist ein guter Typ. Vielleicht solltest du dranbleiben. Du sehnst dich doch schon seit … was … drei Jahren oder so nach ihm.«

»Ich sehne mich nach niemandem.«

Max schüttelte lächelnd den Kopf. »Natürlich nicht.«

Jetzt bereute ich, offen gewesen zu sein und nicht gelogen zu haben. Max legte mir die Hand auf den Arm.

»Mach dir keine Sorgen, ich erzähle niemandem davon.«

Ich sah ihn prüfend an und kam zu dem Schluss, dass er das ehrlich meinte. »Ich hol noch was zu trinken«, sagte ich und bewegte mich zur Tür.

Max seufzte. »Klassischer Malin-Abgang. Immer auf der Flucht.«

Ich grinste und ging rein.

An der Bar bestellte ich ein Mineralwasser mit Zitrone. Als mich jemand am Ellbogen streifte, wusste ich, wer es war. Hale lächelte mich an und beugte sich vor. Die wuscheligen braunen Haare fielen ihm in die Stirn.

»Hey«, sagte er.

Ich räusperte mich und spürte, wie sich ein Lächeln auf meinem Gesicht ausbreitete. »Hey.«

»Rate mal, wer deine Abschlussarbeit betreuen wird?«

Vor den Ferien hatten wir über das Thema meiner Abschlussarbeit in Anglistik gesprochen. Hale hatte noch abklären müssen, ob er sie tatsächlich betreuen konnte.

»Super«, sagte ich. »Dann kann ich schreiben, worüber ich will?«

Er grinste. »Na, da schauen wir noch mal.«

Dass ich tatsächlich zwischen Jura und einer Unikarriere hin- und hergerissen war, erwähnte ich nicht. Hale sollte nicht glauben, dass es ihm gelungen war, mich auf die andere Seite zu ziehen. Ein Jahr blieb mir noch für die Entscheidung, und ich würde mich auf jeden Fall bei juristischen Fakultäten bewerben. Dann konnte ich immer noch sehen.

»Wie war dein Sommer?«, fragte er. Was natürlich ein Witz war, denn wir hatten uns in den Semesterferien täglich Nachrichten geschrieben. Ich hätte Hale gerne umarmt, den Kopf an seine Schulter gelegt, den vertrauten Geruch eingeatmet.

»Können wir das mit der Konversation lassen?«, sagte ich lächelnd.

Er beugte sich vor und berührte dabei fast meine Hand. »Du siehst sehr hübsch aus«, sagte er so leise, dass ihn keiner der Profs hören konnte.

Ich richtete mich auf. »Benehmen Sie sich, Professor Adams.«

»Noch nicht, Mädchen. Das dauert noch.«

»Aber bestimmt nicht mehr lange.« Mein Handy vibrierte. Ruby. Bin zuhause. Wo steckst du?

»Ich muss los«, sagte ich und sah Hale an.

»Besuch mich bald mal. Schön, dass du wieder hier bist.«

Er lächelte mich an. Dabei entstanden diese Fältchen um seine Augen, die ich so mochte. Und Hales Stimme war herzlich und aufrichtig. Ich empfand sie als tröstlich und verlässlich, als etwas, das immer gut für mich war.

Ruby saß in der Küche, über ihr Handy gebeugt, und sah ernst und konzentriert aus. Als ich hereinkam, fuhr sie hoch.

»Hey«, sagte sie, nachdem sie sich gefasst hatte. »Wo bist du plötzlich hin?«

»Hab mit Max geredet. Und dann was zu essen geholt«, log ich.

Ruby lachte. »Na klar.« Das Display leuchtete auf, und sie schrieb eine Nachricht.

»Wer war das?«, fragte ich.

»Meine Tante.« Ruby legte das Handy mit dem Display nach unten auf den Tisch. Mir war ziemlich klar, dass das nicht stimmte. Ich spähte ins Wohnzimmer, um sicherzugehen, dass uns niemand hörte.

»Warum benimmst du dich so komisch?«, fragte Ruby.

»Ich muss dir was erzählen«, antwortete ich, zog Ruby vom Stuhl hoch und führte sie in die Speisekammer.

»Wow, wie im Film«, flüsterte sie. Wir standen vor dem Regal mit unseren Frühstücksflocken und Müsliriegeln. »Was ist denn?«

Ich holte tief Luft. »Es fällt mir nicht leicht, das zu erzählen, weil ich selbst noch nicht sicher bin, ob es überhaupt wahr ist. Aber ich glaube, ich mag jemanden.«

Ruby sah mich mit großen Augen an. »Im Ernst? Wen?«

Ich wusste, dass sie das aufregend finden würde. Seit Charlie war ich mit niemandem mehr zusammen gewesen.

»Aber bitte sprich mit keinem darüber«, sagte ich. »Das ist mir sehr wichtig.«

Ruby ergriff meine Hände. »Du kannst mir vertrauen, M, das weißt du doch.«

Ich schaute noch mal über die Schulter, dann flüsterte ich: »Es ist Hale. Der Tutor, weißt du.« Weil Ruby die Stirn runzelte, fügte ich zögernd hinzu: »Weißt du, der Doktorand, der auch immer bei den Partys ist?«

Rubys Blick war abwertend und irgendwie resigniert. So schaute sie Gemma oft an, aber mir war das noch nie passiert. Ruby ließ meine Hände los.

»Ja, den kenne ich«, sagte sie.

»Was ist los mit dir?« Ich hatte fest damit gerechnet, dass Ruby sich für mich freuen würde.

»Ist der nicht so eine Art Professor?«, fragte sie schließlich.

Ich starrte sie an. Ihr Concealer war verwischt, die dunklen Augenschatten kamen zum Vorschein. Rubys

Stimme klang kalt und distanziert. Ich hätte meine Freundin am liebsten in tausend Stücke zertrümmert und mir daraus wieder die echte Ruby zusammengesetzt. Die Ruby vom Anfang. Das lebhafte, witzige, starke Mädchen.

»Er ist noch Doktorand«, antwortete ich. »Aber er hat auch Lehrveranstaltungen, ja.«

»Du solltest nichts mit einem Prof anfangen. Das machen nur Schlampen.«

»Er ist aber noch kein Prof«, erwiderte ich, und es war mir egal, dass ich mich wütend anhörte.

Ruby starrte mich weiterhin mit diesem abfälligen eisigen Blick an. Ich wollte, dass sie sich wegen ihres blöden Benehmens schuldig fühlte, und sorgte deshalb dafür, dass mir Tränen in die Augen stiegen. Jetzt sah sie betroffen aus. Sie hatte mich noch nie zuvor weinen sehen.

Sie legte mir die Hand auf den Arm. »Tut mir leid. Aber ich hab eben diesbezüglich sehr klare Ansichten.«

Ich schüttelte ihre Hand ab und drehte mich nicht um, als ich aus der Kammer ging. In meinem Zimmer wischte ich mir die Tränen vom Gesicht, setzte mich an meinen Schreibtisch und starrte auf einen Stapel Bücher.

Jedenfalls hatte ich das getan, was ich tun wollte. Davon ließ ich mich grundsätzlich nie abhalten. Rubys Zustimmung brauchte ich nicht, aber ich hatte erwartet, dass sie mitfiebern würde, wie ich es immer bei ihren Berichten tat. Richtig blöd aber fand ich, dass ich selbst nicht genau wusste, ob ich wirklich etwas für

Hale empfand. Oder vielmehr was genau ich empfand. Dazu hatte ich Ruby um Rat fragen wollen.

Irgendwas war richtig schlimm bei ihr, und ich musste unbedingt rauskriegen, was da schieflief. Ich würde also genau das tun, was ich seit jeher machte, wenn ich Ruby nicht verstand: ihr Tagebuch lesen.

29

Letztes Studienjahr

Eine Woche später war es mir immer noch nicht gelungen, in Rubys Zimmer zu schleichen. Wir hatten alle eine E-Mail über einen Einbruch in einem Haus außerhalb vom Campus bekommen, und seither schloss Ruby ab. Wenn wir uns im Haus begegneten, redete sie nicht mit mir.

Ich saß im Seminar, mein Laptop vor mir, und schaute immer wieder auf, wenn Hale etwas ans Whiteboard schrieb. Nur das Klappern von Tasten und leises Murmeln war zu hören.

Über meiner Datei stand in Großbuchstaben: LITERATUR DES FRÜHEN ZWANZIGSTEN JAHRHUNDERTS. Nachdem ich gecheckt hatte, ob meine Notizen alle korrekt waren, ging ich wieder ins Internet. Ich hatte begonnen, die Bewerbungsformulare fürs Jurastudium auszufüllen. Das machte mir Spaß und war ein willkommener Ausgleich zu den ganzen Beziehungsthemen rundum. Die Abmachung mit meinem Vater hatte ich fast erfüllt, und nun würde ich bald bekommen, was ich wollte. Die Stimme in meinem Hinterkopf, die mich überreden wollte, in Hawthorne zu promovieren, gab zwar immer noch keine Ruhe, aber ich beachtete sie nicht. Jetzt schrieb ich meinen Namen in die Bewerbung für Harvard. *Malin Ahlberg.*

Ich hatte große Lust auf Boston. Hale hatte mir von den besten Restaurants im South End erzählt, wo er aufgewachsen war. Und beschrieben, wie er am Charles River joggen ging und den Segelbooten und Kajakfahrern zusah. Ich hatte seine Schilderungen förmlich aufgesogen und wusste jetzt, wo es die besten Burritos gab und wo man im Herbst buntes Laub bewundern konnte. Welche Stadtteile für den Marathon gesperrt wurden, wusste ich auch und dass manche Leute bei starken Schneefällen in den Straßen mit Langlaufskiern unterwegs waren. Boston schien mir ein Ort zu sein, an dem ich mich wohlfühlen würde, ewig weit weg von Texas. Und dann war da natürlich Harvard. Meine Belohnung für die langen Jahre in Hawthorne.

Als ich aufschaute, sah ich, dass Hales Blick auf mir ruhte. Nach dem Gespräch mit Ruby war ich noch nicht bei ihm im Büro gewesen. Ich wusste, dass er sich fragte, warum.

Er drehte sich wieder zum Whiteboard um. Ich starrte auf seinen Rücken und ertappte mich bei dem Wunsch, über die Rillen seiner Cordhose zu streichen. Ich wollte ihm nah sein, ihn berühren können.

Dass ich so leicht abgelenkt werden konnte, ärgerte mich, und ich nahm mir vor, möglichst bald laufen zu gehen, um mich abzureagieren.

Ich wusste, wo Hale wohnte. Im zweiten Studienjahr war er einmal rausgegangen, während ich in seinem

Büro saß. Da hatte ich einen ungeöffneten Brief gesehen, der aus seiner Aktenmappe ragte. Die Handschrift war krakelig, vielleicht hatten seine Großeltern ihm geschrieben. Adressiert war der Brief an Hale Adams, Pleasant Street 356.

Seither fragte ich mich, ob er in einem der Arbeiterwohnblocks lebte oder in einem Einfamilienhaus in der Vorstadt, unweit der Uni. Es interessierte mich.

Die Sonne versank gerade hinter den Hügeln, und das Licht war golden, als ich mit Hoodie und Sporthose aus dem Haus sprintete. Ich lief am liebsten in der Dämmerung und im Dunkeln, dann konnte ich in die Häuser gucken. Wobei es in diesen alten viktorianischen Villen nicht viel Spannendes zu sehen gab. Die Räume waren groß, meist sah ich nur die Köpfe von Leuten, die zu Abend aßen oder vor dem Fernseher saßen. Dennoch dachte ich oft darüber nach, was sie wohl an diesem Tag gemacht hatten. Mit wem sie geredet hatten, welche Geheimnisse sie hatten. Wen sie liebten und wen sie nicht leiden konnten.

Ich lief die fünf Kilometer sehr schnell. Früher war ich auch schon sportlich gewesen, hatte aber zum Bedauern meiner Eltern nie einen Mannschaftssport gemacht. Doch ich war immer beweglicher als die Gleichaltrigen gewesen und konnte länger und schneller laufen. In Hawthorne wusste das niemand. Als man fragte, ob ich in die Softball-Mannschaft einsteigen würde, wehrte Ruby lachend ab und sagte, ich würde keinen Sport machen. Das stimmte. Aber ich wäre deren beste Spielerin gewesen.

Als ich bei der Pleasant Street 356 ankam, war es stockdunkel. Das einzige Licht weit und breit kam aus dem Farmhaus inmitten von Feldern. Eine alte Scheune befand sich noch auf dem Gelände, und Hales schwarzer Pick-up stand auf einem überdachten Parkplatz.

Ich keuchte, Schweiß rann mir den Rücken hinunter. Mein Atem bildete Wolken in der kühlen Nachtluft, und ich zog den Reißverschluss meiner Sweatjacke bis zum Kinn hoch. Dann trat ich hinter eine Steinmauer auf der anderen Straßenseite und ließ den Blick über das Haus schweifen, bis ich Hale entdeckte. Er saß im Wohnzimmer auf der Couch, sein Laptop vor sich. Es hatte etwas Beruhigendes für mich, ihn zu beobachten.

Die meisten Doktoranden wohnten auf dem Campus, aber Hale hatte mir erzählt, da sei er zu abgelenkt, er brauche zum Arbeiten Ruhe und Alleinsein. Wahrscheinlich lebte er mit Möbeln aus zweiter Hand, einem einzigen Gedeck Geschirr und ein paar Töpfen und Pfannen. Als ich anfing, an sein Bett zu denken, verdrängte ich den Gedanken rasch.

Ich legte eigentlich keinen Wert auf solche Gefühle, aber sie hatten sich unwillkürlich eingefunden. Nach diesem Abend am Ende des zweiten Semesters hatte ich angefangen, an Hale zu denken, wenn ich schlafen ging. Hatte ihn mir in meinem Bett vorgestellt. Ich verstand dieses Gefühl nicht, wehrte mich aber auch nicht dagegen, sondern lebte mit ihm. Hale hatte, soweit ich wusste, seit damals auch mit niemandem etwas angefangen. Es gab einige Doktorandinnen, die in Frage gekommen wären, aber ich hatte den Eindruck, dass er nach dieser allgemein bekannten Trennung Single bleiben wollte. Und vielleicht wartete ein Teil von ihm auch auf mich, so wie ich auf ihn wartete. Dieses Gefühl hatte sich jedenfalls nicht verflüchtigt, und ich beobachtete es, gespannt darauf, wie es sich entwickeln würde. Vielleicht war es meine Chance, normal zu werden. Es gefiel mir auf jeden Fall, und so verwahrte ich es in mir.

Ich schaute aufs Handy. Zwei Stunden hatte ich noch. Ich musste zurücklaufen und duschen. Dann war ich mit den anderen im Wohnzimmer verabredet. Wir wollten zum Pub gehen, durften zum ersten Mal in der Öffentlichkeit Alkohol trinken. Damit Hale mich nicht entdeckte, schlich ich weiter an der Steinmauer entlang. Aber er hätte mich wohl im Dunkeln ohnehin nicht erkannt. Dann lief ich auf die Straße raus und sprintete los.

Ruby, John und Gemma gingen voraus, hatten schon ziemlich viel Tequila intus. Gemma kreischte, John und Ruby schütteten sich aus vor Lachen. Ich schlenderte mit Khaled und Max hinterher.

Eine Gruppe Erstsemester kam uns entgegen. Sie wirkten ziemlich nervös und hatten Plastiktüten dabei, bestimmt voller Alkohol. Ein Junge starrte uns im Vorübergehen an, fand uns wahrscheinlich furchtbar beeindruckend.

Khaled sprach über seine Eltern. Sie verlangten, dass er promovierte und dann in seinem Heimatland bei der Regierung arbeitete. Khaled dagegen wollte in New York Medizin studieren.

»Da gehör ich hin, das spüre ich ganz deutlich«, sagte er. »In New York ist immer was los. Die Stadt, die niemals schläft, oder?«

Max sagte nichts. Er war ein guter Zuhörer, man spürte immer seine Aufmerksamkeit. Jetzt zog er sein Handy aus der Tasche, schrieb eine kurze Nachricht und schaute nach vorne zu den anderen.

Ich fragte mich, ob die Doktoranden auch in den Pub gingen und ob Hale vielleicht dort sein würde.

»Das wär doch super, oder?«, fragte Khaled.

Ich war in Gedanken woanders gewesen. Jetzt schauten Khaled und Max mich abwartend an.

»Ja, klar«, sagte ich und lächelte.

»Und wir könnten wieder zusammenwohnen«, fuhr Khaled fort. »Dann müsstet ihr allerdings Miete zahlen, New York ist ja einen Zacken teurer als Edleton.«

Als ich stumm blieb, schaute Max mich von der Seite an. Er musste das Lachen unterdrücken. »Nein, Malin ist dann wahrscheinlich in Harvard«, sagte er.

»Kann sein«, erwiderte ich, dankbar für die Rettung.

Als wir zum Pub kamen, las Khaled das Schild außen. »Karaoke-Nacht? Max, hol uns schon mal Drinks, ich melde uns an.« Er stürzte sich ins Getümmel.

»Karaoke, meine Lieblingsbeschäftigung«, sagte ich sarkastisch, während wir ihm folgten.

Max grinste. »Soll ich dir ein Wasser holen?« Als ich nicht gleich antwortete, fügte er hinzu: »Keine Sorge, ich sag's niemandem. Ich trink wohl auch Wasser, Alkohol verschlimmert die Angst.«

»Ja, danke dir.«

»Oder sollen wir uns ein paar alkfreie Shots holen und so tun, als ob?«

Ich lachte. »Ja, gute Idee.«

Nachdem Max zu seinen Medizinfreunden gestoßen war, setzte ich mich an die Bar, ganz am Ende, wo es zu den Toiletten ging, und tat, als wäre ich mit meinem Handy beschäftigt. Als das Karaoke startete, legte die Baseball-Mannschaft mit einer ziemlich überzeugenden Version von *Under the Sea* los.

Ich entdeckte John, der sehr dicht vor einer jüngeren Studentin stand, die mit gefälschtem Ausweis reingekommen sein musste. Als er meinen Blick bemerkte, straffte er sich und ließ den Blick über die Menge schweifen, als wäre er dem Mädchen nur zufällig begegnet. Ich schaute weg. Um ihn ging es mir gerade nicht.

Nach zwanzig Minuten bekam ich, was ich wollte. Wenn Mädchen viel tranken, mussten sie auch viel pinkeln. Als Amanda Richtung Klo schwankte, nahm ich sie am Arm und zog sie zu mir.

»Was soll das?«, fauchte sie. Als sie mich erkannte, sagte sie: »Ach, Malin. Was willst du?«

Ich startete die Charmeoffensive. »Du siehst ja supersüß aus heute Abend«, sagte ich lächelnd. »Wo hast du denn das tolle Top her?«

»Red keinen Scheiß, was willst du?«

Ich seufzte. Sie wusste, dass ich nur mit ihr redete, wenn es dringend war.

»Oder willst du mich vielleicht angraben? Abigail hat

sich ja neulich geoutet. Vielleicht willst du mir jetzt sagen, wie verliebt du in mich bist?«

»Du brauchst dir nichts einzubilden«, erwiderte ich.

Ich warf einen Blick über die Schulter. Ruby schaute mit Gemma und anderen Kommilitoninnen die Songliste durch.

»Hast du Angst, sie wird sauer, wenn sie uns zusammen sieht?«, fragte Amanda. Sie schien die Vorstellung zu genießen.

»Nein«, antwortete ich und sah sie wieder an. »Es ist eher so, dass wir Streit haben.« Das war der richtige Ansatz. Amanda sah interessiert aus.

»Echt.«

»Ja. Scheißsituation, und ich weiß nicht, was ich tun soll.«

»Hätte ich von dir jetzt nicht erwartet. Da bist du also nicht so makellos, wie es scheint.«

»Ruby auch nicht.«

»Kann man nicht von ihr erwarten, oder?« Amanda wedelte mit der Hand.

Sag mir, was du über sie weißt. Amanda hatte damals im ersten Semester an der Pizzatheke diese Bemerkung gemacht, mich quasi vor Ruby gewarnt.

»Nein, stimmt, so blöd, wie das mit ihrem Dad läuft.« Das war ein Schuss ins Blaue, und ich hoffte, einen Treffer gelandet zu haben.

Amanda fixierte mich. Dann beugte sie sich so weit vor, dass unsere Köpfe sich beinahe berührten. »Wenn mein Vater seine Studentinnen vögeln würde, dann würd ich kein Wort mehr mit dem reden, so viel steht fest.«

Ich schaute zu Ruby hinüber. Schlagartig verstand ich einiges. Ihre Sexprobleme. Und ihre Reaktion auf meine Gefühle für Hale.

»Sie hat nicht mal eine Mutter«, redete Amanda weiter. »Und keine Geschwister. Kannst du dir vorstellen, wie unangenehm das ist? Man sitzt mit dem Vater beim Essen und muss sich überlegen, mit welcher Studentin er an dem Tag Sex hatte? Grässlich.«

»Ja, furchtbar«, sagte ich und starrte weiter zu Ruby hinüber. Sie unterhielt sich mit einem anderen Mädchen, schaute aber in diesem Moment auf und bemerkte meinen Blick. Warum hatte sie mir nie von ihrem Vater erzählt?

Jetzt war Amanda nicht mehr zu stoppen. »Als ich Ruby damals im Ferienlager kennenlernte, wusste jeder Bescheid über ihren Dad. Sie tat mir irgendwie leid, weißt du. Und sie wollte mit mir befreundet sein. Sie ist schon süß, auf jeden Fall. Bis sie es dann eben nicht mehr ist.«

Ruby hatte sich Amanda als Freundin ausgesucht? Das konnte ich mir nicht vorstellen.

»Ein paar Wochen lang haben wir viel zusammen unternommen«, fuhr Amanda fort. »Sie war nett und hat viel für mich gemacht. Das ist der süße Teil, den ich meinte. Wir wurden Freundinnen. Ich hatte ohnehin viele, je mehr, desto lustiger.«

Ich trank aus meinem Glas und kaute auf dem Strohhalm.

»Eines Tages waren wir zusammen reiten, das ist mein Ding. Und Ruby fand es natürlich auch toll, sie wollte ja meine Freundin sein. Dann kam dieses andere Mädchen an, wie hieß die gleich wieder … Ginny oder Gigi … Nennen wir sie Gigi. Kommt da anspaziert, mit ihren langen schimmernden blonden Haaren, und nimmt mir Royale weg, das Pferd, auf dem ich schon seit vier Jahren immer reite. Hat ihn den ganzen Tag lang nicht mehr hergegeben. Ich denk mir, ey, Mädel, das machst du nicht noch mal. Ruby kriegt mit, wie wütend ich bin, und zieht so eine Schnuckelschnute, und ich weiß, dass sie jetzt alles für mich tun wird.«

Oh nein. Ich ahnte schon, worauf das hinauslaufen würde. So benahm sich Ruby auch mit John. Verwöhnte ihn, las ihm jeden Wunsch von den Augen ab.

»Ich hab das nur so *gesagt*. Dass man Gigi Enthaarungsmittel ins Shampoo tun sollte. Das war nicht ernst gemeint. Aber Ruby hat das echt gemacht. Am nächsten Tag erschien Gigi nicht beim Reiten, und ich hatte Royale wieder ganz für mich. Aber dann sah ich sie später in der Mensa, verquollene Augen, Basecap und alles. Am nächsten Tag ist sie abgereist. Echt traurige Geschichte.«

Amanda hielt inne und sah mich forschend an. »Verstehst du jetzt, was ich meine? Ruby ist völlig verrückt, komplett irre. Ich hab dich gewarnt.«

»Interessant«, sagte ich. »Hört sich gar nicht wie Ruby an.«

Amanda richtete sich auf und warf ihre Haare über die Schulter. »Jetzt wirkt Ruby anders, das geb ich zu«, sagte sie trocken. »Dafür ist Uni gut, da kann man sich neu erfinden. Haut natürlich nicht so richtig hin, wenn jemand dabei ist, der über einen Bescheid weiß. Und Ruby ist versessen darauf, sozial aufzusteigen. Glaubst du vielleicht, sie hat dich zufällig als beste Freundin ausgesucht?«

Ich versuchte, mir nichts anmerken zu lassen, aber in meinem Inneren hatte Amanda durchaus etwas berührt.

»Ah. Das hast du dir nie überlegt, oder? Sie hat dich aus einem bestimmten Grund ausgesucht.«

Aber ich hatte mir doch Ruby ausgesucht, oder etwa nicht?

»Du bist hübsch«, quasselte Amanda weiter, »aber nicht so hübsch wie sie. Du bist auch nett, aber eher zurückhaltend. Neben dir wirkt sie noch strahlender. Ich glaube, ihr hat in diesem Ferienlager gar nicht gefallen, dass sie in meinem Schatten stand. Deshalb hat sie sich alles Nötige angeeignet und spielt jetzt die Rolle der bei allen Beliebten. Ich hab so was auch mal gemacht, war mir aber irgendwann zu anstrengend. Jedenfalls: Das Einzige, worin du sie wirklich übertriffst, sind deine Studienleistungen, oder? Und die sind ihr egal, weil sie Kunstgeschichte studiert und einen reichen Mann heiraten will, damit sie eine Galerie haben und mit Louis-Vuitton-Heels rumstolzieren kann.« Jetzt legte Amanda mir die Hand auf den Arm. »Sie *muss* sich besser fühlen können als du. Sonst wärt ihr nicht befreundet. Ich meine, was glaubst du denn, weshalb sie mit dieser Schlampe Gemma zusammenwohnt? Null Konkurrenz. Der ist Ruby immer überlegen.«

In diesem Moment drängte sich Becca zwischen uns,

klatschte ihre Handtasche auf den nassen Tresen und lehnte sich schwankend dagegen.

»Ich brauch noch 'n Drink«, lallte Becca.

»Nein, brauchst du gar nicht«, erwiderte Amanda und nahm die Handtasche an sich. »Geh jetzt mal kotzen, bevor du kollabierst. Dann kannst du weiterfeiern.«

Becca zog eine Schnute und stolperte Richtung Klo. Amanda schaute ihr kopfschüttelnd nach und wandte sich dann wieder mir zu.

»Also, wurde jedenfalls Zeit, dass ihr euch in die Haare kriegt und du die wahre Ruby erkennst. Die ist erbärmlich und ein totaler Fake. Wie kannst du so jemandem vertrauen? Wer verheimlicht denn so sehr, wer er wirklich ist? Tut mir auch irgendwie leid, dass du das jetzt mitgekriegt hast. Worüber habt ihr euch denn überhaupt gestritten?«

»Oh, na ja, was Albernes, eigentlich«, sagte ich.

»Also, ich bin da, wenn du reden willst.« Mir stockte der Atem, weil ich wusste, dass Amanda das ernst meinte. Sie bot mir an, mich bei ihr auszuweinen, weil sie Ruby für einen schlechten Menschen hielt.

Als ich darüber nachdachte, wurde mir klar, dass Amanda eigentlich recht hatte. Man sollte Leuten nicht vertrauen, die ihr wahres Selbst nicht zeigten. Ich war schließlich genauso. Mir sollte man auch lieber nicht trauen, genauso wenig wie Ruby. Vielleicht war Amanda menschlich überzeugender als wir beide. Sie versteckte sich jedenfalls nicht hinter einer Maske.

Ich schaute wieder zu Ruby hinüber. Mochte sie mich überhaupt? Mochte sie irgendwen aus der Clique? Wer war sie in Wirklichkeit? Ich fragte mich, ob Amanda recht hatte. Ob Ruby nur mit mir befreundet war, weil ich keine Bedrohung für sie darstellte. Sie war beliebt, ich nicht. Sie wurde von allen umschwärmt, mich interessierte so was überhaupt nicht. Bezeichnete sie mich deshalb als ihre beste Freundin?

»Hat Spaß gemacht, mit dir zu reden«, sagte Amanda jetzt. »Lass uns das mal irgendwann wieder machen.«

Sie wandte sich Richtung Klo und bewegte dabei den Kopf, damit ihre rote Mähne hin und her wogte.

»Ach so, und das«, sie zupfte an ihrem Top, »ist von Zara.«

30

Letztes Studienjahr

Ich wartete, bis alle eingepackt hatten und ich alleine im Seminarraum war. Meinen Platz an der Tür hatte ich in der ganzen Zeit beibehalten. Normalerweise machte ich mich nach dem Seminar als Erste aus dem Staub, aber jetzt blieb ich sitzen und tippte weiter. Wenn der Raum leer war, konnte ich hier gut arbeiten.

Nach zwei Stunden hatte ich die Hausarbeit über Shakespeare und sein Frauenbild fertig und streckte mich. Draußen auf den Fluren war es still, und ich studierte die Poster an den Wänden. Auf dem Plakat von unserer Uni-Fußballmannschaft war Ruby abgebildet, wie schon bei Studienbeginn. Inzwischen war sie aber tatsächlich Kapitänin geworden. Der Fußballplatz war der einzige Ort, an dem John keinen Zugriff auf sie hatte.

Ich klopfte an die Tür vom Tutorbüro.

»Herein!«, rief Hale munter.

»Willst du über deine Abschlussarbeit reden?«, fragte Hale, als ich hereinkam. Ich stellte erleichtert fest, dass er alleine war.

Ich setzte mich, stellte die schwere Büchertasche auf meinen Schoß. Eigentlich wusste ich nicht mal genau, was ich hier wollte.

»Alles okay?«, fragte Hale.

Ich dachte an Ruby.

»Erinnerst du dich an diesen Abend in meinem ersten Studienjahr?«, fragte ich zögernd. Vielleicht wusste Hale einen klugen Rat. »Als du mich zum Wohnheim begleitet hast?«

»Ja, wegen dieses Stalker-Typen, der dich verfolgt hat. Das war der Freund deiner besten Freundin, oder? Macht der dir immer noch Stress?«

»Irgendwie schon. Er ist immer noch mit Ruby zusammen, und sie hat sich seither total verändert. So als stünde sie in seinem Bann. Und ich kapiere selbst nicht, warum mich das so beunruhigt.«

»Weil sie dir am Herzen liegt«, sagte Hale. »Aber vielleicht verändert sie sich auch einfach. Das ist ganz normal.«

»Und ich soll zuschauen, wie sie einen Fehler nach dem anderen macht?«, erwiderte ich bitter. »Ich weiß, was gut für sie ist, kann es ihr aber nicht sagen. Das würde gar nichts nützen.«

Hale dachte nach. Schließlich sagte er: »Dazu fällt mir ein Text ein, der dir vielleicht nützlich sein könnte.« Er stand auf, ging zum Bücherregal. Ich betrachtete seine Schultern und seinen Rücken und senkte den Blick, als Hale zurückkam.

»Ein Gedicht von Marina Zwetajewa. Wir haben es im ersten Semester gelesen, erinnerst du dich?«

»In dem Seminar, als ich vor allen vorlesen musste?«

»Das hattest du nicht anders verdient«, erwiderte er lächelnd und reichte mir das aufgeschlagene Buch.

Ich las das Gedicht. Es trug den Titel *Ich kenne die Wahrheit,* und ich erinnerte mich vage daran, es für einen Essay gelesen zu haben. Das Gedicht handelte von Leben und Tod, und ich konnte keinerlei Bezug zu Ruby erkennen.

»Und, was denkst du?«, fragte Hale.

»Ähm …« Ich las es noch einmal. »Gewissheit. Es geht darum, dass es keinen Zweifel an Leben und Tod gibt.«

Hale blieb stumm und sah mich abwartend an.

»Und …« Ich überlegte. »Es sagt aus, dass entscheidend ist, was man zu Lebzeiten tut.«

»Ja, genau. Es handelt auch davon, wie wir mit anderen umgehen. Machen wir deren Leben besser oder schlechter? Wenn jemand leidet – lindern wir das Leiden, oder beachten wir es nicht? Am Ende des Lebens gibt es nur eine einzige Wahrheit, und zwar deine ganz eigene. Am Ende solltest du ein Leben geführt haben, *das gut war*.«

Ich dachte darüber nach. *Ein Leben, das gut war.* Die Erinnerung an Levi und seinen Tod kehrte zurück.

»Vielleicht kannst du etwas für Ruby tun«, fuhr Hale fort. »Ob du ihr nun hilfst oder nicht … du solltest dir ganz genau überlegen, was das Richtige für dich ist, denn du wirst damit leben müssen.«

Ich starrte auf das Gedicht, wartete darauf, dass die Worte mir eine Erkenntnis vermittelten.

»Du kannst dir das Buch ausleihen, wenn du möchtest«, sagte Hale.

»Danke.« Ich las das Gedicht noch einmal. Verstand,

was Hale meinte. *Bald werden wir unter der Erde schlafen, wir, die wir einander auf der Erde den Schlaf raubten.* Hale griff nach einem Notizblock, lehnte sich zurück und legte die Füße auf den Tisch. »Du bist eine gute Freundin, wenn du dir so viele Gedanken machst«, sagte er. »Als ich in deinem Alter war, hatte ich das Gefühl, dass jeder für sich alleine kämpft.«

»Meinst du? Ich fühl mich nicht wie eine gute Freundin.« Ich starrte auf den Boden.

»Doch, das bist du aber ganz bestimmt«, entgegnete Hale. »Außerdem bist du einer der zielstrebigsten Menschen, die ich kenne. Du lässt dich von nichts beirren. Aber manchmal stehst eben auch du vor Dingen, die du nicht auf Anhieb verstehst, und musst sie begreifen lernen.«

»Ich bin gerne gut in dem, was ich tue. Scheitern kommt nicht in Frage.«

»Du machst das ohnehin alles besser als die anderen.«

Das Kompliment war mir unangenehm, und ich reagierte nicht darauf. »Was machst du denn, wenn du etwas nicht auf Anhieb begreifst?«, fragte ich.

»Ach, ich bin ganz anders als du. Wahrscheinlich ist das nicht sinnvoll, aber ich tue tatsächlich gar nichts. Ich lasse die Dinge, wie sie sind. Kämpfe nicht gegen die Welle, sondern lasse mich von ihr mitreißen, in der Hoffnung, dass ich wieder an die Oberfläche komme.«

»Schönen Dank auch, das kommt für mich nicht in Frage.«

Hale lachte. »Und dafür liebe ich dich.«

Die Worte kamen so mühelos aus seinem Mund, als würde er sie tagtäglich aussprechen. Als er merkte, was er gerade gesagt hatte, lief er dunkelrot an. Ich hatte Hale noch nie peinlich berührt erlebt und tat so, als hätte er nur eine beiläufige Bemerkung gemacht.

»Ich werd das schon irgendwie für mich klären wegen Ruby«, sagte ich. »Lass uns über meine Abschlussarbeit reden.«

»Ja, machen wir.« Er wich meinem Blick aus.

Etwas anderes fiel mir nicht ein. Wenn wir über Literatur reden konnten, war alles einfach zwischen uns. Und ich hoffte, Hale wusste, dass ich ihm mehr auch nicht zu bieten hatte im Ausgleich für seine Gefühle.

Als ich später in den *Palast* zurückkam, lagerten alle auf dem Sofa und schauten gemeinsam einen Film, unter Fleecedecken von Max' Mutter gekuschelt. Es roch nach Dope und Popcorn. Ich hockte mich auf die Armlehne neben Gemma, und sie schaute schläfrig und high zu mir auf.

»Hey, Süße«, flüsterte sie und legte mir den Arm um die Taille. Max schaute zu mir herüber. John, der den Arm um Ruby gelegt hatte, zog sie näher zu sich und küsste sie auf die Stirn, warf mir dabei einen Blick zu.

Seit dem Cocktailempfang vor ein paar Wochen hatten Ruby und ich nicht miteinander gesprochen. Ich war mir nicht sicher, ob sie eifersüchtig war, weil ich mit Amanda geredet hatte, ob sie vielleicht Angst hatte, ich würde überlaufen.

Und Amanda war es wirklich gelungen, einen Schatten auf mein Bild von Ruby zu werfen. War sie die Person, die ich zu kennen glaubte, oder trug sie nur eine Maske? Wobei ich wohl kaum die Richtige war, das jemandem vorzuhalten.

Ich musste noch einiges an Lektüre schaffen, deshalb stand ich auf und sagte: »Nacht, Leute.« Ruby warf mir einen Blick zu, bevor ich rausging, blieb aber stumm.

In meinem wie immer tipptopp aufgeräumten Zimmer überlegte ich, ob Rubys Tür vielleicht nicht abgeschlossen war, hakte den Gedanken dann aber ab. Zu riskant, ihr Tagebuch zu lesen, während sie unten war.

Als ich mich mit meiner Lektüre aufs Bett legte, klopfte es.

»Ja?«, rief ich.

Ruby steckte den Kopf durch die Tür. »Können wir mal reden?«

»Klar.«

Sie setzte sich aufs Bett, zog ein Bein unter sich.

»Okay.« Sie kaute auf ihrer Unterlippe. »Du hast Hale also richtig gern?«

»Ich glaub schon. Bin mir aber nicht ganz sicher.«

»Hattet ihr schon was?«

Ich schüttelte den Kopf.

»Aber du bist vorsichtig, ja? Ist das überhaupt erlaubt?«

»Ich glaub nicht, dass das ein Problem ist. Und wahrscheinlich läuft da auch gar nichts.« Sobald ich das ausgesprochen hatte, spürte ich eine bittere Enttäuschung.

Ruby schwieg. Wahrscheinlich dachte sie an ihren

Vater und die Studentinnen, mit denen er Affären gehabt hatte.

Ich hätte ihr gerne gesagt, dass ich sie verstand. Aber sie würde sich aufregen, wenn sie erfuhr, dass ich mit Amanda darüber geredet hatte. Deshalb hielt ich den Mund. Doch ich hätte mir gewünscht, dass sie selbst mir von ihrem Vater erzählen würde.

»Tut mir leid, wenn ich mich blöd benommen habe«, sagte sie. »Wenn du glücklich bist, bin ich es auch. Ich versprech's dir. Du hast mir gefehlt. Tut mir wirklich leid.«

»Du hast mir auch gefehlt.« Wir umarmten uns.

Das war die echte Ruby, das spürte ich. Sie machte mir nichts vor. Amanda musste sich irren.

Ich löste mich von Ruby und sah ihr in die Augen. »Ich muss dich was fragen.«

»Ja, klar, nur zu.«

»Okay. Also, woher weiß man, dass jemand auch was für einen empfindet?«

Ruby schaute auf ihre Hände. »Ich glaube, man weiß es einfach«, sagte sie schließlich. »Man spürt diese bestimmte Aufregung beim anderen. Und wenn jemand dich ganz oft anschaut und mit dir reden will und nette kleine Sachen für dich macht, weist das auch darauf hin.«

»Ist das bei dir und John so?«

Sie zögerte. »Ja. Zu Anfang war es so. Jetzt sind wir schon so vertraut, dass ich seine Gefühle für mich nicht in Zweifel ziehe.«

In diesem Moment klopfte es wieder an der Tür, und Max schaute herein.

»Oh«, sagte er überrascht, als er Ruby sah. »Ich wollte nur hören, ob du diese Hausarbeit in Philosophie fertig hast, Malin.«

Ich schaute zwischen den beiden hin und her. Hatte sie seit dem zweiten Studienjahr nicht mehr zusammen erlebt.

»Noch nicht«, antwortete ich.

Max nickte. Dann sah er Ruby an und sagte: »Hey.«

»Hey.« Ihr Lächeln hatte etwas Schmerzliches.

Ach, Ruby. Ich wünschte mir so sehr, dass sie mir alles erzählen würde, damit ich ihr helfen konnte. Sie wirkte so traurig und verschattet von Geheimnissen. Ohne ihr Tagebuch tappte ich völlig im Dunkeln. Ich musste eine Möglichkeit finden, in ihr Zimmer zu kommen, und zwar schnell.

31

Letztes Studienjahr

Die Wochen vergingen im Fluge, und ich arbeitete an meiner Abschlussarbeit und verbrachte den größten Teil meiner Zeit in der Bibliothek. Irgendwann wurde mir schlagartig bewusst, dass das Semester schon zur Hälfte vorbei war.

Jetzt vibrierte mein Handy, das vor mir auf dem Schreibtisch lag.

Kaffee, bevor ich zum Training geh?

Ich packte meine Bücher ein. Mein Lieblingsplatz in der Bibliothek war ganz oben in einer stillen Ecke, mit Blick auf den Kolleghof. Von dort oben wirkte alles so schön entfernt. Ein paar Slacklines hingen zwischen Bäumen, und ein paar Studis mit dicken Fleecejacken und Wollmützen balancierten darauf. Als ich draußen über den Rasen ging, fragte ich mich, was Hale wohl gerade machte.

Ruby saß alleine an einem Tisch, als ich in den Grill kam. Sie lächelte mich an, und ich war froh, dass es dieses aufrichtige herzliche Lächeln von ihr war.

»Rate mal«, sagte sie.

»Was denn?« Ich setzte mich neben sie und knöpfte meinen Mantel auf. Ruby schob mir eine Papptasse schwarzen Kaffee zu.

»Hab mich heute fürs Getty-Stipendium beworben.«

Seit drei Jahren schon träumte Ruby davon, nach dem Abschluss nach Los Angeles zu ziehen und im Getty Museum zu arbeiten.

»Super! Du kriegst es bestimmt. Also würdest du nach L. A. ziehen?«

Ruby trank einen Schluck Kaffee. »Nein, es ist ein Stipendium für Schottland. Da geht es um einen Restaurierungsplan für ein altes Anwesen. Ich habe mit dem Betreuer meiner Abschlussarbeit daran gearbeitet.«

»Wow«, sagte ich überrascht. »Ich wusste gar nicht, dass du nach Europa wolltest.«

»Doch.« Sie zupfte an der Papptasse herum. »Und was tut sich bei dir so? Wir haben uns ewig nicht gesehen, wie kommt das? Wir wohnen doch schließlich zusammen.«

»Na ja, zurzeit wohne ich quasi in der Bibliothek.«

»Gott, das muss aber ein Ende haben. Hast du von diesem Ausflug nach Portland gehört? Im November?«

»Nein, was ist da?« Ich trank einen Schluck Kaffee, merkte, dass ich regelrecht gierig auf das Koffein war.

»Die Uni schafft uns für einen Abend mit einem Bus nach Portland, damit wir da ausgehen können. Weil wir kurz vor dem Abschluss sind und so. Scheinbar sieht man uns gern betrunken.«

»Aber vielleicht hoffen sie auch, wir sind jetzt so

erwachsen, dass wir uns nicht bewusstlos saufen«, sagte ich.

»Du kommst mit, oder?«, fragte Ruby. »Musst du unbedingt, das wird bestimmt lustig.« Sie klang nicht sehr überzeugt.

»Ähm, ja klar, auf jeden Fall.«

»Schön. Und, ist inzwischen was passiert?«

»Was meinst du?« Mir war selbst nicht klar, warum ich mich jetzt dumm stellte.

»Mit Hale«, flüsterte sie.

»Nein, nichts. Ich seh ihn oft, aber dabei bleibt's auch.«

Sie sah erleichtert aus, was mich ärgerte.

»Und wie ist es so mit John?«, fragte ich.

»Gut. Alles beim Alten. Ich hab das Gefühl, er will vor dem Abschluss noch möglichst viel Zeit mit seinen Freunden verbringen. Ich bin ein bisschen in die zweite Reihe gerückt. Aber das geht klar.«

Wieder das gezwungene Lächeln, und sie umklammerte die Tasse fester.

Meine Chance. »Was läuft zwischen dir und Max?«, fragte ich.

Ruby sah mich scharf an. »Nichts.« Dann merkte sie, dass sie irgendwas erklären musste, weil die Entfremdung zwischen ihnen offensichtlich war. »Er hat sich im letzten Semester merkwürdig benommen. Ich komm damit nicht klar.«

»Vielleicht würde sich alles normalisieren, wenn du mal mit ihm reden würdest.«

Sie schüttelte den Kopf. »Zu kompliziert.«

Das hörte sich an, als wäre ich zu blöde, irgendwas zu kapieren. Am liebsten hätte ich geschrien, sie solle mir alles erzählen. Aber ich wollte nicht bitten. Ich würde irgendwie dahinterkommen.

»Okay. Erzähl mehr von Schottland.«

Sie begann von dem halbverfallenen Anwesen zu berichten, wo ein gewisser James und seine Familie vor Hunderten von Jahren gelebt hatten. Ich wartete auf die Leidenschaft, mit der sie früher immer über Kunst gesprochen hatte, doch von der war nichts zu spüren. Ruby wirkte, als machte es sie traurig, darüber zu reden, als wollte sie eigentlich gar nicht hinfahren.

»Max?« Ich klopfte an seine Tür. Stille. Ich wollte gerade wieder nach oben gehen, als ich im Zimmer etwas fallen hörte. Zuerst beschloss ich, es zu ignorieren und wieder zu verschwinden. Vielleicht wollte Max einfach in Ruhe gelassen werden. Aber dann hörte ich ein so heftiges Rumsen, als wäre etwas Schweres gestürzt. Ich öffnete die Tür und sah Max, wie er versuchte, sich am Tisch hochzuziehen. Er trug kein Hemd und hatte feuchte Haare, hatte sich wahrscheinlich nach dem Duschen gerade angezogen. Sein Blick war der eines verwundeten Tieres.

Mein Körper wollte wegrennen, aber ich blieb erstarrt stehen. Ich hasste Krankenhäuser mit all diesen schwachen und verletzlichen Körpern, und genau daran erinnerte mich Max gerade.

Er öffnete den Mund, aber kein Laut kam heraus. Ich hoffte, er würde sagen, *alles gut, danke*, damit ich wieder gehen konnte. Doch stattdessen krächzte er: »Panikattacke«, und rutschte auf den Boden, wo er hocken blieb.

Verdammt. Ich schaute rüber zum Wohnzimmer, hoffte, dass Khaled oder Gemma auftauchen würden. Oder sogar Ruby. Ich war nicht die richtige Person hierfür.

Max schien Atemnot zu haben. Ich konnte ihn keinesfalls allein lassen.

»Okay«, sagte ich, holte tief Luft, trat auf ihn zu und ging vor ihm auf die Knie. Mir fiel wieder ein, was mein Vater mit meiner Mutter gemacht hatte, wenn sie einen Angstanfall hatte.

»Lass uns mal ein bisschen rechnen«, sagte ich.

Max atmete tief ein, als wäre ihm das vertraut.

»Was ist vier mal sechs?«, fragte ich.

Zittrig keuchte er: »Vierundzwanzig.«

»Fünf mal fünf?«

»Fünfundzwanzig.«

So machten wir weiter, bis sein Atem sich beruhigte. Was für mich das Zeichen zum Aufbruch war, Max schien sich ja erholt zu haben.

»Okay, ich geh dann mal«, sagte ich.

Er hielt mich am Handgelenk fest. »Bleib. Bitte.«

Ich schaute auf seinen Arm. Seine Haut fühlte sich kalt an.

»Ich kann meine Hände und Beine noch nicht spüren.«

Was für ein Chaos. Ich konnte nicht fassen, dass Max sich so etwas antat.

»Mir ist klar«, sagte er, »dass ich gerade sehr bedürftig bin.«

Ich wusste, dass er witzig sein wollte, und lächelte. Dann setzte ich mich neben ihm auf den Boden. Meines Wissens wurden Panikattacken durch Störungen im Gehirn oder durch Traumata ausgelöst. Ich wusste nicht, ob Max etwas Schlimmes erlebt hatte oder seit jeher mit diesen Ängsten kämpfte. Meine eigenen Probleme kamen mir in den Sinn, und plötzlich hatte ich die Worte *du bist gestört* im Ohr. Rasch schüttelte ich den Kopf, um sie loszuwerden.

Max starrte mich an und blinzelte.

»Vielleicht solltest du dich nicht so unter Druck setzen«, sagte ich.

»Hab ich probiert.« Er sprach langsam. »Ich leide schon so lange darunter, ich weiß nicht mehr, was ich noch machen soll. Ich ernähre mich gesund, trinke kaum Alkohol, mache Sport. Hab sogar schon Meditation ausprobiert.«

Ich fragte mich, ob Ruby das gemeint hatte mit dem merkwürdigen Verhalten. Vielleicht hatte sie immer wieder diese Panikattacken bei Max erlebt und irgendwann beschlossen, dass sie genug davon hatte.

»Und Medikamente?«, fragte ich.

»Nein. Will ich nicht.«

»Warum nicht?«

»Darum.«

»Aber das wär doch bestimmt besser, als das aushalten zu müssen.«

»Nein«, erwiderte er. »Besser wäre, wenn mit dir auch

was nicht stimmen würde.« Ich sah ihn verwirrt an. »Ganz egoistisch«, fügte er hinzu. »Damit ich nicht das einzige Chaos im Raum wäre.«

»Ich hab auch meine Themen.« Das kam aus meinem Mund, bevor ich mich bremsen konnte.

Max warf mir einen mitfühlenden Blick zu. Ihm könnte ich wahrscheinlich die Wahrheit erzählen, und er würde sie für sich behalten. Aber das war das Risiko nicht wert. Ich könnte alles verlieren.

»Was denn für Themen?«, fragte er.

Ich überlegte, wie ich die Lage jetzt retten konnte. Schaute auf die Narben an meinen Händen.

»Hat es was damit zu tun?«, fragte er, ruhiger jetzt.

»Nein.« Ich atmete aus. Eine häufig wiederholte Lüge. »Das war ein Unfall. Ich bin in einen Glastisch gestürzt.« Wie oft hatte ich diesen Satz schon gesagt?

»Aber ich wurde ein paar Jahre lang gemobbt«, fuhr ich fort.

»Das tut mir leid. In der Schule?«

Ich zögerte. Seinen Namen wollte ich nicht aussprechen. Das hatte ich seit seinem Tod nicht mehr getan.

»Ja«, antwortete ich. »Ein Mädchen da hat mich gehasst und mir das Leben zur Hölle gemacht.«

Wir schwiegen, und Max sah mich an. Ich wusste, dass ich nicht wirkte wie jemand, der gemobbt werden konnte. Deshalb versuchte ich traurig auszusehen, stützte das Kinn in die Hand.

»Das wusste ich gar nicht von dir«, sagte Max.

»Überraschung.«

Max lachte beinahe, seufzte dann aber, lehnte sich

an den Tisch und schloss die Augen. Dann bewegte er die Finger, als wollte er das Blut wieder zum Fließen bringen.

»Wie geht's den Gliedmaßen?«, fragte ich.

»Besser.« Er wirkte beschämt und traurig.

»Es macht nichts, echt«, sagte ich. »Ist okay für mich, hierzubleiben.«

Max warf mir einen lieben Blick zu und rappelte sich hoch. Dann setzte er sich auf den Tisch.

»Aber zieh dir was an«, sagte ich. »Dein Sixpack verbrennt mir die Augen.«

Er grinste und zog sich ein T-Shirt über.

»Was wolltest du eigentlich?«, fragte er. »Du hast geklopft.«

»Ach so, ja. Ich wollte hören, ob du schon für das Quiz morgen gelernt hast.«

Am folgenden Nachmittag würde unser Philosophiequiz stattfinden. Wir hatten *Zeitgenössische Streitpunkte der Ethik* als Thema.

»Nein, hab ich noch nicht. Sollen wir uns zusammen vorbereiten?«

»Gern.« Wir gingen ins Wohnzimmer, und ich machte eine der Stehlampen an. Das schummrige Licht mochte ich lieber als die hellen Deckenleuchten. Khaled war vermutlich in der Bibliothek, aber ich hatte keine Ahnung, wo die anderen steckten. Gemma war wohl im Theater. Ich nahm mir vor, mehr mit den beiden in Kontakt zu bleiben. Von John wusste ich, dass er um diese Tageszeit meist ins Fitnessstudio ging oder sich mit Kommilitonen traf.

Ich machte es mir auf der Couch bequem und biss in einen Bioapfel aus dem Ort. Der saure Saft brannte auf meiner Zunge.

Max ließ sich auf dem Zweisitzer mir gegenüber nieder. »Bereit?«

»Kann losgehen«, antwortete ich, froh, dass er wieder Farbe im Gesicht hatte und seine Stimme normal klang. »Weißt du«, sagte ich, »irgendwann hab ich mich gegen dieses Mädchen zur Wehr gesetzt, das mich gemobbt hat. Auch bei einem Problem wie Angststörungen und Panikattacken … man kann was dagegen unternehmen.«

»Danke, Malin«, sagte Max überrascht.

Max helfen zu können gab mir ein Gefühl von Macht. Eine Sache fehlte noch, um ihn wiederherzustellen. Aber die würde bis morgen warten müssen.

Die Krankenstation auf dem Campus war vollkommen nutzlos. Die meiste Zeit kriegten die Leute da nur Schmerzmittel und wurden wieder weggeschickt. Ein Typ aus meinem Literaturkurs lief drei Tage mit einer Blinddarmentzündung herum, bevor eine Schwester auf die Idee kam, ihn in die Klinik zu überweisen.

Die psychologische Beratung aber war wesentlich effektiver, seit sich ein Student vor ein paar Jahren das Leben genommen hatte. Seither achtete die Unileitung sorgfältig darauf, dass immer kompetente Ansprechpartner zur Verfügung standen.

Mein Atem bildete Wölkchen in der kühlen Morgenluft, als ich auf das Gebäude zusteuerte. Bevor ich reinging, rieb ich mir ein bisschen die Augen, damit der Mascara verwischte, und ließ die Schultern hängen.

Am Empfangstresen wurde ich von einer Frau Mitte vierzig begrüßt, die müde wirkte. Neben ihrem Mousepad stand ein dampfender Becher Kaffee.

»Guten Morgen«, sagte sie und unterdrückte ein Gähnen. »Grippe?«

»Ähm, nein«, sagte ich leise und schniefte mit tränenden Augen. »Könnte ich vielleicht mit jemandem reden?«

»Von der psychologischen Beratung?« Die Frau schaute auf und griff sofort nach der Maus.

»Ja«, flüsterte ich.

»Ich schau nach dem nächstmöglichen Termin.« Die Frau blickte auf den Bildschirm. »Könnten Sie denn …«

»Es müsste jetzt sofort sein«, unterbrach ich und weitete die Augen noch mehr, um möglichst panisch zu wirken.

Die Frau beäugte mich forschend. »Ist es ein Notfall?«

Ich nickte.

Jetzt telefonierte sie so hastig, als hätte ich eine Bombe in der Tasche, und sagte dann: »Kommen Sie. Sie haben Glück, es ist schon jemand im Haus.«

Hervorragend.

Die Frau führte mich in einen Raum, der eher nach Wohnzimmer als nach Sprechzimmer aussah. Kunst an den Wänden, angenehme Farben. Ich setzte mich in einen der bequemen Sessel und ließ Schultern und Kopf hängen. Dann schloss ich die Augen und dachte an Levi und Bo.

Ich hörte Gemurmel im Flur, dann ging die Tür auf. »Hallo, Malin. Das ist doch richtig, oder?«, sagte der Mann. »Ich bin Dr. Vonn.« Er lächelte freundlich.

»Hallo«, murmelte ich so leise, dass ich mich selbst kaum hören konnte.

»Wie geht es uns?«, fragte Dr. Vonn und ließ sich in einem Sessel mir gegenüber nieder, ein Klemmbrett auf dem Schoß.

Es regte mich auf, dass er »uns« gesagt hatte, aber ich verdrängte die Wut, schniefte stattdessen, vergoss ein paar Tränen und atmete hektisch.

»Entschuldigung«, murmelte ich.

»Sie brauchen sich nicht zu entschuldigen.« Er reichte mir eine Packung Kleenex.

»Danke«, flüsterte ich, wischte mir den Mascara von den Wangen und putzte mir die Nase.

»Erzählen Sie mir doch einfach, was vorgefallen ist. Warum sind Sie zu mir gekommen?«, sagte Dr. Vonn ruhig.

»Also«, fing ich an und atmete ein paarmal tief durch. »Ich bin ein Einzelkind. Ich liebe meine Eltern. Aber ich hab das Gefühl, dass ich sehr unter Druck stehe … wegen guter Noten und so.«

»Ja, Stress kann schädlich für uns sein.« Er machte sich Notizen. »Wie heißen Ihre Eltern?«

»Celia und George.«

Ich hatte nicht erwartet, dass der Psychologe so präzise Fragen stellen würde, und schaute auf die Uhr. Halb acht. In zwanzig Minuten fing mein Seminar an. Ich musste mich beeilen.

»Meine Eltern sind nicht das Problem.« Das hörte sich schärfer an als beabsichtigt, ich musste mich konzentrieren.

»Ah ja?« Ich war nicht sicher, ob er meine Eile bemerkt hatte.

»Aber ich hatte einen Bruder … und ich glaube, das macht mir zu schaffen.« Noch ein paar Tränchen.

»Was ist denn mit Ihrem Bruder?«

»Er ist gestorben, als ich acht Jahre alt war. Vor meinen Augen.«

»Das muss schlimm für Sie gewesen sein.«

»Ja. Danach hat sich alles verändert. Ich frag mich manchmal, wie mein Leben wäre, wenn er noch leben würde, wissen Sie.« Das hatte ich gar nicht sagen wollen, und ich brach abrupt ab.

»Wie meinen Sie das?«, fragte Dr. Vonn.

Verdammt.

»Ach, weiß nicht. Meine Eltern haben sich verändert.« Ich zupfte an dem zerknüllten Papiertuch, das ich in der Hand hielt. Dr. Vonn schwieg, wartete geduldig ab. Wie es sich für einen guten Therapeuten gehört.

»Jedenfalls«, fuhr ich fort, um von dem Thema abzulenken, »hab ich immer wieder Panikattacken. Sie fangen plötzlich an, ganz unerwartet. Ich hab schon alles probiert … Meditation, gesunde Ernährung, Sport …«

Dr. Vonn machte den Eindruck, als wollte er weiter über meine Familie sprechen, und ich hoffte, er würde das lassen. Er trug einen Ehering, sah wie ein netter Papa aus: Bart, kariertes Hemd, freundliche Augen,

Lachfältchen. Ich fragte mich, wie viele Kinder er wohl hatte und ob er gut zu ihnen war.

»Panikattacken können sehr viel Angst verursachen«, sagte er. »Können Sie mir das präziser beschreiben? Wie lange halten sie an?«

Ich holte tief Luft, strich mir eine Haarsträhne hinters Ohr. Dachte an Max, wie er auf dem Boden gelegen hatte. An diesen verstörten Tierblick. »Es fühlt sich an, als würde mein ganzer Körper einfrieren. Meine Hände werden gefühllos, ich bekomme keine Luft mehr und habe Angst zu sterben. Manchmal ist mir auch so übel, als müsste ich mich übergeben.« Ich dachte an Levi, und mein Herz schlug schneller. »Und dann rast mein Herz, und ich habe schwarze Flecken vor den Augen.«

Levi, wie er mich anstarrte, der Jungvogel zu seinen Füßen. Ich drückte einen Daumen auf den Akupressurpunkt in meiner anderen Hand.

»Manchmal dauern sie zwanzig Minuten«, fuhr ich fort. »Ich geh dann meist joggen, damit es besser wird. Am schlimmsten ist es, wenn es im Seminar passiert. Dann kann ich nicht weglaufen und mich auch nicht mehr konzentrieren. Die Stimmen hören sich an, als wäre ich unter Wasser.«

Ich sah Dr. Vonn mit Tränen in den Augen an. Er schien nachzudenken.

»Joggen ist eine sehr gute Ablenkung«, sagte er schließlich. »Aber wir wollen natürlich nicht, dass Sie ständig aus Ihren Seminaren laufen müssen, nicht wahr?«

Unwillkürlich musste ich lächeln.

Er lehnte sich zurück, befestigte den Stift an seinem Klemmbrett und legte es auf den Tisch. »Wir könnten es mit kognitiver Verhaltenstherapie versuchen.«

»Was ist das? Ich bin bereit, alles auszuprobieren.«

»Sie schulen damit Ihr Gehirn und lernen, die Angst zu beherrschen. Damit wird es Ihnen besser gehen.«

»Das klingt gut. Ich kann es auf jeden Fall mal ausprobieren.«

Ich drückte das Papiertuch noch fester. »Ich hab einfach ständig solche Angst. Ich weiß jetzt schon, dass ich nachher im Seminar wieder eine Attacke kriegen werde. Was kann ich nur dagegen tun?«

»Tja …« Er hielt inne, und ich starrte ihn an. *Komm schon, nun mach.* »Haben Sie schon mal überlegt, Medikamente zu nehmen?« *Na endlich.*

»Ich weiß nicht«, antwortete ich zögernd. »Eigentlich will ich nichts nehmen. Die Medikamente haben Nebenwirkungen, hab ich gehört, und können die ganze Persönlichkeit verändern.«

Dr. Vonn nickte mitfühlend. »Ich verstehe Ihre Bedenken. Wenn jemand mir Symptome wie die Ihren beschreibt, erkundige ich mich grundsätzlich nach der Bereitschaft, Medikamente zu nehmen. Ich kann Ihnen jedenfalls versichern, dass sie Ihre Persönlichkeit nicht verändern werden.«

Ich schaute zu Boden und holte tief Luft.

»Na ja, dann vielleicht«, sagte ich langsam. »Wenn Sie meinen, dass es hilft.«

»Sie müssen die ja nicht ein Leben lang einnehmen. Wir können das jederzeit im Laufe Ihrer Therapie ändern. Vorerst könnte es bei Ihnen aber schon von Vorteil sein, denke ich.«

»Vielleicht hilft es mir ja auch schon, sie einfach zu haben, als Absicherung für alle Fälle.«

»Genau. Das klingt gut.« Dr. Vonn trat zu seinem Schreibtisch, gab etwas in den Computer ein und setzte sich dann wieder in den Sessel. »Dann erkläre ich jetzt mal, wie die Verhaltenstherapie aufgebaut ist und was unsere Ziele wären. Und wir können weiter über Ihre Familie sprechen, wenn Sie möchten.«

Er redete darüber, wie ich meine Gedanken lenken könne, und ich schaltete ab, schaute durchs Fenster meinen Kommilitonen nach, die ins Seminar gingen. Auf keinen Fall würde ich meine Gedanken lenken. Sie sorgten für mein Überleben. Irgendwann zwang ich mich zu akzeptieren, dass ich zu spät ins Seminar kommen würde. Das war das Ganze hier wert.

Am Ende der Stunde schrieb Dr. Vonn mir ein Rezept aus. »Sie können das Medikament benutzen, wenn Sie es brauchen. Sollen wir gleich einen weiteren Termin vereinbaren?«

Hastig suchte ich nach einer Ausrede. »Ach, zu dumm, ich hab meinen Terminkalender vergessen. Kann ich später noch mal anrufen?« Ich tat, als würde ich gleich wieder in Tränen ausbrechen.

»Ja, natürlich, kein Problem«, sagte Dr. Vonn. »Und kommen Sie bitte jederzeit her, wenn Sie mit jemandem sprechen möchten. Es ist immer jemand hier.«

Ich dachte über seine Worte nach. Ein winziger Teil von mir wollte ihm alles erzählen. Mein Vater, meine

Familie. Nein, auch Dr. Vonn konnte mich nicht heilen. Ich konnte ihm nicht erzählen, was passiert war. Ausgeschlossen.

»Danke«, sagte ich und stand auf.

»Bis bald.«

Nein, auf Nimmerwiedersehen. Wenn die mich anrufen würden, dann würde ich sagen, es ginge mir prima, ich hätte eine der Pillen genommen, und seither sei alles bestens, vielen Dank auch.

Das letzte Studienjahr war zur Hälfte um, aber ich würde Max von seinen Panikattacken befreien. Es war ganz einfach. Das Medikament würde ihn normal machen.

Nach dem Seminar holte ich das Medikament ab. Im *Palast* checkte ich, ob ich alleine war, legte eine Pille in einem Papiertuch auf die Kücheninsel und zertrümmerte sie mit einem Hammer. Dann wusch ich zwei der kaffeeverkrusteten Becher aus der Spüle ab und füllte sie mit heißer Schokolade. In den Becher für Max schüttete ich das weiße Pulver und nahm ihn in die rechte Hand, als ich zum Philosophiequiz ging.

32

Letztes Studienjahr

An dem Abend vor dem Ausflug nach Portland passierte es wieder, dass ich mit John alleine war.

Ich hatte mir angewöhnt, ihm aus dem Weg zu gehen. In der Mensa saß ich so weit wie möglich von ihm weg, und ich verließ jeden Raum erst, wenn ich wusste, dass John abgelenkt war. Abends schloss ich meine Zimmertür ab. Ich hatte nicht damit gerechnet, ihm mitten in der Nacht auf dem Campus zu begegnen.

Ich hatte in Hales Büro gearbeitet und die Zeit vergessen. Hale hatte geschrieben, ich für einen Test gelernt. Irgendwann war Hale gegangen, und ich stellte viel später fest, dass es schon ein Uhr war.

Als ich das Gebäude verließ, war weit und breit niemand zu sehen, es war Donnerstag. Ich schaute beim Gehen zum Sternenhimmel auf, als ich plötzlich die Stimme hörte.

»Ist ja nett, dich hier zu treffen.«

Ich blieb stehen und spähte in die Dunkelheit. Da stand Levi, und mir stockte der Atem. Nein, Unsinn. Levi war tot.

John kam von einem der Erstsemesterwohnheime

und trat ins Licht der Laterne. Keine Ahnung, was er um diese Uhrzeit hier machte.

»Woher kommst du?«, fragte ich.

»Och, du weißt schon.« Er grinste. »Von hier und da.«

Da ich auf keinen Fall mit ihm gemeinsam nach Hause gehen wollte, setzte ich mich wieder in Bewegung.

»Und woher kommst *du*?«, fragte er. Ich ging schneller, aber er folgte mir. »Weißt du, wir wohnen im selben Haus. Ist doch idiotisch, nicht zusammen zu gehen.«

Zähneknirschend verlangsamte ich meinen Schritt.

John warf einen Blick aufs Anglistikinstitut. »Ach so, ja. Hab von deiner neuen Liebe gehört.«

Ruby musste es ihm erzählt haben, obwohl sie es für sich behalten sollte. Ich umklammerte meine Tasche fester, sagte nichts.

»Wundert mich ja, dass du Ruby das antust.«

Und von ihrem Vater hatte sie John also offenbar auch erzählt. Mir aber nicht.

»Sie kommt damit klar«, erwiderte ich.

John schnaubte höhnisch. »Du weißt das also nicht? Was diesen Sommer passiert ist? Mit ihrem Vater? Scheinbar erzählt Ruby dir doch nicht alles …«

Ich blieb stumm.

John schlug mir auf den Rücken. »Ach, nun hab dich nicht so. Sie findet dich trotzdem toll.« Er rückte näher, und ich merkte, wie sich mein Körper anspannte. »Warum hasst du mich so?«

»Tue ich nicht«, sagte ich und ging wieder schneller. Wir bogen in unsere Straße ein.

»Du redest nie mit mir, schaust mich nicht mal an. Mit Max redest du ständig. Versteh ich zwar nicht, aber wenn du auf so Typen stehst ...«

Ich schwieg hartnäckig.

»Im Ernst jetzt, was hab ich dir getan?«, drängte John. »Ich entschuldige mich für alles, was ich vielleicht falsch gemacht habe.«

»Ich hasse dich nicht«, wiederholte ich.

»Vielleicht, weil ich weiß, wie du tickst, und das macht dich *nervös*.« Das Wort schrie er mir abrupt ins Ohr und lachte dann. Ich ging unbeirrt weiter.

»Ja«, sagte ich, als wir endlich am Haus ankamen. »Das ist es wohl. Du kannst mich so gut einschätzen, und das find ich ganz furchtbar, ich armes Ding.«

John sah konsterniert aus. »Mann, du kannst einem auch echt jeden Spaß versauen«, sagte er und verschränkte erbost die Arme vor der Brust.

Im Haus ging ich sofort die Treppe rauf und ließ ihn unten stehen.

»Du solltest dankbar sein«, rief er mir nach, »dass ich niemandem von deinem Großvater erzählt habe. Der diese ganzen Leute umgebracht hat.«

Ich sah Levi vor mir. Bo in meinen Armen. Die Hand meiner Mutter, die Levis Hand umklammerte. Spürte die Tränen auf meinen Wangen, als ich an jenem Tag auf der Zufahrt stand, die Schmerzen. Levis Geschichte musste ein Geheimnis bleiben. Diese Wahrheit würde alles zerstören, wofür ich jahrelang so hart gearbeitet hatte, die Täuschung, die ich so mühevoll aufrechterhielt. All das würde ich mir nicht von John ruinieren lassen. Es gab nur eine Möglichkeit, diesen Typen loszuwerden.

»Ist mir scheißegal, wem du das erzählst.« Ich drehte mich auf der Treppe um. »Von mir aus der gesamten Uni.«

John seufzte frustriert. »Warum kannst du mich nicht leiden? Sag mir einfach bloß, warum.«

Nur zu gerne hätte ich ihm die Wahrheit gesagt. Hätte alles aufgezählt, was ich an ihm widerwärtig fand. Aber diesen Fehler machte ich nicht. Damit meine nächsten Worte glaubwürdig wirkten, entspannte ich mein Gesicht. Meine Stimme klang traurig und sanft, als ich sagte: »Ich darf dich doch nicht mögen, John, wegen Ruby. Das wäre nicht richtig.« Ich wusste, dass diese melodramatische Nummer seinem Ego schmeicheln würde. Er sagte nichts, aber ich spürte, dass die Antwort ihn zufriedenstellte. »Kann ich jetzt gehen? Ich muss alleine sein«, fügte ich in derselben Stimmlage hinzu.

»Aber wir können doch trotzdem Freunde sein«, wandte er ein.

Das wäre ja wohl das Allerletzte. Ich warf ihm noch einen langen, wehmütigen Blick zu, dann ging ich nach oben, schloss mich in meinem Zimmer ein und genoss die Stille.

Ich musste mir unbedingt Zutritt zu Rubys Zimmer verschaffen. Und zwar gleich am nächsten Tag.

Portland hieß uns mit Sturmböen und peitschendem Regen willkommen. Der Bus entließ uns nach einer halben Stunde Fahrt in die Straßen der großen Stadt, und wir waren froh, Edleton für einen Abend entkommen zu sein.

Gemma, Ruby und ich hatten zuerst gemeinsam zu Abend gegessen und waren jetzt unterwegs zu der Bar, in der wir die anderen treffen wollten. Wir hielten uns aneinander fest, während der kalte Regen uns ins Gesicht schlug. Als wir die Bar erreichten, waren wir alle drei völlig durchnässt.

»Igitt«, jammerte Gemma. »Guck mal, was ist mit meinem Mascara? Ist da überhaupt noch was übrig?«

»Ja, sieht gut aus«, erwiderte Ruby. »Und bei mir?«

Gemma strich mit dem Daumen unter Rubys Augen entlang. »Ist okay.«

In der Bar ging es hoch her, alle waren schon betrunken, Ruby und Gemma auch, aber das war gar nichts im Vergleich zu den anderen. Wir drängten uns durch die Menge. Dröhnend laute Musik, stickige Luft, Sportdevotionalien an den Wänden. Weiter hinten ein großer Raum mit Tischfußball und Billardtischen.

»Oh verdammt, bitte keine Spiele«, sagte Gemma. »So was hasse ich. Müssen wir?«

»Ja, Gems«, antwortete Ruby. »Da sind doch unsere ganzen Kommilitonen.«

Wir schauten uns um. Getöse und Kreischen, alle völlig außer Rand und Band. Ich sah Shannon, die ihrem Freund am Hals hing. Seit dem ersten Studienjahr hatte ich sie nicht mehr oft gesehen und freute mich jetzt, dass sie glücklich wirkte.

»Seht ihr die Jungs?«, fragte Ruby und drückte ihre

Handtasche an sich, die ebenso nass war wie die Lederjacke.

»Da drüben«, schrie Gemma, und wir drängten uns zu Khaled und John durch, die mit ein paar Jungs aus der Fußballmannschaft einen riesigen Jenga-Turm aufstapelten.

Max spielte Billard mit zwei Jungs und einem Mädchen, mit dem ich ihn irgendwann mal hatte knutschen sehen. Jetzt beobachtete ich, wie Ruby zu ihm hinüberschaute, Wehmut im Blick. Max sah sie auch an, blieb aber, wo er war. Als wir vorbeigingen, winkte er mir zu.

»Glaubt ihr, Max wird wieder was mit der anfangen?«, rief Gemma uns zu.

Ruby blieb stumm.

»Kann uns doch egal sein«, antwortete ich.

»Du kannst einem echt den Spaß verderben«, schmollte Gemma.

»Das hör ich in letzter Zeit öfter.«

»Hey, ihr«, sagte John, als wir zu ihnen traten, zog Ruby an sich und küsste sie. Er sah erhitzt aus, und sein Gesicht glänzte vor Schweiß.

»Kannst du mir was zu trinken holen?«, lallte Ruby und griff nach seinem Bier.

John zog das Glas weg und zögerte. »Ich glaub, du hattest schon genug, Süße.«

Ruby sah mich an. Ich lächelte gezwungen und wandte mich zu den anderen.

»Hast du was für mich?«, fragte Gemma Khaled.

Khaled nickte und schaute sich um. Dann zog er ein

Plastiktütchen voll weißem Pulver aus der Tasche. Alle schauten begierig, und ich tat, als fände ich das auch aufregend.

»Du bist ein Schatz«, sagte Gemma und küsste Khaled auf den Mund. Das kam manchmal vor, und ich fand es immer irritierend.

Khaled öffnete die Tüte, und wir drängten uns um ihn, damit niemand etwas sah. Aber bei dem Chaos in der Bar konnte ohnehin keiner etwas merken.

»Die Damen zuerst«, sagte Khaled und reichte das Pulver Gemma.

Sie steckte den kleinen Finger hinein und kostete. Ich hatte keine Ahnung von Drogen, und dabei sollte es auch bleiben.

»Augenblick mal«, sagte Gemma, kniff die Augen zusammen und lachte. »Oh Mann, bist du ein Idiot.«

Gemma bog sich vor Lachen, während Khaled die Tüte nahm und auch kostete. »Scheiße«, sagte er und trat einen Schritt zurück. »Das ist Puderzucker.«

Ich atmete erleichtert aus. Dann spielten wir Jenga, bis alle sturzbetrunken waren, schwankten und sich aneinander festhalten mussten. Ruby ergatterte irgendwoher Tequila, und am Ende fielen sie und Gemma in den Jenga-Turm, der zusammenkrachte.

Ich hatte gesehen, wie Ruby ihre Handtasche unter einen Stuhl geworfen hatte. In dem Tohuwabohu bemerkte niemand, dass ich mit der Tasche abhaute. Draußen lief ich ein paar Häuser weiter, stellte mich unter eine Markise und zog mein Handy raus. Dann holte ich tief Luft.

Hale ging schon nach dem zweiten Ton dran. »Malin?«

»Ja, ähm, hi.« Ich hatte mir genau überlegt, was ich sagen würde.

»Ist alles okay?«

»Ja. Na ja. Weiß nicht.«

»Was ist los?«

Es gefiel mir, wie besorgt er klang.

»Ich bin in Portland mit den anderen aus meinem Semester.« Der Wind peitschte mir wieder Regen ins Gesicht. »Tut mir echt leid, dass ich dich störe. Aber meinst du, du könntest mich vielleicht hier abholen?«

Wie ich geahnt hatte, zögerte Hale keine Sekunde.

»Wo genau bist du?« Ich hörte das Klirren von Autoschlüsseln und eine zufallende Tür.

Ich schaute unter der Markise hervor auf das Straßenschild. »An der Ecke Fore und Franklin Street.«

»Halbe Stunde etwa«, sagte er.

»Toll, danke.«

»Ruf mich an, falls noch was ist.«

Ich lehnte mich an die Hauswand. Auf keinen Fall würde ich mit den anderen im Bus zurückfahren. Ich musste vor ihnen im Haus sein. Es war jetzt Viertel vor elf, die Busse waren für Mitternacht bestellt. Da blieb mir genug Zeit, um in Rubys Zimmer zu gehen.

Ich setzte mich auf eine Treppenstufe. Mein Rock war ohnehin durchnässt. Rubys Handtasche roch nach teurem Leder. Ich öffnete sie und kramte darin herum, fand den Schlüssel zu ihrem Zimmer. Ganz unten war etwas Hartes, Eckiges. Ihr Handy. Es vibrierte plötzlich, war nicht passwortgeschützt. Typisch für sie, dass sie ihr Zimmer abschloss, sich aber keine Gedanken um ihr Telefon machte.

Eine Nachricht.

Wo bist du?

Dann: Wir wollten doch heute Abend reden.

Du fehlst mir.

Die Nachrichten waren von Max. Ich machte die ganze Konversation auf, aber da war nichts weiter. Ruby musste den Verlauf gelöscht haben.

Es vibrierte wieder.

Ruby. Bitte.

Was lief da? Ich hatte nicht gewusst, dass die beiden sich schrieben. Aber tatsächlich waren beide in letzter Zeit mit ihrem Handy geheimnistuerisch gewesen. Ich ärgerte mich, dass ich das nicht beachtet hatte.

Weitere Nachrichten kamen nicht, aber jetzt fiel mir wieder ein, wie Ruby mir bei der Cocktailparty ausgewichen war, als ich wissen wollte, wem sie schrieb. Und dass Max im Seminar immer wieder schrieb, aber darauf achtete, dass ich nichts sah.

Zwei Gestalten kamen umschlungen die Straße entlang. Ich schaute weiter auf das Handy. Dann steckte ich es in Rubys Tasche zurück, und als ich aufschaute, stand John vor mir und starrte auf mich herunter. Ein Mädchen aus der Lacrosse-Mannschaft klammerte sich an ihm fest.

»Wo ist Ruby?«, fragte ich. Das Mädchen wandte sich ab, ging zu einem Gebüsch und erbrach sich.

»Ich dachte, sie ist bei dir.« Er trat auf mich zu, und ich sprang auf.

»Was machst du hier?«, fragte John argwöhnisch, und sein Blick fiel auf Rubys Tasche. Er griff nach meinem Arm, und ich wich aus.

»Fass mich nicht an.« Meine Stimme, wie sie wirklich klang.

Er wich verblüfft zurück. »Großer Gott, entspann dich, M.«

Ich holte tief Luft, um mich zu konzentrieren. John starrte weiter auf Rubys Tasche.

»Wieso hast du die?«, fragte er.

»Die lag auf dem Boden, als ich raus bin. Ich hab sie mitgenommen, damit sie nicht gestohlen wird.«

Ich sah ihm an, dass er mir nicht glaubte.

»Gib sie mir. Ich bring sie Ruby.«

Ich blickte über Johns Schulter auf das Mädchen. »Bist du nicht grade beschäftigt?«

Entwischt, aber nur knapp.

John senkte den Blick, trat dicht vor mich. Ich spürte seinen Atem auf dem Gesicht, roch den Alkohol. »Ich bewahre dein Geheimnis, wenn du meins bewahrst.«

In diesem Moment sah ich Hales Pick-up um die Ecke biegen und winkte. Als der Wagen anhielt, stieg ich ein, ohne ein weiteres Wort zu John zu sagen.

Ich sah Hale an. »Bitte lass uns fahren.«

Hale gab Gas, musterte John aber im Rückspiegel. »Dieser Typ macht dauernd Stress, oder?«

Ich sagte nichts, wischte mir nur mit dem Ärmel Wasser vom Gesicht und umklammerte Rubys Tasche.

Ein paar Minuten lang schwiegen wir beide, bloß das Radio war zu hören.

»Darf ich dich fragen, warum ich dich abholen sollte?«, sagte Hale schließlich.

»Hab mich nicht wohl gefühlt.« Ich starrte auf die Scheibenwischer. Als wir die Stadt hinter uns ließen, war es stockfinster draußen.

Hale runzelte die Stirn. »Ist irgendwas vorgefallen?«, fragte er behutsam.

»Ich wollte da weg. Deshalb hab ich dich angerufen.«

Er warf mir einen kurzen Seitenblick zu. »Finde ich gut, dass du das gemacht hast.«

Ich stellte Rubys Tasche neben meine Füße. Das Handy rührte sich nicht, keine weiteren Nachrichten von Max.

»Erzähl mir irgendwas von dir«, sagte ich, um das Thema zu wechseln.

»Was denn?«

»Zum Beispiel von deinen Schwestern. Wie geht's ihnen?«

Hale lächelte. »Also, Corey hat sich grade verlobt. Und Lauren arbeitet wieder. Sie hat ein Architekturbüro in der Stadt. Beiden geht's zurzeit sehr gut.«

Er stammte offenbar aus einer harmonischen Familie. Probleme waren da vermutlich, wenn Mom sich zu viele Sorgen machte oder Dad in den Ruhestand ging und ein Hobby brauchte.

»Vermisst du deinen Bruder?«, fragte Hale jetzt.

»Weiß nicht. Das ist so lange her, ich kann mich kaum noch an ihn erinnern«, log ich.

Hale blieb stumm.

»Es war meine Schuld«, sagte ich unvermittelt. »Dass er gestorben ist.« Das hatte ich noch nie zuvor ausgesprochen. Es fühlte sich an, als fiele eine schwere Last von mir ab. »Im einen Moment war er noch bei mir, und im nächsten Moment war er für immer weg.«

»Du darfst dir nicht die Schuld daran geben«, sagte Hale nach kurzem Schweigen. »Du warst doch noch ein Kind.«

Noch ein Kind. Wie oft hatten meine Eltern das über Levi gesagt. Sie hatten immer häufiger und immer schlimmer gestritten, als Levi zusehends mehr Angst und Schrecken verbreitete und meine Mutter nicht wollte, dass er zu einer Behandlung weggeschickt wurde. *Er ist doch noch ein Kind.*

»Das ist keine Entschuldigung«, erwiderte ich.

Nach dem Unfall hatte mich niemand gefragt, wie es dazu gekommen war. Meine Erinnerungen waren auch verschwommen. Nur Levis Gesicht sah ich vor mir, die aufgerissenen Augen, eher schockiert als ängstlich. Levi hatte sich vor gar nichts gefürchtet, nicht mal vor dem Tod.

»Manchmal denke ich, dass sein Tod mich irgendwie zerstört hat«, sagte ich.

Den Rest der Fahrt brachten wir schweigend zu, beide in Gedanken versunken.

Hale hielt am Fuße des Hügels. Ich schaute zu unserem *Palast* hinauf. Wusste, dass ich jetzt reingehen, Rubys Zimmertür aufschließen und ihr Tagebuch lesen sollte. Aber ich wollte nicht aussteigen.

Hale sah mich an. Er war so lieb. Ich wollte ihm nicht weh tun und auch nicht von ihm getrennt sein. Vielleicht konnte ich dieses Leben doch ausprobieren. Vielleicht würde ich eine andere sein können.

»Malin«, sagte er so leise, dass ich den warnenden Unterton kaum bemerkte. »Was immer du dir jetzt gerade auch ausdenkst – lass es.«

Ich fragte mich, was er wohl wahrnahm, als er mich jetzt ansah. Durchnässte Kleidung, nasse, wirre Haare. Grüne Augen. Die gleichen Augen wie Levi. Hale war kurz davor, mich wirklich zu erkennen, nach dem, was ich ihm gerade erzählt hatte. Würde er mich auch noch so anschauen, wenn er die ganze Wahrheit kannte?

Der Regen trommelte aufs Dach, die Scheibenwischer schienen *jetzt, jetzt, jetzt* zu raunen.

Ich legte meine Hand auf die von Hale. Zum zweiten Mal innerhalb von drei Jahren berührten wir uns so, absichtlich. Das erste Mal war bei der Party damals gewesen, als Hale mich in dem überfüllten Raum an der Hand nahm. Ich spürte die pulsierende Energie zwischen unseren Händen. Und dann beugte ich mich zu ihm, und meine Lippen fanden seine, weich und warm. Unsere Hände zerrten an unseren Kleidern, und ich setzte mich auf ihn, Haut an Haut. Hastig waren wir, drängend, und es war richtig so.

Der Regen hatte aufgehört, als ich zu unserem im Dunkeln liegenden *Palast* hinaufging. Bevor ich ins Haus trat, drehte ich mich noch einmal um. Hale schaltete das Licht zweimal ein und aus, um sich zu verabschieden. Ich wusste, dass er erst losfahren würde, wenn ich drin war. Deshalb schloss ich auf und blieb dann lange unten im Eingangsbereich stehen, bis mir wieder einfiel, warum ich Rubys Tasche in der Hand hielt und warum ich alleine im Haus war.

33

Letztes Studienjahr

Ich schloss Rubys Tür auf, klemmte einen Schuh in den Spalt. Dann rannte ich runter und verbuddelte die Handtasche in dem Waldstück hinter dem Haus unter einem Haufen nasser Blätter.

Rubys Zimmer war ordentlich und sauber, nur die Stollenschuhe, die innen an der Tür hingen, noch feucht vom Morgentraining, rochen unangenehm. Ich rümpfte die Nase und trat zum Schreibtisch. Das Tagebuch lag wie immer in der Schublade. Ruby war ein Gewohnheitstier.

Mir war schon klar, wie pervers es war, dauernd das Tagebuch seiner Freundin zu lesen. Und ich wusste, dass Ruby mich als Monster betrachten und nie mehr mit mir reden würde, sollte sie das jemals herausfinden.

Aber ich machte das auch, weil ich ihre Gedanken nicht lesen konnte. Ich wollte Ruby helfen und ihr eine gute Freundin sein, und sie würde mir dankbar sein, wenn sie wüsste, was ich alles für sie tat. Ich blätterte zum letzten Eintrag, vom vorigen Abend.

10. November

Vorhin wurde John wieder wütend. Danach stürmte er raus, keine Ahnung, wo er jetzt ist … Ich will nicht mal dran denken. Ich hoffe, er lässt sich nicht volllaufen. Oder macht irgendwas anderes Dummes. Ich mach mir Sorgen um ihn, wenn er in dieser Stimmung ist. Wahrscheinlich hat er Stress wegen dem Abschluss und nächstem Jahr und so. Ich versuch, ihn zu stärken, ist aber schwierig, weil ich weiß, was ich nächstes Jahr vorhabe. Obwohl ich mir Schottland jetzt noch mal überlege, ich glaube, John braucht mich hier. Wir könnten den Sommer gemeinsam auf Martha's Vineyard verbringen und alles gemeinsam überlegen. Ich bin so erschöpft, dass ich kaum noch klar denken kann. Streiten ist furchtbar anstrengend.

Heute fing es so an: Meine Tutorin hat mir dieses tolle Foto von White Sands bei Sonnenuntergang geschenkt. Es ist absolut fantastisch, mit diesen ganzen Farbschattierungen. Der Fotograf ist genial. Ich war schon seit Monaten scharf auf dieses Bild, hab auch gefühlte tausend Mal mit John darüber geredet. So süß von Anita, es mir zu schenken. Hatte es also auf meinen Schreibtisch gelegt, weil ich nicht gleich Zeit hatte, es aufzuhängen. Als ich dann gestern ins Zimmer kam, sah ich, dass John ein Bierglas darauf abgestellt hatte. Ein FEUCHTES Bierglas, das einen Abdruck hinterlassen hat. Das Foto ist hin, was mich wahnsinnig aufregt. Und noch wütender macht mich, dass John keinerlei Schuldgefühle hat. Er kann ein-

fach nichts wertschätzen. Wahrscheinlich, weil er sich immer was Neues KAUFEN kann, wenn was kaputtgeht. Wenn man irre reich ist, lernt man wahrscheinlich keine Sorgfalt, weil man ja alles jederzeit ersetzen kann. Als ich ihn gefragt hab, weshalb er das gemacht hat, sagte er, ich soll eben wertvolle Sachen nicht rumliegen lassen und besser aufpassen. Darauf ich: Das ist doch absurd, es war eindeutig dein Fehler. Er: Du kannst mich am Arsch lecken. Superhilfreich natürlich, so eine Bemerkung in einem Streit … Und wieso ist das überhaupt in einen Streit ausgeartet? Er hätte sich entschuldigen müssen, weil er das Foto zerstört hat. Dann sagte er, wenn ich dauernd nur meckere, cancelt er unsere New-York-Reise in den Winterferien. Da bin ich in Tränen ausgebrochen und hab ihn gebeten, nicht rumzuschreien und die Reise nicht zu canceln (wir freuen uns schon soooo lange darauf). Ich bin sogar auf die Knie gefallen und hab ihn angefleht. Er hat mich angeschaut, als wäre ich Abfall, und ist rausgegangen.

Manchmal frage ich mich, wo die Grenze zwischen Richtig und Falsch ist in einer Beziehung. Wie viel muss man ertragen? Die meisten Leute würden John wahrscheinlich nicht aushalten. Klar, er kann sich jederzeit eine neue Freundin zulegen, er ist ja reich, beliebt, charmant und sieht gut aus, aber ob DIE dann bleiben würde? Eher nicht. Ich bleibe und entschuldige mich auch noch ständig, manchmal weiß ich nicht mal, wofür. Bei einem Streit neulich musste ich lachen, weil ich mich nicht mehr erinnern konnte, warum ich mich grade entschuldigt hatte. Das hat John noch wütender gemacht, deshalb hab ich's gleich gelassen. Aber ich finde das immer noch rasend komisch irgendwie. Na ja, jedenfalls vergess ich alles meist am nächsten Tag wieder, ist also alles nicht so schlimm. Oder? Weiß nicht. Eigentlich weiß ich gar nichts mehr. Da ist so eine innere Stimme in mir … Was, wenn er mich irgendwann schlägt? Aber das würde er doch nicht tun, oder? Ich kann mir diese Frage nicht beantworten.

Und dann auch noch … dieses andere. Ich kann nicht mal darüber schreiben, so weit runter bin ich inzwischen. Und dann denke ich an zuhause, und mir wird ganz übel.

Manchmal wünsche ich mir, ich könnte mit irgendwem über alles reden. Aber wie soll man bitte jemandem sagen: Hey, mein Freund ist ein Arschloch, aber ich bleibe trotzdem mit ihm zusammen? Das kommt einem nicht so leicht über die Lippen.

Früher war ich kraftvoll. Glücklich und heiter. Aber jetzt bin ich nur noch müde und weiß, dass ich wie eine launische Zicke rüberkomme. Mir tut das Gesicht weh vom ewigen Lächeln. Mitten in einem Gespräch denke ich plötzlich: Wär das nicht toll, jetzt ein Wutanfall? Hab diese Show so satt. Kommt mir vor, als wäre ich der einzige Mensch, der so furchtbar kämpfen muss, um normal zu wirken. Fühle mich einsam. Und erschöpft. Völlig am Ende.

Ich muss aber positiv bleiben. Jedes Paar durchläuft Krisen. John ist gestresst, das ist alles. Es wird bestimmt alles wieder gut! Probleme sind normal. Ich muss jetzt mal aufhören, so schwierig zu sein, und das einfach akzeptieren.

Fasziniert blätterte ich zurück zum letzten Frühjahr. Keine Einträge. Wie war das möglich? Da musste sie doch den Streit mit Max gehabt haben oder was immer da vorgefallen war. Aber zwischen Winter und Sommer hatte sie nicht ausführlich geschrieben, nur kurze unbedeutende Bemerkungen. Dann entdeckte ich Max' Namen, bei einem Eintrag vom fünften Juli.

Max hat mir gestern Abend geschrieben, ganz unerwartet. John und ich waren am Strand bei einem Lagerfeuer. Hatte nicht damit gerechnet, im Sommer von Max zu hören, er ist ja in Haiti. Ich war aufgeregt und hab mich gefreut. Aber John hat gesehen, von wem die Nachricht ist … und ein ganz schlimmes Gesicht gemacht. Dann schmiss er mein Handy ins Meer. Hat sich heute entschuldigt und gesagt, es sei ohnehin nicht gut gewesen, er kauft mir ein besseres.

Er will nicht, dass ich mit Max spreche. Sagt, das schadet unserer Beziehung, wenn ich mit ihm zusammenbleiben will, kann ich nicht mit Max befreundet sein. Tut mir in der Brust weh, wenn ich mir vorstelle, nicht mehr mit Max sprechen zu können. Aber ich liebe John und will mit ihm zusammenbleiben. Das ist doch das Beste für mich. Oder?

Hatte John *darauf* angespielt, als er vom letzten Sommer sprach? Aber das hatte doch nichts mit Rubys Vater zu tun. Ich suchte weiter, fand aber nichts Entsprechendes.

Ich klappte das Tagebuch zu, hielt es in der Hand. Dachte an heute Morgen. Wir sechs beim Frühstück in der Mensa. Kaffee und Müsli mit Beeren für mich, während ich an meiner Abschlussarbeit schrieb. Max rechts von mir, las irgendwas. Gemma und Khaled beklagten sich darüber, dass ihr Lieblingsmüsli aus dem Sortiment verschwunden war.

Ruby und John. Ich versuchte mich zu erinnern, ob mir irgendwas aufgefallen war. Besorgte Blicke, Unruhe, Enttäuschung oder dergleichen. Aber sie wirkten wie immer. Sie lasen gemeinsam die Zeitung, amüsierten sich über die Cartoons. Ihre Haare waren feucht vom Duschen nach dem Training, er hatte die Ärmel hochgerollt, den Arm um ihre Schultern gelegt. Sie schaute immer wieder bewundernd und hingebungsvoll zu ihm auf.

Ich hatte Hales Stimme im Ohr. Unser Gespräch über das Gedicht.

Wie wir mit anderen umgehen. Machen wir deren Leben besser oder schlechter? Wenn jemand leidet – lindern wir das Leiden, oder beachten wir es nicht?

34

Letztes Studienjahr

Von da an beobachtete ich Ruby und John sorgfältig. Die Streitereien wurden schlimmer, endeten immer damit, dass John Ruby beschimpfte und sie weinte und versuchte ihr Schluchzen im Kopfkissen zu dämpfen. Ich lenkte mich mit Arbeit ab.

Nach dem Abend in Portland taten John und ich so, als nähmen wir uns nicht wahr. Jeder Blickkontakt war bedrohlich, ein gefährliches Spiel. Ihre Handtasche fand Ruby nie wieder. An dem Abend übernachtete sie dann natürlich bei John. Am nächsten Morgen stand sie vor ihrem Zimmer mit dem Schlüsseldienst. Sie trug eine Jogginghose und ein T-Shirt von John und kaute besorgt auf ihrer Unterlippe. Beim Lunch fragte sie uns, ob wir ihre Handtasche gesehen hätten, in der Bar oder womöglich auf der Straße. John warf mir einen bedeutsamen Blick zu, sagte aber nichts. Beide hielten wir unser Ende vom Seil fest und hofften, der andere würde schwach werden.

Ich verbrachte viel Zeit mit Hale bei ihm zuhause. Lernte seine Räume kennen. Las die Bücher, die überall aufgestapelt waren, aß mit ihm Fastfood auf der Couch, schlief mit ihm in seinem Bett. Ich mochte seine

Leichtigkeit, seine Fröhlichkeit und Ausgeglichenheit. Manchmal sprach er über die Zukunft. Unsere Zukunft. Dass er nach Boston ziehen könnte, wenn ich dort Jura studieren wollte. Ich wartete auf den richtigen Moment, um ihm zu sagen, dass ich in Edleton bleiben und in Hawthorne promovieren wollte, während er darauf hinarbeitete, Professor zu werden. Ich wollte mit Hale in diesem Haus leben und gemeinsam lesen und schreiben. Wollte normal sein mit ihm. Ich hatte diese Chance bekommen, und ich hatte vor, sie zu ergreifen.

Er sagte, mit mir könne er so entspannt und er selbst sein wie noch nie zuvor. Es gab so vieles, das ich ihm hätte offenbaren müssen, aber ich tat es nicht.

Unsere Beziehung hielt ich geheim. Ich sprach mit niemandem darüber, und das fühlte sich richtig an.

Nebenbei überlegte ich immer wieder, was ich in Bezug auf Ruby unternehmen könnte. Ging stundenlang laufen, um dabei nachzudenken. Niemand sonst schien zu wissen, wie schlecht John sie wirklich behandelte, dass sie Angst hatte, er könnte sie schlagen. Ich stellte Gemma und Khaled merkwürdig anmutende Fragen.

John und Ruby verstehen sich super, oder?

Glaubt ihr, dass die beiden sich nach dem Abschluss verloben werden?

Ruby sieht so glücklich aus, nicht?

Die beiden antworteten nur mit Achselzucken und vagen Bemerkungen. Ihnen schien nichts aufzufallen.

Ruby wurde immer stiller, entglitt mir. Je weiter sie sich von mir entfernte, desto besorgter wurde ich. Ich versuchte, ihr irgendwie wieder näherzukommen, aber es klappte nicht, und vor den Winterferien war unsere Freundschaft quasi eingeschlafen. Ich wusste nicht mehr, was ich mit Ruby reden sollte, spürte aber, dass sie unter der merkwürdigen Stimmung zwischen uns auch litt.

Johns Verhalten war verheerend. Er schlug Ruby zwar nicht – zumindest noch nicht. Aber wie er sie mit Worten traktierte, manipulierte, zur Unterwerfung zwang, war beinahe noch schlimmer. Er zerstörte ihre Persönlichkeit.

Max spürte, dass etwas faul war, aber wir sprachen nicht darüber. Ich wusste ja, dass Max Ruby nicht helfen konnte. Niemand war so stark wie ich. Ich träumte, ich sei eine einsame Wölfin, die durch die Wälder rund um Hawthorne streifte. Mir ging es am besten alleine, ich vertraute auf meine Instinkte. Aber dann hörte ich plötzlich Hales Stimme in dem Traum.

»Malin!«

Ich blickte mit meinen Wolfsaugen zu ihm auf.

»Ich rufe dich schon die ganze Zeit«, sagte Hale.

»Ich habe dich nicht gehört.«

»Was machst du?«

»Lesen.«

»Was denn?«

Ich schaute auf meine Hände, doch es waren Pfoten. Vor mir auf dem Boden lag *Wolfsblut*.

»Hast du für die Abschlussprüfung gelernt?«, fragte Hale.

»Ja, hab ich.«

»Hast du dir das Zwetajewa-Gedicht gut eingeprägt? Es wird in der Prüfung abgefragt.«

»Nein.«

»Weißt du noch, worum es darin geht?«

»Ja.«

»Was wirst du tun?«

Er ging vor mir in die Hocke. Das gefiel mir, und ich drückte meinen Kopf an seine Brust. Dann beobachtete ich seine Lippen, als er sprach, aber es war nichts zu hören.

»Was?«, fragte ich. »Ich höre dich nicht.«

Er begann zu schreien, aber das änderte auch nichts. »ICH KANN DICH NICHT HÖREN!«, brüllte ich.

Und dann, ganz plötzlich, als hätte man die Lautstärke schlagartig aufgedreht, schrie er in mein Ohr: »WAS WIRST DU TUN?«

In einem anderen Traum saß ich vor dem Haus meiner Eltern auf dem Rasen und kraulte Bo die seidigen Ohren. Er bohrte seine Schnauze in meine Hand und leckte sie ab.

Plötzlich hörte ich Rubys Stimme, aber als ich mich umschaute, war da niemand, auch keine Nachbarn und keine vorbeifahrenden Autos. Ich hörte so ein dumpfes Geräusch, wie wenn jemand in ein Kissen schluchzt. Es schien aus dem Baum an der Zufahrt zu kommen, und ich ging dorthin, gefolgt von Bo. Der Baum war übersät mit Zikadenhäuten. Als ich näher trat, wurde das Schluchzen lauter. Ruby war in dem Baum. Oder war es meine Mutter? Ich war nicht sicher. Ich hörte die Stimmen von beiden, sie entschuldigten sich für irgendetwas, aber ich verstand die Worte nicht und presste das Ohr an die raue Rinde. Dann hafteten meine Füße am Boden, ich konnte nicht mehr weggehen, war gezwungen, den halb erstickten Stimmen zuzuhören. Als ich nach unten schaute, sah ich, dass Bo verschwunden war, und etwas in mir brach auf, und da war der Zeitpunkt gekommen, an dem der Wecker losging.

Und nachdem es begonnen hatte, war ich machtlos dagegen.

TEIL DREI

WIR ALLE STÜRZEN AB

35

Texas, 1997

An diesem Morgen war Levi außergewöhnlich lieb. So kannte ich ihn gar nicht mehr, und ich freute mich, meinen Bruder zurückzubekommen. Skeptisch war ich aber auch, deshalb behielt ich ihn scharf im Auge. Wir aßen zusammen Waffeln, und als ich meine Mutter um Ahornsirup bat, stand Levi auf und holte ihn aus dem Kühlschrank. Daran erinnere ich mich am deutlichsten von diesem Morgen. Der klebrige Sirup an meinen Fingern, der süße Geschmack an den Lippen.

Mom hatte es eilig, sie war spät dran, wie so oft. Sie fand ihre Autoschlüssel nicht und murmelte irgendetwas vor sich hin, während wir schweigend aßen.

»Kinder, habt ihr meine Schlüssel gesehen?«, fragte sie uns.

»Nein, tut mir leid«, antwortete ich.

Levi lächelte lieb und schüttelte den Kopf. »Magst du noch mehr Saft?«, fragte er mich.

Als er mir einschenkte, warf er mir ein verschwörerisches Grinsen zu, als wollte er mir ein Geheimnis mitteilen. Aber ich war immer noch wütend auf ihn, weil er sich mit Mom so aufgeführt hatte. Deshalb fragte ich nicht nach, obwohl ich schon wissen wollte, was in seinem Kopf vorging.

»Tja, dann muss ich wohl ein Taxi nehmen«, seufzte meine Mutter, stützte die Hände in die Hüften und schaute sich in der Küche um.

»Gute Idee«, sagte Levi, stand auf und spülte seinen Teller ab. Das machte er sonst nie.

Den Rest des Morgens mied ich Levi und badete mit Bo im Pool. Lane lag im Liegestuhl in der Sonne.

Gegen Mittag ging ich in die kühle Küche und holte mir ein Eis aus der Gefriertruhe, meine Lieblingssorte, Erdbeer. Ich hockte mit Bo auf dem Fußboden und packte es aus, als Levi in der Tür erschien.

»Rate mal, was ich gefunden habe«, sagte er, wieder mit diesem Grinsen, was mir gar nicht gefiel. Ich reagierte nicht, aber er kam zu mir und hielt mir etwas vor die Nase. Einen kleinen Eiffelturm mit Schlüsseln dran. Im letzten Sommer hatten wir Urlaub in Paris gemacht, dort aber die ganze Zeit dafür sorgen müssen, dass Levi sich wohlfühlte. Er war ungern von zuhause weg.

»Wo hast du sie gefunden?«, fragte ich.

»Vorne im Hausflur«, sagte er und warf die Schlüssel auf die Arbeitsfläche.

»Aber da gehen wir doch nie durch.« Wir betraten das Haus immer von der Garage aus. Der offizielle Hauseingang wurde nur benutzt, wenn wir Gäste hatten.

»Keine Ahnung«, sagte Levi. »Aber Mom wird sich riesig freuen, wenn sie hört, dass ich ihre Schlüssel gefunden hab.«

Mein Eis begann auf den Boden zu tropfen. Ich betrachtete Levi prüfend. Irgendwas stimmte nicht.

»Du hattest die versteckt, oder?«, fragte ich.

Er starrte mich an. Levi hielt mich für dumm, ihm nicht gewachsen.

»Iss dein Eis auf.« Seine Stimme klang schrill.

»Ich sag es Mom. Wegen dir ist sie zu spät zur Arbeit gekommen.«

Bo kroch näher und beäugte mein Eis, schaute dann zu mir auf. Es sah immer so süß aus, wenn er mich mit seinen braunen Augen anschaute, aber ich warf ihm einen strengen Blick zu. Süßigkeiten waren nichts für Hunde. Er seufzte und legte den Kopf auf mein Knie.

»Wenn du es ihr sagst …«, begann Levi.

»Dann was? Verpetzt du mich?« Ich starrte ihn an, hielt seinem Blick stand. »*Ich* hab ja nichts falsch gemacht.«

Levi lief rot an, und ich dachte, er würde irgendwas erwidern. Aber dann stapfte er nur raus, und ich hörte, wie er mit den Fingernägeln an der Wand entlangschabte.

Es wäre besser gewesen, ich hätte nichts gesagt. Ich hätte ahnen können, dass er sich rächen würde. Aber ich übersah die Zeichen, und dann war es zu spät.

36

Senior Day

Ich habe jetzt einen Plan. Habe ihn mir an einem Tag in den Winterferien in allen Details zurechtgelegt.

Jetzt sitze ich auf meinem Bett, starre auf die blauen Farbreste an meinen Fingernägeln und horche, wie Max die Treppe runtergeht. Um ihn werde ich mich später kümmern.

Ruby und John sind nebenan. Ruby überlegt sich wahrscheinlich gerade, wie sie ihm sagen soll, dass sie ihn und Gemma in der Dusche gesehen hat und sie sich trennen müssen. Ich frage mich, ob wir danach immer noch zum Last Chance Dance gehen werden. Vielleicht will Ruby dann lieber hierbleiben. Ich hätte kein Problem damit, will ihr zur Seite stehen. Sie muss diesen Typen unbedingt loswerden.

Gemma zu manipulieren war einfach. Ich hatte mich an die Geschichte mit Liam erinnert – wie sehr Gemma geliebt sein will. Die Bemerkung, dass irgendwas zwischen John und Ruby schiefläuft, hatte ausgereicht, um Gemma reinzuziehen. Sie war seit jeher scharf auf John und hatte schon mal was mit ihm angefangen. Ich wusste, dass sie es wieder tun würde, wenn sie betrunken genug war und ich ihr zudem einen Anlass bot.

Die Überreste der wahren Ruby sind noch irgendwo in ihr erhalten. Vielleicht nur Fragmente, aber die werden ausreichen, damit sie sich von John trennt, nachdem er sie betrogen hat. Ich wusste auch, dass sie es mit eigenen Augen sehen musste, es hätte nicht gereicht, wenn einer von uns es ihr erzählt hätte. Ruby musste seine Verkommenheit sehen und den Schmerz spüren. Mein Plan hat perfekt funktioniert. Sie musste Gemma und John in flagranti erwischen und damit der Wahrheit ins Auge blicken.

Ruby ist stark genug, sie wird die richtige Entscheidung treffen. Zu Anfang geht es ihr dann sicher schlecht, aber ich werde für sie da sein, und sie wird sich erholen. Und wenn sie mit einem Jungen zusammen sein will, wäre doch Max für sie da. Max, der sie so liebt, wie sie geliebt werden sollte. Dann wird unsere Clique wieder heil und gesund sein. Ohne John wird alles besser.

Ich presse das Ohr an die Wand, höre die Stimmen deutlich. Den Rest der Geräusche kann ich ausblenden. Ich halte den Atem an.

»Schatz«, sagt John. »Was ist los mit dir?«

»Nichts«, antwortet Ruby. Sie klingt stark und entschieden, höre ich zu meiner Erleichterung.

»Gut. Aber du führst dich ziemlich zickig auf. Ich komm hier rein nach diesem langen Tag, an dem ich Becca das Leben gerettet habe, und du schaust mich nicht mal richtig an. Sag mir jetzt bitte nicht, dass du eifersüchtig auf sie bist.«

Ich höre schwere Schritte, er ist aufgestanden, wahrscheinlich vom Schreibtischstuhl, und geht durchs Zimmer.

Ruby sagt: »Es geht um dich, nicht um mich.«

Er schweigt. Beide schweigen. Ich höre den Deckel von Rubys Wäschekorb quietschen. Wenn sie nervös ist, räumt sie immer auf.

»Was hab ich jetzt wieder verbrochen?«, fragt John.

Ruby bleibt stumm. Ich weiß, dass sie sich entscheiden muss. *Tu das Richtige*.

»Ich hab dich und Gemma gesehen«, sagt sie.

»Ja und?«, fragt er. »Wir waren doch alle den ganzen Tag zusammen, natürlich hast du mich mit Gemma gesehen.«

»Leugnest du, dass du mit ihr Sex hattest?«

Stille.

Wieder Rubys Stimme: »Du versuchst wahrhaftig zu leugnen, dass du mich mit meiner Freundin betrogen hast? Ich hab euch mit eigenen Augen gesehen.«

»Dann ist sie wohl nicht so eine gute Freundin.«

»Hör auf, dich rauszureden«, erwidert Ruby fest. »Es gibt jetzt keine Ausreden mehr.«

Ich weiß, dass Ruby sich sehr anstrengen muss, um ruhig zu bleiben. Sie würde lieber schreien und weinen, wird es aber nicht tun. Das weiß ich aus ihrem Tagebuch. *Ich darf mich nicht von meinen Emotionen beherrschen lassen, das benutzt er sonst nur wieder gegen mich. Ich muss vernünftig sein und ruhig bleiben, nur so kann ich mich durchsetzen.*

John sagt etwas, aber es entgeht mir, weil ich mich in dem Moment bewege.

»Bitte was?«, fragt Ruby schockiert.

»Max.«

»Es geht hier nicht um Max. Er hat nichts damit zu tun.«

Schweigen. Dann sagt John: »Schlampe.«

»Das kann nicht dein Ernst sein. Es geht nicht um Max und mich, sondern um dich. Hör auf, mir irgendwas zu unterstellen, was ich gar nicht getan habe.«

»Ich hab gesehen, wie er dir aus dem See geholfen hat.«

Das hatte ich nicht mitbekommen, da war ich wohl noch unter Wasser gewesen.

»Ihr habt euch angeschaut, als wolltet ihr ficken.«

»Das bildest du dir ein«, erwiderte Ruby.

»Und ich weiß, dass ihr euch ständig schreibt«, redete John weiter. »Du heulst dich bei ihm aus. Du bist ja so arm dran. Lauf doch am besten gleich zu ihm.«

»Wie konntest du uns das antun?« Rubys Stimme klingt noch immer fest. »Und Gemma. Wie soll ich jetzt noch mit ihr befreundet sein?«

»Sie ist über mich hergefallen. Ich hab ihr gesagt, sie soll das lassen, aber sie hat nicht auf mich gehört. Du weißt doch, wie ausgehungert sie ist.«

»Du hattest also nicht vor, sie in der Dusche an die Wand zu drücken und an ihrem Hals zu lutschen? Das hat sie dir alles aufgezwungen? Das sah durchaus nicht aus, als wäre sie ›über dich hergefallen‹. Du musst sie aufgestachelt haben. Von sich aus würde sie das nicht machen.«

Ich höre, wie John auf und ab stapft.

»Ich hätte das auch nicht gemacht, wenn du nicht dauernd Max schreiben würdest«, sagt er dann.

»Nun bin ich also schuld? Wenn ich nicht so eine Schlampe wäre, hätte das mit dir und Gemma nie stattgefunden? Ich verdiene nichts Besseres, als dass du mich betrügst? Ist das dein Argument? Was stimmt nicht mit dir? Hör auf, mir das anzuhängen! Du hast mich mit Gemma betrogen!«

Jetzt klingt Ruby schrill, sie schreit, verliert die Fassung. Genau, was er gewollt hat. Er kriegt sie jedes Mal klein. Sie wird niemals die Oberhand bekommen.

»Reg dich ab, du hörst dich verrückt an«, sagt er.

»Ich hab euch gesehen, und du gibst es nicht zu und entschuldigst dich nicht mal!«

»Schau dich an, du bist doch völlig durchgedreht.«

Ich höre Ruby hilflos und verzweifelt schluchzen.

»Und jetzt heulst du auch noch. Ich sag ja, du bist vollkommen irre.«

Etwas rumst an die Wand, und ich schrecke zurück. Höre ein Handgemenge.

Johns Stimme: »Du willst mich schlagen?«

Ruby schluchzt hemmungslos. Ich kann das kaum aushalten.

»Hör jetzt auf zu heulen, Ruby. Hör auf. Hör auf.«

Wieder knallt etwas, offenbar ein Buch, das zu Boden fällt.

»Du glaubst, du kannst mich verletzen?«, sagt John. Er muss ganz dicht bei ihr sein, weil er leise spricht. Ruby keucht, als versuchte sie sich zu wehren. Ich würde am liebsten gegen die Wand hauen, aber ich muss mich beherrschen. Sonst würde Ruby wissen, dass ich lausche. Sie darf nicht wissen, dass ich etwas mit alldem zu tun habe. Sie wird sich von ihm trennen. Es muss passieren. Jetzt gleich.

Ich höre ein dumpfes Geräusch, das wie ein Fausthieb klingt. Dann ein Würgen und Ächzen von Ruby.

Und das Gleiche noch mal.

So was gab es bisher noch nie.

Stille. Dann John.

»Ach, verflucht, Ruby, tut mir leid. Echt, tut mir leid.« Dann die Tür, Johns Schritte draußen auf der Treppe. Stille.

Der Verlust von Menschenleben war nicht Teil meines Plans. Alles läuft aus dem Ruder.

37

Texas, 1997

An dem Tag, als Levi die Schlüssel versteckt hatte, wartete ich geduldig darauf, dass unsere Mutter nach Hause kam. Als sie da war, setzte ich mich auf ihr Bett und schaute ihr beim Umziehen zu. Sie verwandelte sich in die Person, die ich kannte, legte ihre Ringe und Ohrringe in die Keramikschale auf ihrer Kommode. Das spielte sich immer gleich ab, was ich beruhigend und angenehm fand.

»Wie war dein Tag, mein Kleines?«, fragte meine Mutter. Sie schnürte ihre blaue Kittelhose auf, und sie fiel zu Boden. Es hörte sich schön und melodisch an, wie Mom *mein Kleines* sagte, war tröstlich und vertraut für mich. Wenn ich das hörte, war alles gut.

»Okay«, antwortete ich. »Bo und ich sind geschwommen, dann hab ich ein Buch gelesen.«

»Ein ganzes Buch?« Sie klang beeindruckt. Ich machte meine Mutter gerne froh. »Welches denn?«

»*Der Babysitter-Club*, Band eins.«

Meine Mutter zog ihren Kittel aus und warf ihn in den Wäschekorb. Daneben türmte sich bereits schmutzige Wäsche, und mir fiel ein, dass ich auch fast nichts Sauberes mehr zum Anziehen hatte. Ich nahm mir vor, mir von meinem Vater erklären zu lassen, wie ich die Waschmaschine anstellen konnte. Meine Mutter war in letzter Zeit so erschöpft, weil sie ihre ganze Kraft für Levi verbrauchte. Sie schaffte es nicht mehr, sich um uns alle zu kümmern.

»Das ist ja fantastisch«, sagte sie jetzt. »Was hab ich für ein Glück, dass ich so eine fantastische Tochter habe.«

»Ja, hast du.«

Ich hörte draußen Hundemarken klirren, dann kam Bo hereinspaziert, sprang aufs Bett und ließ sich auf meinen Beinen nieder.

»Nicht auf mein Bett«, sagte meine Mutter, und Bo sprang artig wieder runter. Dann schaute er mich erwartungsvoll an.

»Braver Junge«, sagte ich, und er hechelte freudig.

Meine Mutter schaute in den Garten hinaus. »Heiß heute, oder?« Sie redete immer übers Wetter, wenn sie eigentlich an etwas anderes dachte. »Wie war es mit deinem Bruder?«

Ich spürte ihre Anspannung und schaute auf die Bettdecke. Wollte die Sorge in den Augen meiner Mutter nicht sehen.

Sie zog ein graues T-Shirt über und band sich die Haare zum Pferdeschwanz zusammen. »Es ist okay, Schätzchen, du kannst es mir ruhig sagen.« Sie bemühte sich, gelassen zu klingen.

Ich überlegte, was ich tun sollte. Dachte an Levis Drohung. »Ich will ihn nicht verpetzen«, sagte ich schließlich.

Meine Mutter setzte sich neben mich aufs Bett. Die Decke warf Falten, und ich versuchte, sie glatt zu streichen.

»Levi macht eine schwierige Phase durch«, sagte meine Mutter. »Wenn er irgendwas angestellt hat, ist es besser, dass ich es weiß, damit wir ihm helfen können, verstehst du? Du möchtest doch auch, dass es ihm besser geht, nicht wahr?«

»Ja«, murmelte ich und starrte weiter auf die Decke.

Meine Mutter rieb mir den Rücken, und ich entspannte mich ein bisschen. Sie und mein Vater waren die einzigen Menschen, deren Berührungen ich gut ertragen konnte.

Ich hörte eine Weile Bos Atemzügen zu. Dann sagte ich: »Levi hat heute Morgen deine Autoschlüssel versteckt.«

Meine Mutter hörte auf, mir den Rücken zu reiben, und schaute auf den Boden. Ein paar Haarsträhnen lösten sich aus dem Pferdeschwanz.

Meine Mutter umarmte mich. »Danke, dass du mir das gesagt hast. Ich weiß, dass es nicht einfach war«, flüsterte sie. »Levi wird es bald besser gehen. Zurzeit ist er einfach nicht recht bei sich, aber er ist ja trotzdem dein Bruder. Wir müssen ihm helfen und ihn weiter liebhaben, dann wird bald alles besser.«

Ich beschloss, ihr von seiner Drohung nichts zu erzählen, damit sie sich nicht noch mehr Sorgen machte.

Als ich abends im Bett lag – meine Kuscheltiere waren der Größe nach am Fußende meines Bettes aufgereiht –, hörte ich, wie die Zimmertür aufging. Ich stützte mich auf die Ellbogen und spähte in die Dunkelheit.

»Du hast es Mom erzählt?« Levis Stimme war gefährlich leise.

Ich schwieg.

Er raunte: »Schlechte Idee, mein Kleines.«

38

Senior Day

Ich klopfe nicht an Rubys Tür, sondern horche erst. Dann gehe ich rein. Ruby liegt gekrümmt auf dem Bett. Den dumpfen Geräuschen nach zu schließen, hat John sie nicht ins Gesicht geschlagen, sondern in den Bauch. Das Tutu liegt am Boden, nass und zerknüllt.

Ich setze mich ans Fußende, flüstere: »Hey. Alles okay?«

Sie starrt auf ein historisches Poster von New York, das John ihr im zweiten Studienjahr vor ihrer Reise dorthin geschenkt hat. Danach unternahmen die beiden noch oft Kurztrips nach New York und übernachteten in Luxushotelzimmern mit Blick auf die Skyline. Ich hatte mich damals schon gefragt, worüber die beiden sich überhaupt unterhielten, wenn sie alleine waren.

»Kann ich irgendwas für dich tun?«, frage ich, obwohl ich eigentlich sagen möchte: *Los, gehen wir, du brauchst Hilfe*. Aber diese Worte bleiben mir im Hals stecken.

Unten schlägt eine Tür zu. Der Last Chance Dance fällt mir wieder ein, aber der ist jetzt unwichtig.

Ruby stützt sich auf einen Ellbogen und hangelt sich mühsam aus dem Bett. Ich will ihr helfen, doch sie schüttelt den Kopf, geht zu ihrer Kommode und holt ihren Haarglätter raus.

»Was tust du?«, frage ich.

»Mach mich ausgehfertig.« Ihre Stimme ist tonlos.

»Sollen wir Hilfe holen?«

»Warum?«

»Weil John dich geschlagen hat, oder?«

»Nicht der Rede wert«, sagt sie und rollt das Kabel vom Haarglätter auf. Dann geht sie zum Schrank, zuckt dabei aber vor Schmerz zusammen und räuspert sich, um das zu überspielen.

»Was soll ich anziehen?«, fragt sie und nimmt zwei Kleider aus dem Schrank, ein schwarzes mit Perlen, ein rot gemustertes. »Die sind so unterschiedlich, ich kann mich nicht entscheiden.«

»Ruby.« Ich überlege mir genau, was ich sagen will. »Bist du sicher, dass du nicht verletzt bist? Ich habe gehört, dass er dich geschlagen hat.«

»Alles in Ordnung. Wir müssen gleich los.«

»Der Tanzabend ist doch nicht wichtig. Du bist misshandelt worden.« Ich verstehe ihr Verhalten nicht und will sie aus dieser Verleugnung reißen.

»Hör auf«, warnt sie mich.

Dampf steigt auf, als sie mit dem Gerät ihre feuchten Haare bearbeitet.

Ich verlege mich aufs Bitten. »Ruby, du kannst doch nicht mit jemandem zusammen sein, der dich anbrüllt und schlägt und wie Dreck behandelt. Er hat dich mit Gemma betrogen, das kann dich doch nicht kaltlassen!«

Sie schaut mich gleichmütig an. »Glaubst du etwa, ich weiß nicht, dass er mich betrügt?«

Ich bleibe stumm.

»Jede Beziehung ist anders«, sagt Ruby und wendet sich wieder dem Spiegel zu.

Dieses Gespräch hatte ich mir anders vorgestellt.

»Du verstehst das nicht«, fährt sie fort. »John hatte eine schwierige Kindheit, er ist eben so. Sein Vater ist ein kaputter Typ, der sich nicht mehr blicken lässt. Ich kann das nachfühlen, ich hab ja auch keine Ahnung, wo meine Mutter ist.«

»Deine Mutter war nicht für dich da«, sage ich, »aber deshalb misshandelst und schlägst du nicht andere Menschen. John kann seinen Vater nicht als Entschuldigung für sein Benehmen anführen. Du trennst dich doch von ihm, nicht wahr?« Ich habe dieses Spektakel inszeniert, damit der Horror für Ruby ein Ende findet. Wir sehen uns an, mit offenem ruhigem Blick. Dann schaut sie beiseite. »Ruby«, sage ich fest. »Du musst dich unbedingt von John trennen. Der kann sich doch nicht auf seine Kindheit rausreden. Und er hat kein Unrechtsbewusstsein. Du musst dich schützen.«

»Ich kann mich nicht von ihm trennen«, murmelt sie.

Ich gehe zu ihr, schalte den Glätter aus und nehme ihn ihr aus den Händen. Dann stelle ich mich so dicht vor Ruby, dass sie mir nicht ausweichen kann.

»Es ist ganz leicht«, sage ich. »Du gehst runter, sagst ihm, dass es aus ist, kommst wieder nach oben und machst mit deinem Leben weiter. Ich helfe dir bei allem.«

»Du siehst immer alles in Schwarz und Weiß«, erwidert Ruby und setzt sich aufs Bett. »Und du lebst extrem geordnet, nach strikten Regeln. Ich weiß nicht, nach welchen, aber die können nicht für alle gelten, M. Es geht hier um mein Leben, nicht um deines.«

»Aber wieso willst du denn mit dem zusammenbleiben? Er behandelt dich schrecklich. Das kannst du dir doch nicht schönreden!«

Ruby seufzt erschöpft und starrt vor sich hin.

»Sag es mir. Erklär es mir«, flehe ich.

Ruby runzelt die Stirn. »Also gut. Ich habe kein Geld wie du, Gemma, Khaled, Max und … John. Ich kann hier nur studieren wegen eines Stipendiums. Das weißt du, oder?«

»Ja.« Ich kapiere nicht, was das mit John zu tun haben soll. »Aber dein Vater ist Prof, da verdient man gut. Und Geld ist doch nebensächlich.«

»Das ist genau der Punkt, weshalb du mich nicht verstehst.«

Ich warte ab.

»Du brauchst nämlich kein Geld«, fährt sie fort. »Deine Eltern bezahlen dir alles. Aber ich brauche Geld, und deshalb ist es eben nicht nebensächlich.«

»Aber ich versteh immer noch nicht, was das mit John zu tun hat.«

Ruby zögert einen Moment. Röte steigt ihr ins Gesicht. »Mein Vater ist an der Uni entlassen worden.«

»Oh.«

»Als ich zehn war … hab ich ihn mit einer Studentin ertappt. Kam in sein Büro und sah alles. Er wusste das auch, hat aber nie darüber gesprochen. Ich konnte ihm monatelang nicht in die Augen schauen. Als ich auf der

Highschool war, kriegte er schon mal eine Verwarnung von der Uni. Sagte mir nicht, warum, aber ich hab die Gerüchte gehört, wir lebten in einer Kleinstadt. Er war wieder ertappt worden, diesmal von einem Kollegen.«

»Das tut mir so leid, Ruby.« Bei der Vorstellung, so was mit meinem eigenen Vater erleben zu müssen, wird mir fast übel.

»Aber die Verwarnung hat überhaupt nichts genützt. Und nun hat er sich auch noch in eine Studentin *verliebt*. So scheißdumm. Daraufhin wurde er rausgeworfen. Ohne sein Geld kann ich mir das Studium nicht leisten. Ein bisschen was hatte ich noch, aber das reicht nicht.«

»Und das Stipendium?«

»Deckt nur einen Teil der Studiengebühren ab. Und du weißt ja, wie das hier läuft. Ich könnte nicht mit euch essen gehen, könnte mir keine Drinks und keine Reisen leisten. Sogar die Bücher für meine Seminare kosten zu viel. Und John hat mir angeboten, alles zu übernehmen.«

Ich höre auf, nervös auf und ab zu tigern, stütze die Hände in die Hüften. Das ist typisch für John. Sich als Retter aufzuspielen, um sein widerwärtiges Verhalten auszugleichen.

»Warum hast du denn nicht mich gefragt, wenn du Geld brauchtest?«, sage ich. »Ich hätte dir doch geholfen. Und ich kann dir auch jetzt helfen.«

»Weil John mein Freund ist. So was erzählt man eben seinem Freund. Als er dann sagte, er würde alles bezahlen, hab ich das erst abgelehnt und den ganzen Sommer über gekellnert. Aber damit kam ich nicht weit. Mir blieb am Ende gar nichts anderes übrig.«

John hat Ruby also gekauft. Er besitzt sie, kann mit ihr machen, was er will, und weiß, dass sie sich nicht wehren wird.

»Ich zahl ihm alles zurück, was du ihm schuldest, dann bist du frei«, sage ich und überlege rasch, wie viel ich auf dem Sparkonto von meinen Eltern habe. Ich musste es noch nicht angreifen, aber das ist ein Notfall.

Ruby schüttelt den Kopf.

»Das wird doch immer so weitergehen, Ruby, wenn du nichts unternimmst!«

Sie schaut aus dem Fenster mit diesem leblosen hilflosen Blick, aus dem jegliche Freude verschwunden ist. Wie meine Mutter mich damals im Krankenhaus anschaute.

»Danke, aber ich bleibe mit John zusammen«, sagt Ruby. »Hör bitte auf, es geht mir gut, wirklich. In einer Stunde oder so wird er hier aufkreuzen und sich entschuldigen. Das macht er immer. Und ich werde ihn eines Tages auch heiraten. Das klingt verrückt, ich weiß, aber er kümmert sich um mich, und er versucht sich zu ändern. Wenn er sich nicht so … na ja, schlimm benimmt, ist er ganz anders. Die Liebe meines Lebens.«

»Heiraten?«, sage ich fassungslos.

Ruby schaut mich an. Sie ist bleich. »Du verstehst es immer noch nicht, oder? Ich will dieses Leben. Ich will Geld haben wie ihr alle. Keine Existenzsorgen mehr. In einem Museum oder einer Galerie werde ich auch nicht viel verdienen. Wenn John meine Eintrittskarte zu diesem Leben ist, werde ich sie nutzen. Bitte sprich mit niemandem darüber, okay? Versprich es mir. Das ist mir ungeheuer wichtig.«

»Das ist doch völlig verrückt.« Ich kann mich nicht zurückhalten. »Der Typ ist wahnsinnig, Ruby. Der könnte dich glatt umbringen.«

»Wird er aber nicht.« Sie schaut auf ihren Bauch, verdeckt vom Sweatshirt.

Ich setze mich neben sie aufs Bett, versuche behutsam zu sein, aber meine Stimme klingt aufgebracht, als ich sage: »Du könntest innere Blutungen haben.« Sie bleibt stumm. »Ich wünschte so sehr, du wärst stärker«, sage ich.

Ruby schaut mich an mit loderndem Blick. So habe ich sie noch nie erlebt.

»So bin ich, wenn ich stark bin«, sagt sie. »Ich tue das alles für mich, nicht für John, also lass mich einfach in Ruhe, okay? Mir geht's gut.«

Ich bin dennoch überzeugt davon, dass sie gerade alles falsch macht. Sie will sich nicht eingestehen, dass John nicht der richtige Mann für sie ist. Und verleugnet sich selbst komplett. Dann stelle ich die Frage, die Ruby garantiert nicht hören will.

»Und was ist mit Max?«

»Weiß ich nicht.«

»Was ist zwischen euch beiden vorgefallen?«

»Er hat mich letztes Jahr geküsst. An einem Abend im Frühling, als wir aus der Bibliothek kamen. Es war einer dieser Tage, an denen man die ganze Zeit absurd glücklich ist, weil es endlich warm wird, weißt du?«

Nein, ich hasse Hitze.

»Und na ja, irgendwas war da eben immer schon zwischen uns. Was Schönes. Ich musste danach oft an ihn denken. Er hat gesagt, er würde auf mich warten, ich könnte mir so viel Zeit lassen, wie ich wollte. Verrückt, ich weiß.« Sie starrt wieder vor sich hin, dann spricht sie weiter. »Dann ist diese Sache mit meinem Vater passiert, und ich hab beschlossen, dass es besser ist, wenn Max und ich uns nicht mehr nah sind. Und so ist das jetzt eben.«

Du meinst, John hat beschlossen, dass ihr euch nicht mehr nah sein sollt. »Eins muss ich noch fragen«, sage ich.

»Was denn?«

»Hast du mich als Freundin ausgewählt, weil ich keine Konkurrenz für dich bin?«

Ruby sieht mich verwirrt an. »Was redest du da?«

»Hab mit Amanda gesprochen. Kenne jetzt diese Geschichte, die damals im Ferienlager passiert ist. Mit Gigi.«

»Dann weißt du's also. Wundert mich nicht, dass Amanda das ausgeplaudert hat. Sie hat ja die ganze Zeit damit gedroht. Ja, es hat sich so abgespielt, und ich schäme mich deshalb immer noch ganz furchtbar. Ich würde mich gern entschuldigen, bin aber letztlich zu feige dazu.«

Ich blicke auf meine Hände und warte ab.

Ruby holt tief Luft und sagt dann: »Aber was hat das mit mir und dir zu tun?«

»Amanda denkt … na ja, dass du überall im Mittelpunkt stehen willst. Und du selbst hast gesagt, dass du beliebt und reich sein möchtest.«

Ruby legt ihre Hand auf meine. »Du glaubst doch nicht etwa, dass ich dich ausnutze?«

Ich bleibe stumm.

»M, um Himmels willen!« Sie ist jetzt sehr ernst. »Du bist meine liebste Freundin, und ich habe dich auch nicht ›ausgewählt‹, unsere Freundschaft hat sich einfach so ergeben. Ich bin gerne mit dir zusammen, und du bist die Einzige, die immer für mich da ist. Ich bin doch kein Ungeheuer! Ich würde niemals Freundschaft vortäuschen oder dich ausnutzen oder was Amanda dir einreden wollte. Diese Sache mit Gigi war übel, ja, aber dafür büße ich auch.«

Ich beschließe, Ruby zu glauben. Andernfalls müsste ich denken, dass ich vier Jahre lang betrogen wurde, und diese Vorstellung kann ich nicht ertragen. Außerdem hört sich Ruby absolut aufrichtig an. Sie mag sich sehnlichst ein anderes Leben wünschen, aber ich denke nicht, dass sie noch einmal jemand anderem dafür schaden würde. Wenn sie irgendwas opfert, dann sich selbst.

Wir sitzen noch lange zusammen in dem halbdunklen Raum. Ruby denkt über ihre Zukunft mit John nach, und ich entwickle einen neuen Plan. Einen, der garantiert funktionieren wird.

39

Texas, 1997

In meinen Träumen erlebe ich die Ereignisse dieses Tages immer wieder. Die Schreie, meine blutigen Hände. Obwohl so viel Zeit vergangen ist, werde ich diese Momente niemals vergessen.

An dem Tag wachte ich später als sonst auf, was sonderbar war. Mein Wecker zeigte in leuchtend roten Ziffern 8.53 an. Im Haus war es still, ich hörte nur das Brummen der Klimaanlage vor meinem Fenster. Ich tastete mit den Beinen nach der Stelle, wo Bo immer lag, aber er war nicht da.

Ich stand auf. Meine Mutter weckte mich jeden Morgen, bevor sie zur Arbeit ging, und ich roch den Duft ihres Shampoos, wenn sie mich auf die Stirn küsste. Mein Vater machte das auch, aber der fuhr meist so früh los, dass ich das nicht richtig mitbekam.

Barfuß tappte ich über den Teppichboden in unserem langen Flur zur Küche. Große gerahmte Fotos lehnten an der Wand, meine Eltern kamen nicht dazu, sie aufzuhängen. Seit einem Jahr standen sie schon da.

Levi saß am Küchentisch und mampfte schmatzend Frühstücksflocken.

»Wo ist Mom?«, fragte ich.

»Ist früh weg«, antwortete er, ohne aufzuschauen. Er las eine Zeitschrift über Maschinen, die mein Vater für ihn bestellt hatte. Levi war sehr intelligent, ein angehendes Genie. Ich betrachtete ihn prüfend.

»Wieso hast du mich nicht geweckt?«, fragte ich.

»Wollte deinen Schönheitsschlaf nicht stören«, sagte Levi in einem Tonfall, der nicht nett klang. Ich war noch ein Kind, konnte diese Unterschiede aber spüren. Levi war schon früh sarkastisch. Damals wusste ich noch nicht, was das Wort bedeutete, als ich es später erfuhr, dachte ich an ihn.

Ich wollte nicht mit ihm alleine sein.

»Ist Lane da?«, fragte ich und schaute durch die Glastür in den Garten. Sie hatte es sich schon im Liegestuhl bequem gemacht, Augen geschlossen, Kopfhörer auf den Ohren, Eiskaffee neben ihr. Levi registrierte, dass ich sie gesehen hatte, und las weiter.

Ich holte mir einen Hocker, stieg drauf und nahm eine Packung Muffins aus dem Küchenschrank. Als ich die Packung aufriss, merkte ich plötzlich, dass Bo nicht wie sonst in der Küche herumsaß.

»Echt heißer Tag«, sagte Levi beiläufig.

Ich schaute nach draußen auf den glitzernden Swimmingpool und sah mich dann in der Küche um. Bo kam sonst spätestens angewetzt, wenn er das Rascheln hörte, weil er wusste, dass er immer das letzte Stück Muffin von mir bekam.

»Bo?«, rief ich und stieg von dem Hocker hinunter. »Bo?« Ich schaute ins Wohnzimmer. Da hockte er nicht wie sonst auf der Couch und leckte seine Pfoten. Und er lag auch nicht auf dem Boden und drückte seine Nase an die Schranktür.

Ich suchte im Zimmer meiner Eltern und sogar bei Levi, obwohl Bo sich da nie aufhielt. Auch in meinem eigenen Zimmer und im Gästezimmer war er nicht. Panik erfasste mich, und ich lief in die Küche zurück.

»Levi, wo ist Bo?«, fragte ich aufgewühlt.

Mein Bruder schaute nach draußen. »Wirklich heiß heute.«

Mein Herz schlug wie wild, und ich biss krampfhaft die Zähne zusammen. Levi sah mich an und unterdrückte ein Lachen.

Irgendetwas sagte mir, ich solle in der Garage nachsehen. Dieser Gesichtsausdruck von Levi. Etwas stimmte nicht. *Wirklich heiß heute.* Die Warnungen meiner Mutter fielen mir ein. Nie im heißen Auto sitzen, ohne die Fenster aufzumachen.

Ich rannte zu der Tür, die in die Garage führte, riss sie auf. Dreck und Staub hafteten an meinen Fußsohlen, der Zementboden fühlte sich kühl an. Kein Auto, kein Bo. Levi war mir gefolgt und beobachtete mich mit forschendem Blick.

»Mom hat ein Treffen in der Stadt. Sie ist mit dem Taxi gefahren, der Wagen steht draußen, weißt du das nicht?«, sagte er, ärgerlich, dass ich nicht von selbst darauf gekommen war.

Wenn das Auto nicht in der Garage war, stand es unter dem Basketballnetz.

Wirklich heiß heute.

Ich drückte auf den Knopf, mit dem man das Garagentor öffnen konnte. Meine Hände fühlten sich eiskalt an. Das Tor ruckelte, hob sich dann langsam. Ich quetschte mich durch den Spalt, kroch in die schwüle Hitze hinaus, die schon morgens extrem war. Mir stockte der Atem.

Der hellblaue Wagen meiner Mutter, in glühender Sonne. Irgendetwas in mir zerbrach. Ich rannte zum Auto, spähte hinein. Meine Fußsohlen brannten auf dem heißen Beton, aber die Blasen würde ich erst später bemerken.

Bo hechelte wie wild, seine Brust hob und senkte sich hektisch. Er lag auf dem Rücksitz. Er sah mich an, versuchte mit dem Schwanz zu wedeln, war aber schon zu schwach dazu. Seine Lider fielen immer wieder zu.

Ich riss am Türgriff, aber der Wagen war abgeschlossen. Ich schlug an die Fenster, schrie Bos Namen.

Die Schlüssel. Wo waren die Schlüssel?

Ich drehte mich um, wusste aber, dass es schon zu spät war. Levi lehnte an der Garage, Hände in den Hosentaschen, und beobachtete mich. Er schüttelte den Kopf.

»Die findest du nie«, sagte er und lächelte triumphierend.

Als die Nachbarn mich fanden, waren meine Hände schon vollkommen kaputt, das Fenster mit Blut verschmiert. Kurz darauf traf die Polizei ein. Die Nachbarin, die meine Schreie gehört hatte, eine mollige Großmutter Ende sechzig, drückte mich beruhigend an sich. Sie roch nach Babypuder und Kaffee.

Die Polizei brach das Fenster auf, tat, was mir mit den Fäusten nicht gelungen war. Wenn ich heutzutage einen größeren Stein sehe, den ein Kind hochheben und in ein Fenster werfen könnte, denke ich noch immer daran, was ich damals hätte tun sollen. Dann beiße ich mir in die Wange, damit ich den Schmerz fühlen und das Blut schmecken kann.

Ich riss mich von der Nachbarin los, rannte zwischen den Polizisten hindurch zum Auto. Niemand rechnete damit, dass ich versuchen würde, durch das Fenster zu klettern, um zu Bo zu gelangen. Ich griff mit beiden Händen in das zersplitterte Fenster, spürte den Schmerz nicht. Einer der Polizisten hielt mich dann fest, während der andere Bo aus dem Auto holte und auf den Boden legte.

Bo bewegte sich nicht mehr. Die Polizisten bespritzten ihn mit dem Gartenschlauch, sein dunkles Fell haftete an seiner rosa Haut. Die beiden Männer schüttelten den Kopf, und der eine ließ mich vorsichtig los. Ich setzte mich zu Bo, legte ihm die blutige Hand auf die Brust. Nichts. Lane lief weinend am Ende der Zufahrt auf und ab, schluchzte, sie habe wegen der Kopfhörer meine Schreie nicht gehört.

Ich nahm Bo hoch und wiegte ihn in den Armen. *Bitte wach auf, wach auf, wach auf*. Seine Augen waren geschlossen, als schliefe er. Ich presste mein Gesicht an seines, Nase an Nase. In der Ferne war ein Martinshorn zu hören, und die Scherben in meinen Händen fingen zu brennen an.

Später erfuhr ich, dass meine Eltern Levi in der Küche vorgefunden hatten, wo er seine Zeitschrift las. Er behauptete, nichts gehört zu haben, die Klimaanlage habe so laut gebrummt.

Meine Mutter traf im Krankenhaus ein, als meine Hände schon bandagiert waren. Schweigend saßen wir zu viert in dem weißen Zimmer. Ich hatte seither kein Wort gesprochen, der Arzt sagte meinen Eltern, ich stünde noch unter Schock. Das hatte meine Mutter sich wahrscheinlich gedacht, sie war schließlich selbst Ärztin. Aber sie war längst so geschwächt, dass sie auf nichts mehr angemessen reagieren konnte. Sie stand vollkommen im Schatten ihres Sohnes, wurde von ihm aufgezehrt. Meine Mutter fragte nicht einmal, wieso Bo überhaupt im Auto gewesen war, und vor allem, im *verschlossenen* Auto. Sie wusste nicht mehr, was sie tun sollte. Konnte nicht beide Kinder zugleich beschützen.

Ich sah die Blicke, die mein Vater Levi zuwarf. Sie waren voller Angst und Sorge.

Levi lächelte meine Mutter an und nahm ihre Hand, als wir das Krankenhaus verließen. Sein Griff war fest, die Hand meiner Mutter dagegen kraftlos und schlaff.

Wir wussten alle, was er getan hatte. Die verstörten Blicke, die meine Eltern sich zuwarfen, entgingen mir nicht. Ein Sohn, verloren in seinem eigenen Geist.

Als wir nach Hause kamen, rannte ich sofort in mein Zimmer. Wollte mich an Bos Lieblingsplatz in meinem Bett legen, seinen Geruch einatmen, sein Fell an meinen Kniekehlen spüren. Meine Hände waren dick verbunden, und meine Arme fühlten sich an, als hielten sie Bo noch immer fest.

Als ich aufs Bett sank, bemerkte ich aus dem Augenwinkel etwas Glitzerndes.

Autoschlüssel, auf meinem Kopfkissen.

40

Senior Day

Alle sind jetzt wieder im Haus, die Zimmertüren sind geschlossen. Als ich bei Gemma vorbeikomme, höre ich, dass *Friends* läuft. Sie macht sich vermutlich ausgehfertig, zieht ihr Kleid an, frisiert ihre blauen Haare. Versucht, sich zu beruhigen und sich einzureden, dass sie Ruby nicht verletzen wollte.

Aus Khaleds Zimmer ist laute Musik mit starken Beats zu hören. Als ich durchs Wohnzimmer gehe, komme ich an Denise vorbei, die auf der Couch hockt. Ihre schwarz geränderten Augen scheinen mich anzublicken, und ich frage mich, was sie wohl schon alles gesehen hat. Ich presse das Ohr an Max' Zimmertür, höre aber nichts.

Am Eingang ziehe ich meine Daunenjacke über, schnüre meine Sneakers zu. Draußen sprinte ich los, versuche die freien Flächen zu nutzen, um nicht auf Eis auszurutschen.

Die kalte Luft brennt in meiner Lunge, während ich zur Pleasant Street 356 laufe. Ich weiß, dass Hale zuhause ist und darauf wartet, dass ich ihm schreibe.

Als ich am Haus ankomme, klopfe ich nicht an, sondern verstecke mich wie beim ersten Mal hinter der

Steinmauer. Ich will das hell erleuchtete Haus noch einmal in Ruhe von außen betrachten.

Denn es wird das letzte Mal sein. Danach ist es aus mit uns.

41

Texas, 1997

Die Hand meines Vaters ruhte auf meiner Schulter, fühlte sich heiß an durch mein T-Shirt. Ich bückte mich, klopfte mit meinen bandagierten Händen das Gras fest. Wir begruben Bo, und ich stellte mir vor, wie er da tief in der dunklen Erde des Gartens lag, ganz alleine. Dort gehörte Bo nicht hin. Er sollte bei mir liegen, seine feuchte Nase in meine Kniekehlen drücken.

»Es tut mir so leid, Malin. Ich weiß, wie viel Bo dir bedeutet hat.«

Ich blieb stumm. Mein Vater entschuldigte sich auf die falsche Weise. Er hätte sagen müssen: *Es tut mir so leid, dass dein Bruder deinen Hund umgebracht hat und wir es nicht verhindern konnten*. Aber mein Vater sollte nicht wissen, dass ich Bescheid wusste. Irgendetwas veranlasste mich, das für mich zu behalten. Wenn ich Levi überleben wollte, musste ich auf der Hut sein.

Mein Vater ging vor mir in die Hocke. »Malin«, sagte er. »Ich bin immer für dich da, falls du mit jemandem reden möchtest.« Aber das war er eben nicht. Er konnte nicht für mich da sein, denn er war auch Levis Vater. Ohne Bo war ich ganz alleine.

Schweigend aßen wir zu Abend. Mein Vater hatte

einen Auflauf mit Huhn und Tortillas gemacht, aber ich brachte kaum etwas hinunter und beobachtete Levi aus dem Augenwinkel. Er hatte schon fast aufgegessen und schabte mit seiner Gabel auf dem Teller. Das Geräusch schien von Fenstern und dem Kachelboden der Küche widerzuhallen.

»Hast du keinen Appetit?«, fragte mich meine Mutter.

Ich schüttelte den Kopf.

»Du solltest aber was essen, Liebling, sonst hast du ganz bald wieder Hunger.«

»Nicht nötig.«

Levi lehnte sich zurück, beobachtete meine Mutter, die mich besorgt betrachtete. Er hasste es, wenn sie sich mit mir beschäftigte.

»Ich hab heute gehört, wie Dad und Malin über mich geredet haben«, sagte er, starrte auf den Teller und ließ die Schultern hängen.

Mein Vater sah mich verwirrt an. Ich war nicht verwirrt, weil ich genau wusste, was Levi vorhatte.

»Sie haben gesagt, ich muss weggeschickt werden.« Er fing an zu weinen und schaute meine Mutter flehentlich an.

»Wir haben nichts dergleichen gesagt«, sagte mein Vater und legte seine Gabel ab. Er sprach in dem Tonfall, den er immer benutzte, wenn einer von uns (meist Levi) Probleme machte. »Und wir haben nicht über Levi geredet.«

Meine Mutter warf meinem Vater einen Blick zu, und man sah ihr an, dass sie Levi glaubte.

»Keine Sorge, mein Schatz, du bleibst natürlich hier

bei uns. Bei deiner Familie«, sagte sie und tätschelte Levis Hand.

Mein Vater und ich sahen uns an. Er wollte nicht, dass ich mich einmischte, weil er mich beschützen wollte, das wusste ich. Aber ich konnte es nicht ausstehen, wenn meine Mutter böse auf ihn war.

»Levi lügt«, sagte ich und starrte auf meinen Teller. Das Essen war kalt, die Hühnerstücke sahen grau aus.

»Nein, tu ich gar nicht!«, schrie Levi und fixierte meine Mutter. »Malin hasst mich! Sie will, dass ich verschwinde!«

»Jetzt reicht's!«, brüllte mein Vater. »Geht auf euer Zimmer, alle beide!«

Ich wusste, dass er nicht auf mich, sondern auf Levi wütend war. Als ich vor meiner Zimmertür stand, wartete ich auf Levi, der sich aufrichtete und gar nicht mehr jämmerlich aussah.

»Warum hast du das gemacht?«, fragte ich.

Er zuckte die Achseln. »Mir war langweilig. Abendessen ist sooo langweilig.« Er schaute aus dem Flurfenster. Die Sonne ging unter, und die Wände strahlten in goldenem Licht. »Wollen wir ins Baumhaus gehen und spielen?«

»Nein, danke.« Ich hatte das Gefühl, dass ich mir jedes Wort sorgfältig überlegen musste. »Ich werd lesen.«

Levi seufzte. »Du bist so eine Lusche.« Er verschwand in seinem Zimmer, während ich vor meinem stand, die Hand am Türknauf, und ausrechnete, wie viele Jahre ich noch mit meinem Bruder in diesem Haus leben musste.

Am Abend wartete ich darauf, dass es im Haus still wurde.

Als meine Mutter in mein Zimmer schaute, stellte ich mich schlafend, atmete langsam und tief, schloss die Lider nicht ganz. Meine Eltern sagten nämlich, sie wüssten, dass ich tief schliefe, wenn meine Lider flatterten und man das Weiße in meinen Augen sehen könnte. Ich sei eine ganz besondere Schläferin, witzelten sie immer.

Danach wartete ich eine halbe Stunde ab, bevor ich aufstand.

Meine Eltern unterhielten sich nämlich immer, wenn sie glaubten, dass wir Kinder schliefen. Das hatte ich vor einigen Monaten festgestellt, als ich mitten in der Nacht pinkeln musste und ihre gedämpften Stimmen im Schlafzimmer gehört hatte. Damals war ich zu müde gewesen und hatte nicht weiter darauf geachtet, aber jetzt war die Situation anders. Dass alle Levi mit Samthandschuhen anfassten, ging so nicht weiter. Meine Eltern mussten irgendwas unternehmen.

Ich stellte mich neben die Schlafzimmertür.

Meine Mutter hörte ich zuerst. »Und woher soll ich wissen, wer von euch beiden lügt?« Sie klang gereizt und vorwurfsvoll.

»Ist das dein Ernst? Ich bin dein Mann, Levi ist ein Kind.«

Ich wusste, dass mein Bruder genau das beabsichtigte. Er wollte, dass unsere Eltern sich stritten. Ich stellte mir vor, dass meine Mutter vor meinem Vater stand, die Arme vor der Brust verschränkt. Wahrscheinlich hatte sie Tränen in den Augen. Sie weinte über alles Mögliche, nicht nur, wenn sie traurig war. Ich glaube, sie war einfach sehr empfindsam. Früher hatte sie auch geweint, wenn sie mir *Der Baum, der sich nicht lumpen ließ* vor dem Einschlafen vorlas. Dann reichte ich ihr immer ein Taschentuch, verwundert über diese heftigen Gefühle.

»Ich lüge dich nicht an«, sagte mein Vater, jetzt geduldiger. »Ich habe mit Malin den Hund begraben, und wir haben nicht über Levi geredet.«

»Was soll das heißen? Warum soll er sich denn so was ausdenken? Aus Jux und Tollerei?«

Mein Vater seufzte. »Celia, du weißt genau, warum. Wir müssen der Realität ins Auge blicken.«

»Nein«, sagte meine Mutter entschieden. »Er ist unser Kind. Ich kann ihn nicht aufgeben.«

»Aber wir kommen nicht mehr zurecht. Bo ist tot, das Haus ist ein einziges Chaos. Ich kann mich nicht um Malin kümmern, weil ich die ganze Zeit versuchen muss, sie vor ihm zu beschützen. Levi braucht dringend professionelle Betreuung irgendwo. Er darf nicht mehr in ihrer Nähe sein.«

»Nein. Er ist unser *Sohn*. Wir können ihm selbst helfen. Ich bin Ärztin. Wir sind die Einzigen, die ihn heilen können. Gib mir einfach noch mehr Zeit. Bitte.«

»Das kannst du gar nicht schaffen, Celia. Er braucht psychiatrische Hilfe. In einer Klinik.«

Einen Moment lang herrschte Schweigen. Dann sagte meine Mutter: »Und wenn wir Malin zu deiner Mutter schicken?«

»Was?«, sagte mein Vater bestürzt.

»Es sind Sommerferien. Es gefällt ihr bestimmt dort.«

»Augenblick mal. Du willst *Malin* wegschicken? Sie hat doch überhaupt nichts Falsches getan. Ihr Hund ist tot, und jetzt willst du sie auch noch wegschicken? Was für eine Botschaft ist das denn für sie? Und für Levi?«

»Levi braucht uns mehr. Sie ist so unabhängig, ich habe immer das Gefühl, dass sie mich gar nicht braucht.«

»Und ob sie dich braucht! Du bist ihre Mutter! Und dann willst du sie ausgerechnet dorthin schicken? Nach allem, was passiert ist? Du weißt doch genau Bescheid über meine Familie.«

»Das ist ewig her. Inzwischen ist alles in Ordnung.«

Mein Vater schwieg.

»Bitte, George. Wenn sie weg ist, dann ist sie zumindest in Sicherheit.«

Ich wartete darauf, dass mein Vater widersprach, aber er schwieg. Das hier war mein Zuhause, ich wollte nicht nach Massachusetts. Levi brachte alles durcheinander, *er* sollte derjenige sein, der weggeschickt wurde. Er sollte in eine Klinik oder sonst wohin. *Er ist das Problem, nicht ich,* hätte ich am liebsten geschrien.

»Ich mach mir manchmal Sorgen, dass sie …« Meine Mutter verstummte. »Wenn sie hierbleibt mit ihm … und irgendwas passiert …« Sie sprach leise, und ihre Stimme klang panisch. »Wenn was passiert und sie ist wie er? Wenn es genetisch ist? Angesichts deiner Familie … wie er sich benimmt … und sie ist dauernd so still. Ich werd diesen Gedanken nicht los. Sie muss weg von hier, zu ihrer Sicherheit.«

Dann herrschte lange Stille.

Mein Vater hatte meine Mutter wohl in die Arme genommen, denn ich hörte, wie sie an seiner Brust schluchzte und er murmelte: »Das wird schon alles.«

Meine Mutter war früher kraftvoll und lebhaft gewesen. Sie lächelte die ganze Zeit, küsste mich fröhlich auf die Wangen und sang fürchterlich laut, während sie Wäsche zusammenlegte. Jeden Tag freute sie sich auf ihre Arbeit, bei der sie Menschen helfen konnte, und erzählte uns abends davon. Manche Kinder in meiner Klasse klagten darüber, dass ihre Mütter oft wütend oder streng seien. Meine Mutter verlangte zwar auch, dass ich den Abwasch machte oder mein Zimmer aufräumte, aber ich tat das gern. Und sie bedankte sich immer und lobte mich. *Mein fleißiges kleines Mädchen. Gut gemacht*. Sie war geduldig und lieb. Was war aus dieser Mutter geworden? War sie für immer verschwunden? Levi hatte meine Mutter gestohlen, und ich wusste nicht, ob sie jemals wiederkommen würde.

In dieser Nacht hörte ich im Schlaf zum ersten Mal die Schreie. Meine Schreie.

42

Senior Day

Als ich wieder im Haus bin und mich umgezogen habe, klopfe ich bei Max.

»Ja?«, ruft er.

Ich gehe rein, schließe die Tür hinter mir. »Hey.«

»Du siehst ja hübsch aus«, sagt Max.

Ich trage ein schlichtes dunkelblaues Kleid. »Oh, danke.«

Max ist damit beschäftigt, vor dem Spiegel seine Krawatte zu binden. Ich schaue mich in seinem Zimmer um. Mir gefällt, wie ordentlich es ist. Die Bücher säuberlich aufgestapelt, die Poster akkurat aufgehängt.

»Brauchst du vielleicht Assistenz?«, biete ich an, als er die Krawatte wieder löst und von vorne anfängt. Wir sind gleich groß, und als ich ihm gegenüberstehe, fällt mir eine Studie wieder ein, der zufolge großgewachsene Menschen in ihrem Beruf erfolgreicher sind als andere. Ich stelle mir Max im Arztkittel vor, wie er Menschen heilt. Die weiche Seide gleitet geschmeidig durch meine Finger, als ich das breite über das schmale Ende lege.

»Glaubst du, sie trennen sich?«, fragt Max.

»Ich weiß nicht.«

Wir versinken in Schweigen, dann fällt mir etwas ein. »Woher wusstest du, dass was mit ihnen nicht stimmt?«

Max zögert. Dann sagt er: »Erinnerst du dich an die Geschichte, die ich dir aus dem Fußball-Ferienlager erzählt habe?«

Ich nicke.

»Danach fing John an, sich zu verändern«, spricht Max weiter. »Vor allem, nachdem mein Onkel zu dieser Haftstrafe verurteilt wurde. Früher machte es Spaß, mit John zusammen zu sein, da war er ganz normal. Aber seit damals nutzt er jede Gelegenheit, um mich irgendwie fertigzumachen. Nur mich, niemand anderen. Er will ja zugleich von allen gemocht werden, deshalb lässt er das nicht an anderen aus. Bei mir glaubt er wohl, dass ich mich nicht wehre. Ich wollte auch nicht mit ihm an einer Uni studieren, hatte die Zulassung für Hawthorne früh bekommen. Aber dann wurde John noch als Nachrücker angenommen. Ich hab mich bemüht, das positiv anzugehen, hab mir gesagt, hier würde sich vielleicht was zwischen uns ändern. Aber er benahm sich genauso scheiße wie vorher. Im zweiten Studienjahr wurde es plötzlich ein bisschen besser. Ich war nicht mehr sein einziges Opfer. Deshalb habe ich angenommen, dass er jetzt Ruby dafür benutzt, um sich abzureagieren.«

Ich zog den Knoten fest, trat zurück und verschränkte die Arme vor der Brust.

»Hast du deshalb diese Angststörungen? Weil John dich mobbt?«

»Kann sein.« Max seufzt und zieht sein Sakko an. »Ja,

wahrscheinlich schon. John ist für mich eine dauernde Belastung, gibt mir das Gefühl, in der Falle zu sitzen. Als ich jünger war, habe ich das noch nicht so deutlich erkannt. Ich hab die Probleme ja schon lange. Und John ist schließlich mein Cousin, Familie also. Meiner Mutter lag immer viel daran, dass er und ich uns gut verstehen. Ich hab mich nie wohlgefühlt in seiner Nähe, konnte mir aber den Grund nicht erklären. Das ist jetzt anders.«

Max ist wie eine tickende Zeitbombe. Bisher weiß er noch nicht, dass John Ruby geschlagen hat. Natürlich sage ich nichts davon, denn es ist nicht abzusehen, was Max dann tun würde. Und ich kann heute Abend nichts gebrauchen, was meinen Plan gefährdet.

Um neun sind wir alle sechs im Wohnzimmer versammelt, die Jungs in Anzug und Krawatte. Gemma trägt ein enges, rotes Kleid, Ruby hat sich für das schwarze entschieden. Die Perlen glitzern, und sie sieht darin aus wie ein Filmstar. Mir wird bewusst, dass es wahrscheinlich ein Geschenk von John ist.

Alle sind irgendwie steif und angespannt, Ruby wirkt bedrückt und zuckt zusammen, als Khaled sie umarmt. Sie sieht keinen von uns richtig an, schaut aber wie üblich bewundernd zu John auf, als er ihr den Arm um die Schultern legt. Dann wirft sie mir einen warnenden Blick zu.

Khaled witzelt darüber, dass wir doch alle schon verkatert sind und deshalb unbedingt mehr trinken müssten. »Wollen wir ein Foto machen?«, schlägt er vor.

Ruby lächelt höflich, und Max holt seine Kamera. Wir stellen uns vor der Treppe auf, während Max den Selbstauslöser vorbereitet. Irgendwie lande ich dann zwischen Max und John, der mir den Arm um die Taille legt. Ich beiße die Zähne zusammen.

»Denise muss noch mit drauf!«, ruft Khaled aus und holt sie von der Couch. Er rechnet sicher damit, dass wir das komisch finden, aber keiner lacht.

»Lass sie bitte weg«, sagt Gemma, deren Stimme brüchig klingt. »Sie ist eine Sexpuppe, um Himmels willen!«

Khaled setzt Denise stumm wieder zurück, stellt sich neben uns und schaut mich fragend an. Aber ich kann nichts mehr vortäuschen und wende den Blick ab.

»Okay«, sagt Max; ihn neben mir zu spüren, empfinde ich als erstaunlich tröstlich. »Drei, zwei, eins!«

Wir setzen alle ein künstliches Lächeln auf, und die Kamera blitzt. Das wird das letzte Foto sein, auf dem wir vollzählig abgebildet sind.

Wir ziehen unsere Mäntel an und machen uns auf den Weg. Khaled geht voran, und ich schaue zum Himmel auf, warte auf den Schnee.

Den wunderbaren Schnee, den ich für meinen Plan brauche.

43

Texas, 1997

Es war wieder ein extrem heißer Tag. Ich saß im Schneidersitz am Esszimmerfenster und schaute auf die Straße raus. Die ganze Vorderfront unseres Hauses bestand aus Fenstern; der moderne Baustil der Fünfziger, den meine Mutter so schätzte.

Draußen radelten ein paar Mädchen vorbei, lachend und schwatzend. Ich kannte sie, wir hatten uns mal kennengelernt, aber ich hatte kein Interesse an denen. Meine Eltern hatten es schon lange aufgegeben, mir vorzuschlagen, dass ich doch mit anderen spielen sollte.

Auf meinem Schoß lag ein Buch, das ich mir aus dem Regal meiner Eltern geholt hatte. Das war mir eigentlich ohne Rücksprache verboten, aber ich war verstört aufgewacht und hatte heute keine Lust, Regeln zu befolgen. Das Buch handelte von einem Jungen, der in der Wildnis umherstreift, sich verirrt und dann stirbt, weil er giftige Beeren isst. Das wusste ich bereits, weil ich das Ende schon gelesen hatte. Das machte ich immer so. Jetzt blätterte ich eine Seite absichtlich so um, dass ich mich leicht an der Papierkante schnitt.

Auf den Text konnte ich mich nicht konzentrieren. Ich legte die Stirn an die kühle Fensterscheibe. Wieder

der Impuls, die Hand auszustrecken und Bo zu streicheln. Das passierte täglich mehrmals, aber es kam jetzt seltener vor als gleich nach dem »Unfall«. Wir sprachen auch nicht über Bo, sondern taten alle so, als hätte es ihn nie gegeben.

Am nächsten Tag sollte ich zu meiner Großmutter nach Deerfield auf die Farm gebracht werden. Meine Eltern hatten gesagt, es würde mir bestimmt gefallen, ich könnte dort im Fluss schwimmen oder zum Reiten gehen. Sie waren so aufgeregt gewesen, dass ich mich zu einem Lächeln gezwungen hatte, obwohl sich in mir alles zusammenzog.

Abends beim Essen hatte meine Mutter erklärt, im Sommer würden wir am Thema Familie arbeiten. Ich hatte keine Ahnung, was ich dazu beitragen sollte, da ich gar nicht da sein würde. Mein Vater sah mich nicht an, und mir wurde klar, dass er sich jetzt auch nicht mehr für mich einsetzte. Dann warf ich einen Blick auf Levi, und er grinste mich verstohlen an. Meine Mutter legte ihm die Hand auf die Schulter, und er blickte mit einem so eklig einschmeichelnden Lächeln zu ihr auf, dass ich am liebsten laut geschrien hätte.

Er würde sich niemals ändern, meine Eltern erkannten das einfach nicht. Weil sie ihn in die Welt gesetzt hatten, redeten sie sich ein, sie könnten ihn heilen. Aber sie würden das nicht hinkriegen. Wegschicken würden sie ihn auch nicht. Das lag daran, dass meine Mutter Angst hatte, ihr Kind zu verlieren. Und diese Angst machte sie schwach und verletzlich. Levi wusste das ganz genau und nutzte es aus. Mein Vater wollte meine Mutter glücklich machen und unternahm deshalb nichts mehr, obwohl er wohl genau wusste, dass Levi nicht zu helfen war. Doch diesen Fehler hätte mein Vater nicht machen sollen. Levi war durch und durch böse. Es war so simpel – schwarz und weiß. Niemand außer mir hatte das erkannt. Mein Bruder war nicht zu heilen, denn das Böse in ihm würde sich nicht vertreiben lassen. Das wusste ich aus einem bestimmten Grund, den ich aber niemandem offenbaren konnte. Er war mein Geheimnis. Meine Eltern mochten sich vor der Wahrheit verschließen, ich tat es nicht. An ihnen sah ich, dass sie aus Liebe zu Levi falsche Entscheidungen trafen. Aber ich liebte Levi nicht. Ich war die Einzige, die Abhilfe schaffen konnte.

Wir hatten ein neues Kindermädchen, Lane war »gegangen«, wie meine Mutter das ausdrückte. Die Neue war eine mollige hispanische Frau namens Sofia. Sie war sehr nett, flocht mir die Haare, sprach spanisch mit mir und machte uns Quesadillas zum Mittagessen. Jetzt fuhrwerkte sie gerade mit dem Staubsauger im Schlafzimmer meiner Eltern herum.

Ich schaute auf der anderen Seite des verglasten Wohnzimmers nach draußen und sah Levi, wie er mit einem Stock an einen Baum schlug. Mir fiel wieder ein, wie mein Vater meiner Mutter zugeraunt hatte: *Es ist nicht gut für ihn, wenn er Leerlauf hat. Er muss beschäftigt werden, Herausforderungen haben.*

Die Uhr am Herd zeigte 16.37 an. Um fünf würde meine Mutter von der Arbeit nach Hause kommen. Ich klappte das Buch zu und legte es auf den Boden.

Als ich in die schwüle Luft hinaustrat, hörte ich das laute Schnarren der Zikaden. Ich verließ die gekachelte Veranda, trat auf den Rasen, der sich trocken anfühlte. Die Grasfläche war mit niedrigen Palmen und Pflanzen in Keramiktöpfen gestaltet; mein Vater verbrachte die meiste Zeit im Garten und sorgte dafür, dass alles gepflegt aussah. Ich spazierte zu dem großen alten Baum, an dem Levi gerade den Stock in Stücke zerschlug.

»Wollen wir spielen?«, fragte ich.

Er schaute so abrupt auf, als hätte ich ihn aus einer ganz anderen Welt gerissen.

»Spielen?« Das überraschte ihn, weil wir Ewigkeiten nicht mehr zusammen gespielt hatten. Ich hatte meinen Bruder gemieden.

»Komm, wir gehen ins Baumhaus und spionieren«, schlug ich vor.

Das war eine von Levis Lieblingsbeschäftigungen. Von dort oben konnten wir in drei andere Gärten schauen. Eine Zeitlang hatte Levi Steinchen auf Leute und Tiere geworfen, bis mein Vater ihn dabei erwischt und es ihm verboten hatte. Unter dem Dach des Baumhauses hatten wir ein Heft versteckt, in dem wir alle Gewohnheiten und Aktivitäten der Nachbarn notierten. Aber das hatten wir seit vielen Monaten nicht mehr gemacht.

Levi sah mich an, ohne zu antworten. Das tat er gerne, weil er glaubte, ich würde mich dann unwohl fühlen. Aber mir machte das Schweigen nichts aus.

Schließlich sagte er: »Okay.«

Ich kletterte hinter ihm die Leiter hoch, achtete darauf, dass sich keine Splitter in meine Hände und Füße bohrten. Das Holz war warm von der Sonne.

Mir fiel auf, dass Levi größer geworden war, Muskeln an Armen und Beinen bekam. Er hatte die dunklere Haut meines Vaters, ich war so weißhäutig wie unsere Mutter. Mein Blick fiel auf Levis abgebissene Fingernägel, und ich musste daran denken, dass mir die Mädchen in der Schule immer sagten, mein Bruder sei so süß. Das konnte ich überhaupt nicht verstehen. Alles, was ich sah, war hässlich, und ich ärgerte mich darüber, dass mein Bruder meinem Vater so ähnlich sah. Levi hatte das gute Aussehen unseres Vaters nicht verdient.

Oben angekommen verkündete Levi: »Niemand zu sehen. Zu heiß.«

Er grinste schief; wir wussten beide, wann wir zuletzt übers Wetter geredet hatten.

»Na, dann gehen wir wieder«, sagte ich.

»Dir muss ja echt langweilig sein, wenn du sogar mit mir spielen willst.«

Ich blieb stumm und schaute hinunter in einen der Nachbargärten. In einem Liegestuhl im Schatten döste eine Katze. Bo hatte sie stundenlang angestarrt, fasziniert von ihrem zuckenden Schwanz. Ich hoffte, dass Levi die Katze nicht bemerkte, weil er dann garantiert Steine auf sie werfen würde. Seit dem »Unfall« hatte ich nicht mehr geweint. Ich empfand das überwältigende Bedürfnis, meine Eltern zu beschützen. Sie sollten wieder über Fernsehsendungen, den Arbeitstag und den nächsten Urlaub reden können. Ganz normale

Gespräche führen wie früher, bevor das alles mit Levi angefangen hatte.

Ich betrachtete ihn, die golden schimmernden Haare mit Seitenscheitel, und fragte mich, ob er immer schon so verdorben gewesen war wie eine faulige Frucht.

»Liebst du Mom und Dad?«, fragte ich.

Levi grinste. »Nee.«

»Liebst du mich?« Ich sprach absichtlich so, dass ich mich klein und schwächlich anhörte.

»Nee.« Er verengte die Augen. »Weißt du das denn nicht?«

»Was denn?«

»Ich bin krank im Hirn«, flüsterte er. »Ein Monster.«

Ich legte den Kopf schief. Hörte jetzt das Brummen vom Auto meiner Mutter, als sie auf der Zufahrt hielt. Eine Tür schlug zu. Ich musste mich beeilen, wenn ich nicht wollte, dass sie uns sah, aber ich blieb ruhig.

Levi lachte. »Keine Sorge, mein Kleines, du bist so normal und langweilig wie alle anderen.«

Er wandte sich zur Leiter, um runterzusteigen, und ich trat rasch zu ihm.

»Guck doch nicht so jämmerlich«, spottete er. »Willst du wissen, was mit mir los ist?«

Ich schwieg. Wir standen dicht voreinander, und ich roch Levis Jungenschweiß.

»Ich habe keine Gefühle«, sagte er. »Kann machen, was ich will.« Er grinste, breit und höhnisch. Ich lächelte, und einen Moment lang sah er verwundert aus.

Ich bewegte mich blitzschnell. Versetzte ihm einen harten, kräftigen Stoß und wich dann sofort zurück. Ich wusste, dass er mich sonst gepackt und mit sich gerissen hätte.

Er sog hastig Luft ein. Seinen überraschten, schockierten Gesichtsausdruck werde ich nie vergessen.

Es ging ganz schnell. Ein dumpfer Aufprall, dann war nur noch das Schnarren der Zikaden zu hören. Als ich mich ins Baumhaus hockte und die Schreie meiner Mutter einsetzten, kam mir ein Gedanke: Ich wusste, dass etwas mir später, wenn ich älter wurde, keine Ruhe lassen würde. Und das war nicht Levis Tod, sondern die Tatsache, dass er sich geirrt hatte. Ich war nicht normal. Auch ich konnte nichts empfinden, außer vielleicht Erleichterung.

Ich war genau wie er.

Wann mir aufgefallen war, dass etwas mit mir nicht stimmte, weiß ich nicht mehr genau. Früher trat es noch nicht so deutlich zutage, aber Levi brachte es zum Vorschein. Durch ihn wurde ich wie er, wurde zur Soziopathin. Ich hasse dieses Wort, weil es die Dinge zu einfach erscheinen lässt. Es gibt Abstufungen. Es ist nicht so, dass ich gar keine Gefühle habe. Ich mochte Bo gerne und meine Eltern. Früher auch Levi. Wie Liebe funktioniert, werde ich nie vollständig begreifen, habe aber Anflüge davon erlebt.

In der Grundschule beobachtete ich die Gleichaltrigen und merkte bald, dass ich nicht so war wie sie. Während die fröhlich malten und spielten, saß ich gelangweilt in der Ecke. Und je älter ich wurde, desto klarer wurde mir, dass ich irgendwie defekt war.

Der Klassenfiesling traktierte mich ein paar Wochen

lang. Zog mich an den Haaren und beschimpfte mich, aber ich empfand ihn binnen Kurzem nur noch wie eine lästige Fliege, die mich beim Dösen störte. Die Lehrerin schalt ihn einmal und sagte mir danach mit einem Zwinkern, der würde das nur machen, weil er mich toll fände. Als wäre es lobenswert, dass er mich an den Haaren riss. Später trat mir dieser Junge fest auf den Fuß, weil ich vor ihm anstand, um auf die Schaukel zu kommen. Ich schrie nicht und weinte auch nicht, und er lief rot an vor Wut und sagte, wenn ich ihn nicht vorließe, würde er mir auch noch auf den anderen Fuß treten. Ich zuckte nur die Achseln. Die Schaukel war mir ohnehin egal, ich stand nur an, weil alle anderen es machten. Weil ich mich anpassen musste. Danach fand mich der Junge offenbar so langweilig, dass er mich in Ruhe ließ.

Meine Großmutter mütterlicherseits starb, als wir noch klein waren. Ich erinnere mich nur verschwommen an sie – an ihre durchscheinende, blau geäderte Haut. Damals sprachen unsere Eltern mit uns über den Tod, und Levi und ich zuckten nur die Achseln. Wir verstanden nicht, warum das so aufwühlend sein sollte und warum sich bei einem Begräbnis alle so seltsam benahmen. Ich wollte nur nach Hause und mein Buch zu Ende lesen.

Ab irgendeinem Punkt entwickelten Levi und ich uns dann sehr unterschiedlich. Er neigte zum Zerstören, ich dagegen zog mich zurück, suchte die Abgeschiedenheit, mied Menschen.

Dann kamen meine Eltern an einem Weihnachten mit einem quirligen kleinen Hündchen nach Hause. Als der Kleine mir das Gesicht ableckte und sich an mich drückte, lachte ich und spürte eine bislang unbekannte Wärme anstatt Leere in mir. Es gab Hoffnung für mich. Levi verzog angewidert das Gesicht, er verabscheute den Hund vom ersten Moment an. Ich nannte ihn Bo und sagte, er sei ein tolles Geschenk. Meine Eltern sahen sich an, freudige Erleichterung im Blick. Bo war immer mein Hund geblieben. Er war mein einziger Freund, mein goldiger Gefährte, und ich habe ihn geliebt, das weiß ich heute. In Bezug auf ihn war das Gefühl möglich.

Und wahrscheinlich hätte ich mich irgendwie normal entwickelt, wäre Levi nicht gewesen. Seine Grausamkeit lenkte mein Leben in die falsche Richtung.

Meine Mutter muss uns im Baumhaus gesehen haben an jenem Tag; das war mein einziger Fehler, das Einzige, was ich bereute. Vielleicht war sie kurz beunruhigt, als sie uns da oben stehen sah, sagte sich dann aber bestimmt, dass wir immer gut auf uns aufpassten. Sie konnte aber nicht gesehen haben, wie ich meine kleinen Arme ausstreckte und Levi in die Tiefe stieß.

Wir sprachen nie darüber, wie es passiert war. Ich sagte, es sei ein schrecklicher Unfall gewesen, Levi sei abgestürzt, und meine Eltern zweifelten das nie an.

Ich hatte aber nicht damit gerechnet, dass sie so aufgelöst sein würden über den Tod meines Bruders. Sondern ich hatte erwartet, dass sie sich fühlen würden wie ich: erleichtert. Eine Zeitlang waren sie sogar getrennt, kamen dann aber nach ein paar Monaten wieder zusammen.

Ich nahm mir fest vor, sie für den Verlust zu entschädigen. Sie sollten ein Kind haben, das es im Leben zu etwas brachte, das ihnen nie Sorgen bereitete.

»Es ist in deinem Blut, aber es ist das Blut deines Vaters, nicht meins«, hatte meine Mutter eines Abends beim Essen gefaucht, nachdem sie ihre Pillen geschluckt hatte, und mich angewidert angesehen. Dabei gab ich mir so sehr Mühe, normal zu wirken, damit meine Eltern nicht beunruhigt waren. Ich zwang mich zu lächeln, um meine Mutter zu trösten, aber sie durchschaute mich und wurde immer distanzierter.

Mein Kleines gab es nicht mehr, es war irgendwo vergraben im Arbeitszimmer meiner Mutter, unter ihrer Arztkleidung, die sie nie wieder trug. Sie brachte ihre Tage im Haus zu, blätterte in Zeitschriften und beobachtete mich durch die Glaswände beim Spielen. Ihr Vertrauen in Kindermädchen war für alle Zeiten erschüttert. Meine Mutter meldete sich vom Leben ab und ließ meinen Vater und mich alleine mit unseren Erinnerungen und unserer Enttäuschung.

Nur mein Vater verstand mich. Als ich fünfzehn war, erklärte er mir, dass er auch so gut wie keine Empathie habe, was natürlich ein großes Problem im Umgang mit ihm nahestehenden Menschen sei. Als er meine Mutter kennenlernte, verliebte er sich in sie und wusste, dass er Empathie erlernen musste, wenn er mit dieser Frau zusammenbleiben wollte. Er musste Fürsorge und Einfühlung vortäuschen lernen, weil das unumgänglich war. *Vortäuschen*. Dieses Mantra wurde mir eingeimpft, und ich hielt mich eisern daran, um meinen Vater froh zu machen.

Damals verstand ich zum ersten Mal, was mit mir los war. Mein Vater und ich waren in dieser Hinsicht gleich, nur dass er eine behütete Kindheit gehabt hatte. Er war von niemandem gequält worden wie ich. Für mich ist Empathie gleichbedeutend mit Beschützen. Ich kann es nicht ausstehen, wenn Schwächere leiden müssen. Diese Einsicht verdanke ich letztlich Levi.

Mein Vater erzählte mir auch von meinem Urgroßvater, Martin Ahlberg. Viele Informationen hatte mein Vater nicht, weil seine Mutter sich geweigert hatte, über dieses Thema zu sprechen. Aber er wusste, dass sein Großvater ein Serienmörder gewesen war. Es gab nur wenige Zeitungsartikel darüber, weil es sehr lange zurücklag. Man hatte ihn damals den »Deerfield-Jäger« genannt, und offenbar war John auch auf diese Spur gestoßen. Zuerst hatte nur die Lokalpresse berichtet, aber dann war bekannt geworden, dass die Opfer aus ganz Neuengland stammten.

Nachdem ich das damals erfahren hatte, wollte ich unbedingt mehr über meinen Urgroßvater wissen und begann zu recherchieren. In einem kriminalistischen Buch über Fallanalyse stieß ich auf einen Eintrag über Martin Ahlberg. Offenbar war er ein Rätsel geblieben, da man keinen Zusammenhang zwischen den Opfern erkennen konnte. Er schien sie willkürlich ausgesucht zu haben, hatte die Morde jedoch regelrecht inszeniert. Zehn Jahre lang hatte er Menschen entführt, sie auf seinem riesigen Grundstück laufen lassen und ihnen gesagt, sie sollten um ihr Leben rennen. Dann erschoss er sie und vergrub sie auf der Kuhweide. Die Polizei brauchte fast ein Jahr, um alle Leichen zu finden. Ich hatte die alten Fotos von den Männern gesehen, die diese Weide umgruben, und mich gefragt, wer die Opfer wohl gewesen waren und weshalb mein Urgroßvater diese Menschen getötet hatte.

Mein Vater erklärte mir, dieser Empathiemangel sei eine Störung des Gehirns, die genetisch sein könne. *Serienmörder-Gen*, nannte er es. Es kann unbemerkt in einem schlummern, aber geweckt werden durch Traumata in der Kindheit, Misshandlungen in der Familie zum Beispiel. Durch ein behütetes Aufwachsen könne man es eventuell ausgleichen. Meine Großmutter war alleinerziehend gewesen, für die damalige Zeit sehr ungewöhnlich. Sie hatte hart gearbeitet, damit es ihrem Sohn gut ging, und ihn sorgfältig betreut. Von seiner Mutter hatte er den Umgang mit anderen Menschen erlernt, hatte Liebe und Mitgefühl erfahren. Meine Großmutter hatte dafür sorgen wollen, dass er ein guter Mensch und ein normales Mitglied der Gesellschaft werden konnte, auch wenn er den Defekt geerbt haben sollte. Und es war ihr gelungen.

Mein Vater hatte die Zeichen bei Levi wohl früh erkannt – wie er meine Mutter manipulierte und dass er Bo umbrachte. Weil mein Vater in mir ein anderes Potenzial sah, brachte er mir bei, wie man normal wirken konnte. Es war ihm sicher nicht klar, dass ich auf diese Weise nur umso gefährlicher wurde. Niemand würde mir auf die Spur kommen.

Für Hawthorne hatte ich mich entschieden, weil es nicht in Texas lag. Ich konnte die Hitze dort ebenso wenig ertragen wie die Enttäuschung meiner Mutter. An den besten Elite-Unis – Yale, Harvard, Princeton – war ich abgelehnt worden, trotz erstklassiger Noten, weil ich keinerlei außerschulische Aktivitäten vorzuweisen hatte. Und ich musste mich am Ende zwischen den Unis der zweiten Wahl entscheiden.

Die erste Zeit in Hawthorne erscheint mir im Rückblick verschwommen. Freunde, Seminare, Sportereignisse, Partys. Ich machte alles mit, was nötig war. Dass Ruby mir dann wirklich etwas bedeutete, war nicht vorgesehen gewesen. Es war einfach, sie als Freundin zu gewinnen. Amanda hatte eigentlich bei dieser Begegnung in der Mensa die ganze Arbeit für mich erledigt, indem sie Ruby unter Druck setzte. So konnte ich als Retterin auftreten, ideal. Danach war ich ihre beste Freundin und Vertraute und musste nicht viel tun, um sie weiter an mich zu binden. Die Angebote kamen dann alle von ihr. Und ihr Tagebuch ließ sie offen herumliegen und lud damit förmlich zur Lektüre ein. Es war viel leichter, Freunde zu gewinnen, als ich befürchtet hatte.

Natürlich habe ich ein paar unschöne Entscheidungen getroffen, aber das war nötig, sonst wären die Probleme in der Clique ausgeufert. Hätte ich Rubys Tagebuch nicht gelesen, hätte ich vielleicht nie von Johns dunkler Seite erfahren, sondern wäre wie die anderen ahnungslos geblieben. Und wenn ich den Psychologen nicht ausgetrickst hätte, um an Medikamente zu kommen, wäre Max vielleicht völlig abgedriftet in seine Panikattacken. Wäre ausgetickt wegen seiner Liebe für

Ruby und seinem Hass auf John. Das alles habe ich getan, um meinen Freunden zu helfen.

Hätte Ruby mich nicht so sehr an meine Mutter und John mich nicht so schrecklich an Levi erinnert, dann hätte ich mich vielleicht anders verhalten. Ruby hätte sich dann immer mehr in sich selbst verkrochen, und John wäre noch mächtiger geworden und hätte sie ihrer letzten Kräfte beraubt. Dieser Prozess hatte gerade erst begonnen. Aber ich erkannte Johns Neigung zu verletzen. Er wäre wie Levi geworden. Das habe ich im Keim erstickt, wie man so sagt.

Ich habe Levi nicht umgebracht, weil ich es wollte, sondern weil es notwendig war.

Ich war eine Beschützerin, keine Mörderin.

44

Senior Day

Vortäuschen.

Der Last Chance Dance. Ich tanze ausgelassen, schwenke die Arme in der Luft. Das hatte ich mir im ersten Studienjahr bei einem Mädchen abgeguckt, bei dem das süß aussah. Ich konnte diesen Tanzstil mühelos imitieren und strahlte dabei, als wäre ich überglücklich. Eine ganz normale Studentin, die feiert, dass sie bald ihr Studium beenden wird. Unbeschwert und sorglos.

Es ist spät nachts, die Uhrzeit weiß ich nicht.

Alle amüsieren sich, und diesmal täuschen alle etwas vor. Wir können das ganz gut.

Als Ruby aufbricht, begegnet sie in der Tür Max. Die beiden reden, sie lächelt, und da ist wieder dieser Blick zwischen den beiden. In diesen Momenten kann man sehen, wer die beiden wirklich sind und was sie wirklich wollen. Wenn sie glauben, dass niemand sie sieht. Aber ich habe sie immer im Blick.

Ich tue so, als käme ich betrunken ins Taumeln, und halte mich kurz an Khaled fest, der neben mir tanzt. Auf meiner anderen Seite ist John, der von Gemma angeschmachtet wird. Ich muss den Eindruck erwecken, dass ich betrunken bin.

Ein neuer Song fängt an, wir wechseln den Rhythmus. Jemand rempelt mich versehentlich an, ich stoße mit John zusammen, und er wirft mir dieses zweideutige Lächeln zu.

Später bespritzen er und die Jungs seiner Fußballmannschaft sich gegenseitig mit Bier. Verschwitzte junge Männer im Rausch.

Gemma verschwindet mit einem Typen aus einem meiner Literaturseminare. Er wirkt ziemlich nüchtern und stützt sie, schleppt sie fast von der Tanzfläche, weil sie so betrunken ist. Ich bin aber nicht beunruhigt, weil ich ihn kenne. Ich weiß, dass er auf Gemma achtgeben, sie fürsorglich im Bett auf die Seite legen und zudecken wird. Ich konnte schon immer erkennen, wer gut und wer böse ist.

Khaled schlendert gerade mit einem zierlichen dunkelhaarigen Mädchen Richtung Umkleidekabinen, und die beiden schauen sich mit diesem Sexblick an, den ich bei Partys oft zu sehen kriege.

Gegen Mitternacht nehme ich mir einen Moment Ruhe und sammle mich. Dann bin ich bereit und gehe zu John, der jetzt mit einer Studienanfängerin tanzt. Sie muss sich irgendwie reingeschmuggelt haben, um sich einen älteren Jungen zu angeln. John reibt sich an ihr und sieht dabei abstoßend gierig aus.

Ich dränge mich zwischen die beiden, werfe dem Mädchen einen eindringlichen Blick zu, und es tanzt unbekümmert anderswo weiter. Rasch lasse ich den Blick über die anderen hier gleiten. Niemand dabei, den wir näher kennen. Außerdem sind alle so betrunken, dass sie sich an nichts erinnern werden. Und wir tanzen ja ohnehin in der Clique immer miteinander.

»Hey, da bist du ja, M«, raunt John in mein Ohr. Er zieht mich an sich, und ich schaue lächelnd zu ihm auf. »Merkst du jetzt endlich, wer der Bessere der beiden Cousins ist?«

Er riecht nach Bourbon, sein Blick ist verschwommen. Wieder sehe ich Levi vor mir, die blonden Haare, das gleiche widerliche Grinsen, und ich denke unwillkürlich, ob er wohl später so ausgesehen hätte wie John. Am liebsten würde ich mich losreißen, aber ich rufe mir in Erinnerung, warum ich das hier mache, warum ich überhaupt hier bin.

John schaut zu mir herunter, wir sehen uns an, und ich lächle wieder, scheu und zugleich verführerisch. Lege zwei Finger an sein Kinn, ziehe seinen Kopf zu mir herunter und flüstere: »Ich hab es immer schon gewusst.«

Er neigt sich nach hinten, um mich genauer zu betrachten. »Was denn?«, fragt er grinsend und bugsiert seinen Oberschenkel zwischen meine Beine.

»Wer der Bessere der beiden Cousins ist«, raune ich, presse mich an ihn, streiche über seinen Rücken, das schweißnasse Hemd. Dann ziehe ich meinen Flachmann aus der Hosentasche, reiche ihn John, und er trinkt gierig. Ich tue nur so, als ob, wie immer.

»Wird auch Zeit.« Seine Stimme ist tief und verlangend. Ich lächle, neige mich zurück, damit unsere Becken sich berühren. Johns Lider flattern. Das ist so langweilig. Er kennt gar nichts anderes, als begehrt zu werden, umschwärmt zu werden. Die Mädchen werfen sich ihm an den Hals, und er fragt nie nach deren Motiven. Bei mir hätte er das lieber tun sollen.

»Lass uns gehen«, sage ich und weise mit dem Kopf zur Hintertür, wo es in den Wald geht.

Im Gegensatz zu meinem Bruder fand ich keinen Gefallen darin, Schmerz zu verursachen. Es entsprach nicht meiner Persönlichkeit, zu töten, zu verletzen, zu betrügen. Diese Impulse traten erst nach dem Tod von Bo zutage. Da erfasste mich etwas, das so stark war, dass ich nichts anderes mehr empfand. Der Drang, mich und meine Eltern zu schützen. Und jetzt Ruby.

Ich nehme Johns Hand, ziehe ihn hinter mir her. Er ist ein Schwein, das zum Schlachthaus geführt wird. Diese Vorstellung ist mein einziger Trost, als ich zulasse, dass John mit seinen Pranken meinen Arsch betatscht.

In der kalten Luft draußen habe ich einen Pfeifton von der lauten Musik in den Ohren.

»Du bist so scharf«, sagt John hinter mir. Ich frage mich, ob diese Nummer bei anderen Mädchen wirkt.

Ich gehe weiter zu dem Pfad. Es beginnt zu schneien.

»Willst du auf das Felsplateau?«, fragt John zweifelnd.

Ich schaue über die Schulter. »Angst?«

Er zögert einen Moment, aber ich weiß, dass er mir folgen wird.

»Nö.« Er versucht schneller zu gehen, um mich einzuholen, ist aber so betrunken, dass es ihm schwerfällt.

Ich habe nur mein dünnes Kleid an, aber ich brauche jetzt Kälte, fühle mich wohl. Wir biegen von der Straße ab, beginnen den Aufstieg. Der Boden ist gefroren, und ich gehe mit sicheren Schritten. Das gefällt John, und er versucht mehrmals, mich festzuhalten, um mich zu küssen, aber ich ziehe ihn weiter.

»Nur noch ein kleines Stück«, säusele ich.

»Nachts war ich noch nie da oben«, keucht er, stolpert immer wieder über Steine.

Als wir auf dem Plateau angekommen sind, schaue ich zum Himmel auf, der wegen des dichten Schneefalls kaum zu sehen ist. Ich weiß, dass ich bald verschwinden muss, damit man meine Fußabdrücke nicht mehr sieht. Aber da es über einen Meter Schnee geben soll, bin ich nicht beunruhigt.

Ich wende mich John zu. Muss etwas tun, was ich nicht will, aber es ist für einen guten Zweck. Ich berühre sein Gesicht, küsse ihn. Spüre, wie erregt er ist. Er kann nicht gut küssen, seine Zunge erinnert mich an diesen kalten toten Hummer bei dem Picknick damals.

Dann beiße ich ihn in die Lippe, damit er aufhört, und schiebe ihn von mir weg. »Leg dich hin«, verlange ich.

Er lässt sich gerne herumkommandieren, das weiß ich. Ich setze mich auf ihn. »Komm, wir trinken noch was.«

John schüttelt den Kopf, will was anderes, stiert mich gierig an, aber ich täusche wieder vor zu trinken und reiche ihm dann den Flachmann. Weil John nicht schwächlich wirken will, nimmt er ein paar Schlucke.

»Ficken«, sagt er. Ich knutsche weiter mit ihm, aber er wird ungeduldig und fängt an, seine Hose aufzuknöpfen.

»Warte«, lalle ich, um möglichst betrunken zu wirken. »Einen Moment noch. Muss mich kurz entspannen.«

Er protestiert, aber ich sage, dann ist der Sex besser. John gibt nach, schließt die Augen. Binnen einer Minute ist er eingeschlafen, atmet ruhig und regelmäßig. Ich rappele mich hoch, pfeife leise und stupse ihn mit dem Fuß an. Komatös, rührt sich nicht.

Supereinfach, ihn hier erfrieren zu lassen.

Ich schaue auf ihn hinunter. Der Wind wirbelt eisige Flocken umher, aber mir ist warm. Ich denke an Ruby, die von nun an keiner mehr misshandelt. Und an Max, den keiner mehr quält.

Der Schneesturm wird heftiger, so wie es vorhergesagt ist. John wird erfrieren, man wird es für einen Unfall halten. So was passiert hier manchmal. Ich drehe mich um und beginne den Abstieg. Gehe schneller, damit meine Spuren vollständig verdeckt werden. Ich schaue nicht mehr zurück, bin sicher, dass John nicht mehr aufsteht. Fühle mich stark und lebendig.

Die Welt ist besser ohne diesen Typen.

Als ich schon fast an der Straße angelangt bin, höre ich plötzlich jemanden hastig durch den Schnee den Pfad heraufstapfen.

»Malin?«

Jemand taucht vor mir auf, und mir stockt der Atem. Meine Kehle fühlt sich wie zugeschnürt an. Das ist nicht Teil meines Plans.

45

Senior Day

Vor mir steht Max und schaut mich mit diesen lieben Augen besorgt an.

»Wo ist John?«, fragt er und blickt hinter mich.

»Keine Ahnung. Bin allein.« Ich überlege hastig. Wie kann ich Max von dem Felsplateau ablenken? Ich dränge mich an ihm vorbei, gehe Richtung Campus, hoffe, dass Max mir folgen wird.

»Aber wieso denn? Ihr seid doch zusammen raus.«

»Mir ist kalt, lass uns weitergehen«, sage ich, achte darauf, am Rand der Straße zu bleiben, die schon verschneit ist. Wer weiß, wann die ersten Streufahrzeuge unterwegs sein werden.

»Im Ernst jetzt – wo ist John?«, drängt Max, der mir nachläuft.

Mein Herz rast, mein Mund fühlt sich trocken an. Man wird Johns Leiche finden, und Max wird sich alles zusammenreimen.

»Was machst du hier? Wieso bist du mir gefolgt?« Meine Stimme klingt schrill.

»Ich wollte schauen, ob es dir gut geht. Du bist meine beste Freundin. Und, na ja, John ist John«, sagt Max dicht hinter mir.

Ich kriege keine Luft mehr. So war das nicht geplant. Ich wünschte, Max würde von mir ablassen und nicht dauernd an andere denken. In der Ferne höre ich das bekannte Rasseln und Poltern eines Holzlasters und weiß, was ich zu tun habe. Max ist zu lieb und zu gut, und deshalb ist sein Schicksal besiegelt.

»John ist da oben auf dem Plateau, oder?«, sagt er. »Was hast du getan?«

»Er wird Ruby immer wieder misshandeln«, sage ich.

»Malin.« Max' Tonfall ist bittend.

Ich möchte die Zeit zurückdrehen. Wieder in der Sporthalle sein, nach Max Ausschau halten. Warum nur habe ich nicht auf ihn geachtet? Ich wusste doch, dass er Ruby und mich immer im Blick hat, uns beschützen will. Warum habe ich nicht dafür gesorgt, dass er nichts merkt? Ein Fehler. Ich hasse es, Fehler zu machen. Ich hole tief Luft.

»Du bringst sie um!«, schreie ich. »Wenn du ihn am Leben lässt, bringst du sie um! Er prügelt sie! Das wusstest du nicht, oder?«

Max bleibt abrupt stehen, und ich drehe mich zu ihm um. Er sieht aus, als hätte ich ihn geschlagen, und eine Sekunde lang glaube ich, dass er mich versteht und begreift, dass John sterben muss.

»Das heißt aber nicht, dass du ihn töten darfst. Was hast du getan?«

Als ich nicht antworte, macht Max kehrt, geht Richtung Pfad zurück. Er wird John retten, meinen Plan zerstören, mich der Polizei ausliefern.

Ich laufe ihm nach, packe ihn am Arm. »Halt, bleib stehen. Bitte!«

Er schüttelt mich ab. »Ich bin kein Mörder, und du bist keine Mörderin, Malin. Das ist doch Irrsinn.«

In diesem Augenblick kommt der Holzlaster den Abhang heruntergerattert. Ich muss eine Entscheidung treffen. Packe Max' Hand und ziehe ihn zu mir.

»Warte«, sage ich.

Er sträubt sich, aber ich sehe ihm an, dass er bereit ist, mir noch eine Chance zu geben. Weil er mich mag. Ich bin seine Freundin, und er will glauben, dass ich ein guter Mensch bin, der niemandem etwas zuleide tut.

Max tritt dicht zu mir, um uns vor dem hochspritzenden Schnee zu schützen.

Ich hätte mich gerne entschuldigt. Öffne den Mund, aber kein Ton kommt heraus. Jetzt bleibt keine Zeit mehr, der Laster ist schon fast da.

Blitzschnell werfe ich mich gegen Max, versetze ihm einen heftigen Stoß. Max ist viel leichter als John, stolpert rückwärts. Ich sehe noch seinen fassungslosen Blick, dann schaue ich beiseite, als Max gegen den Laster prallt. Das Geräusch ist grauenhaft. Knacken und Knirschen. Dann höre ich nur noch das Rumsen der Stämme und das Klirren der Ketten, als der Laster weiter die Straße entlangrumpelt.

46

Senior Day

Ich wache früh auf und gehe über den Kolleghof, in den tiefen Fußstapfen anderer. Hawthorne liegt unter einer weißen Decke. Als ich an der Mensa ankomme, stampfe ich mit den Füßen und schüttle den Kopf, um den Schnee abzuschütteln. Der Rest schmilzt drinnen in der Wärme und tropft zu Boden.

Sonntags ist nie viel los in der Mensa. Ich setze mich an unseren Tisch, klappe mein Laptop auf, stelle Müsli und Kaffee daneben. Habe keinen Hunger, zwinge mich aber zum Essen, damit alles normal wirkt, und starre auf meine halbfertige Abschlussarbeit.

Ich muss an Hale denken. Möchte neben ihm sitzen, lesen, mich in seine Arme verkriechen. Er hat mir die ganze Nacht geschrieben.

Alles okay?

Ruf mich an, wenn du was brauchst.

Geht's dir gut?

Natürlich habe ich nicht geantwortet.

Gemma kommt als Erste. Sie ist still, hängt ihre Jacke ordentlich über den Stuhl und verschwindet dann in Richtung Frühstückstheke. Gemma ist sonst nie still. Sie knallt ihr Zeug auf den Tisch oder auf den Boden, macht sich immer bemerkbar. Auch als sie zurückkommt, ändert sich nichts, und wir sitzen schweigend am Tisch, als Khaled und Ruby eintreffen. Ruby und ich schauen uns an, aber sie spricht auch nicht. Sieht bleich aus, trägt kein Make-up.

Fünf Minuten später sitzen wir alle am Tisch. Die Stimmung ist gedrückt, Khaled schiebt stöhnend sein Essen weg, ist verkatert, stützt die Stirn in die Hand.

Hinter mir unterhalten sich Leute darüber, wie Becca fast gestorben wäre, aber von John gerettet wurde. Dem heldenhaften John. *Wartet nur auf die Schlagzeilen, die es demnächst geben wird.*

Khaled hebt den Kopf. »Wo sind eigentlich John und Max?«, fragt er und schaut Ruby an.

»Ist John nicht mit euch gegangen?«, fragt Ruby. »Ich hab ihn seit gestern Abend nicht mehr gesehen.«

»Ich auch nicht«, erwidert Khaled. »Beide waren vorhin nicht in ihrem Zimmer. Ich dachte, sie sind schon hier.«

Wir schauen alle auf unsere Handys. Nichts. Ich sehe Ruby an, die aschfahl geworden ist und John anruft.

»Nur die Mailbox«, sagt sie.

Ich weiß, dass sie es auch bei Max probieren möchte, sich das aber verbietet.

»Ruf Max an«, fordert Gemma sie auf.

Ruby drückt seine Nummer. »Geht auch nicht ran.« Sie starrt hinaus in den Schnee.

Und dann sehe ich, wie Gemma und Ruby erleichtert und lächelnd auf etwas hinter mir blicken, und schwere Pranken legen sich auf meine Schultern.

Nein. *Nein.* Ich beiße so fest die Zähne zusammen, dass ich fürchte, sie zerspringen gleich. Versuche, ruhig zu bleiben, aber der Druck auf meinen Schultern nimmt zu, es kommt mir vor, als bräche ich in Stücke. Die Wut nimmt mir den Atem, und Säure steigt in meiner Kehle auf.

Ich drehe mich um, und da steht John hinter mir und grinst die anderen an, während er meine Schultern quetscht und sich auf mich stützt. Mit übermenschlicher Kraft schaffe ich es, mir nichts anmerken zu lassen.

»Ratet mal, was mir letzte Nacht passiert ist«, verkündet er grinsend und schaut in die Runde. »Bin auf dem Felsplateau aufgewacht, halb erfroren. Hab keinen blassen Schimmer, wie ich da hingekommen bin. Hab's irgendwie in die Sporthalle zurück geschafft, und da bin ich auf einem Haufen Mäntel eingepennt. Was 'ne Nacht, wie?«

Forschend betrachte ich sein Gesicht, aber er scheint sich an nichts zu erinnern.

Dann starre ich auf mein Laptop. Meine Ohren dröhnen, und ich denke an Max, an unser letztes Gespräch.

Alles umsonst.

47

Senior Day

»Aber wo ist Max?«, fragt Ruby, als John sich neben sie setzt. Ihre Stimme klingt gepresst.

John zuckt die Achseln, bricht sich ein Stück von ihrem Toast ab. »Keine Ahnung. Hab ihn die ganze Nacht nicht gesehen. Hab aber auch Filmriss.«

Ich sehe niemanden an. Zwinge mich, ruhig und normal zu wirken. Ein paar Erstsemester gehen vorbei. Sie sehen verstört aus, reden über einen Unfall mit Fahrerflucht auf der Route 26. Die Wörter *Krankenwagen* und *Student* sind zu hören.

Ruby springt als Erste auf und läuft raus, ohne Jacke und Mütze, wir anderen folgen ihr zur Straße, wo das Blaulicht blinkt. Ruby drängt sich durch die Menge nach vorne, ich bleibe zurück, will nicht erleben, wie sie reagiert.

Am frühen Morgen war Max von einem Räumfahrzeug gefunden worden. Der Fahrer sah ihn nur, weil ein Teil seiner Jacke noch aus dem Schnee ragte.

Max starb beim Zusammenprall mit dem Holzlaster. Im offiziellen Autopsiebericht wird die Todesursache als *stumpfe Gewalteinwirkung* angegeben. Und alle fragen sich, was Max um diese Uhrzeit alleine an der Straße machte.

Während wir in der Menge stehen, fragt Khaled John: »Hast du was mitgekriegt? Du warst doch auf dem Felsplateau. Hast du gesehen, was passiert ist?« John starrt kreidebleich auf den Krankenwagen, der die Leiche von Max abtransportiert. Vielleicht fragt sich John, ob er selbst seinen Cousin auf die Straße gestoßen hat und sich jetzt nicht erinnern kann. Oder John überlegt, ob vielleicht er das Opfer hätte sein sollen. Ich kann es nicht einschätzen, denn ich weiß nicht, woran er sich erinnert.

48

Abschlussfeier

In meinen Kniekehlen sammelt sich Schweiß, und ich verfluche die Person, die auf die Idee gekommen ist, junge Menschen in schwarze Synthetikgewänder zu stecken und in die Sonne zu stellen. Ich sehne den nächsten Windstoß herbei und hoffe auf eine kühle Brise, bevor ich auf die Bühne gehen muss.

Der Redner ist ein Schauspieler, der vor zwanzig Jahren in Hawthorne studiert hat. Er erzählt von einer riesigen Wasserpfeife, die damals in seinem Wohnheim im Treppenhaus stand und sogar im *Playboy* abgebildet wurde, und witzelt, die Zeiten hätten sich sehr geändert. Die Studis lachen, einige Profs verziehen das Gesicht und werden sich vermutlich später über diese Bemerkung beklagen. Der Schauspieler ist wohl in einem bekannten Film aufgetreten, den ich aber nicht kenne. Ich schaue nicht gerne Filme. Jetzt drifte ich in Gedanken ab, frage mich, wo meine Eltern sitzen, und denke, dass denen die Hitze bestimmt nichts ausmacht.

Danach spricht die Präsidentin der Uni über Wandlungen, Fortschritt und unseren eindrucksvollen Jahrgang.

»Wir schätzen uns glücklich, diese vielversprechenden jungen Menschen hier ausgebildet zu haben, und sind gespannt auf ihre weitere Entwicklung in der Welt. Natürlich muss an dieser Stelle das traurige Dahinscheiden von Max Frasier erwähnt werden. Er war ein begabter Student, der sich auch ehrenamtlich im Seniorenheim von Edleton engagierte und von vielen Menschen hier im Publikum geliebt wurde.«

Ich schaue nach rechts auf die schattige Seite des Podiums, wo mehrere alte Menschen sitzen, einige mit Taschentüchern in den Händen, andere mit traurigem Blick und würdevoll erhobenem Kopf.

»Wie Sie wissen, war Max Frasier ein sehr talentierter Fotograf. Um sein Andenken zu ehren, haben wir einige seiner eindrucksvollsten Arbeiten hier ausgestellt. Bitte legen Sie eine Schweigeminute ein.« Die Präsidentin weist nach rechts, wo fünf Fotografien auf großen Stellwänden präsentiert sind. Eine davon kenne ich noch nicht.

Ich blinzle, erkenne den Kolleghof, das Laub der Bäume leuchtend bunt, in Herbstfarben. Eine Person entfernt sich von dem Baum, unter dem Max immer saß. Blonder Pferdeschwanz, ein Mädchen im Profil. Ich erkenne meinen Rucksack aus dem ersten Semester. Ich bin das Mädchen. Das Foto ist an dem Tag entstanden, als ich zum ersten Mal mit Max alleine gesprochen habe. Mir wird übel, und ich muss mich konzentrieren und ganz ruhig atmen, um nicht zu erbrechen. Hie und da wird geweint, und jetzt fährt ein Windstoß durch die Menge.

Ich schaue mich um, entdecke Ruby ganz hinten. Sie hat die Hände gefaltet und starrt ausdruckslos auf die Bühne.

Die Präsidentin beginnt ihr Schlusswort. »Und nun habe ich die Ehre, Ihnen unsere Jahrgangsbeste vorstellen zu dürfen, eine Studentin, die unser aller Erwartungen übertroffen hat. Meine Damen und Herren, bitte einen großen Applaus für Malin Ahlberg.«

Der Schweiß rinnt mir an den Beinen hinunter, als ich aufstehe, und ich zupfe am Talar, damit er nicht anklebt. Unter Beifallsrufen und frenetischem Klatschen gehe ich zur Bühne, höre dabei auch Khaled pfeifen. Von oben schaue ich hinunter auf die Menge, sehe Studierende, Professoren, Eltern. Meine eigenen Eltern sitzen ganz vorne auf reservierten Plätzen und sehen sehr stolz aus. Mein Vater nickt mir zu und lächelt. Ich habe unser angestrebtes Ziel erreicht. Ich habe mein Studium abgeschlossen, Freunde gefunden und bin Jahrgangsbeste geworden.

Ich denke an das Gespräch mit meinem Vater am Abend, bevor sie mich in Hawthorne absetzten. Wir hatten in einem kleinen Hotel an der Küste von Maine übernachtet. Der Wagen war vollgeladen mit meinen Sachen. Meine Mutter ging schlafen, mein Vater und ich saßen noch draußen auf der Veranda und hörten dem Rauschen der Wellen zu. *Du musst Freunde finden. Das ist das Allerwichtigste. Ohne Freunde wirst du nicht zurechtkommen. Du musst vortäuschen, Malin. Vortäuschen, dass du normal bist. Ein Mensch ohne Freunde ist machtlos. Wenn du erfolgreich sein willst im Leben, musst du von vielen Freunden umgeben sein, die dich lieben und achten. Dann wirst du Erfolg haben.*

Ich habe den Rat meines Vaters befolgt. Doch jetzt wird mir klar, dass er sich geirrt hat. Er hätte nicht auf meine Mutter hören sollen, als sie um Levi kämpfte. Er hätte nicht diesen ganzen Mist mit *Empathie* und *Liebe wird siegen* glauben, sondern dafür sorgen sollen, dass Levi weggeschickt wurde. Mein Vater hat vorgetäuscht und verloren. Ich vertraute ihm und hörte auf ihn, weil er mein Vater ist, und ich achte ihn noch immer. Doch jetzt weiß ich, dass er sich irrt.

Wenn Levi noch am Leben wäre, würde er wahrscheinlich schon irgendwo im Gefängnis sitzen. Ich bin froh, dass er tot ist.

So lange habe ich gefürchtet, dass Levi und ich gleich sind. Aber es ist nicht so. Ich bin klüger, ich habe überlebt, ich kann gut sein für andere Menschen. Ich besitze die Fähigkeit zu lieben, weiß, dass dieses Gefühl möglich ist, auch wenn ich es nicht mehr leben kann.

Als der Applaus verstummt, beginne ich meine Rede.

Nachdem wir unsere Urkunden erhalten haben, unterhalte ich mich mit meinen Eltern im Schatten eines Baumes am Kolleghof. Meine Mutter fächelt sich mit einem Programm Luft zu und betrachtet die Studierenden. Hält nach Levi Ausschau, wie üblich.

Aus dem Augenwinkel sehe ich, wie Ruby zu dem größten Baum auf dem Campus geht. Ich weiß, was sie dort vorhat, und sage meinen Eltern, ich müsste noch rasch ein paar Dinge erledigen, bevor wir losfahren.

Mein Vater klopft mir anerkennend auf die Schulter, und meine Mutter küsst mich auf die Wange. Der tröstliche Duft ihres Shampoos, der für mich Zuhause bedeutet. So leise, dass ich es kaum verstehe, flüstert sie: »Ich bin stolz auf dich.« Dann weicht sie zurück und lächelt mich an – mit ihrem echten Lächeln, ein wahres Geschenk für mich –, und am liebsten würde ich sie an mich ziehen und festhalten. »Und nächstes Jahr besuchen wir dich bestimmt in Boston.«

Das Jurastudium in Harvard beginnt im September. Dann fängt dieser ganze Prozess von vorne an, aber diesmal werde ich einiges anders machen. Von meinen neuen Berufsplänen, Richterin zu werden, erzähle ich meinen Eltern nicht. Ich werde dafür sorgen, dass Menschen wie John und Levi nicht ungestraft davonkommen.

»Malin!«, ruft jemand hinter mir. Ich drehe mich um. Amanda löst sich von ihren Eltern, die sympathisch aussehen und ihrer Tochter zulächeln. Ich bleibe stehen und warte, bis Amanda mich eingeholt hat.

»Hey«, sage ich, als sie neben mir hergeht.

»Hey. Du, ich weiß, dass wir seit diesem Karaoke-Abend im Pub nicht geredet haben … ist ewig her, aber ich wollte dir noch sagen, dass es mir leidtut. Wegen Max. Ich kann nicht gut mit dem Tod umgehen … aber es tut mir leid für dich. Ich weiß, dass ihr euch nah wart. Er war schon sonderbar, doch …«

Bevor sie endlos weiterredet, sage ich: »Ja. Danke dir.«

Wir bleiben stehen und schauen uns an. Ich weiß wohl, dass Amanda es gut meint, aber ich werde nicht über Max sprechen. Niemals. Sie nimmt ihren Hut ab, wedelt mit ihrem Talar, um sich abzukühlen. Ich spüre, dass sie noch etwas sagen will.

»Schade eigentlich, dass wir nicht befreundet sein konnten«, sagt Amanda schließlich. »Das wär bestimmt sehr nett gewesen.«

Ich denke noch immer darüber nach, wie sich alles entwickelt hätte, wenn ich nicht Gemma an diesem ersten Tag kennengelernt hätte. Wäre ich zuerst mit Amanda ins Gespräch gekommen, hätte ich den Weg der Normalität vielleicht doch noch beschritten. Vielleicht wäre es dann einfacher gewesen, ich selbst zu sein.

»Und übrigens«, fügt sie leise hinzu. »Ich hab das schon im ersten Semester geahnt. Mit Hale.«

Ich habe ewig nicht mehr mit Hale gesprochen, und sie sieht mir meine Verwirrung an.

»Ich hab euch beide mal zusammen gesehen und dachte mir schon, dass es ein Geheimnis ist. Deshalb hab ich nicht drüber geredet. Aber ich musste dir doch noch sagen, dass ich also recht hatte.«

Ich lächle. »Ja, Amanda, du hattest recht.«

»Tja.« Sie seufzt und schaut sich um. »Muss Becca und Abigail suchen. Ich wünsch dir einen schönen Sommer. Ich meine … Leben. Ich wünsch dir ein schönes Leben.«

»Ich dir auch«, erwidere ich und sehe ihr nach, als sie weggeht, beschwingt und voller Zuversicht.

Ruby, John, Khaled und Gemma stehen unter dem Baum. Khaled umarmt mich.

»Bereit?«, fragt Ruby. Wir sehen sie alle an. Sie wirkt wieder stark und lebhaft. Als hätte Max' Tod sie ins Leben zurückgezerrt. Jetzt nimmt sie das gerahmte Foto aus ihrer Tasche und lehnt es an den Stamm.

Alle schauen auf das Foto, das wir von uns am Senior Day gemacht haben. So wird Max allen in Erinnerung bleiben.

»Gutes Foto«, sagt Khaled. »Bin wirklich froh, dass Denise nicht drauf ist. Du hattest recht, Gems.«

Gemma schüttelt den Kopf. »Weiß nicht. Irgendwie fehlt sie mir.«

Denise steht für unser vorheriges Leben. Nach Max' Tod hat Khaled sie ausrangiert, als könnten wir jetzt nicht mehr albern sein oder Blödsinn machen. Die Stimmung im Haus war gedämpft. Ohne Max konnte niemand mehr fröhlich und ausgelassen sein, und alle saßen in ihren Zimmern und trauerten alleine.

Jetzt stehen wir im Halbkreis. Khaled tritt als Erster vor. Am Vorabend hatten wir uns in der Küche getroffen und mit weißer Farbe Max' Initialen auf unsere schwarzen Hüte gemalt. Jetzt nehmen wir sie ab und legen sie auf die Wurzeln des Baumes.

Nach ein paar Minuten sagt Khaled: »Wenn ihr mal in New York seid, ruft mich an. Ihr könnt bei mir wohnen, jederzeit. Ich würd mich freuen.« Wahrscheinlich graut ihm vor dem Alleinsein in seinem Wolkenkratzer-Apartment. Wir versprechen alle, ihn zu besuchen, aber ich glaube nicht, dass es dazu kommen wird. Schon jetzt haben wir uns durch Max' Tod einander entfremdet.

Vor ein paar Wochen hatte Khaled mich in der Bibliothek beiseitegenommen. Er sah traurig aus, als er sagte: »Ich schlafe wieder besser.« Ich hatte ihm versichert, dass Trauer ihre Zeit brauche, dass ganz normal sei, was er durchleide. Er hatte den Kopf geschüttelt und war weggegangen, und seither hatten wir nicht mehr miteinander gesprochen.

Gemma räuspert sich und schaut Khaled an. »Ich geh mit dir. Muss auf meinen Flug.« Sie umarmt mich fest und küsst mich auf die Wange. »Tschüss, Süße.«

Dann wirft sie noch einen Blick auf Ruby und John und geht mit Khaled zum Haus zurück. Gemma wird wieder nach London zurückkehren und dort am Theater arbeiten. Seit dem Senior Day hatte sie hauptsächlich mit ihren Theaterleuten zusammengesteckt, ich war ihr nur manchmal im *Palast* über den Weg gelaufen.

John bleibt stumm. Er hat seit Max' Tod nicht mehr über seinen Cousin gesprochen, war aber danach ein paar Wochen zuhause bei seiner Familie. Die auch Max' Familie ist. Ich kann nicht mehr einschätzen, was in Johns Kopf vorgeht.

Ruby schaut zu ihm auf. »Kannst du uns eine Weile alleine lassen?«

John sieht mich an. Sein Blick ist seltsam, ich halte ihm stand. Schließlich sagt John »klar« und geht weg.

Ruby und ich schauen auf die glänzende Gedenkplakette, die an dem Baum angebracht worden ist.

»Weißt du noch, dass ich mich über ihn lustig gemacht habe, weil er selbst in der Eiseskälte hier saß?«

Sie streicht sich eine Haarsträhne hinters Ohr. »Ich hab das keinem gesagt«, fährt sie fort, »aber ich hab Max getroffen, als ich vom Last Chance Dance weggegangen bin. Ich dachte, er ist immer noch wütend auf mich, aber er hat mich gefragt, ob wir tanzen wollen.«

Mir schnürt es die Kehle zu.

»Ich hab gesagt, ich muss los«, spricht Ruby weiter. »Ich wollte weg von den ganzen Leuten, konnte nicht mehr so tun, als wäre ich glücklich, wenn es gar nicht so war. Eigentlich wollte ich es ihm sagen ... aber dann hab ich's doch nicht getan.«

»Was wolltest du ihm sagen?«

»Dass ich ihn auch liebe. Und dass es mir leidtut, wie alles gelaufen ist.«

Ich beiße auf die Innenseite meiner Wange, schmecke das Blut.

Ruby verschränkt die Arme vor der Brust und hebt das Kinn. »Ich will jetzt aufhören, mich so sehr an die Vorstellungen anderer anzupassen, und endlich die sein, die ich wirklich bin. Ich werd mir mit allem Zeit lassen. Und ich werd übrigens nach Schottland gehen«, fügt sie hinzu, und ich sehe wieder einen Hauch von dem Mädchen von damals, der fröhlichen, unbeschwerten, zuversichtlichen Ruby. »Ich fliege morgen, es heißt also Abschied nehmen.«

Meine letzte Station auf dem Campus ist Hale. Er gab es vor Monaten auf, mir zu schreiben, weil ich nie mehr antwortete. Falls ich ihm zufällig begegnet war, hatte ich zu Boden geschaut. Dann wechselte ich noch den

Betreuer für meine Abschlussarbeit und löschte Hale aus meinem Leben.

Er steht mit einigen Doktoranden zusammen, kommt aber zu mir, als er mich sieht.

»Hey«, sagt er. »Gute Rede.«

Ein Windstoß bewegt die Blätter über uns, und gesprenkeltes Licht fällt auf Hales Gesicht.

Er lächelt, aber es liegt Bitterkeit in diesem Lächeln.

»Danke«, sage ich. Den Talar trage ich jetzt überm Arm, bin dankbar für den Wind, der am Rock meines weißen Kleids zupft.

»Was liegt an?«, fragt Hale. Das mochte ich immer schon so sehr an ihm – kein überflüssiges Gerede, direkt auf den Punkt.

Ich habe mir genau überlegt, was ich ihm sagen will, habe die Worte eingeübt, bis ich sie überzeugend fand.

»Ich möchte mich dafür entschuldigen, dass ich deine Nachrichten nicht beantwortet habe«, sage ich.

»Ist dir ja gut gelungen, mir aus dem Weg zu gehen. Und den Betreuer hast du auch gewechselt.« Er klingt nicht wütend, aber verletzt.

»Ja, tut mir leid.« Jetzt fällt mir nicht mehr ein, was ich sagen wollte.

»Malin.« Hale tritt näher, ergreift behutsam mein Handgelenk. Der verzweifelte Unterton quält mich. »Ich weiß, dass es mit dem zu tun hat, was in jener Nacht passiert ist.«

Ich höre wieder das Knacken von Knochen und schaue rüber zum Kolleghof, wo sich Mädchen in weißen Kleidern umarmen.

Hale steht dicht vor mir. »Und ich weiß, dass du etwas für mich empfindest und dass wir etwas Schönes zusammen erlebt haben. Das war doch echt, nicht wahr?«

»Genau darum geht es ja«, antworte ich, rufe mir in Erinnerung, was ich sagen will. »Ich kann nichts fühlen.«

»Was soll das denn heißen?«

»Das kannst du nicht verstehen, weil du normal bist.«

»Normal? Wer will denn schon normal sein? Das ist doch langweilig«, erwidert er entschieden. »Warum hast du mich weggestoßen?«

»Weil mir nichts an dir liegt.« Ich bin froh, dass es mir gelungen ist, scharf zu klingen, verschränke die Arme vor der Brust.

Nach ein paar Sekunden beugt er sich vor und küsst mich auf die Wange. Dann lässt er meinen Arm los, dreht sich um und geht weg. Ich werde Hale nie wiedersehen. Dieses Gefühl oder was das ist, will ich nicht in meinem Leben.

Als ich vierzig werde, habe ich fünf Menschen umgebracht, aber nur einer von ihnen sucht mich noch heim.

Max war zu lieb und zu gut. Das hasste John besonders an ihm. Max hatte eine liebevolle unterstützende Familie. War künstlerisch begabt und mit Ruby und mit mir befreundet. John wollte wie er sein, wollte auch aufrichtig geliebt und verehrt werden, hatte dafür aber den falschen Charakter. Das versuchte er zu verbergen, und gegenüber den meisten gelang ihm das auch, aber ich durchschaute ihn schon bei unserer ersten Begegnung. Ich erkenne es, wenn jemand bösartig ist.

Ich vermute, dass Johns Möglichkeiten, ein anständiger Mensch zu werden, durch seinen Vater ruiniert worden waren. Ich weiß nur zu gut, dass eine verpfuschte Kindheit das ganze Leben zerstören kann. Einige können den Folgen entkommen, andere nicht. John war verdorben, Max nicht.

Während des Studiums büßte John seine Macht über Max ein, und das machte ihn rasend. Deshalb ließ er seine Wut dann an Ruby aus. Er verletzte nur diejenigen, die ihm nahestanden, weil er wusste, dass sie ihm verzeihen würden. Ich wünschte, Max wäre härter gewesen. Seine Güte geriet ihm letztlich zur Schwäche, und das führte zu seinem Ende. Max lebte im Schatten wie ich auch. Wir hielten uns fern vom Scheinwerferlicht, um wir selbst sein zu können. Und auch unsere Freundschaft fand hinter den Kulissen statt.

Er war mein einziger wahrer Freund, der Mensch, der mir am nächsten stand, der sich um mich kümmerte, selbst wenn ich schwierig war. Ich hatte geglaubt, Ruby sei das. Aber letztlich war ich immer für Ruby da, sie aber nicht für mich.

Die anderen, die durch meine Hand sterben, verdienen es, so wie John. Nach ihm habe ich keine Fehler mehr gemacht. Ich lernte dazu und wurde besser.

Mit Liebe ist Schluss. Ich wende mich ab und gehe zum Haus zurück, um mein altes Leben zusammenzupacken und mein neues zu beginnen. Und ich fühle nichts, außer vielleicht Ärger über die Menschen, die sich einbilden, mich zu kennen. Leute, die mir erzählen wollen, wer ich bin, und die glauben, ihre Meinung über mich sei mir wichtig.

Niemand weiß, wer ich bin, nur ich ganz allein.

Danksagung

ROSS: Mein bester Freund, meine Liebe, mein Zuhause. Du hast mich ermutigt, dieses Buch zu schreiben, hast jeden Schritt auf dem Weg gefeiert und – am wichtigsten – immer für köstliches Essen gesorgt. MOM & DAD: Für die Abenteuer und weil ihr mich angespornt habt. Weil ihr euch meine Ängste und Sorgen angehört und immer betont habt, dass ich meine Vorstellungskraft nutzen soll. Was ich ja dann endlich auch tat. Ich liebe euch beide sehr. LORI: Meine Rockstar-Agentin; weil du immer wieder geduldig gelesen und maßgeblich dazu beigetragen hast, dass dieses Buch so werden konnte, wie es jetzt ist. Und weil du mit LANE dafür gesorgt hast, dass es in gute Hände kommt. Vielen Dank dafür! KARA: Meine einfühlsame und exzellente Lektorin; ich arbeite so gern mit dir. Vielen Dank für dein Vertrauen in Malin und die ganze Truppe. LAUREN W.: Weil du immer bei mir bist, in welchem Land du dich auch gerade aufhältst. JANICE: Die beste Schwiegermutter, die man haben kann. Du kannst das Buch jetzt lesen. Die Sexszenen bitte überblättern. Meine ersten Leserinnen: CHAR, COREY, CHLOE. Charlotte, die den Kontakt zu Lori herstellte. Corey, die hilfreiche Kommentare gemacht hat. Und Chloe, die gern über Bücher redet und mir bei der psychologischen Fachsprache geholfen hat. HANNAH L.: Weil sie sich um Warren und Olive gekümmert hat, während ich schrieb. BATES COLLEGE: Für die Inspiration. Es waren wunderbare vier Jahre. ALLEN, die sich erkundigt haben, wie es mit dem Schreiben läuft. Danke euch! WARREN: Du warst fünf Wochen alt, als dieses Buch von einem Verlag angenommen wurde. Ich habe dich herumgetragen, während ich mit Lektorinnen telefonierte (hat dich nicht beim Schlafen gestört), und dich gestillt, während ich über die Handlung nachdachte. Ich kannte dich erst seit neun Monaten, aber es hat sich angefühlt, als wärst du immer schon bei mir gewesen. Ich hab dich sehr lieb, mein Kleiner. Und dann natürlich LO, LAUREN MCALLISTER: Meine starke, schöne, witzige, kluge, liebe Freundin, ein Schatz auf Erden. Hab großen Dank, dass du an dieses Buch geglaubt hast, bevor es da war; dass du immer gesagt hast: *Schreib das eines Tages in deinem Buch*. Dir ist es gewidmet.